流淌的村庄

（全二册）

萧 冰 著
李春明 绘

中国商务出版社
·北京·

图书在版编目（CIP）数据

流淌的村庄：全二册/潇冰著；李春明绘.

北京：中国商务出版社，2024.8. -- ISBN 978-7-5103-5235-5

Ⅰ．I251

中国国家版本馆CIP数据核字第2024BW7854号

流淌的村庄：全二册

潇　冰　著　李春明　绘

出版发行	中国商务出版社有限公司
地　　址	北京市东城区安定门外大街东后巷28号　邮编：100710
网　　址	http://www.cctpress.com
联系电话	010—64515150（发行部）　010—64212247（总编室）
	010—64513818（事业部）　010—64248236（印制部）
责任编辑	刘姝辰
排　　版	冯旱雨
印　　刷	华睿林（天津）印刷有限公司
开　　本	710毫米×1000毫米　1/16
印　　张	46　　　　　　　　　　　字　　数：617千字
版　　次	2024年8月第1版　　　　　印　　次：2024年8月第1次印刷
书　　号	ISBN 978-7-5103-5235-5
定　　价	238.00元（全二册）

凡所购本版图书如有印装质量问题，请与本社印制部联系
版权所有　盗版必究（盗版侵权举报请与本社总编室联系）

绿叶对根的情意

我跟晓兵有缘。

初识晓兵,我就觉得"貌不对题"。晓兵个儿高挺拔,大脑门儿发亮,特别打眼的是,一头卷发,波浪一样披在脑后脖子上,加上一副金丝眼镜,架在笔直的鼻梁上,怎么看也像个艺术家,尤其像书画家、诗人,根本想不到,他从事金融科技工作。

为啥说我跟他有缘?因为我是一个不懂"PC"的人,竟然还参与了银行新核心系统的开发建设工作。按理说文学与科技是风马牛不相及的,可命运就是神奇,硬是把这两种完全不搭界的职业拼凑在一起,我也就与晓兵不期而遇了。当然我俩也没想到,几十年后,我还是个"科盲",他这个金融科技高管,却竟然成了作家。后来我琢磨半天,才明白了,我俩能够在文学创作上殊途同归,根子就是:我俩都是从村里走出来的,是乡土滋养长大的。

记得我刚刚调到科技部工作时,我和晓兵分到一个办公室。当时我们俩的办公室朝向正南正北,我俩办公桌面对面,他在西边,我在东边。两个办公桌之间堆满了各种电脑资料,加上两台大电脑横亘其中,猛看就像一座山,晓兵看了看,笑笑说,像太行山。他说完还不算,非要跟我换位子,他要到"太行山"的东边,让我坐到"太行山"的西边。我当时没反应过来,问他为啥,他笑笑说:你是山西那边来的,俺是山东这边来的。

他说:咱俩有缘,可得好好处,处好了咱俩都是好"东西",处不好,可就不是"东西"了。当时我觉得他一个搞科技的,能说出如此幽默的话，有点不可思议。现在看来，他其实是有语言功底的，是有文人情怀的。回过头来看，他成为作家，也就在意料之外，情理之中了。

每天在一起工作，相互很快熟络了，加上家长里短，对各自的成长经历就有了比较多的了解。

晓兵故乡的村庄位于渤海一隅、大清河畔，一个小小的村庄——套里孙庄。晓兵说，年少时，他拼命地想逃离村庄，去看看外面的世界。后来，终于变成了"吃商品粮的"，过上了城里人的生活。故乡的村庄却越来越远，慢慢变成了"梦境里的村庄"。

世事轮回。不知怎的，随着年轮圈儿的增长，他却又想变回村庄人，回到生命的起点，重温久违的乡土乡情。我说，当下，你想由城里人变成村庄人，比你当时由村庄人变成城里人还难。甚至回一趟村庄也不是一件说走就走的事情。既然如此，也不可强求。事实上，无论他人在不在村庄，无论走多远、走多久，始终都走不出内心的那个"村庄"，走不出生他养他的那片土地。由此，让他萌生了拿起笔来写家乡的人、家乡的事、家乡的村庄的冲动。

我们都知道，乡土情结是人类共同的心理情感，中国人尤其重视乡土观念，成语"安土重迁"说的就是这个意思。乡土情结可以说是中国人与生俱来的文化情怀，而晓兵的人生经历使得其乡土情结尤重于常人，因而他的作品无论长短，无不烙下深深的乡土印痕，散发着浓浓的乡土气息。

许多年以前，晓兵就打算把村庄的旧事、族亲的故事以及童年的趣事记录下来，也动手写了几篇草稿，终因碎银几两、舟车劳顿未能坚持下来，这一放就跨过了一个世纪。更觉遗憾的是没有及时向长辈们亲人们了解他们的经历、他们的故事以及村庄的过往。当他想动笔的时候，这一辈人大多已作古了，于是只能靠自己一星半点的记忆，或者向健在者而非本人了解一些支离破碎的信息。更多的村庄往事、人物事迹、逸闻趣事已随风而去，湮灭在了时空里。这是他的遗憾。

晓兵跟我说过，他在写作这些小短文的过程中，也还是有些忐忑的。他在问自己，为什么要写这些类似于回忆录的小短文？意义是什么？一般写回忆录的都是政界或商界名人、艺术家、学者教授，他们有较高的社会知名度，有众多的粉丝对他们个人的经历以及事件感兴趣。晓兵的职业生涯与文学创作没有半点儿关系。如果非得说他跟文字、文学沾点边儿的话，那就是他喜欢收集一些旧书籍、资料，喜欢购书藏书，闲来翻阅，以作消遣，仅此而已。

每个人的乡愁是不同的，找得到回故乡的路，才是一个作家最重要的清醒的认识。在这里我想说几句也许是多余的话，有的人一提乡土文学就不由得想到了那种田园牧歌式的生活画面，这其实是对乡土文学的误解。乡土文学不能只意味着写田园牧歌或莺歌燕舞，虽然生活中的真善美应当歌颂，但揭露和批判生活中的假恶丑也是无可非议的。鲁迅的《社戏》和沈从文的《边城》，是对乡土风情的赞美，而鲁迅的《阿Q正传》和沈从文的《萧萧》则是对故土上的旧思想意识和吃人的封建礼教势力的控诉和抨击。进入新时代，黄土高原作家群所创作的乡土小说，更是以反对封建和保守、反对专制和愚昧为主要内容和主题。我的小说在主要展示歌颂农村农民积极的一面的同时，也挖掘并揭示长期以来形成的那种小农心理和思维方式，展现了那些在精神上未脱去旧的思想意识和审美观念的人们，在新时代新变化面前的复杂心态和不良行为。这既是鲁迅先生"揭出病苦，引起疗救的注意"的创作思想的体现，也是我对故乡农村"爱之愈深，责之愈切"的表现。这个时代，城市化进程加快，我们不能缺失了对这个进程中农村问题的思考和反省。

晓兵生在村庄、长在村庄。虽然成年后离开了村庄，但他热爱家乡，热爱村庄的一草一木。离开的时间越久，越是对村庄怀念不已。那里有他生活过的老宅子，有他童年的小伙伴和至亲，也有他的村野童趣，有他的寒窗苦读和奋力拼搏的足迹，这些都已经定格在了他的记忆里。每每想起儿时的村庄，心里总是充满无限美好，甚至连那些艰难困苦也化作了美好的回忆。离开村庄这些年，他或回到村庄或通过亲朋好友或通过新闻报道，时刻关注着村庄的变化。每一次改变、每一次进步都让他兴奋不已。比如安装了路灯、修建了柏油路、垃圾统一管理了、大清河清淤了、建设了综合快递驿站，等等。也许只有他知道自己从哪里来，才能明白自己要到哪里去。了解和整理家族的历史、村庄的往事以及乡里乡亲的逸闻趣事是件有意思的事情。哪怕是一星半点的线索都会令他兴奋不已，满足他的好奇心。他还想把童年、少年在村庄的生活经历、童心童趣记录下来，写给自己，也留给后人。也试图通过自己的所见所闻所感，从一个童年和少年的视角，看待那个时代村庄的那些人、那些事，重温那段沧桑岁月。他说，这就是他写作的初衷，别无他意，与功名利禄无关。

晓兵的这些短文，大抵背景是20世纪70年代的村庄，以村野、乡土、乡亲、衣食住行、老物件、乡土娱乐、童年趣事为线索，以村庄的历史变迁为背景，以他在村庄生活的所见所闻以及父老乡亲的逸闻趣事为依托，力图还原一个童年、少年时代的原汁原味的村庄生活场景。所以就有了先贤逸事、民风民俗、特产美食、儿童游戏、方言俚语、地方曲艺、生活方式种种，杂七杂八地集成了六十余篇短文。他把它们分门别类归纳为梦寻故里、乡土乡情、流年岁月、村野童趣等几个篇章。另外，他还专门写了一篇关于村庄的发展脉络以及村庄的先贤逸事和传说故事，让村庄的后来人以及村庄的游子们了解村庄，认识村庄，留下点村庄的记忆。

一个游子，同故乡的联系可以说有千丝万缕，但我感觉，恰恰是戏曲和饮食，最容易承载故乡的记忆和乡愁。饮食习惯是记在胃里的家乡，而戏曲则是刻在灵魂里的乡音。所以我要说，其实有时候，不失本色的坚守，恰恰是一种实实在在的传承。

20世纪60年代出生的晓兵，有幸经历了不同时期的社会变革。赶上了"十年动乱"的尾巴以及拨乱反正，赶上了"摸着石头过河"的思想碰撞。沐浴着时代的春风，经历了跨世纪的风云变幻。也有人说，晓兵这一代人是幸福的一代，赶上了考大学、国家包分配、福利分房、成为单位的骨干，经济波动时他们的职业生涯结束了。但是，要说晓兵自己感到幸福的，还是儿时、少年时在村庄的生活经历，那种苦中有乐，那种"散养式"的自我成长，那种"田园牧歌"式的生活场景，让他感到幸福快乐。这也驱使他想把那段经历记录下来。

晓兵的作品以乡愁乡思为主线贯穿始终，但没有真正意义上的主角，而是描绘了这片土地上的众生相，是为村庄里的小人物立传。这些小人物的人生充满艰难困苦，却又是一群生动有趣、有血有肉的人，表达了"性命攸关，生生不息"的主题，这是对自然的敬畏和对土地的礼赞。这些对晓兵来说都是了然于心的。他好像从来就没有离开过村庄，作品中的一些主要人物，他知道他们的原型是谁，如果不是对家乡父老有特殊的感情，就不会有如此清晰的印象和准确深刻的把握。

20世纪70年代的村庄，基本延续着传统农耕社会的生产生活方式，维系着传统的乡里乡亲关系。村庄里同姓同宗，同饮一井水，同耕一块地，同享一片蓝天。生长在村庄这个熟人社会里，近乎自然的生产生活环境，淳朴原始的生活方式，给他打上了深深的"村庄"烙印，成为他看待世界、认识世界的一个基点。从另一个角度讲，村庄虽小，甚或是封闭，但同样被社会变革所冲击、所裹挟，虽偏安一隅，也是社会的缩影。应该讲村庄的每一个人都是历史的参与者、见证者，每一个人的生活方式和精神状态都或多或少被打上了时代的烙印，从而折射出了社会历史的变迁。可以理解为从一个微视角去看待村庄的过往，管窥村庄的人和物，还可能是更加鲜活且生动有趣的。

就在晓兵作品基本创作完成时，我们几个过去一起搞科技的老同事、老朋友为此专门小聚了一下。记得晓兵跟我说，其实他对写作的爱好由来，还有一个跟我有关的渊源。他听参会的一位领导说，在海南博鳌亚洲论坛年会期间，比尔·盖茨跟银行的科技高管见面座谈。其间比尔·盖茨拿出自己的新书《比尔·盖茨自传》签名送给大家。阎雪君接过新书，通过翻译问比尔·盖茨：既然是自传，可是自己写的？比尔·盖茨不好意思地摇摇头说：是请一位美国的知名传记作家写的。阎雪君闻言，马上拿出来自己创作的长篇小说《桃花红杏花白》，签名送给比尔·盖茨，并告诉他：这，是我自己写的！比尔·盖茨接过书，竖起了大拇指，连连表示感谢。其实中国古人说过，闻道有先后，术业有专攻。在我看来，搞科技赚钱阎雪君比不过比尔·盖茨，但是搞文学，比尔·盖茨比不过阎雪君。这也激发了晓兵的写作欲望。所以说，写作是一个非常值得尊重和骄傲的事业。

怀念过去，并非要回到那个年代，也不是放不下过去的人和事，而是怀念曾经的流年岁月。20世纪60年代、70年代村庄的生活情形离我们越来越远了。在那个年代出生和成长的我们，也已经步入中年渐渐变老。在我们认真地老去之前，将村庄的历史脉络、风土人情、民风民俗、逸闻趣事整理记录下来，留下我们共同的记忆，我认为是件美好且有意义的事情。不然，有些记忆可能永远淹没在历史长河中了。

特别应该一提的是：本书以文字和连环画的形式展现在读者面前，这是一种书籍装帧和出版形式的创新探索。晓兵请著名连环画画家李春明先生绘画，形象直观地表达文意和乡土乡情，增加了趣味性、可读性。

想到这，初见晓兵时他那"洋里洋气"的形象，霎时土崩瓦解，"土里土气"逐渐变成了他的形象代名词。我越来越觉得他是"洋"的外在、"土"的内核，土长根生，土出来情感，土出了水平。

中国金融作家协会主席

中国金融文联副主席　阎雪君

中国作协全委会委员

2023年10月于北京金融街中国银保监会大厦

情系乡土

晓兵师兄烦冗工作之余，磨墨濡毫，孜孜数年，集腋成裘，终于完成了散文集《流淌的村庄》，洋洋洒洒几十万字，自然是费了不少心血。今即将付梓，嘱我写篇序言，自感学识浅薄，诚惶诚恐，难以胜任。晓兵师兄长我两届，大学期间共同参与共青团工作，即结下了深厚的友谊。毕业之后，又与我是上下级同事，也算莫逆之交，却之不恭，便答应下来了。

晓兵师兄成长于冀东一个农村家庭，学生时代刻苦学习考入大学，毕业后从事地质经济管理和金融科技管理工作。晓兵师兄为人忠厚真诚，大度无私，作风扎实，业务精湛，后出任金融科技公司高管。更加难能可贵的是勤于本职工作之外，兴趣爱好广泛，于古籍收藏、古瓷鉴赏和文化研究等方面颇有收获和心得。师兄尤其酷爱旅游，闲暇之余，自驾游历祖国大河山川，名胜古迹。凡游历后，必形成游记文字，虽非职业作家，其文采飞扬脱俗之处，时常为人赞叹不已。

今有散文集告竣，也是厚积薄发，水到渠成。品读晓兵师兄的散文，眼前一亮。以独特的视野，亲见亲历的真人实事，回忆描绘了20世纪六七十年代发生在家乡村庄的一幅幅生动画面。语言平易清畅，趣味横生，故事朴实无华，真挚感人，不自觉地就被带入了饶有兴趣的童年时光。

品读晓兵师兄的文章，也不断激荡着我的思绪。这部回忆散文，从小处说，是师兄本人的村庄回忆，真实反映了那个时代，那个年龄，一个少年的自身经历。有家庭，有社会，有亲人，有同伴，有苦涩，有甜蜜，对家乡的一草一木，一砖一瓦，都倾注了无限的热情。生于斯，长于斯，对村庄历史和变迁的考证，对村庄大事件的记录，对民俗传说的记载，对生产生活方式的描述，都体现了师兄对家乡的热爱。爱之愈深，便愈加激发了师兄对家乡诸多问题的思考。从大处讲，20世纪60年代出生的这一代人，尤其生长于农村的孩子，一定都有类似的经历。有的地区好一些，有的地区可能差一点，大同小异。大集体时代，生产资料和生活资料十分匮乏，文化娱乐生活极其单调，整个社会艰难跋涉，获得温饱实属不易。这些生产生活情形之于童年、少年的印象是深刻的，根深蒂固的。年龄稍大，"十年动乱"结束，改革开放后农村实行了联产承包责任制，从根本上改变了乡村面貌。这段历史永远地过去了，我们无法左右社会的变迁，但我们这代人亲身经历了历史变迁，从某种意义上说，是值得深入思考和回味的。师兄高中毕业后，便离开村庄求学，毕业后在不同的城市工作和生活，虽然忙忙碌碌，却始终怀念着那个村庄，追寻着那个根，回忆着少年时代曾经的美好。

不仅如此，师兄的想法可能更远，这从本书后记中可见一斑。村庄这个中国社会最基础的单元，承载着我们这个民族太多的东西，无论先进的还是落后的，现代的还是传统的，村庄都是最基本的载体。村落形成，乡绅，私塾，家训家法，民俗民约，风土人情，礼仪乡规，邻里争斗，流民强盗，抵御外寇，启蒙运动，"大跃进"，"十年动乱"，改革开放种种，都在村庄里留下了痕迹，更是整个社会的缩影。当下，随着城镇化进程加快，村庄人口锐减，面临着老年人养老，留守儿童等问题，如何留住乡愁，如何振兴乡村，如何保护环境，使家乡变得更美好，我想，这些也是晓兵师兄所思考的。

晓兵师兄这部回忆散文集，以自己的村庄为原点，以自己的少年时代为线索，梳理着过去，思考着未来，真实反映了一个游子的赤子心怀，真情实意地与故乡对话，与故乡的人和事，与故乡的云和水，与故乡的老槐树、老井进行时空交流。思考着世事变迁，人情冷暖，也憧憬着乡村的美好未来……

齐震于2023年夏日写于潍坊

目 录

第一章　梦寻故里

1. 梦 / 3
2. 大清河 / 6
3. 大槐树 / 11
4. 老井 / 16
5. 老碾子 / 22
6. 老宅子 / 27
7. 土炕 / 33
8. 风箱 / 37
9. 大水缸 / 40
10. 独轮车 / 43
11. 大坑 / 46
12. 村庄的土 / 50
13. 村庄的路 / 55
14. 月光下的老宅院 / 59

第二章　乡土乡情

1. 乡音 / 67
2. 起名 / 72
3. 露天电影 / 76
4. 大鼓和皮影 / 80
5. 社员大会 / 83
6. 拾粪积肥 / 87
7. 收麦 / 92
8. 吃喜宴 / 99
9. 拜年 / 105
10. 猫儿冬 / 109
11. 挑水 / 116
12. 拾柴 / 119
13. 挑菜 / 124
14. 割草 / 128
15. 拾白薯 / 133
16. 红高粱 / 137
17. 大白菜 / 143
18. 茄子 / 146
19. 菜窖 / 149
20. 大喇叭 / 152
21. 赶集 / 155
22. 小卖点儿 / 160

第三章　流年岁月

1. 父亲母亲 / 165
2. 赶大车 / 187
3. 剃头匠 / 196
4. 看医生 / 200
5. 讲古言儿 / 204
6. 猪倌儿 / 208
7. 老味道 / 212
8. 土方儿 / 223
9. 针线活儿 / 227
10. 家猫 / 233
11. 菜园子 / 235
12. 大地震 / 239
13. 我的小学 / 245
14. 我的中学 / 254

第四章　村野童趣

1. 打弹弓 / 273
2. 碰搥儿 / 276
3. 挤油油儿 / 279
4. 青瓜裂枣 / 281
5. 扇啪唧 / 285
6. 逮鱼摸虾 / 287
7. 套知了 / 294
8. 学自行车 / 299
9. 甩猴儿 / 302
10. 藏猫猫 / 305
11. 嚼甜秆儿 / 308
12. 玩儿打仗 / 310
13. 滑冰车 / 316
14. 爬树 / 319
15. 凫水 / 325
16. 下散海儿 / 328
17. 小人书 / 333
18. 杂耍儿 / 336

第五章　流淌的村庄

1. 拓荒耕耘　繁衍生息 / 355
2. 营桑农商　耕读传家 / 360
3. 勇闯关东　回馈乡里 / 369
4. 同仇敌忾　保家卫国 / 374
5. 秉承传统　情满乡土 / 380

后　记 / 389

第一章

梦寻故里

1. 梦

有那么一阵子，我时常做一个相同的梦——寻找故乡。

天空混沌的傍晚，我独自一人走在回乡的路上。伴随着车马铃声，与路人擦肩而过。顺着荒凉的村野小路，边走边张望，边走边寻觅，朝着故乡的方向疾步而去。

朦朦胧胧中路过村庄，询问大槐树下乘凉的老人，故乡的村庄在哪里，往哪个方向走。老人没有直接回答我，而是用弯弯曲曲的拐杖，颤颤巍巍地给我指了一个方向，我又急匆匆地朝着老人指的方向赶路了。

有时，疾步前行，走在尘土飞扬的乡间小路上。有时，越过壕沟，穿越青纱帐，抄近路走。情急了，扇动着双臂，紧蹬着双腿飞起来，飞到电线杆子那么高，滑过村庄，越过河流，朝着家乡的方向飞去。疲惫不堪了也不肯着地，哪怕用尽最后的力气。像一只苍鹰俯瞰着脚下的土地，寻觅着目标，仍找不到故乡的村庄。

梦，总是在无限的惆怅和伤感中惊醒。半梦半醒中躺在床上，追忆梦境，辗转反侧。努力思索着故乡的村庄到底在哪里，为什么找不到回家的路，找不到故乡的村庄。它似乎是在某个地方召唤着我，又似乎是在故意躲闪藏匿。

离开故乡以后，居住过的许多地方都记不起来了，朦胧中只记得故乡的村庄，村庄里的老宅子和大槐树。那我现在的居所算作什么呢，所在的城市又是什么呢，住多久才能算是故乡，才能称之为老宅子？

想得心急如焚，不知所措，在焦急惶恐中醒来，无限伤感。

也难怪，离开故乡，一直穿梭在"钢筋水泥"里。从一个城市搬到另一个城市，从一个小区搬到另一个小区，从一座楼房搬到另一座楼房。没有了老宅院，没有了鸡鸭猪羊，没有了刺猬和黄鼠狼，没有了菜园子，没有了狗吠和鸡鸣，没有了蛐蛐叫，还能称之为故乡吗？

也许，我对故乡的眷恋已植入脑海，每每在梦中浮现，寻找着那似隐似现的故乡。也许，当我老态龙钟时，或因寻找故乡而走失，越琢磨越伤感。

早晨起床，心里不是滋味，跟爱人讲述了梦中的情形和内心的焦虑。"假如我老年痴呆了，走失了，一定是踏上了寻找故乡的路。也许大部分记忆都失去了，只留下一个念头，那就是寻找故乡的村庄。""不用伤感，到时候给你佩戴上智能定位手环，纵使到天涯海角也走不丢了。"儿子也给我支着儿："在手环上设置导航，1通往故乡的村庄，2回到现在的家。无论走到哪里都在我们的监控之下，不会走失的。"

外出求学以至工作，也时常回故乡走走看看。但还是无数次在梦中寻觅，可就是找不到回乡的路，找不到故乡的村庄。有人说，找不到回家的路是人生的悲哀。这竟然在我身上应验了，我怎么会陷入如此不堪的境地呢，哪怕是在梦中。

也许，我心中的故乡，就不是那个现实的村庄，那棵老槐树，那座老宅子，而是童年、少年我在村庄里，在老宅子里，度过的每一寸光阴，留下的每一个脚印。即使我找不到它们，或者它们已经消失了，但老宅子的那些亲人、那些农具、那些柴草、那些小动物、凝聚的那些生活情形，都深深地刻在了我的生命里，构成了我心中永远的故乡。

我心里明白，终究有一天，阳光不会再照耀我，但我还会在漫漫长夜里苦苦寻觅。我会再次踏上寻找故乡的路，寻找故乡的村庄，寻找村庄的老宅子，村庄的大槐树，村边的小河，还有那魂牵梦萦的大坑。

到那时，我会沿着它们指引的方向走回去，回到故乡，回到村庄，回到老宅子，推开栅栏，走进院子，摸到那棵老椿树，摸到我刻在上面的名字，闻到我曾经留下的气息。

当我混沌地回到家时，没有人知道我回来。推开虚掩的门，向家人们打招呼，似乎也没有回应。我摸索着走进老屋，小心翼翼地坐在炕沿儿上，呆呆地望着月光朦胧的院子……

2. 大清河

小时候，大清河川流不息，逶迤入海，就像一条玉带环绕在村庄周围，人们习惯称之为"北河儿""东河儿"和"南河儿"。河水潮起潮落，成群结队的海鸟在河道上空盘旋。两岸芦苇婆娑，滩涂水草萋萋。河流、滩涂、水鸟、村庄构成了一道流淌的自然风光和人文风情。

夏季，在大清河洗澡、打水仗、捉鱼虾；冬季滑冰车、抽陀螺、砸冰窟窿。大清河就是我心中的母亲河。

历史上，大清河曾经是滦河故道，也称为西滦河、老滦河底，上游亦称为"汀流河"，下游称为"清河"。旧时，滦河流经乐亭县域，分为东滦河和西滦河入海，如今的大清河便是西滦河。县域内另一条河"青河"（现为小清河）在新寨镇小河沿村附近东支流汇入西滦河。新寨至入海口段下游河流"不混不塌"，河水清澈，便称为"清河"了。清乾隆二十年（1755年）乐亭县志载，西滦河"自马头营至清河口入海二十五里，河身广十余丈，深一二丈不等"，可见当时大清河的波澜壮阔。明景泰三年（1452年）东滦河淤塞，滦河在县域内由西滦河入海。自清"嘉庆十八年（1813年），滦水东迁，汀流河遂闭"，滦河从东滦河入海。大清河（西滦河）逐步演变成了县域内的季节性河流，但在光绪年间下游尚可行舟。后来，青河改称为大庄河、小清河，而汀流河、清河改称"大清河"了。

乐亭县志载，历史上大清河依托渤海、滦河，漕运业发达，曾经船来舟往，商贾云集，元明时期达到顶峰，一直延续到晚清。滦河漕运经渤海通烟台、天津和辽东各码头。明季，供应长城关口驻守官兵的粮草多通过此航道运输。所需粮草运至滦河口改用河船，顺滦河上行至乐亭县城、滦州，到达永平府（现卢龙县城）、迁安、下板城（承德县），再改旱路运至各关口。民运商船也通过海运、滦河漕运将天津、山东、辽东各地的日用百货、布匹、粮油、洋布、煤油、火柴等运往永平府各县销售，本地的籽棉、大豆、海产品、山货、柳编、苇席、猪鬃、笤帚、食盐等土特产运往外地销售。滦河漕运给大清河沿岸带来了商业繁荣，拓宽了乐亭土著居民的视野，促成了多元文化融合。在相当长的一个历史时期内，滦河既作官府水运通道，又兼作民间商贸运输。

大清河入海口也是海防要冲。明清两代官府在马头营镇（靠近大清河口的码头）设置墩台、兵营派兵镇守。但自清末滦河改道以来，大清河河道淤塞，逐渐成为季节性河流，难以行舟，漕运业也随之消亡。由此可见，大清河是伴随着历史流淌的一条古老河流。同时，也是村庄与外部世界沟通的桥梁。

说起大清河漕运，流传着老奶奶"高粱米换大枣"的故事。话说，孙张氏老奶奶，裹着一双小脚，能说会道，善与人交往，在村庄里是一位家喻户晓的能人。老奶奶是我家斜对门二舅的爷爷的奶奶，生活在晚清年间。

紧邻村庄西侧百十米一条小河为大清河的一个支流，人们习惯称之为"西河沟子"。从村庄西南，流经下洼村、九沟村入海，向北一二百米通往大清河，上行至马头营镇转运码头。从山东沿海过来的商船路过西河沟子，到达大清河各码头卸货交易。每到深秋季节，老奶奶端着一簸箕高粱米站在河边，手搭凉棚等候商船。看到商船来了，老奶奶与船东打招呼："老客儿，歇歇脚，喝口水吧。"船东停下船与老奶奶搭讪，聊了几句，老奶奶问道："你们船上装载的是大枣吧，听说你们山东的大枣忒好吃了，用高粱米换大枣，中吧？"运输大枣的商船要到马头营镇才上岸交易，不会在半路上零星买卖。船东看到老奶奶白发苍苍，礼数周到，一双小脚走到河边不容易，也就同意了。山东老客儿大多豪爽，也不用称了，倒出老奶奶簸箕里的高粱米，给老奶奶装上满满的一簸箕大枣，老奶奶千恩万谢，端着簸箕挪动着一双小脚回家去了。老奶奶冲破世俗偏见，勇敢地走出家门去换大枣实属不易。乡亲们羡慕和敬重老奶奶的勇气和胆识，化作一段佳话流传下来。

大清河就是小伙伴们的水上乐园。每到雨季，大清河河水上涨，是游泳戏水的好时节。东河河道对着村庄的一段挡了一道埝，被乡亲们称为"大屁股埝"，是游泳戏水的好去处。孩子们三五成群跑到河边，一边跑一边甩掉衣服，光着屁股"扑通"跳入河里。雨后，河流湍急，人被河水冲着走，遇到小漩涡被卷起来，感觉就像漂在水里。一个猛子朝对岸扎过去，露出头被水流冲得偏离老远，奋力再游回来。

岸边滩涂密布着"窜眼"（方言读cuan，泉眼），这是村庄人对泉眼的形象称呼。泉水从河边涓涓流出，再汇入大清河。踩在泉眼上，试图用光脚板把泉眼堵上，泉眼总能找个缝隙冒出来，怎么也堵不上。急了，一屁股坐上去，凉飕飕的，赶紧蹦起来，不然屁股蛋子就会被冰得麻木了。

大清河直通渤海，潮起潮落，鱼虾肥美。每到季节，摸鱼虾，抓河蟹，追海鸟。大哥哥们到河中间去捉大鱼，我们在河边捉小鱼小虾。光着屁股趴在岸边，顺着河水冲蚀的河床，寻找栖息在岸边的小鱼小虾小螃蟹。偶尔捉到几只，塞进嘴里就吃掉了，这就是所谓的"生吃螃蟹活吃虾，蚶子蛤蜊满嘴爬"。

秋后，河蟹肥美，人们三五成群提着水桶到大清河捉螃蟹。挽起裤腿，撸起袖子，蹦蹦跳跳地跑到河里踩螃蟹。河水没过膝盖，碎步慢走，用脚感触螃蟹。踩到了，脚不要动，迅速抓起螃蟹放到桶里，手慢了容易被螃蟹夹到。不知是那时的螃蟹多还是螃蟹傻，不多时就抓到半桶了。回到家，一切两半酱焖螃蟹，咸鲜美味。

渤海的梭鱼、鲈鱼、刺鱼等杂鱼随着潮水洄游到大清河，属于海水淡水交界处的鱼虾，老家称为"两混水"的鱼虾。大人们使用挂子、张网、拉网、甩网等捕鱼工具各显神通，总能抓到肥美的鱼虾。两混水的鱼虾味道咸、鲜、甜，不用加任何作料，煮熟了汤汁里漂着一层油花儿，喝一口，味道鲜美极了。

大清河鱼虾丰富，引来成群结队的海鸟嬉戏玩耍。有的在河边行走觅食，有的扎猛子捉鱼虾。小伙伴搞恶作剧，偷偷趴在岸边，猛地起身追赶海鸟。海鸟受惊一哄而起，扑棱着翅膀飞跑了。河道边滩涂湿地，栖息着一种俗称"唔嘞"的小鸟。春夏之交，在草地上做窝下蛋孵化，鸟窝藏在水草茂密的地方，偶尔找到几个，欣喜不已。

一种俗称"叼鱼狼子"的海鸟，在距离水面二三十米的高度微微扇动翅膀，静止在天空，一旦锁定猎物，头朝下箭也似的直冲河面，用尖尖的喙擒获小鱼。捕鱼技巧可谓稳准狠，干净利落。

"张网"是一种古老的捕鱼工具。用两根粗长的竹竿作为"纲"撑起渔网，"纲"七八米长，网张开呈三角形。捕鱼时，一人手持张网弓腰蹲在河中间，张网以待。另外两个人在距离张网百十米的地方，在河两岸拉着一根绳子向渔网方向小跑，一边跑一边甩动绳子敲打水面，受惊吓的鱼虾，朝张网方向逃去。鱼群快到了，撑渔网的人弓着腰，见机迅速抬起网，鱼就进入张网兜里了。要领是把握准抬起张网的时机，抬早了，鱼还没有进来；抬晚了，鱼就跑掉了。这需要经验丰富、臂力过人的老渔夫操刀。

猛子虾是制作虾酱的上好原料。每到秋季，大清河的猛子虾在河面跳跃，密密麻麻地遍布河道，好像河面起了一层雾。拉网里面罩上一层蚊帐，大人们在河道里拉动捕获猛子虾，一网能拉到几斤甚至十几斤。小伙伴们使用推网捕虾，手持推网在河面上推着走，猛子虾就进网兜里了。捡拾掉杂草，不多时就捕获半网兜。放几勺大酱熬煮猛子虾，吃一碗高粱米粥，鲜味可口。猛子虾腌制做虾酱，打开坛子满院飘香，表面漂一层金黄色的虾油，浓香扑鼻。

20世纪70年代中期，大清河入海口处修建了"防潮闸"，河流与大海人为隔离,大清河变成了名义上的淡水河。那时,大搞农田水利基本建设,筹划用大清河水灌溉农田。起初几年确实也发挥了一定的灌溉作用。

记得一线机耕道靠近河边的地方挖了一道引水沟,将大清河水引到岸边小水坑,用戽斗汲水,顺着机耕道边沟渠流到田间地头。戽斗是一种古老的人力提水工具,柳条编制的,形状略似米斗,两端、底部各拴一条长绳,两人站在水坑两侧,手执长绳,悠起戽斗扔到坑里,接着身体后仰,两臂拉起戽斗,将河水一斗斗提到沟渠里。两人配合默契,前仰后合,节奏感强,动作娴熟优美。我那时看到大人们用戽斗汲水的样子很是羡慕。

没过几年,大清河淡水逐年减少,经常处于半干涸状态,逐步失去了灌溉功能。人为改变了河流的自然生态系统,上游生产及生活污水排放,大清河逐渐变成了枯水河、臭水河。每到枯水季节,大清河仅剩一条小水沟,鱼虾因缺氧大量死亡,漂浮在河面上,河水也无法用于灌溉了。

迈入21世纪,在"绿水青山就是金山银山"的时代背景下,大清河也迎来了新的生机。近些年,大力治理河流污染,疏浚河道,整修两岸堤坝。如今,水清了,岸绿了,大清河生态系统得到一定程度恢复。也许在不久的将来就会重现鱼鸢雀跃、水草丰美的景象。

曾几何时,先人们勇敢地越过大清河,来到这片荒芜的土地上开疆拓土,建庄立户。大清河就像母亲的乳汁,哺育了一代又一代人。人们也用自己的方式护佑着大清河,与大清河和谐共处,生生不息地繁衍流淌着。

我作为大清河哺育成长的儿女,曾无数次扑入大清河的怀抱,看鸟儿戏水,鱼儿雀跃,日落日出,感受大清河的温暖、宽阔和丰腴,也深深地感恩大清河给我童年带来的快乐和美好记忆。即使到了今天,每每回到村庄,路过大清河,我也会站在桥上拍几张照片,凝视着不知疲倦地流淌着的大清河,陷入沉思……

3. 大槐树

像许多北方村庄一样，大槐树矗立在村子中央。

村子里的老人不知道它多大岁数了，何年何月何人所栽。母亲说，她小的时候大槐树就那么大了。从粗壮的树干、满是皱纹的干裂树皮和遮天蔽日的树冠判断，它比村子里的人岁数都大。

炎热的夏季，大槐树密密麻麻的叶子成了天然大凉棚。闲暇时，乡亲们聚在大槐树下乘凉，聊天，下棋，打牌，讲古言儿（方言，讲故事），大槐树就是村庄的清谈馆、棋牌室、大礼堂。日常，说书唱戏的、忆苦思甜大会、民兵列队训练、三夏动员大会，大大小小的集会都把大槐树作为场地。偶尔，卖冰棍的小姑娘，卖鱼鳖虾蟹的老汉也来吆喝几声凑凑热闹。

记得一位个子不高，白白胖胖的老头儿，按庄稼辈我称呼为姨姥爷，曾在国营航运公司工作，退休后回到老家颐养天年了。姨姥爷是位象棋高手。吃过早饭，拿着小板凳打着蒲扇坐在大槐树下，摆开象棋招揽棋友切磋。姨姥爷戴着高度近视眼镜，眼镜片从外边看一圈一圈的。他总是笑眯眯的，自信写在脸上了。遇到挑战者，姨姥爷镇定自若，边说边笑，调侃对方，任你怎么悔棋他也不在意，谈笑中，杀得对方片甲不留，挑战者只好灰溜溜地退下。姨姥爷赢了也不得意扬扬，输了也不生气，神态自若，平和豁达，是一位可敬可爱的老头。下棋时，围着一群人看热闹，有的默默观战，有的大声助威，有的指手画脚，急得脸红脖子粗，比下棋的人还着急，嬉闹欢笑声中，谁也不在乎输赢了。我也喜欢凑热闹，观看姨姥爷下棋，不知不觉中也偷偷学会了下象棋。

大槐树不远处就是老井。伴着夕阳，婶子大妈们忙着在井边捶布洗衣，淘米洗菜，打情骂俏。这么热闹的地方，自然少不了小伙伴们跑来窜去，和泥踩水，与大槐树、老井、村妇形成了一道不可或缺的井台风情。

大槐树就像村庄的魂儿，它见证了村庄的前世今生，寄托着游子思念故土的情怀。它陪伴了村子里的几代人，大事小情它都了如指掌。

它知道谁家办喜事了，娶的谁家的姑娘，长得俊不俊（家乡读zùn），会不会过日子；它知道谁家的男人勤快，没白天没黑夜地下地劳作，过着老婆孩子热炕头的日子；它知道谁家的男人下关东了，再也没有了音信，家里的女人走过大槐树每每到村边，踮着脚遮眼瞭望，盼望着郎君背着钱褡子风尘仆仆归来；它看见灾荒年景，人们衣不蔽体，食不果腹，三三两两搀扶着，摇摇晃晃地走出村庄去讨口饭吃；它看见人们载歌载舞，扭着秧歌，喊着听不懂的口号，欢庆新时代的到来；它也看到人们群情激昂，心情浮躁，抡圆了膀子吃着"免费的午餐"，紧接着就是食不果腹，面黄肌瘦，用仅有的力量，摇摇晃晃去采一把野菜充饥；它见证了人们敲锣打鼓，庆祝祸国殃民的乱臣贼子被铲除，迎来新时代的曙光……

大槐树一直在路口默默地守望着，似乎在等待着远行的游子归来。功成名就的，分享一份快乐；过得不如意的，念叨念叨，释放一下情绪。无论怎样，大槐树永远张开怀抱，期待着村子里走出去的每一位游子常回家看看。

当我再次回到大槐树身旁，它已经老了，作为古树保护对象，周围用铁栏杆围了起来，让人既感慨又欣喜。感慨的是树干已现腐朽的空洞，大槐树的小半边枯萎了；欣喜的是另一半还算枝繁叶茂，就像一位半身不遂的老人，顽强地与生命抗争着。

大槐树也舍不得离我们而去呀，舍不得离开养育它的这片土地，它还要笑看世事变迁，享受现世安宁。大槐树要是老去了，我们这些少小离家的游子更找不到故乡了。大槐树也似乎在等待着游子归来，向他们述说这些年来村子里的那些事儿、那些人、那些悠悠岁月。

大槐树下，看电影、说书的热闹场面不见了，锣鼓声、秧歌队也消失得无影无踪，孩子们嬉戏打闹的场景少见了，只有那唢呐声伴着出殡的队伍，一次又一次地从大槐树下走过。大槐树在想，人们这是怎么了，厌倦我老了，还是嫌弃我病了，为什么一个个先我而去，再也不回来看我一眼？

也许，就在将来的某一天，送葬的人们与大槐树告别，再也没有回到村庄，消失得无影无踪，只留下大槐树在风雨飘摇中孤单地守望。

村庄也老了。年轻人跑到城里去打工了，为了让小孩子接受良好的教育，家也搬到了城里。当下，村子里的年轻人娶媳妇，小伙子在城里没有楼房和"四个轮子"，丈母娘是不会答应的。村子里早些年就不批宅基地了，年轻人结婚没有新房子可住，也只好把家安到了城里。

村子里的老年人还在坚守着大槐树。他们舍不得脚下那几亩地，舍不得住了几代人的老宅子，更舍不得陪伴自己的大槐树。似乎是与大槐树立下了盟约，不离不弃，相互搀扶，一起老去。这一代人，对村子的情感就像大槐树，根扎得太深了，与村子浑然一体，既不愿老去，也舍不得离开滋养自己的这片土地。

村庄老了，但村子里的人们似乎不愿它就这么老去。即便是老了，也要保持一颗年轻的心，时不时地"化化妆，除除皱，美美容，换件时髦的衣裳"。于是，村子里修了柏油路，安装了路灯，旱厕改成了冲水厕，垃圾统一填埋，道路两旁栽上了景观树，村子的环境反而越来越美了。大槐树也乐见村庄的变化。

写作《大槐树》的当天晚上，我梦中回到故乡，去看望大槐树。远远望去，大槐树枯死了，只有在风雨中飘摇的枯枝残叶还昭示着大槐树的曾经，内心顿觉无限伤感。待走近大槐树，见大槐树从根部滋芽，几根新枝长到一米多高了，我半信半疑，围着大槐树仔细观察。

兴奋地大喊："大槐树没有死，大槐树还活着，大槐树有子孙后代了！"

回味梦境，我突然有了去看看大槐树的冲动。于是，我赶着周末时间，驱车回到了我日思夜想的村庄。这比我在梦中回到村庄容易得多。

我站在大槐树下，仰望它那苍老的身躯，抚摸着它厚实的胸膛，我们拉起了家常。大槐树深情地拉着我的手让我坐在它的身旁，依偎在它的胸膛，就像小时候依偎在母亲的怀抱，让我感到安心和踏实。大槐树唠叨起这些年来村子里的那些人那些事，我也给它讲述我在他乡生活的点点滴滴。

大槐树还记得我四十年前，背着行李卷儿，斜挎着书包，迎着朝阳，意气风发地从它身边走过，去外地求学。它望着我悠长的背影，依依不舍地与我道别，喃喃地对我说："孩子，你长大了，去闯荡吧。"

那时，我还是个青葱少年，对外面的世界充满了无限遐想，踌躇满志，顾不上停留，回望了一眼大槐树，就匆匆离别了。多少年后，再次回到大槐树身旁，内心充满了愧疚。

大槐树宽宏大量，从不责怪自己的儿女。它关心地问起我这些年过得咋样，工作好不好，心情好不好，吃得香不香，睡得好不好。问长问短，问这问那，大槐树就像老母亲唠叨个没完。我也给它讲述"关外"的故事，讲述这些年的风风雨雨、坎坎坷坷。讲到兴奋时，我们前仰后合，开怀大笑。讲到忧伤时，它陪我黯然神伤，微微颤动巨大的身躯，为我抖落几片树叶，就像母亲流下的心疼的泪水。讲到坎坷时，它用枝叶抚摸着我的头，给我鼓励和安慰，激励我克服困难、砥砺前行。

我们天南地北聊得开心快乐，聊到夕阳西下，大槐树依依不舍地对我说："我一直在村子里，没有离开过半步，阅尽了人间沧桑，见到了太多的悲欢离合。外边的世界很精彩，外边的世界也很无奈，实在不顺心就回来吧，抛开那些无聊的纷争，离开那些不真实的职场应酬，舍弃灯红酒绿，远离车水马龙，这里有你熟悉的土地，熟悉的一草一木，有你的乡里乡亲，有你儿时的伙伴。关键是我还在，陪你种地种菜，陪你聊聊天，陪你重温儿时的快乐时光。如果你不嫌弃，就在我身边搭个窝棚吧，我给你遮风挡雨……"

大槐树说着说着，我的视线已经模糊，我的思绪逆风飞扬，再之后大槐树说了什么，我一句也没有听进去。我闭上双眼，仰起头，任凭滚烫的泪水顺着脸颊肆意流淌。

大槐树感觉到了我的失态，深情地说："孩子，就让泪水把一路的艰辛、坎坷和忧伤，冲刷得一干二净吧。抖落尘土，放松心情，去开启新的生活。"

4. 老 井

老井与大槐树相依，是村子里唯一一口甜水井。井口是圆形的，井深看上去有十多米，井壁用青砖垒砌，周围布满了青苔。平常年景，井水取之不尽，用之不竭，滋养了世世代代村庄人。

70年代初期，天大旱，眼看老井见底了。大队印发了水票，每天每户凭水票分到一担水。挑水的村民排出几十米远，两三个小时才能轮到打水。水混浊不堪，夹杂着大量泥沙，不能直接饮用，担回家要沉淀半天才能勉强饮用，还有点儿苦涩的味道。

村庄位于大清河河套一片高地上，遇到干旱年景，地下水位下降，井水就没有保障了。乡亲们只好推着独轮车，装上几只水桶，到地势低洼的下洼村、李庄村、新庄子去担水。担水的人多了，影响当地村民用水，需要征得邻村大队的同意，还要排上半天队才能打上几桶水。路上，舍不得水溢出，水桶表面撒一层麦秸秆，防止独轮车颠簸时水溅出。

村子西北角有一片池塘，村庄人称为"西树行（háng）子"，实际上就是几个连起来的小水塘。平常年景，清凉的泉水汩汩流出，水是甘甜的。小伙伴们常去挖泉眼、堵泉眼，踩着泉眼冒出的凉飕飕的水蹦跳玩耍，渴了捧起泉水喝几口。天大旱，水塘也干涸了。

县里派来了驻村干部组织抗旱，带领群众扛着铁锹镐头，拿着水桶水瓢到西树行子找水。几个干部模样的人挽起袖子，撸起裤腿，与村民们一起拿着铁锹在池塘里挖坑寻找水源。干部的穿戴与村民不同，让我印象深刻。父亲、哥哥们也参与了找水工作，我也跟着去凑热闹，拿着一把煤铲子挖着玩儿。

大人们挖了几个坑，也能舀上几瓢水，水是苦涩的，不能饮用。众人热火朝天地寻找着，不知道谁突然大喊了一声"找到水了，找到水了，甜水，快来看呀"。人们朝着喊声跑过去，我也从人群中钻到前边，果然看到距离地面两米多深的地方，从泥沙中渗出一股股细细的水流。县里来的干部拿水瓢舀了水，喝了一口尝了尝，大喊一声"是甜水，是甜水，找到水了"，众人举起铁锹、水瓢欢呼雀跃。大家围着出水口开挖，修整成两米多深，锅锥状的土井，还修了台阶，便于下井取水。流量不算大，但也总算能解决村民一部分饮用水问题。

成片的高粱已经打蔫了，再找不到水庄稼会大面积减产。天大旱，人大干，战天斗地夺高产。大队集中壮劳力到村南田地里打锅锥井，解决农田灌溉用水问题。县里派来了打井队，在大清河边一块田地里打井。趁着挑菜割草的机会常去看热闹。

锅锥井是用一种大锅锥作为钻头，半机械化回转式打成的井，四五十米深，内径五六十厘米，井壁用水泥管子镶嵌。锅锥井口径大，出水量大，用潜水泵抽水。打锅锥井需要靠人力推动转盘，驱动钻头钻进，大队派了二三十名壮劳力参与打井。钻头镶嵌着"钢牙"，转动削土，这类井就是因此而得名。十来个壮劳力，喊着号子推动转盘，转几圈，钻头就装满泥沙，工人将钻头提到井口，倒掉泥沙，将钻头再放入井内继续钻进。推动转盘是个力气活儿，一帮人推几个来回，要换另一帮人继续推，一直打到设计深度为止。接着下水泥井圈、洗井，带走泥沙，直到出清水。

第一口锅锥井终于出水了，大家觉得有盼头了。不知什么原因，井水苦咸，不能用于灌溉了。据说，抽出的洗井水流到沟渠里，沟渠边就是生产队的梢瓜地。晚上几个小青年偷梢瓜，被看瓜大爷发现了，拿起镰刀追过去，偷瓜青年慌乱中把瓜扔到沟渠里跑了。天亮了，看瓜大爷发现梢瓜被沟渠里的水腌成酱瓜了，可见井水的咸度。尽管这是一个笑话，但井水确实无法灌溉了，只好废弃，另找他地再打。

小伙伴们热衷去看打井，不仅是为了凑热闹，更是希望可以捡到几根废弃的钢丝绳或者粗铁丝，当作弹簧做打鸟夹子。围着打井场地转悠几圈，总能找到几根，拿着钢丝绳乐颠颠地跑回家了。

为了解决饮用水问题，县里派来了古法打井队，在大槐树西南方向十几米处老井旁开始打新水井。平时我老想去看热闹，母亲不让我自己去，怕磕了碰了。

打井队员赶着几辆大马车，拉着木桩、木板、竹竿、竹板、棕绳等打井工具。卸下工具，支起两个木制的大轮子，直径五六米的样子。几个人在轮子里铆足了劲蹬木轮，驱动轮子转动，轮子把巨大的弓和弓绳拉紧，弓绳带动锥具猛砸地面，冲击钻进。钻头是榆木包铁皮做成的，据大人们讲这叫"弓绳冲击钻井法"，竹竿绑上棕衣作为井壁深入地下，能打到七八十米深，口径十多厘米的样子。

过了些日子，经过打井人的辛勤劳作，水井终于冒出了甜水。父老乡亲们奔走相告，拿着锅碗瓢盆来到井边，接一瓢水，喝一口，甘甜清冽，人人脸上洋溢着憨厚的笑容。乡亲们说着笑着喝了一瓢又一瓢，向打井队的师傅们道谢，热闹的场面让人难以忘怀。感觉水井里流出来的不是普通的井水，而是救命的水，是生活的期盼与希望。

水井池子是圆柱形的，口径一米左右，七八米深，施展不开水桶。打水时一不小心水桶就掉进水井里了，只好用绳子拴着水桶梁打水，费时费力又麻烦。于是，在距离水井北面十多米的地方，挖了一个大井池子，用于储水和打水。井池子呈长方形，深五六米，井壁是用青砖垒砌的，井口长宽两三米的样子，四周用青石板铺垫，井口还用木板做了方形的井坳。从水井到井池子修建了一条通道，用砖垒砌的，渗出的井水顺着通道流到井池子里。井池子同时能容纳四五个人打水，村民们打水挑水便利了。

古法打井队打出的水井仍属于自然渗水井。又过了几年，到了旱季，水位下降，井水苦涩，就难以满足人畜饮水需要了。

20世纪70年代后期，距离大槐树几十米的地方打了一口机井，这是村庄打的第一口机井，一百二十多米深，用潜水泵抽水，解决了乡亲们吃水难的问题。

男女老少齐动员参与打井。各家各户分配任务搓泥球。按重量记工分，学校也组织我们小学生搓泥球。搓泥球用的是海边的一种黏土。这种碱性黏土略带青色，耐冲刷、黏性大，泥球晒干坚硬结实，遇到水不易溶解。碱土要到海边去挖，掀掉几尺深的地表土，下面才有碱性黏土，多用于建房垒墙的黏合剂。

大队统一派人去挖黏土，分配到各家各户，每家要搓一百多斤。黏土加水搅拌成泥浆，手捧一块泥在地上反复摔打，增加韧性。揪一小块搓制成直径一厘米左右的泥球，晒干。以生产队为单位收集，再由生产队集中交给打井队。打井过程中，钻井工人不停地向井口里倒泥球，我感到好奇，琢磨着泥球起什么作用。询问大人，说是泥球回填封井保障水质，起到保护井壁的作用。

打好机井，盖起了水泵房。大队安排专人负责定时抽水，抽上的水通过管道流到井池子。井池子边上挖了一条排水沟，便于排掉井边的脏水。排水沟向南经过篮球场、校园门口、生产二队的打谷场门口，排入村南的沟渠。小水沟从篮球场边经过，日常打篮球，生怕篮球掉入水沟里，每当篮球滚向水沟方向时，就奋力跑过去一个箭步把篮球拨开。

每到夏季，井池子内壁长满了毛茸茸的苔藓。日常，刮大风了，周围的树叶、柴草叶子刮到井池子里，夏季还不时听到水井蛙鸣，俗话说"井里的蛤蟆，酱缸的蛆"，人们是不会太在意的。日常热心的村民也时不时地清理水井，把柴草杂物用耙子打捞上来。刮大风了，来不及打捞，打水时需要用水桶摇摆几下，把井水表面的柴草叶子拨弄到一边去，就能打一桶干净的水上来。

时间长了，井底堆积了泥沙和杂物，这时就需要淘井了，一两年至少要淘上一次。众人先用水桶一口气把井水淘出大部分。这时，一位大哥哥穿上雨衣,喝上两口烧酒,腰上系一根绳子,顺着梯子下到井底。我家的梯子是整根松木杆子做成的,七八米长,结实耐用,村子里只有这一把像样的梯子,淘井时常被借用。大哥哥快速把剩余的井水装入水桶拉到井面倒掉,接着清理砖头瓦块、泥沙等杂物。干上一阵子,大哥哥冻得嘴唇乌青,我们赶紧把他拉上来,喝两口烧酒,暖暖身子,再换人下去接着清理,直到把泥沙杂物清理干净为止。水井淘干净了,井水恢复了清澈,又甘又甜。

每到春夏季,井边充满欢声笑语。婶子大妈们挽着袖子,光着脚,提水搓衣,浆洗被褥,一边洗一边唠嗑,议论着柴米油盐,东家长西家短。谁家的鸡下了几个蛋,谁家媳妇不会过日子又吃白面饽饽了,李家娶媳妇,孙家嫁闺女,谁家老爷们儿进了李寡妇的屋里,添油加醋地议论一番,井台成了小道消息集散地。见谁家的大姑娘小伙子从井边走过,免不了议论几句,"看人家大姑娘越长越俊(方言,读zùn)了,还能干活,将来肯定能找个好婆家"。还追问人家大姑娘有没有心上人,小伙子有没有意中人,问得大姑娘小伙子面红耳赤,都不敢从井边走路了。

小伙伴倒不在乎,每每到井台旁玩水凑热闹。拿个罐头瓶子,绑上细绳,放到水井提"井拔凉水"。趴在井边,慢慢将小瓶子放入水井,提着绳子晃动几下,水就灌满了。提上一小瓶水,大热天喝一口清洌甘甜的井水,五脏六腑感到通透清凉。还不时趴在井沿上,看水井有没有青蛙,扔进小石子听听水井的回音,试探井的深浅。大人们看到了自然训斥一番,恐怕小孩子在井边玩耍危险,井水是饮用的也不能扔砖头瓦块。听到大人们喊话,小孩子便一哄而散跑掉了。

傍晚,生产队饲养员牵着牛马来到井边,打几桶水饮牲口,劳累一天的牛马咕嘟咕嘟喝个饱,悠闲地回到饲养处,吃草休息,准备次日的劳作。

人们来到井边担水,不急于回家,把水桶放到井边,走到大槐树下,卷起老旱烟与老少爷们儿天南地北唠上几句。聊得开心了,忘了担水做饭，直到老婆孩子来催促了，才起身快步担水回家。

天气闷热，干了一天农活的叔叔大爷们像个泥猴似的，一身臭汗。擦黑儿时分，来到井台旁打上一桶水，咕嘟咕嘟喝上几口，再提起水桶，从头到脚浇个透心凉，冲掉一天的疲劳，神清气爽。

迈入21世纪，村子里的水井越打越深，打到两百多米了。新机井选址离开了大槐树，选在村庄南面耕地里。地下水甜润、洁净。各家各户安装了自来水管，早晚各放水一小时，装在大水缸里，再也不用挑水了，也不用为吃水发愁了。

打了新机井，大槐树旁的一个个老井逐渐废弃，直到被填埋，上边还盖起了"快递驿站"。

没有了老井的村庄，总觉得少了点什么。井台旁婶子大妈们的欢声笑语，讲古言儿的老大爷，小朋友们的嬉戏玩耍，滋养了我的童年。转眼间这些井台风情随风而去，只留在了我们这一辈人的记忆里。

老井，与村庄人相伴，历经无数风风雨雨，养育了一辈又一辈人。喝着老井水长大的村庄人，一拨一拨走向外面的世界。或下关东，商场打拼，赚得盆满钵满；或拓荒耕种，丰衣足食，过上了安稳日子；或闯荡天下，混迹职场，事业有成。无论怎样，他们血液里始终流淌着老井甘甜的乳汁，耳边回荡着老井深情的嘱托。无论是在战场、商场、职场，还是普普通通过日子，无不彰显出老井的深邃、明亮和清澈。

老井与大槐树就像一对儿老爷爷老奶奶，一路相伴，相互滋养，依依不舍。老井带着迷离带着困惑先大槐树而去，消失在村庄的地平线上，撇下大槐树孤单地守望。老井就像一座无形的丰碑，它的滋养，它的包容，它的故事，已深深地印在了每一位喝过老井水的村庄人的心中。

5. 老碾子

记得，仅剩的一盘老碾子，架在村庄西面一条通往大坑的小路口。大队盖了土坯碾棚，刮风下雨也能碾轧米面。我到哥哥家路过这条小路，来情绪了，推着空碾子跑几圈，一溜烟儿转着圈跑到哥哥家。

农耕时代，乡亲们用石碾子加工谷物，做成各种各样的饭食，养育了祖祖辈辈的人们。60年代以前，村子还没有通电，乡亲们吃的米面仍旧依赖石碾子碾轧。

碾盘、碾碡子、碾框和碾棍构成了石碾子。碾盘中心位置嵌入碾轴，以碾轴为支点固定碾框。碾碡子两侧各有一个凹槽，用铁箍嵌入槽内，利用嵌在碾框内侧的两根楔形铁脐，卡入碾碡子的凹槽内，将碾碡子嵌在碾框里。碾框两端留有圆孔，插入碾棍驱动碾碡子转动。碾盘、碾碡子刻着条形纹理，通过碾碡子在碾盘上来回滚动摩擦碾轧谷物。

老碾子的碾盘、碾碡子，纹理变得模糊了。碾盘由边缘向中间凹进去，磨出了凹槽。碾碡子内圈粗，外圈细。碾碡子与碾盘长年累月摩擦紧紧地咬合在了一起，磨合得天衣无缝，换了哪一个，老碾子都无法正常运转了。枣木碾轴与碾框、碾框与碾棍接合部磨出自然的凹槽，碾框布满了深深的裂纹，手触及处已现枣红色的包浆。看得出，老碾子饱经沧桑，人们也说不清它有多少年头了。

笨重的石碾子不禁让我联想到，村庄地处渤海滩涂，周边几十公里没有山石，几吨重的碾盘、碾碡子是怎么运来的，从哪里运来的，是谁出钱出力置办的,车马土路的运输条件下这绝非易事。据老人们讲,石碾子是由过去殷实人家置办的,放在自家院子里,已记不得是谁家的。石碾子不仅仅是自家使用,还向左邻右舍开放。从这个角度讲,石碾子不仅是用来碾轧米面的,还承载着乡里乡情。

石碾子不停地滚动着,碾轧米面,加工谷物,喻示着乡亲们日子还过得下去。好几天看不到某家人上碾子了,十有八九是吃了上顿,没下顿了。在漫长的岁月里,石碾子就是乡亲们的生命线。

母亲背着小口袋,装着苞米去砸碾子(方言,碾轧米面)。碾米前,母亲先用笤帚打扫碾盘上的尘土。扫碾盘用的"糜子笤帚"是专用的,用黏高粱苗扎成。笤帚把儿是弯曲的,穗头朝下,扫米面实用方便。母亲把苞米均匀地撒在碾盘上,推动碾砣子转动,一边推动碾砣子,一边用笤帚翻扫,使苞米得到均匀碾轧,这称为"揽碾子"。直到把苞米破碎成颗粒大小适中的"苞米破米"。碾轧苞米的头天晚上,母亲还要给苞米洒上一遍水,放口袋里闷上一晚,这样碾出的苞米破米鲜亮好看,口感软糯。

要过年了,母亲端着一簸箕黍子碾轧成面粉,做黏豆包或者做艾子饽饽。碾轧过滤面粉需要"箩面"。箩是一种专用于筛面粉的工具,分为粗箩和细箩,用绢或细铜丝制作的。黍子碾轧细碎,用洋铁撮子撮一部分放入箩,不断晃动筛出细面,碎渣继续碾轧,直到把全部黍子碾成面粉。

儿时,我没有力气帮母亲推碾子。跟着母亲到碾棚玩耍,看着母亲一圈一圈推碾子,很吃力的样子。我长大点儿了,能帮助母亲推碾子了。小孩子没多大力气,在母亲身旁助推,也总算能帮母亲出点力。十多岁的时候,我自己能推碾子转动了。我在前边推碾子,母亲在后面用笤帚揽碾子,归置碾盘上的棒子楂,不一会儿就碾轧好了。

记得碾棚对面住着一位三奶奶。三奶奶没有后代,我路过碾棚,经常看到三奶奶自己推碾子,走几步歇一会儿,我便帮三奶奶推几圈。三奶奶夸赞我懂事,说我长大了会有出息的,我心里感觉美滋滋的。

推碾子是有门道的。把碾棍横在肚子前，两手握住碾棍，身体前倾，腿脚蹬地，驱动碾磙子逆时针方向转动。长期使用，碾盘周围地面被蹬出了一圈凹沟。推碾子时要抬头向前看，老低头看脚下，推几圈就晕头转向了。

秋后，生产队分了口粮，乡亲们急着碾轧谷物，几家凑起来借用生产队的毛驴拉磨，省时省力。驴拉磨得戴上"蒙眼儿"和笼嘴，用块黑布蒙上驴眼睛，不然毛驴看到碾盘上的粮食也想吃几口，任你如何驱赶它也不愿走了。我们生产一队的一头小毛驴，半人多高，干重活儿不顶用，拉碾子正适中，只要喂一次草，一天就不停地拉碾子，乡亲们都称它为"模范驴儿"。

过年过节前几天，左邻右舍忙着去碾轧米面，这时碾米是需要排队的，歇人不歇碾。为了赶上节日正午饭，天不亮就用笤帚、簸箕、洋铁撮子排队占碾子，轮到了赶紧碾轧。有时，需要提着煤油灯伴着月光碾轧米面。

平时，碾子是清闲的，去几趟是有数的。经常听母亲筹划着留出多少斤麦子过年过节用，还要留出一部分，做成哥哥们干重体力活时吃的干粮。青黄不接的年代，乡亲们舍不得把家里仅有的一点麦子拿去碾轧。麦秋刚刚分了口粮，谁家媳妇要是老去碾棚，会被左邻右舍笑话不会过日子。只有到了年节，不论是借还是自家留存的，用簸箕端着麦子碾成面，做饽饽或者包顿饺子过个节，也舍不得把谷糠都筛掉，混杂着吃，用这种面做出的饽饽黑乎乎、黏糊糊的。用现在的眼光看，全麦面是绿色健康食品，可那时的村庄人还是希望吃上一顿白面饽饽。

用碾子碾出的米面，不如机器磨出的面细腻纯净，但带有谷物原本的味道。记得母亲常用新苞米面做玉米饼子。刚刚成熟的苞米棒子搓下苞米粒，这时节的苞米水分适中，放到碾子上去碾轧。几圈过后，破碎的苞米就因湿度大粘在碾盘上，需要不时用铲子翻几遍才能继续碾轧。不要碾轧成面粉，碾细碎就好。苞米面加入小葱、少量盐和成面,或者加入时令蔬菜做成饼子,贴到大铁锅上烙熟。母亲揭开锅的一瞬间,升腾的蒸气夹杂着苞米的清香扑鼻而来,还没等热气散尽,我就迫不及待地抓起一个,烫得左手倒右手,不时咬上一口,香香的、糯糯的、甜甜的,吃出了苞米原有的清香味儿。

碾子不仅碾出了美食,艰难的岁月,也碾出了苦涩。秋收了,碾棚里充满了欢声笑语。到了春脖子时节,碾棚寂静冷清,整天见不到碾轧米面的人。过得好的人家去碾棚,还要赶早晚偷偷地去,生怕别人看见,投来羡慕嫉妒恨的眼神。

高粱米适合做米粥。为了多出点粮食,把高粱米碾轧成高粱面做窝头吃,这样谷糠也不浪费。高粱米经过碾轧,高粱壳与高粱米分离,用簸箕将谷壳筛除,把高粱米碾轧成高粱面。与苞米一样,碾轧前一天晚上洒入水搅拌,这样碾出的高粱面味道纯正。高粱面做成窝窝头,黑乎乎、黏糊糊的,拉嗓子,吃一口窝头,需要喝一口菜汤冲下去。更要命的是食用带谷糠的高粱面窝头,会导致排泄不畅,蹲在茅厕里,一个个憋得面红耳赤。

碾棚是村庄的公共空间,也是村民消遣娱乐的场所。闲暇时,男人们聚在碾棚旁唠嗑拉家常。或农事,或家事,或神话,海阔天空,说说笑笑,打打闹闹。娘儿几个坐在碾盘上,纳鞋底子、缠线绳,说说张家长李家短。高兴的事向大家显摆,愁苦的事向大家诉说。或哈哈大笑,或嘀嘀咕咕,碾棚充满了欢乐与温情。

小伙伴们围绕碾棚打闹。趁大人们不注意,推着空碾子转圈,大人们看见了急忙制止。一来推空碾子危险,不小心会碾轧到手脚;二来空碾子石磙和磨盘的咬合容易把纹理磨平,会加速碾子的磨损。老话说"推空碾子,来年要挨饿的"。

70年代初,村庄通了电,大队建起了磨米厂,为村民加工米面。母亲还是时不时地用碾子碾轧谷物。碾子碾出的米面,带着泥土的芳香,吃起来地道。

记忆中原有三盘碾子。一盘在村西北,一盘在村东头,一盘在村中间，分别为附近村民使用。到了80年代初期就只剩下一盘了，挪到了不起眼的小过道里，偶尔还有村民碾轧米面。起初，盖了碾棚，刮风下雨也能碾米。后来，碾棚无人修缮，房顶逐渐破损，露出半边天。再后来，碾棚坍塌了，成了露天碾子。到了80年代末，随着滚滚向前的时代潮流，碾盘和碾磙子也不知到哪里去了，悄无声息地消失在躁动的村庄里。

  在有老碾子滚动的岁月里，左邻右舍来到碾棚说说笑笑，唠唠家常，是村庄一道标志性的风情。正是有了老碾子，碾出了祖祖辈辈的酸甜苦辣，碾出了生活的希望和美好，碾出了我儿时的快乐时光。老碾子，就是一个时代的象征，一段岁月的写照。多少年过去了，老碾子好像还在我的心里"咯咯吱吱"地转着，还有母亲那推碾子碾轧米面辛劳的身影。

6. 老宅子

我七岁那年，全家从人民公社驻地搬回了老家。回到老家没有房子住，只好"串房檐儿"（方言，暂住别人家房子），借住四奶奶家的三间西厢房。

三奶奶四奶奶的老宅子是一座典型的冀东民居，建于民国年间，宅基地为老孙家祖宅。坐落在村子中间，坐北朝南，两进院落。大门之内，西侧是猪圈，东侧靠南墙根儿是"茅厮（si）窖"（方言，厕所）。二门是拱形门楼，两侧有方形抱鼓石门墩，雕刻着花纹。二门内东西两侧是小耳房，放置杂物。紧挨着耳房的是东西厢房，房子结构对称，厢房北侧三间正房。正房的后面，应该还是东西厢房，地基已经建好了，因三爷爷四爷爷在东北生意不景气，再加上买股票血本无归，没有钱再建了，也就搁置了。依传统建筑格局，后院还应建有一排杂物间、猪圈、鸡舍、狗窝等，这样才是一座完整的冀东村庄院落。单就多半座宅子来看，错落有致，用料讲究，居住功能齐全而紧凑。院子南北长百十米，东西宽十余米。院内地面铺青砖，院墙有两米多高，全部用青砖垒砌。正房的外墙上，镶嵌着一块块青绿色的琉璃砖。在大多数人家还是土坯房的年代，三奶奶四奶奶家的宅子显得富足而阔绰。

三奶奶四奶奶居住在一套院落。据父亲讲，三爷爷四爷爷先后闯关东了，做小生意积攒了些钱，30年代哥儿俩回老家盖了这座大宅子。过去多是兄弟两个合起来盖一座宅院，各居住一半。一来是节省建房费用，二来体现了传统的家族观念。按照长幼顺序，正房东房为大，由三奶奶居住，四奶奶住在西房，整座院落两位老太太东西各占一半，显得冷清而少有人气。从家族发展脉络看，三奶奶四奶奶的宅院也是我们家族的祖宅了。三爷爷四爷爷与我爷爷是叔伯兄弟，家族内排行老三老四。三爷爷去世得早，四爷爷一直在东北讨生活，子女们也都在外地工作。

记得三奶奶是个大大咧咧的老太太，裹着小脚，三寸金莲，身着抿腿裤、对襟袄，总是笑眯眯的。记得三奶奶做饭不讲究，不论是过年炖肉还是日常做米粥，都半生不熟的，三奶奶满口只剩上下几颗牙了，只好用牙床咀嚼，不停地咂摸"蛞蛹"，食物还没有咀嚼细碎就囫囵咽下去了。三奶奶生活也不太讲究，衣服上经常是油脂麻花，屋内乱七八糟地堆放着篮子筐子柴草，经常遭到四奶奶的笑话和嫌弃。

四奶奶是续弦，没有子女。四爷爷常年在东北居住生活，较少回家，四奶奶在老家相当于守活寡。四奶奶是个精致的小脚老太太。不苟言笑，爱干净，衣着整洁，屋里屋外清扫得一尘不染。老太太个头不高，不论春夏秋冬都穿着黑色对襟袄，捆扎着裤脚，一双缠足小脚"咯噔咯噔"走路，显得干净利落。平时，我们都不敢到她屋里去。如果鞋底带点泥土，走后她就用笤帚反复打扫，把木地板扫得一尘不染。四奶奶还擅长熬膏药，遇到邻里跌打损伤，向四奶奶要点膏药敷上，不久就痊愈了。

两位老奶奶共用的厨房（过堂屋）是沙土地面的，因四奶奶常年打扫，过堂屋扫成了船形洼地，中间位置比院子低了一大截，进屋之前迈进门槛你得小心，不然"咕咚"一下你就掉进屋里去了。

70年代，三奶奶四奶奶年岁大了，子女都在外地工作生活，不会回老家居住，觉得这么多房子也无大用处了，就一点一点拆房子，卖掉檩木砖头瓦块，贴补生活。我们搬回老家时，院子大门和一进院落已经拆除卖了，只剩下二门内的院子。70年代中期，又拆除了东西厢房，到大地震时，整座院落就只剩下三间正房了。

拆毁三奶奶家的西厢房时，门框上方发现了"藏宝洞"。从洞里掏出一袋子崭新的民国纸币，五十元、五百元、一千元不等，应该是三爷爷从东北带回老家藏匿的，三奶奶不知情，三爷爷也没有告诉后人，也就浪费了。拆出的纸币花花绿绿的挺好看，既不能当现钱花，也不能兑换人民币，变成废纸了，没有人把这当回事儿，我们几个顽童，拿着纸币有的叠了纸飞机，有的叠了纸元宝。一大袋子纸币就不知所终了。现在回想起来有些可惜了，如果留到现在作为收藏品，是一笔不小的财富。

80年代，三奶奶和四奶奶相继去世，老宅子成了空宅子。大哥大嫂"斥巨资"买下了老宅子，也算是继承了祖宅。拆毁了仅剩的三间正房，翻盖成了新房。拆房时，幻想着拆出纸币，或者挖出一罐子袁大头、几根金条什么的，结果翻遍了房子，挖地三尺也没有发现金银财宝。现如今，幸存下来的两个石门墩，还印证着老宅子的曾经。

70年代初期，父亲遭难被迫退职回家，国家发放了退职补贴，父亲花七百五十元买了一间半房子，搬出了四奶奶家。搬回老家两年多，终于有了自家的房子。这就是我日思夜想、魂牵梦萦的老宅子了。

老宅子在三奶奶四奶奶家西邻，中间隔了一户人家。老宅子建于民国年间，原主人秃老七在东北做买卖，挣了钱盖了大宅院。后全家迁居沈阳，宅院让其叔伯兄弟秃老八看管。土改时，秃老七不在老家，宅子自然而然被充公平分了。整座宅院分给了"秃老八（东正房）"和"秃老大娘子（西厢房）"，还有其他四五户贫下中农，成了名副其实的大杂院。秃老八是大老李家族人，也是一个穷苦人家，靠杀猪赚取微薄收入。老两口分到正房东屋，也就是我家购买的老屋子。老两口曾有一个傻儿子，早早地就夭折了。据老辈人讲，老两口不太讲究卫生，也许是屠夫的原因，把猪请进了屋子里喂养，火炕下养着一头黑猪。有意思的是屋里有头猪（豕），也充分诠释了"家"的含义。过堂屋（相当于厨房）锅台上用秫秸搭了一个鸡窝养鸡下蛋。老两口与家畜居住在一个屋檐下，鸡子鸣猪哼哼，气味难闻，乡亲们都不敢去他家串门。过年了，晚辈去拜年，秃老八老伴围着被窝坐在炕上，老两口还预备了落花生、瓜子、糖球。孩童们拿了糖球、落花生转头就跑了，不肯多待一会儿。过年了老两口烧壶开水，可惜装开水的茶闷子没有盖了，老两口捡了一个蛤蜊壳盖上，传为笑谈。

我家购买的正是秃老八老两口居住的房屋。三间正房的东半壁儿，再加半个厨房即"过堂屋"，合起来算是一间半房。入住老宅子时，已经是第四代主人了。正房"对过子屋儿"一间半房住着刘姓人家。前院西厢房住着一个老光棍，也是族人。东厢房还住着一户孙姓人家。后院的东厢房是李姓人家，后来他家的二小子成了我的同学。70年代中期，大队批了新宅基地，后院的同学家、东西厢房人家相继搬出了老宅子，拆掉老房子翻盖了新房。老宅子被拆得七零八落，只剩下了三间正房和我们两户人家了。

老宅子的结构与三奶奶家相同，是一座典型的冀东民居。坐北朝南三间正房，东西两间为起居室，中间为过堂屋。过堂屋前后各开一门，前院到后院要从过堂屋穿过。过堂屋建有灶台，摆放着水缸、橱柜、八仙桌等，主要用于烧火做饭，是两家共用的厨房。过堂屋到起居室有一角门，角门旁有一猫洞。起居室靠北墙放置卧柜，柜内储放衣物，柜上摆放着掸瓶、镜子和杂物盒子，靠西山墙放着父亲的单层书架，摆满了红宝书和父亲用过的日记本。柜子上方挂着父母的放大照片以及全家的生活照片。西山墙边放着两只箱子，父母结婚时购置的，放置着毯子衣物等平时舍不得使用的物品。压箱底的是一摞父母年轻时的通信，小的时候我还看到过，估计是有什么秘密，后来被母亲烧掉了。东山墙旁放着一张桌子，屋内还有两个凳子。紧靠南墙下是火炕，火炕连着窗户。窗户上半扇是老式的花格子窗，用塑料纸糊窗，下半扇是玻璃窗。炕上摆放着卷起的被褥。老房子为砖木结构平房，椽子、檩子、柁粗壮结实，砖山到顶，在当时也算是不错的房子了。

与我家合住的刘姓人家，是倒插门女婿，按庄稼辈儿我称呼大姑父，女主人是我们族人，与父亲同辈同宗。人们给男主人起了外号叫

"流油",就是"肥得流油"的意思。五六十年代,男主人做贩卖卤虾酱、卤虾油的小买卖,积攒了些小钱,日子比一般人家过得好。集体经济时代,割资本主义尾巴,倒卖鱼虾属于投机倒把行为,男主人被定为投机倒把分子,遭到了批斗。平时,我老看见他驼着背,低着头,背着手走路,两个大眼珠子滴溜溜转,表情诡异,不知是在想什么,看一眼还感到胆怯。看得出是个精明的生意人,眼珠一转就是一个生意经。80年代初,重操旧业。天不亮,就赶着小毛驴车到海边上货,拉一车新鲜的虾酱虾油,去道北(京秦铁路以北)山里贩卖,三四天跑一个来回。人毕竟是老了,过过瘾而已,干了没几年就歇业了。

买了新宅子,比四奶奶家的西厢房宽敞了许多,但家里六口人还是住不开,父亲就在正房前面盖了两间土坯厢房给哥哥们住,我和父母、姐姐住在正房。土坯厢房用料简陋,为防止漏雨,每年要在房顶加一层泥,房顶的檩子、椽子承受不住压力,没过几年就塌陷变形了,我老担心房顶会突然塌下来。

正房和厢房之间,一块几平方米的空地,放置两个小酱缸,一个用来做大酱,一个用来做螃蟹酱。紧挨着窗台靠东墙,盖了兔子窝、鸡窝,养了几只兔子和几只母鸡。我喜欢与这些小动物为伴,没事就趴在兔子窝门口,用几片菜叶逗兔子。小兔子出生了,我不时拿出来摸摸,放在菜篮子里喂它蔬菜,希望它快快长大。母鸡是用来下蛋的,我不记得吃过家里养的母鸡,偶尔吃个鸡蛋,就像过年了。平时,母亲用鸡蛋换针头线脑。兔子长大了也要到采购站换成钱。

紧挨土厢房是柴草垛,临街的地方是猪圈。猪圈与南院墙之间是茅厕窖,茅厕窖连着猪圈,这也是村庄传统的建筑模式。

大地震后,老房子东倒西歪,四周震塌了,没法居住了,两家协商把老房子拆了。宅基地一家一半分了。我们家住在前半截,盖起了新房子。那已经是1979年的事情了。

时代变迁,家乡传统布局的老宅子逐步被拆毁,在原址上盖起了新房,传统民居在家乡也消失了。现在的宅基地面积有明确规定,也不可能允许建这样的大住宅了。

　　老宅子穿越时空，历尽沧桑，倾注了先辈们的心血，寄托了无限希望。先辈们怀揣着对美好生活的向往闯关东，苦心经营，积蓄财力，回到家乡盖起宅院，期望它遮风挡雨，荫及子孙。世事难料，沧桑巨变，几易其主，又经过大地震的摧残，已是残垣断壁，无奈地走向衰落，成了一个时代的缩影。但老宅子凝聚的先辈们的生活智慧和乡土乡情，以及不屈不挠的进取精神，却时刻在激励着我们晚辈。及至父辈和我们这一代，居住的时间并不长。老宅子早已消失得无影无踪。但一家人其乐融融的生活场景，儿时的快乐时光，甚至还有那些艰苦岁月都凝聚在了老宅子，凝聚在了我的心里。

7. 土 炕

睡在土炕上，冬暖夏凉，踏实安眠。几十年过去了，每次回到老家，还是偏爱土炕。闻着土炕的味道，感触土炕的温暖，才算真正回到了村庄，回到了家。

冬季，土炕烧得暖暖的。夜晚，早早地温上被窝。光溜溜地钻进去蒙上头，闻着土炕的烟熏味道，周身被土炕的温度和暖洋洋的被窝给融化了。冷空气与温暖的被窝形成的反差让人感到幸福满足。

清晨睁开双眼，映入眼帘的是玻璃窗结的冰花，房檐垂下的一排排冰溜子。围上被子，盘腿坐在窗前，扶着窗台，忍不住对着玻璃窗哈气，融化出一个个小洞洞，透过玻璃向院子张望。

太阳爬上墙头，炊烟飘进院子里。母亲准备好了早饭。兔子、鸡、羊和猪的早餐也准备好了，母亲正在窗下喂食兔子和羊。人和家畜一天的热量全仗着母亲早起围着灶台的忙碌。

夏季，睡在土炕上，眼望窗外朦胧的月光，观察静悄悄的院子，听着蛐蛐叫，远处不时传来几声狗吠。人与院子、人与动物浑然一体，蒙蒙眬眬中进入梦乡，好像整个人就睡在大自然里。清晨，从睡梦中醒来，躺在土炕上，眼望檩子、椽子和编笆房顶，情不自禁地数一数几根檩子、几根椽子。从左数到右，又从右数到左，数来数去就数晕了，总也数不清多少根。年复一年，日复一日，数椽子、檩子成为我起床的一种仪式，数过几遍了才懒洋洋地起床。

一日三餐都离不开土炕。小方桌放在炕中间，父亲母亲盘坐在炕桌正方，兄弟姐妹们围坐在周边。我不愿上炕盘腿，就坐在炕沿儿，或者干脆站着吃。边吃饭边你一嘴我一嘴地说着要做的事情。不论吃得孬好，一家人围坐在土炕上，其乐融融。那种感觉温馨、温暖、温情。

母亲用榔头耙从"灶火坑"（方言，灶膛）里掏出未燃烧尽的炭灰，放入火盆子，用烙铁压实。火盆子烟火气渐渐散去了，端到土炕上，炉灰还刺啦刺啦地冒着火星子。烤烤手，再搓搓脸，暖洋洋的。火盆子放置些碎柴草，大半天都能散热。母亲把鸡蛋缠上线绳，放入火盆子用炭灰埋起来，不多会儿鸡蛋就烤熟了。炭烤的鸡蛋，香香甜甜的，一股淡淡的焦煳味，令人垂涎。母亲也用火盆烤咸鱼。咸鱼沾着草木灰，冒着油渍，就着高粱米粥，吃一口咸鱼，滋润顺口。

冬闲季节，土炕就成了母亲的天地。婶子大妈们串门，母亲老远就招呼"快脱鞋上炕头儿暖和暖和吧"，把火盆子推到客人面前暖暖手。客人双手放到火盆上方，一边烤一边搓手应承，"你们家的火盆子暖和的呀"。这是母亲的待客之道。与婶子大妈们盘腿而坐，一唠就是大半天。我也听不懂她们在唠什么，只顾玩自己的。婶子大妈们还不时表扬我，说我长高了，长结实了，听话了。"从小看大，三岁知老，这孩子将来有出息呀，你就等着享老儿子的福吧。"听到这些话，我红着脸笑笑，又跑出去玩耍了。

日常，母亲盘腿坐在炕上忙着做针线活儿，为我们准备入冬的棉衣棉裤，还让我帮着缠线绳。母亲把一拐子线绳撑起，手把手递给我。我双手撑起线绳左右摇晃着，母亲缠成线团，纳鞋底子时方便使用。母亲边缠线边给我讲古言儿、猜谜儿。大多数我是猜不出来的，说着不着边际的谜底。母亲与我笑得前仰后合，合不拢嘴，笑出了眼泪。线团也在不知不觉中缠好了。

"热炕头"是母亲的领地。晚上母亲睡在炕头，烤烤忙碌一天的腰，解除疲劳。"傻子睡凉炕，全凭火力旺。"我们小孩子气血旺盛，享受不了热炕头，容易上火，要睡在炕尾。日常，炕头也被母亲用来发面。和好的面团放到盆里，用抹布和小棉被盖上，不多时面团就发起来了。寒冬，在外面玩够了跑回家，母亲赶紧让我把双手伸到炕头被褥下热乎热乎。脱掉鞋，双脚伸进去，不一会儿就暖和了。初春，母亲把几十个鸡蛋放入纸箱子，用小棉被盖上，放到热炕头上孵小鸡。几十天过后，小鸡破壳而出，成了我玩耍的小动物。天冷了，母亲把纺车搬到炕头上，抽穗纺线。纺车"嗡嗡""吱吱"作响，抽出一缕缕的线丝，过年的新衣服就有指望了。"三十亩地一头牛，老婆孩子热炕头。""热炕头"也许就是那个时代人们向往的美好生活。

我与土炕也有过不愉快的遭遇。

晚上睡觉不老实，本就不厚的棉被被我蹬得棉花一团一簇的，透过补丁摞补丁的棉被面能看到黎明的晨光，自己的棉衣棉裤盖在被子上也无济于事。凌晨寒气逼人，土炕也渐渐失温了，变得冰凉。母亲没有多余的棉花给我絮补棉被，常常是黎明前就被冻醒了。一天清晨，我蜷缩在被窝，冻得瑟瑟发抖，上牙磕打着下牙，我竟然被冻哭了，委屈得直流泪，胡思乱想着。这事儿我没有告诉母亲，而是自己默默地承受着。那时我才十多岁。

大集体时期，家家户户柴草短缺，舍不得单独烧土炕，做饭时顺便把土炕烧热。不同的柴火燃烧的温度和产生的烟气不同，土炕的热度也会不一样。硬柴火如木柴、苞米茬子、棉花秸秆等，烧起来火力旺，热量大，整晚上土炕都会暖暖的。软的柴火如麦秸、茅草、高粱叶子、树叶子等烧起来火力不足，土炕半夜就凉了。

传统的房屋都是平顶的，房顶用泥土加麦皮混合涂抹，这种建筑材料时间长了难免漏雨。雨季到来之前要再抹上一层泥，日积月累，房顶积存了足有半尺厚的泥土。夏季，房顶长满野草，免不了会有蚂蚁窝或者虫子洞，遇到阴雨连绵，往往是外边下大雨，屋内下小雨。房屋漏雨是让大人们心窄的事情，炕上的被褥淋湿了，夜晚无法入眠，也没有什么好办法，年年如此。漏雨了，母亲在屋内房梁上罩上一层塑料布遮挡，炕上放满了盆盆罐罐接雨水，也无济于事，一家人整夜坐在炕上躲雨水。

土炕大致结构是灶台、炕体、炕面、炕洞和烟筒。土炕三面靠墙，用厚木板搭炕沿，炕面铺上炕席。灶台连着土炕，利用柴草燃烧产生的烟火气将土炕熏热。盘土炕是个技术活，需要老把式操刀。盘得好，烟道通畅，灶台火旺盛，整铺炕会均匀烧热。盘得不好，烟气在炕洞内流通不畅，容易凉热不均。如果烟道吸力不够，柴草不易燃烧，烟火回呛，柴草燎出灶台口，饭也不容易煮熟，那就糟糕了。

炕席是用芦苇编织的，土炕宽两米，长三米左右，炕席大致长四米，比炕长出一截，两边靠墙卷起来三四十厘米，形成了狭窄的储物空间。平时用的剪刀、线板、鞋样子、线绳、父亲的老旱烟都放在里边，随手掀起席子取出，方便实用。冬季的鞋垫、袜子放到炕头席子下面烤干，起床穿上暖暖的。炕席使用一年半载会磨破，左一个窟窿，右一个洞，不到万不得已是不会换的，凑合着继续使用。在炕上玩耍，不小心被炕席扎到手，划了屁股也是常事。

土炕也需要维护。一两年土炕坯需要更换一次，清理土炕洞的烟灰。土炕长期使用，表面产生了裂缝，烧火时柴草的烟气顺着缝隙冒出来弥漫在屋内，还在睡梦中就被呛醒了。日常，我们小孩子在炕上蹦跳玩耍，炕面塌陷堵塞烟道，需要更换炕坯。长期不盘炕，炕体积累了大量油烟子，搞不好烧火时就会点燃，顺着烟筒蹿出火苗，如果不去管它，连续烧好几天也不会灭，炕热得就没法睡觉了。只好提上几桶水，爬上房顶，顺着烟筒灌下来，把火浇灭。用一段时间烟筒也需要清理。一根竹竿子绑上破布，爬到房顶把烟道由上到下捅掉烟灰烟油，使烟道通畅，灶火才能旺盛，防止出现燎烟倒烟。

土炕上生，土炕上长。土炕把我和村庄紧紧地连接在了一起。离开了土炕，就意味着成了游子，离家远行了。进了城，没了土炕，我还保持着睡硬床的习惯。专门辟出一间屋子，仿照老家土炕的样子，安装了木质"土炕"，上面铺上芦苇席子，放上炕琴炕桌，俨然就是一铺土炕的样子。偶尔也会坐在炕上，盘腿吃顿饭，喝杯小酒，品味着土炕的味道。

8. 风　箱

　　清晨，我还在睡梦中，迷迷糊糊听到风箱的"呱嗒呱嗒"声，就像亘古不变的闹钟提醒我该起床了。小时候喜欢赖床，不想听到的也是风箱声，蒙起头来再多睡一会儿。母亲做好早饭了，喊一声"太阳都照屁股了，快起来吃饭吧"，我才懒洋洋地穿上衣服起床。

　　风箱于我而言就是一个大玩具。搬个小板凳坐在灶前，一手拉风箱，一手往灶膛添柴火。一推一拉，伴随着风箱"呱嗒呱嗒"有节奏的响声感觉好玩儿，每到做饭时我就抢着拉风箱，母亲实在忙不开了才允许我拉。我喜欢恶作剧地拉，节奏短而快，听着急促的"呱嗒呱嗒"声，就像摇滚音乐，身体伴随着拉风箱的节奏左摇右晃，感觉就是在跳"风箱舞"。母亲听到了这种急促的风箱声赶紧过来制止，说这样拉会把风箱拉坏的。

　　一次，母亲贴了玉米饼子，做了酸菜炖粉条，让我帮着烧火，母亲忙别的事情去了。我惦记着出去玩耍，心里着急，不断向灶火坑添玉米茬子，可劲拉风箱，感觉火烧得越旺，饭熟得越快，不多时就闻到了焦煳味儿。母亲赶紧过来揭开锅，锅烧干了，酸菜煳了，玉米饼子也熏黑了，好端端的一锅饭让我给搞砸了，母亲狠狠地数落了我一顿。从此，母亲好长时间不敢让我拉风箱了。

　　拉风箱是需要经验和技巧的。做不同的饭，烧不同的柴火，采取不同的拉法。风箱用得好，既节省柴火，做出的饭菜又对味儿。风箱拉得不对劲，会浪费柴火，不是烟气大，就是把饭烧煳了。起初只顾拉风箱过瘾。慢慢地长大了，我也积累了拉风箱的经验。

做高粱米粥，烧高粱秸秆或麦秸，拉出风箱杆长度的三分之二左右，做匀速运动，让风力保持均匀，柴火在灶膛内充分燃烧，做出来的粥既黏糊又有嚼劲。烧野草、高粱叶子等较软的柴火，容易燃烧，不需要太大风力，风箱杆慢拉一半左右就好了。突然用劲拉风箱，火从灶膛燎出灶口，灶火得不到充分利用，灶口会被熏得黑乎乎的，不小心还会燎到眉毛和头发。烧牛粪马粪这类不易燃烧的柴火，需要用力拉风箱，风箱杆拉到头，节奏还要加快，才能保持牛粪燃烧，拉不一会儿就累得呼哧呼哧了。牛粪燃烧散发出一种难闻的味道，呛鼻子，熏眼睛。赶上阴雨天，柴火淋湿了，不论什么柴火都得用力拉风箱才能燃烧，浓烟滚滚，弥漫在过堂屋，熏出了眼泪，母亲也呛得不停地咳嗽。

记得家里有两台风箱，一台放在东灶台的右边，南北向；一台放在西灶台的右边，东西向。两个灶台之间是过道，间距也就一米左右，再加上风箱占用空间，过道显得拥挤狭窄。南北向的灶台是主灶台，烧火时不影响过道儿走人。灶口与火炕烟道成90°拐角，烟雾不容易散出，烧起火来需要风箱助力。东西向的灶台，灶口和烟道成一条线，容易吸烟火，柴火易燃烧，烟雾也小，风箱的作用就不大了，或者干脆就不用风箱了。因灶口冲着过道，烧火时人来回走动不方便，过堂屋也只能一个灶台东西向。

灶台的朝向、大小不同，作用也不同。东灶台用大点的八印大铁锅，主要用于蒸、炖、煮，适用于慢火的食物制作。西灶台用小点的六印锅，主要用于煮粥、炒菜等，适用于快火的食物制作。

母亲的风箱不知用了多少年了，手柄磨得光滑，手握的地方自然凹进去，包浆红亮厚实，留下了岁月的痕迹。老风箱经年使用，拉起来滑润轻松，但出风量小，适合小孩子和老人拉。新做的风箱，风箱杆和活塞摩擦力大，拉起来费劲，但风量大。

乡亲们习惯把风箱称为"风匣"，总体呈长方体形，上面是活动的推拉板和木制把手。里面是绑扎着鸡毛的长方形活动夹板,起到活塞作用,可以抽风和送风。两根长方形木柱嵌在手柄上,木柱固定到夹板上,就成了风箱拉杆,用以推拉活塞产生风力。风箱的前后两面各有一个风门,俗称"呱嗒门儿"。呱嗒门儿是用长方形小薄板制作的,挂在风箱口。吸风时,前边的门闭上,后边的门张开。送风时,则相反。通过呱嗒门儿的开合把空气挤出或吸入风箱,起到鼓风作用。人们常说"钻进风箱的老鼠两头受气"就是这个原理。推拉风箱时,由呱嗒门儿一开一合与风箱体撞击发出的声音就是"呱嗒呱嗒"声了。

风箱也需要维修保养。用个一年半载,封板上的鸡毛磨光了,兜不住风,出风量就小了,需要更换鸡毛。风箱插盖松动漏气了,也需要更换。大街上常见到维修风箱的匠人边走边喊"打风匣嘞,换风匣鸡毛嘞,修呱嗒门儿嘞"。

风箱也是家庭生活的晴雨表,折射出村庄人过日子的酸甜苦辣。似乎从风箱的"呱嗒"声中也能听出家庭主妇的心情,一家人是否和谐幸福,日子过得是否舒心。风箱声节奏舒缓平滑,且铿锵有力,说明主人心情喜悦,家庭和睦。风箱声短促杂乱,主妇一定是窝气吵架了,拉风箱发泄自己的不满情绪。风箱声细而绵软无力,如泣如诉,"呱……嗒……呱嗒",主人多半是情绪低落,病魔缠身或者是遇到难事了。清晨,哪户人家传不出风箱声,也许是揭不开锅了,日子过得艰难。

"呱嗒呱嗒"的风箱声就像一首儿歌,伴我度过了懵懂的童年。听到风箱声,好像听到了母亲那熟悉的声音,好像看到了母亲忙碌而操劳的身影。几十年过去了,风箱"呱嗒呱嗒"的响声还不时萦绕在我的耳畔。

9. 大水缸

　　家家户户都有个大水缸。一家人的吃水、洗涮、鸡鸭猪狗饮用水就靠大水缸了。五六口人，用大点的水缸，能装七八担水。两三口人，选用小点的水缸，装两三担水。大水缸，鼓腹，芒口，粗砂底，里外涂满酱釉，是一种古老的储水工具。讲究的人家用木制的锅盖遮盖水缸，防止灰尘。大水缸放置在"过堂屋"角门子（卧室门）右边，便于做饭取水和饮用。

　　大水缸装满老井水，甘甜清冽。到了雨季，井水容易混浊且掺杂泥沙，时间长了水缸底也会沉积一层泥沙。我家的水缸养着几条鲫鱼，据母亲讲鲫鱼能吃掉水缸的污浊物和清理掉泥沙，起到保持水质、清洁杂质的作用。我也乐得趴在水缸边看鱼儿游弋嬉戏。

　　夏天，自家栽种的黄瓜采摘几根扔到水缸泡上一会儿，黄瓜便散发出一股特别的清香味道。捞出来咬一口，水灵灵、脆生生的，老远就能闻到黄瓜味，肯定是偷吃不了的。

　　冬季，大水缸冻上厚厚一层冰。早晨起来用斧头或者大菜刀砸出冰窟窿取水做饭。条件好的人家，会用棉布把水缸围起来，这样较少冰冻。

　　虽然水不花钱，但也得节省着用。三九天，水冰凉刺骨，无法直接用来洗脸刷牙。早上煮粥时，舀一盆水顺便放到大铁锅上蒸热，一家人洗脸刷牙就用这一盆水了。

　　搪瓷脸盆和胰子盒放在用粗钢筋做的脸盆架上，一块猪胰子，盆架上方搭着毛巾。冬季为了节省热水，往往是大人洗了小孩洗，洗完脸，一盆水就成泥汤子了。洗脸也体现了家庭地位，一般是父亲先洗，之后是母亲和我洗，末了才轮到姐姐。母亲重男轻女思想严重，苦活累活脏活都让姐姐去干，姐姐吃剩饭、穿旧衣，在母亲面前连话都不敢大声说，洗脸自然是用我们洗剩下的水了。母亲常斥责姐姐，我看不下去了，替姐姐打抱不平，跟母亲顶嘴辩论。我是母亲的宝贝疙瘩，母亲舍不得打我，气得拿勺子敲打锅敲打盆却无可奈何。

记得脸盆架上搭着两条旧毛巾，父亲一条，另一条我和母亲使用，从头到脚就是这条毛巾了。时间长了洗不干净了，白毛巾变得黑乎乎的。儿时，我不喜欢洗脸，母亲用毛巾给我擦一把脸了事。过了一个冬季，我的脚、手、膝盖、胳膊肘长满了黑皴，快过年了才洗一次脚，擦擦胳膊腿，洗完了一盆水就成黑泥汤子了。倒不是为了节省水，而是天气寒冷没有条件洗澡。等到三伏天才能到池塘洗凉水澡，算是洁净一下身子。

不知为什么，越是冬季，我越是喜欢吃冰块。从大水缸敲下几块冰，放到碗里，嘎嘣嘎嘣咀嚼几口，冰凉解渴。过年了，舀一大碗水，加适量醋精和糖精，放上一根筷子作冰棒，晚上放到窗台上，早上就冻成冰块了，算是自制的"冰棍"。用纳鞋底子的锥子扎裂冰块，吃一块酸甜可口。大年三十中午吃完炖肉，再吃几口冰块解腻还解馋。这种土法制作的冰块也只有过年才能享用。

不论春夏秋冬，我玩得满头大汗跑回家，都要抄起葫芦水舀子，舀半瓢水，咕咚咕咚灌下去，五脏六腑感到清爽畅快，喝完水又急匆匆跑出去玩耍了。喝凉水从不闹肚子，真是一方水土养一方人啊。村庄人没有喝热水的习惯，也不备烧茶水的用具。讲究的人家，过年来客人了才会烧一壶开水，用做饭的大铁锅烧水，带着浓厚的"铁锅味儿"也没有人在意。我不记得离开村庄前喝过热水，直到读大学了，才开始跟着同学们学习喝热水。

隆冬，母亲敲下水缸的冰块，放到棚子里用麦皮埋起来保温，到了四五月份冰块也不会融化。从棚子里拿出一块冰，用刀片刮下冰碴子，加点醋和糖搅拌就算是冰糕了，味道冰凉酸甜，瞬间就解渴了。偶尔，大街上来卖擦冰糕的（类似于现在的刨冰）老汉，推着一辆独轮车，车上装着大冰块和擦冰糕板凳，现擦现卖。只见擦冰糕老汉放下长板凳（一头高一头低），板凳中间安装着刨冰刀子，一只手拿着冰块在板凳上来回摩擦刨下冰沙，一只手拿着小碗在下面接着。装满小碗，放上糖搅拌，撒上各种青丝作料，做成"冰糕"。母亲花五分钱给我买一小碗，吃起来酸甜清凉爽口，解暑止渴。

舀水的工具是半个葫芦瓢，人称"水舀子"。制作葫芦瓢也有技巧。选用鸭梨形状的葫芦。秋后，摘下成熟的葫芦，刮掉葫芦表面外皮。锯开葫芦一分为二，掏出里面的瓢子，放在太阳底下晾晒。不能暴晒，葫芦快速缩水表面会凸凹不平的。晾晒时，最好在葫芦瓢上遮盖一层布，慢慢风干，等到葫芦质地坚硬，用手指弹之有清脆响声就能做水瓢了。

大水缸留下了童年的印记，装满了青葱岁月。现如今，村子里的大水缸依然还在，早晚两次定时送水，取代了挑水，乡亲们再也不用为吃水而犯难了。

10. 独轮车

记得七八岁时，远房三叔（方言，读 shōu）回老家看望三奶奶。三叔是个文化人，60年代初期考取了滦县师范学校，毕业后在滦县从事教学和行政管理工作。三叔跟三奶奶一样，脸上总是挂着微笑。

有一天，母亲与三叔站在二门楼子边闲聊，门楼不远处放着家里的独轮车。小孩子好动，我歪歪扭扭地推着独轮车在院子里走动，边推车边有节奏地喊着三叔的名字，"孙×全，很有钱，孙×全，很有钱"。三叔名字与"很有钱"谐音，喊着顺口好玩儿。

门楼子左右贴近地面留有一个小门洞，将内院的雨水排到院外，再经过一道小水沟排到大街上。我推着独轮车故意在小水沟上来回颠簸觉得好玩。正玩儿得起劲的时候，只听得"砰"的一声响，吓了我一跳，我扔下独轮车往街上跑，还以为大街上放鞭炮了呢。等回过神来，才发现是独轮车轮胎爆了。知道自己惹祸了，吓得我立马站在门楼下低着头不敢吱声了。母亲气冲冲地走过来抓住我的胳膊，照着我屁股就是几巴掌，"让你乱叫你三叔的名字，没大没小，还把轮胎玩爆了，以后还敢不敢了"，"不敢了，不敢了"。三叔赶紧过来劝解，"小孩子，闹着玩儿，不要紧的"。母亲这才饶过我。这是我少有的挨揍经历。

记得我家的独轮车是父亲从集市上买的二手货，车架子已经松散，两条腿丁零当啷，轮胎也磨得光亮了，我玩爆了轮胎也就不足为奇了。母亲揍我是有原因的，独轮车是家庭的重要财产，平时爱惜有加。轮胎玩爆了，是需要花钱修补的，还耽误使用。那时的农家人生产生活离不开独轮车，播种收获、赶集上店、割草拾柴、走亲戚串门子都得使用独轮车，这是一种简单便捷而必不可少的运输工具。

　　乡亲们习惯把独轮车称为"小推车"。木质结构车架子，一个胶皮轮子。轮子在车的中间，两边车架装运货物，后边是两个把手，把手上拴着一根车辫子（俗称车襻）。推独轮车主要靠臂力驱车平稳前行，考验的是推车人的综合体力和平衡能力。我推独轮车的技能是跟母亲割草运草练出来的。礼拜天或者放秋假了，我与母亲去海边滩涂割草卖钱贴补家用。距离割草地点十里八里路，与二嫂家搭伴而行。

　　一整天割一百多斤草，需要用独轮车拉回家。草膨大松软，单靠独轮车本身的车架子是装不下的，需要在独轮车架子上，再搭出一圈架子才能装下草。搭架子以独轮车车架子为支撑，用几根木棍交错捆扎在独轮车架子上，等于是延展了车架子，这样就能增加独轮车的宽度和长度，装更多的草。

　　天渐渐晚了，独轮车边堆放着一天割的青草，这时就需要装车了。找块平整的地方，平行放两根绳子，青草放在上面，膝盖顶住将草压实，两手抓住绳子的两端，打结勒紧成草包，一捆捆码放到车架子上，搭成长宽两米左右，厚一米多的方块状。用绳子像打行李卷儿一样，从独轮车的前后左右将草包捆上勒结实，固定在独轮车架子上。草包捆扎的厚度因人而异，以推着独轮车刚刚看到前边的路为准。

　　独轮车装茅草也是个技术活儿。保持独轮车平衡推起来才轻巧，也不容易翻车。重心太靠近车把手，推起来两臂受力太重，一会儿两臂就酸软了。太靠前，推起来倒是轻巧了，但车子轻飘飘容易失控，弄不好就翻车了。要依据推车人的身高确定独轮车的重心在哪里，这就需要装车经验了。装好车后，两手紧握车把手，车辫子套在脖颈上，身体稍微前倾，感觉不轻不重，就可以推着独轮车回家了。

　　割草需要进入滩涂，距离公路一二百米。滩涂沙土松软，加上草的重量，车轱辘容易陷进沙滩，一个人的力气是推不出去的，需要几

· 44 ·

个人合力拉出来。一条麻绳拴在独轮车前端，母亲推着车子掌舵，我在前边拉车。车子走过，留下深深的车轱辘渠和一串串脚踩的沙窝。割多了草，需要与二嫂家共同把一辆车拉到公路上，再去拉另一辆车。

到了公路上，掌握好车子平衡，走起路来还算轻松。下了公路还有三里土路，泥土道路马车行走轧出深深的车轱辘渠，坑洼不平，不小心掉进车辙还容易翻车。一旦翻车了，再正过来就费劲了。走过大清河小桥，是一段上坡路，攒足了劲一溜小跑冲上去，才不至于溜车。

十多里的路程，中间需要休息几次，一个多小时才能到家。我十四五岁，臂力还不够大，推着一百多斤重的青草走路免不了东倒西歪，回家路上落在二嫂后边一大截。走不一会儿就气喘吁吁了，不时停下来用毛巾擦拭脸上的汗水。到家天已经擦黑儿，我疲惫不堪，脖颈被车辫子勒出了印痕，两臂酸软。放下独轮车，看着满车的青草，一天的劳累也就化为乌有了。

如今，独轮车离我们远去了，淡出了村庄人的生活。独轮车锻炼了我的臂力和平衡性，强健了我的体魄，独轮车推出了农家人的希望和梦想，也推走了我的童年和少年。

11. 大　坑

　　回到村庄，刚刚停下车，就迫不及待地去看让我魂牵梦萦的大坑。顺着羊肠小道走近大坑，眼前的场景让我惊呆了。

　　大坑周边本就不宽的小路被垃圾和杂草堵塞，踩着垃圾左躲右闪、左蹦右跳才勉强走近大坑。大坑淤积干涸了，里面堆满了狐狸、貉子、猪的排泄物，花花绿绿的塑料袋随风飘荡，蚊蝇漫天飞舞，让人不自觉地捂起鼻子。曾经鱼跃蛙鸣、波光粼粼、水色碧绿的大坑，竟然成了粪坑垃圾坑。我紧锁双眉，顿时被失望、惆怅的情绪缠绕，五味杂陈。

　　离开家乡这些年，大坑曾无数次地出现在我的梦中。或绿柳黄莺，或碧波荡漾，或冰雪茫茫。它的每一个浪花，每一次水涨水落都牵动着我的心。也难怪，儿时无论是炎炎夏日，还是瑟瑟寒冬我都泡在大坑里。夏季玩儿水，捉泥鳅；冬季玩儿冰，溜冰车。童年的许多快乐时光是在大坑度过的。

　　村子西南角有个大池塘，人们习惯称它为"大坑"，约一个足球场那么大，东西北三面是宅基地，南面是农田，北面和东西两面是一条环绕的小路。据老人们讲，先辈盖房子，为了防涝抗碱，垫高宅基地，在大坑处取土，久而久之便挖出了大坑。每到雨季，雨水顺着大街小巷流入大坑，大坑便成了村庄的大蓄水池。后经过清淤，大队将其作为养鱼池使用。

　　春季买来草鱼、鲢鱼、鲤鱼苗撒入大坑，任其自然生长。进入腊月开始捕鱼，也就意味着要过年了，这时的村庄沸腾了。男女老少涌到大坑边看热闹，众人踮着脚、伸着脖子等待鱼儿跃出水面激动人心的时刻。小伙伴们在冰上跑来窜去看热闹，棉鞋浸湿了也不在乎。

大队请来冬捕队。捕鱼人身穿棉衣棉裤，腰扎麻绳，戴着棉帽子，脚蹬木板钉子鞋，一副鱼把式装束。捕鱼人用冰镩子在池塘南北两侧打出七八米长、两三米宽的大冰窟窿。池塘东西两侧，每隔七八米打出一个小冰窟窿。一根七八米长的竹竿系上绳子，绳子系着拖网，从一个冰窟窿穿到另一个冰窟窿，拖着渔网前行。与现在的查干湖冬捕方式类似，只是规模小了许多。捕鱼人脚蹬木板铁钉鞋，脚踩冰面，不时溅起冰碴儿，一排四五个人肩背着绳套，将渔网从池塘的南面慢慢地拖到北面。

渔网渐渐被拖出冰窟窿，鱼儿雀跃，水花四溅，众人欢呼。"看，那是条大鲢鱼，还有一条大草鱼，今年的鱼忒多了。"鱼把式手持网抄子将一条条大鱼收入筐中。小伙伴们也没闲着，围着冰窟窿跑来窜去，寻找小鱼小虾，找到了收入囊中成为"战利品"了。

捕鱼人将一筐筐鱼抬到岸上，众人围过来观看，鲢鱼、鲤鱼、草鱼、鲫鱼，个个膘肥体壮，低价卖给村民。父亲买几条大鱼，回家放入大缸冻上，留待过年美餐一顿。

冬季，到大坑滑冰车溜冰。坐在冰车上，两手握钎子猛向后戳，驱动冰车前行，使出吃奶的劲儿比赛谁滑的速度快。飞驰在冰面上，寒风嗖嗖从耳边掠过，头戴棉帽，脚穿棉鞋，棉衣裤已是热气腾腾了。双手冻得麻木了，脸蛋冻得通红，也不愿回家，直到大人催促吃饭，才不情愿地背起冰车回家了。

夏季，池塘边，蝉鸣蛙叫，鱼儿雀跃。捉青蛙、摸鱼虾，浮水戏水，玩得天昏地暗。暴雨过后，大坑水溢出。鱼顺水蹿到周边沟渠、高粱地或者玉米地。顺着沟垄逮鱼，运气好还能逮到鲫鱼、草鱼，不多时就会摸到一串小鱼。

大坑岸边的淤泥中生长着众多泥鳅。泥鳅，身上无鳞，光滑溜圆，手不易抓到。夏秋之交，光着屁股，趴在池塘边，双手伸进淤泥，用手的触觉感知泥鳅。触摸到了泥鳅，一只手抓头部，一只手抓尾部，连泥带水捧起扔到岸边。空瓶子装上水，放入泥鳅拿回家观赏。乡亲们没有吃泥鳅的习惯，纯粹是好玩图乐子。

初秋的夜晚，我和表弟商量着去大坑捉鱼。养鱼池是不准随便捕鱼的，白天人来人往不好下手，只好夜深人静时偷偷去抓。等到夜半三更了，借着月光，我和表弟拿着几张挂子网悄悄走到大坑边，瞧瞧四周无人，开始下水撒网。大坑约有两米深，我边游泳边撒网，悄悄把渔网横向撒入大坑，之后就回家睡觉了，期待能挂到几条大鱼。凌晨，我俩爬起来去起网。黎明前的水凉飕飕的，不愿下水起网了，只好蹲在岸边将渔网慢慢地拉上来，能感觉到鱼在挣扎。快拉到岸边了，拉扯挂子网，鱼都跑掉了，结果一条鱼也没有挂到，只好收拾渔网失望地回家了。

大坑是村庄的公共澡堂。黄昏时分老少爷们儿到池塘里浮水，顺便洗个澡，洗掉一天的汗水和疲惫，酣畅淋漓。女人们也不甘寂寞，天刚刚黑下来，婶子大妈们就端着盆来大坑洗澡，顺便把衣服也洗了。女人们选择大坑东南方向僻静的角落，慢慢蹚水进大坑，蹲在水里搓洗。发现岸边或水里有动静，赶紧把身子没在水里，露出小脑袋东张西望，确认没人后才说笑着继续洗涮。

大地震时，大坑喷出滚烫的夹杂着黑沙的地下水，鱼被烫死了，翻着白眼漂浮在水面，大坑也被泥沙填平了，无法养鱼了，也就逐渐被遗弃了。后来，不知从何时起又变成垃圾坑了。

我呆呆地站在大坑边，望着眼前的场景，努力地思索着。难道这就是我魂牵梦萦的大坑吗？难道大坑不欢迎我了吗？鱼儿不欢迎我了吗？青蛙不欢迎我了吗？鱼跃蛙鸣、碧水清波的大坑哪里去了？不应该呀，我离家远行了，可我并没有忘记它们，无数次在梦中与它们嬉戏玩耍，已成为我灵魂的寄托了，大坑怎么会变成如此不堪的境况呢？

进入21世纪，乡亲们生活越来越好了，不愁吃，不愁穿，但村子里的居住环境和公共卫生却令人担忧。家家户户的院子成了小型养殖场，狐狸、貉子、羊、猪、鸡少则几十只，多则上百只，猪羊鸡鸭样样俱全，到了雨季排泄物夹杂着污水满院子横流，臭气熏天，再加上刺猬、老鼠、黄鼠狼、长虫这些"土著居民"，庭院俨然就是人畜共居的小小"动物园"。

　　通过养殖增加收入，这本是致富之道。但庭院过度养殖，对环境、健康的影响是否评估过？养殖垃圾、粪便如何处理？村庄的公共卫生环境如何管理？一家一户无序地、无节制地发展养殖，超出了环境的承载能力，又缺乏科学的管理，必然对家庭环境及公共卫生造成危害。漠视公共空间，不关注公共环境是农耕文明的糟粕。大坑在不知不觉中成为经济社会发展的一个缩影。

　　近两年，再次回到村庄，又来到大坑。在"绿水青山就是金山银山"的大环境下，人们开始关注公共卫生环境治理了。大坑已不再允许倾倒垃圾，动物养殖垃圾集中存放填埋，有专人处理。大坑已经受到了深深的伤害，遍体鳞伤，修复需要时日，期待着有一天大坑能恢复往日的勃勃生机。

12. 村庄的土

　　远行的游子，回到阔别已久的故乡。双膝跪在养育自己的土地上，捧起一把泥土，闻着泥土的芳香，眼望苍天，潸然泪下，这是电影电视里经常出现的游子思乡场景。当我们普通人远离故乡忙于生计，有朝一日回到生你养你的村庄，脚踏那片熟悉的土地，走在熟悉的乡间小路，闻着熟悉的泥土气息，也会心生激动的。

　　三叔，少小离家，到东北沈阳读书。后来参军入伍，担任通信团领导，执行战备任务，公务繁忙，难以离开工作岗位，加上身体原因，爷爷奶奶去世也未能回家，亲人们对三叔多有不理解。几十年过去了，三叔风烛残年，仍有一个未了的心愿，那就是回到故乡，回到生养自己的那片土地，再看上一眼。

　　前两年，三叔回了一次老家，住在镇上的同学家，围着村庄转了好几圈，却没有勇气回到村子看看。总觉得自己多年没有回家，愧对逝去的父母，也无颜见亲朋好友，失望地回去了。可是思乡之情总归是块心病，无时无刻不在折磨着自己。感觉自己即将离开这个世界的时候，想了却的心愿仍然是回到故乡的村庄，回到故乡的土地上走一走，看一看。于是，三叔鼓起勇气，甩掉包袱，拖着病体，又一次回到了故乡，回到了村庄，回到了老宅子。

　　多少年过去了，不论当时是什么原因没有回家，亲人们都不会再计较了，回来了就好。三叔带回了许多礼品，看望村里的亲朋好友，又送给姑姑、侄子们红包，表达了对亲人、对家乡深深的眷恋之情。

临走时，三叔用颤颤巍巍的手，从老宅院捧起几把泥土，装入塑料袋带回了城市。没过多久三叔就过世了。纵使三叔老了，行动不便了，但对家乡的那份思恋，对故土的那份眷恋，却越来越浓，时间和岁月是冲刷不掉的，直到生命终止。这就是所谓的"故土难离"吧。

村庄人耕种在泥土，居住在土屋，吃睡在土炕，行走在土路，生活的希望也寄托在泥土上。村庄人离开了泥土无以生存，泥土没有了村庄也失去了存在的意义。

那时，盖房子大多使用泥土。墙体用的是土坯，火炕、灶台是用土坯垒砌的，院墙也是草坯的，普通人家全部使用土坯盖房。殷实人家房子外墙才用青砖垒砌，里墙仍用土坯。家里的猪圈、羊圈、鸡窝、兔子窝也少不了土坯。日常，家家户户多多少少都会备些土坯，以备补墙修炕之用。

盖房使用的土坯，是乡亲们手工制作的，制作土坯的过程称为"脱坯"或者"磕坯"。找块闲置土地或者土岗子取土，中性黏土为好。经过和泥、锄泥、装模、抹坯、磕坯、揍坯、捡坯等过程制成土坯。

脱坯首先是和泥。前一天晚上，土堆中间挖出小坑放几桶水，撒一层干土闷上，醒一晚上。次日早上起来用大镐背儿反复砸泥，充分搅拌，增加韧性。和泥细腻，脱出的坯才结实耐用。

脱坯的过程颇具美感。脱坯人抓一把干沙土撒在和好的泥坯旁，两手扣合，刮下一块泥，大小正好是一块坯的料，攒攒，滚几下，两手托起，走到坯模子旁，高高举起，"啪"的一声，不偏不倚摔入坯模子。按压结实，用脱坯弓子刮掉表层多余的泥土，把坯模端起来扣在平整的地上，动作一气呵成，酣畅淋漓。

脱制的土坯有两种，一种是普通土坯，一种是草坯。普通土坯直接用泥土掺杂沙子脱制，用于房屋内山墙、打火炕等。草坯比普通土坯大一圈，泥土掺杂麦余子（麦壳，麦糠）和麦滑秸（脱粒后的麦秸）增加韧性，脱出的草坯结实耐用，主要用于垒墙头儿（围墙）、猪圈，或者直接用于盖土坯房子垒墙。我家的厢房就是用草坯垒砌的。

垒砌围墙常使用一种野外的天然草坯，俗称"蓑草疙瘩"。大清河边滩涂上生长着各种各样的野草，根茎纵横交错，把泥土紧紧地连在一起。这种带有蓑草根的泥土，直接挖出就能作为建筑材料使用。挖蓑草疙瘩使用的是直板铁锹。秋后，寻找一片草丛茂密的盐碱滩，清理出一个截面，用铁锹从三个方向直上直下踩入泥土，再从底部插入铁锹，铲出一块边长二十厘米左右方柱形的草坯。

垒土墙、抹房顶、挂墙皮使用的黏合剂，是一种碱性黏土。这种黏土是从海边滩涂挖出来的。先揭掉一米左右的表层土，挖出碱性的黏土。为了增加泥土的韧性，抗雨水冲刷，泥土掺杂麦余子和麦秸，加入水搅拌，人站在泥土堆上反复踩踏，使麦秸与泥土充分混合。和好的泥用来抹房顶、挂墙皮。这种泥土是海退泥沙沉积形成的，黏性大，有韧性，是大自然赐予村民的天然建筑材料。

老宅子正房后面，原是厢房和柴房，拆除后腾出一块空地。南高北低，落差有一尺多。地面还经常出现砖头瓦块等杂物，算是一块荒地。哥哥们清理了杂物，一块地分成南北高低两块，翻耕了土地，撒上农家肥。靠近房子较高的地方，栽上西红柿、黄瓜、茄子、辣椒等蔬菜，低的地方种上几垄高粱、玉米或者棉花。母亲说，闲着也是闲着，种上点粮食瓜果，或多或少总会有收获的。

儿时，与泥土混在一起，整天玩得浑身是土，跟个小泥猴似的。搓泥球、摔泥炮、捏泥人、做泥动物，花样百出。抓一把村庄的泥土，我能闻出它的气息，知道它是什么样的泥土，是哪里的泥土，又是做什么用的泥土。也许，只有生在泥土、长在泥土的我们，才能感知泥土的厚重与芳香。

也许是小时候与泥土亲密接触建立了感情，及至现在见到泥土仍感到格外的亲切，心里痒痒的，总会产生挖掘和泥耕种的冲动。这种冲动随着年龄的增长越来越强烈。

儿子读高中时，我们租住了学校附近的房子陪读，还特意租了一层的房子。门前小院，主人在装修时做了几个小花坛，栽些应季花草和海棠、紫薇等传统庭院树木，大小有十几平方米。在钢筋水泥的世界里，能有一小块土地甚是令人欢喜，也唤醒了我的泥土情结。

春天，小院花坛、树下空隙种上了从老家带回的南瓜、葫芦、黄瓜种子。工作之余，蹲坐在小院静心观察，盼着种子快快发芽，快快长大。过了几天，南瓜苗破土而出，我欣喜若狂。这是我离开村庄以后，自己亲手栽种的农作物，居然成功发芽了，我赶快拿起相机，记录下种子成长的每一个瞬间。

平时，浇水、绑蔓、授粉，南瓜、葫芦苗壮成长。藤蔓有的爬到了栅栏上，有的爬到了树上。一根葫芦藤蔓竟然爬到了阳台的防盗网上，顺着窗户一直爬到了房门上方，让我感受到了"苔痕上阶绿，草色入帘青"的意境。

秋收季节，一个大南瓜居然长到了一米多长。给老家的哥哥嫂子报告了"喜讯"，他们都不敢相信。这个品种的南瓜在老家也只能长到一尺多长。为了显摆我的种植技术，我还请来了同事参观、拍照，顺便把南瓜送给了同事，比自己吃掉更愉悦和满足。

一只葫芦长到了门楣上，影响开门。我用绳子把它向上提拉，绑到了门楣上方。葫芦越长越大，长到半米左右，葫芦柄上勒出了三道绳痕，不经意间长成了艺术葫芦。

说实在的，少小离家，并没有多少与泥土打交道的经验，初次栽种南瓜、葫芦居然开花结果了，而且长势旺盛。欣赏着院子里自己栽种的南瓜、葫芦果实累累，有一种莫名的愉悦和满足。

前些年，在网上看到一则新闻，中国大妈们居然把蔬菜种到了大洋彼岸。母亲陪孩子读书，在学校附近荒地开垦出一小块菜园，栽种了黄瓜、西红柿、辣椒等蔬菜，还得到了当地居民的赞赏和欢迎。我去国外参加儿子的毕业典礼，其间拜访了一位朋友。朋友老家是沂蒙山区的，父母帮他带孩子，在院子空地上也栽种了各种蔬菜。

也许，任何一个国家的居民都不像中国人这样，对泥土有一种刻在骨子里的依赖和热爱。有人把蔬菜栽种到了大洋彼岸，我也见到泥土就有摆弄的冲动，不自觉地产生栽种或挖掘的欲念。恐怕已不再是为了栽种食用，而是缘于对泥土的一种原始眷恋，原始崇拜。这种农耕情怀，也许只有从农耕文明时代走过的人，才能深刻地体会到、感触到。

村庄是泥土的世界，泥土才是村庄的主人、村庄的灵魂。泥土无言无语，从不争名夺利。但它赐予了人们食物、房屋和道路，满足了人们基本的生产生活需求。任何生命都是有限的，而泥土是永恒的。它不离不弃，滋养着村庄的人们，让村庄的烟火生生不息，薪火相传。

我期待着再次回到村庄，回到生我养我的那片土地，亲吻我熟悉的泥土，抚摸我熟悉的院墙。责任田种上庄稼，自给自足。院子种植蔬菜，绿色环保。栽上几棵果树，享受四季瓜果。养三只羊、两头猪、一群鸡鸭鱼鹅，把老宅子变成"农家乐园"。圆了我的农耕情怀，圆了我对乡土的眷恋。

故乡是什么？故乡就是故土；故土是什么？故土就是故乡的泥土。我暂且这样直白地理解。

13. 村庄的路

80年代初期，我离开村庄到外地读书。要出远门了，母亲不放心，父亲也执意要送我去学校。临行前几天，母亲为我做好了被褥、床单、枕头和几件换洗的衣服，父亲准备了一块帆布打包行李。走的那一天，哥哥用自行车驮着行李，沿着曲曲折折的乡间小路穿过大清河，到达马头营公社汽车站，乘坐汽车沿着石渣路到达县城，由县城转乘长途汽车到达滦县火车站，六十多公里路程用去了大半天时间。当我坐上火车，回望走过的路，坎坎坷坷，曲曲折折，但它却是我熟悉的路，熟悉的土地。离开了村庄的路，未来的路是什么样子，我充满了期待和幻想。

老宅子栅栏门前是村庄的东西主路。从大槐树算起，向东，越过大清河，三里路到乐港公路；向西，三里路到达曹庄子公社驻地；向北，越过大清河，通向五里外的马头营公社。

主路算不上宽敞。秋收后，各家各户的麦秸、玉米、高粱秸秆、苞米茬子等柴草堆放在路边，勉强能通过一辆马车。那时的道路没有路基和排水沟，是地地道道的原始土路。路中间是雨水冲刷的一道浅沟，两旁车辙深陷路面。冬春季，车马经过，尘土飞扬；夏秋季，路面积水，泥泞湿滑，马车经过，泥浆四溅，行人不小心就会被溅上泥水。

记得70年代初期，下了一场大雪。早上起来，大雪把门窗堵住了，父亲用力推开一条门缝钻了出去，扒开雪窝，找出铁锹，与哥哥们一起铲除院子里的积雪。当我走到院子，看到从正房门口到栅栏门形成了一道"雪墙",站在雪墙里看不到两边的景物,穿梭其中犹如走在洁白的时光隧道。大街上堆积了一人高的雪,塞满了整条街道,栅栏门打不开了。父亲和哥哥们努力用铁锹铲除栅栏门前的积雪,我也拿起小铲子帮助大人们铲雪。大半天过去了,只挖出了几条缝隙,大街仍然不能正常通行。

次日,公社派来了履带式推土机清理积雪。我从未见到过这样的大家伙。推土机屁股冒着黑烟,把积雪铲到路边,才算打开了一条"雪"路。我看到推土机这个新鲜玩意儿,跟在后边玩耍,一直跟着跑出了村庄。

天气转暖,雪渐渐融化,道路泥泞不堪,只得跳着脚走路。我穿的是母亲手工缝制的棉鞋,踩在泥泞的土路上到处疯跑。不一会儿棉鞋就湿透了,变成了"冰窖"。回家在鞋窝里垫一把稻草取暖,又跑出去了。

学校门口一段路比周边低洼。每到雨季,雨水汇集在校门口,淹没了路面,需要蹚着水走进校园。篮球场在校园的北面,教室与球场之间的一条路更为低洼,雨水很长时间排不出去,形成积水淤泥路段,人与马车得绕着走。打篮球时,不小心篮球掉进了路边淤泥里,只好挽起裤腿,蹚着没小腿肚子深的淤泥把篮球捞出来,冲洗一下继续打球。生产队的马车经过这段路,车把式拉起缰绳,扬起鞭子,大喊着"驾,驾……",跃马扬鞭驱车冲过去。像平常那样慢悠悠赶车,马车可能就坞车(方言,马车陷入淤泥无法前行)了。

读初中时,到邻村下洼村中学读书。村庄通往学校的路是一条废弃的乡间小路,学校旁边是一片大池塘,长满了芦苇、野柳树。小路就在池塘边,雨季被水淹没,与池塘连成一片,水没过膝盖,每天蹚水过去上学。没觉得路不好走,倒是觉得蹚水走路好玩。放学了,约几个同学到池塘里洗澡摸鱼,嬉戏打闹。

村庄西南方向有一条通往邻村九沟村的土路。路基高出地面一到两米不等,人们叫它"大高道"。土路高低不平,弯弯曲曲像一条蛇,不知道为啥这条路修得这么高。路面一辆马车宽，轧出深深的车辙辘渠。有一次，我坐着父亲的牛车经过这条路到河滩去挑猪菜。牛车走在路上，上下颠簸左右摇晃，我趴在车里不敢往两边看，恐怕牛车翻了，惊恐中走到了河滩。这次坐牛车的经历，给我留下了这条路是一条恐怖路的印象，再也不愿坐车走这条路了。据老人讲，大高道是早年间由乡绅捐修的一条路，为了抗水淹，路基垫得老高。生产队时期大搞农田基本建设，不断从路基取土，路面变得又陡又窄，走这条路对车把式的技能是不小的考验。修了机耕路后，这条路也就逐渐废弃了。

从老宅子到大哥家路过大坑边的一条小路，雨天就会被水淹没，只好绕道村西头再到大哥家。还有一条通往大哥家的窄路，从村庄主路泄到大坑的水经过这条路，路基被雨水冲刷出一米见深的水沟，无法正常通行了。一次，母亲蒸了饺子，让我去送给大哥。为了抄近路，我打算走这条路。过路要有绝招儿，铆足了劲，踩着沟两侧的路基，倾斜着身子，先跑到右边路，身体向左倾斜，跳过壕沟再跑到左边路，几十米的路十几秒就冲过去了。送到了再跑回家，母亲疑惑地问我：送去了？我说：送到了。母亲还是半信半疑，以为我不会那么快。平时，不管有无急事，都是一溜儿小跑，感觉这样走路才过瘾。

读高中时，上学要经过大清河上的一座小桥。桥梁架在主河道上，桥边还有几十米滩涂路，两边是芦苇荡。到了雨季，河水上涨，位于滩涂的一段路被淹没。经过这里只好扛起自行车，脱下鞋挽起裤腿，蹚水走过去，到了对岸，洗洗脚，穿上鞋继续前行。雨天道路泥泞，自行车骑不多远，车轮就被泥团塞住转不动了。走到河边，提起自行车踩着脚蹬，转动车轮，泥就被河水冲刷掉了，倒也便利。

耕地主要分布在村庄南面，东一块西一块不规则的鱼鳞地，还有几块家族坟地占用了农田。去往耕地的路，纵横交错，曲曲折折，高低不平。

70年代初期，大搞农田基本建设，推广农业机械化。为了方便机耕和灌溉，大队组织村民对原有的路和田地进行了规划改造，修建了能够行走农业机械的"机耕路"。从村庄通向耕地,南北一条主路,中间隔百十米分出几条平行的东西向支路,称为"一线、二线、三线"。路边挖了灌溉引水渠,栽上白杨树和紫穗槐。路之间划分出一块块长方形的田地,变成了整齐的机耕路和机耕田。一块田地十几亩,田地之间挖了灌溉沟渠,打了锅锥井,满足了灌溉需求。

到了耕种季节,人民公社的履带式拖拉机轮流到各村庄翻耕土地,这是我当时见到的最先进的农业机械了。我感觉好奇,跟在拖拉机后边看热闹。拖拉机拉着一排铁犁行走,整齐地把地翻过来,比牛拉犁耕地快多了。走在翻耕的土地上,双脚陷进松软的泥土很是有趣。有的地块,头年栽种的地瓜,尽管被乡亲们翻刨好几遍了,拖拉机翻耕得深,还是会有个把白薯,孩子们就跟在拖拉机后边寻找。大人们赶紧喊话:"离拖拉机远点,有危险,走开。"

90年代,一家三口回家探亲。火车到了唐山站,已经是傍晚了,去往县城的公共汽车没有了,租了一辆面包车回家。与司机讲好送到家门口。车到了邻村下洼村已是傍晚,距离家还有一里土路。天下着小雨,路面泥泞,坑洼不平,汽车容易陷进去,司机说什么也不愿走了,我们只好下车步行。顶着小雨,挽起裤腿,背起背包,抱着孩子,蹚着湿滑泥泞的路回家了。到了家变成了落汤鸡,满脚满裤腿泥泞,狼狈不堪。

进入21世纪,有了私家车。沿海高速公路通到了离家七八公里的镇上。车下了高速,再走几公里县路就到家了,心情激动。马上就要下公路了,还有三里土路,令我担忧。心想,开车回老家,总不能让乡亲们用牛来拖车吧,那可就丢大人了。到了路口,定睛观看,土路变成了石渣路,大胆地开车下路,尽管有些颠簸,总算能走机动车,不用担心陷车了。

又过了几年,再回家的时候,石渣路变成了水泥路,路平坦好走了。现如今,水泥路又变成了柏油路,一直通到家门口,再也不用担心回家的路了。

14. 月光下的老宅院

　　斑驳婆娑的树影轻轻游动，劳累一天的家人们已经进入梦乡。兔子睡了，鸡也睡了，麻雀、燕子也睡了。忙碌一天的独轮车、铁锹、锄头沾满了露水，靠在墙边，也静静地休息了。几声蛐蛐叫，伴随着几声狗吠，老宅院显得静谧而灵动。

　　白天，老宅院是属于我和家人们的。我们升起炊烟，饲养家畜，晾晒柴草，忙活着一天的吃食，生活的大部分营生是在院子里完成的。夜晚，一家人围坐在篝火旁，父亲和哥哥们聊着白天的农事，筹划着明天的劳动。母亲与我讲古言儿，猜谜语，老宅院充满了欢声笑语。

　　当我们渐渐进入梦乡，看似寂静的院子却是云谲波诡，暗流涌动，这时的院子不属于我们了。狐狸、黄鼠狼、刺猬、长虫、老鼠"五大仙家"和各种昆虫成了月光下老宅院的主人。老狐狸搬到坟地去了，不与我们为伍了，不过偶尔也会光顾。

　　月上三竿。黄鼠狼从柴草垛下探出头来，伸着细长的脖子东张西望，抖落身上的草屑，晃着粗长的尾巴，低头弓腰，蹑手蹑脚地走到鸡窝旁，闻着鸡香。急忙用爪子挠门，原来鸡窝门被我们用木板和砖头堵得严严实实，任凭黄鼠狼怎么折腾也纹丝不动。听到挠门声，鸡子们被惊醒，"咯咯咯"地叫着，站起来摆出了格斗的架势。黄鼠狼想："人们也太不仗义了，你们吃得酒足饭饱，却不给俺留点荤腥，等俺老黄发威的时候，你们别来求我。"

　　黄鼠狼不知道凡间的那些事。此时的我们也吃不饱穿不暖，更舍不得吃鸡，一家人就靠从鸡屁股抠个鸡蛋换点油盐酱醋，你给吃了，我们一家人怎么生活呀？无奈，黄鼠狼不理解人世间的疾苦，我们也无法将人世间的这些事讲给它听。黄鼠狼气鼓鼓地一步一回头地寻找其他猎物去了。

　　正在顺着墙根寻觅，发现一只老鼠贼眉鼠眼地东张西望。黄鼠狼顿时来了精神，匍匐在地，两眼死盯着老鼠。等到了捕捉范围，一跃而起，咬住老鼠的脖颈，老鼠挣扎了几下也就成了黄鼠狼的晚餐。用尖利的牙齿撕扯老鼠皮，先将其血吸干，再慢慢地品尝老鼠肉。边吃边想："老鼠没有鸡肉香，也只好凑合着填饱肚子。这年头老鼠都成精了，能逮着已经算我幸运了。"

　　黄大仙鸡肠狗肚，喜欢琢磨事。"人们不喜欢我，我却帮你们捕捉耗子，耗子就不能偷吃你们的粮食了，算是帮忙了吧，也该奖励给我一只鸡。站在物种进化角度，几万年几十万年几亿年以后谁又知道我会变成什么，你们人类又会变成什么，谁来主宰这个世界还不好说呢。"越琢磨越郁闷。

　　人们也有苦难言。"我们把你黄大仙供奉着，神一样地祭拜。平时你住在我们家，友好相处，秋毫无犯，你怎么折腾，我们都由着你，还不满足吗？又与我们争食！"无奈，人类读不懂黄鼠狼的心思，黄鼠狼也不理解人们，没法沟通，误解也就越来越深。

　　一次，黄鼠狼得着机会，折腾邻居家的李大婶。

　　我家介壁儿（方言，邻居）住着一位体弱多病的大婶。平时不爱说话，整天把自己关在家里不出门，也看不出有什么异常。家里有几个半大小子需要一日三餐，衣食住行需要打理。大叔是个窝囊废，八杠子压不出个屁来。一家人日子过得艰难，诸多不顺心的事时常涌上大婶的心头，她又不好意思与左邻右舍念叨，只好憋在肚子里。

　　大婶与大叔吵架了，情绪激动，伤心欲绝，无处发泄，郁闷难当，黄大仙就有了可乘之机，缠住了李大婶，李大婶就犯"黄鼠狼子"了。黄鼠狼心胸狭隘，前天晚上没有吃到鸡，今天就来报复了。也是软的欺硬的怕，专找软柿子捏，体弱多病的大婶成了它报复的对象，把自己的魂儿附着在了大婶身上，指挥大婶按自己的意愿行事。大婶披头散发，手舞足蹈，口吐白沫。一会儿哭，一会儿笑；一会儿说，一会儿唱；一会儿跳墙，一会儿上炕；一会儿骂人，一会儿挠人。模仿着黄鼠狼的动作，上蹿下跳，黄鼠狼走到哪儿，她就跳到哪儿。学着黄鼠狼的口气说话，有时尖声尖气，怒骂着婆婆平时如何欺负她，骂男人窝囊，骂邻居偷了她家的鸡。有时自言自语，规劝欺负她的人回头是岸，再不悔改，黄大仙会替她找他们算账的。有时与黄鼠狼慢声细语聊天，说着我们听不懂的"黄话儿"。

左邻右舍见大婶被黄鼠狼迷上了，急忙跑到大婶家，我也跟着去看热闹。见大伙正你一言我一语地想办法制止，有人手拿着棍子向空中乱舞；有人大喊大叫，想赶跑黄鼠狼；有人好言相劝，让黄鼠狼放过李大婶。黄鼠狼却不吃这一套，继续折腾。众人试图摁住大婶儿，不让她到处乱窜。这时的大婶力大无比，几个大小伙子怎么也摁不住。大家慌乱中，不知谁喊了一嗓子"找李二贵看看吧"。李二贵是村子里有名的小神仙，平时装神弄鬼给人看瘾症，具备与黄鼠狼沟通的本领。众人把李二贵请到现场，焚香烧纸，摇头晃脑，口念黄话，对着黄鼠狼说了许多好话，求它不要折腾了："大婶平时体弱多病，家里都揭不开锅了，您就开恩放过大婶吧，日后我们会好好供奉你的。"

经过李二贵苦口婆心地与黄鼠狼沟通，黄鼠狼觉得已经折腾一个多时辰了，也解气了，见好就收吧，好像说了声"再见"，就蹦蹦跳跳地走了，大婶才渐渐平静下来。事后，众人问大婶发生了什么，大婶什么也不记得了，好像什么事也没发生过，跟正常人一样。

这时，李二贵告诉大婶，黄大仙走了，没事了，但答应的事不能食言，你们要办好。大婶找人画了像，挂在厅堂，把黄大仙供奉起来，每天跪拜上香，小心伺候。此后，大仙再也没有找大婶的麻烦。可见黄鼠狼是既令人讨厌又令人敬畏的主儿。

老宅院建于20世纪二三十年代。宅子久远了，附着了仙气，笼罩着一层神秘感。生活了几代人,与老宅子有了感情,都舍不得离开,魂魂魄魄也经常回来转转。老宅院也是各路神仙赖以生存的家园。动物们与老宅子主人共居十几代了,老宅院已成为人与动物共生共存的空间。

老宅子年久失修,房顶的土已经累积一尺多厚了。后房檐的苇笆腐烂剥离,形成了一个个空洞,住着一群家雀(方言,麻雀)。不知何时,来了一条大青蛇,不时爬到房檐上捕捉麻雀。我几次想去掏麻雀蛋,母亲说"家雀窝里有长虫"。我想用竹竿把长虫赶走,也被母亲制止了。"千万不能惊动长虫,被它缠住了会魂不附体,让你干啥就干啥。"吓得我再也不想去捅它了。平时,常见大青蛇在屋内溜达,时不时地在地上或者米袋子巡视一圈,母亲也只是把它请出去而已,从不伤害它。

燕子窝也搭在房檐下,早上燕子飞出去觅食,天黑前飞回来,与我们共居一个房檐下。小燕子叽叽喳喳叫着,我老想抓下一只玩耍。母亲说"不能捅燕子窝,更不能捉小燕子,否则会瞎了眼。燕子是益鸟,帮我们吃害虫,庄稼就会长得好。燕子居住谁家是有选择的,谁家住了燕子就是好兆头"。经母亲吓唬,我也就作罢了,再也不敢去捅燕子窝了。

月上三竿,大青蛇也饿了,开始出洞寻找猎物。

大青蛇沿着房檐爬行,麻雀窝里几只麻雀睡得正香。大青蛇悄悄靠近,张开大嘴正准备饱餐一顿,可能是动静大了点,惊动了麻雀,麻雀跌跌撞撞地飞跑了,大青蛇眼巴巴看着到嘴的肥肉溜走了。突然,它发现窝里还有几只麻雀蛋,暗自庆幸,心想:"跑了和尚,跑不了庙,这也是美食呀,我可比黄鼠狼幸运多了。"大青蛇饿了一天了,也顾不上剥壳,将几只麻雀蛋径直吞进肚子,鼓起的肚子像毛毛虫。看来今天晚上也就这样了,爬回蛇窝睡觉去了。

刺猬从柴草垛下慢腾腾地钻出来,弯弯腰,伸伸腿,活动活动筋骨,咳嗽两声,清清嗓子。相比黄鼠狼、大青蛇,刺猬虽是个刺儿头,但属于外表强悍内心温柔的那种。刺猬饮食讲究健康，荤素搭配不挑食，有啥吃啥，果子、蜗牛、蚯蚓都能凑合，有时也捕捉老鼠调剂一下口味。

刺猬顺墙根慢腾腾地走着，突然遇到了黄鼠狼。心想："这庞然大物的肉一定肥美，把它捉住够吃好几天的，无奈我打不过它。"这时，黄鼠狼也看到了刺猬。"你就是一个刺儿头，平时看你就不顺眼，就想把你吃掉。碍于你浑身是刺，不好下嘴，也就奈何不了你。今天既然狭路相逢，也不好不打招呼。"黄鼠狼走到刺猬身边，用爪子挠了挠它，感觉有点刺痛。刺猬也感觉浑身发痒，蜷起了身体，滚了几圈，咳嗽了几声，算是跟黄鼠狼打了招呼。之后，心照不宣地各自忙去了。

老鼠着实不招人待见，是个人人喊打的家伙，我家专门养了只"黑猫警长"看管它们。大仙们也不待见它，遇见了定会让它成为盘中餐，这是动物之间的生存法则，我们人类就不去管它了。

老鼠就住在正房屋柜子下面，时不时跑出来溜达。夜晚，偷偷钻出洞，这儿闻闻，那儿瞧瞧，寻找着美味。我家的粮食缸是它经常光顾的地方，趁着夜色，钻进缸里饱餐一顿，家里的口粮也就少了一顿。平时我们舍不得一顿吃完的饭菜放在橱柜里，见到这美味，老鼠是不会错过的，必是饱餐一顿。吃得差不多了，还要多吃几口。谁知道吃了这顿，还有没有下顿呢？

月光渐渐退去，天蒙蒙亮了，各路神仙们忙碌了一个晚上也都累了，各自休息去了，老宅院又属于我们人类了。

第二章

乡土乡情

1. 乡　音

村庄人把外乡人讲话的腔调习惯称为"侉",将外乡人称为"侉子"。去外地谋生或者工作了,不论去了哪里,统称为去"关外"了("关"方言读guāng)。从外地来了亲朋好友,也称为"关外"来客("客"方言读qiě)了。

谁家从关外来个侉子亲戚,或者侉子小朋友,人们都感到好奇,喜欢往上凑,听小侉子讲话,与小侉子玩耍,是件自豪而又快乐的事情。

在村庄人的认知里,"关外"几乎代表了所有的外部世界。至于为什么把"关外"读成"关(guāng)外",应该是在长期的语言交流中演变而来的。口头上读"guān",咬字不准确,读音相近,久而久之可能就读成"guāng外"了。

村庄人对侉子有一种莫名其妙的崇拜和尊敬。遇见侉子还有点不好意思甚至怯懦,躲得远远的,有点见到洋人的感觉。有机会到外地工作,或者暂时离开村庄投奔亲朋好友,再次回到村庄时,学着似是而非的"侉子"话,脸上流露出"侉子"的表情。似乎是在告诉人们:我去过大城市了,见过大世面,你们还是土老帽儿,与我比差得太远了。用讲侉子话、学侉子表情和动作来彰显自己的地位和优越感。

那年月,"侉子"就意味着"洋气",意味着身份和地位,他们是从城里来的、吃商品粮的、见过世面的,土老帽儿是望尘莫及的。村庄里侉子说话办事都好使。日常,谁家发生点矛盾,如夫妻吵架了,只要操着"侉子"口音的人到场,劝双方几句就不再吵了。

村庄人称父亲为"爸爸"(方言,读一声bā bā),听起来乡土味儿十足。而我却可以称父亲为"爸"(读bà),有点洋气,无形中彰显了优越感。土生土长的村庄人称父亲为"爸",会让人笑掉大牙的。父亲当过国家干部,我们兄弟姐妹才有资格称呼"爸",属于本地官话范畴,村庄人也是能接受的。因此,"爸"这种称呼也成了我们家区别于土著村庄人的标志。由此可以联想到,语言除了用于沟通交流,还有另外一个功能,就是把人贴上标签,分成三六九等,彰显身份地位。

自清中期以降,县域人口快速增长,滦河流域十年九涝,沿海又多盐碱,所产粮食不足食用。东北地域辽阔,土地肥沃,为了谋生,乡人形成了一股"下关东"经商做买卖的潮流。旧时,东北地区习惯把操着家乡口音的人称为"老呔(读tǎi)儿"。"老呔儿"也就成了家乡话、家乡人的代名词。据好事者考证,老呔儿的称呼源于谐音。当时有大量的乐亭人在长春一条街上做小买卖。当地人随便问一句:"你是哪里的?""乐(lào)亭的。"当地人听到"乐亭"发音类似于"老呔儿"。所以就把乐亭人习惯称为"老呔儿"了。老呔儿除了乐亭人,也包括滦县和昌黎县的人,他们被称为"花老呔"。可见"老呔儿"既有语音概念,又有地域含义。

小时候,听到外地人讲起"老呔儿",基本就是"老土"的意思,从讲话的表情和口气看,多少有点歧视味道,家乡人也不太喜欢域外人称呼自己为"老呔儿"了。这种感受大抵隐含着两层意思:一是大量家乡人在东北经商做小买卖,形成了一个经商群体"老呔儿帮"。旧时讲究"士农工商",认为从商的人在社会底层,俗语说"无奸不商",商人就是"奸猾"的代名词,受到歧视也就自然而然了。二是"老呔儿"来自关内乡野,讲着土里土气的乡间俚语,与主流的东北口音相比较非主流,自然也会受到嘲讽。比如沈阳市小西门附近把乐亭人扎堆的地方称为"老呔儿窝"。诚然,一方面这个"窝"字反映了家乡人下关东的生存状态,从另一方面讲大概也带有点歧视的味道。

所谓"良言一句三冬暖，恶语伤人六月寒"，一句话让人笑逐颜开，一句话让人怒从中来。语言除了交流功能，从另一个侧面也反映出地域文化特征，表现出地域人群的集体人格。家乡人说话腔调婉转、节奏舒缓、语音悠长、细柔甜润。反映在性格上，清和平允、谨言慎行、急公好义，还有点燕赵人的忠义豪情、耿直诚信的人格特征。"老呔儿帮"在东北广袤的土地上开疆拓土，艰苦创业，且以善于做生意而著称。经商，首先要具备跟人打交道的能力。老呔儿讲话嘴甜，有亲和力，能看出"眉眼高低"，头脑灵活，精明善变。无论是呔儿商还是当地商人，都愿意找老呔儿做伙计当掌柜的，凸显了老呔儿的经商头脑。由此可见，呔儿商在东北经商的成功，也许就隐含着"老呔儿调"的韵味及其包含的人格魅力。

家乡人讲话喜欢拉长音调，富有弹性，爱拐弯儿，几乎每一句话都有儿化音，如吟似唱、波澜起伏、悠长婉转，外地人听起来似唱似吟，自然会让人感到亲切。比如：转圈儿、说小话儿、大老娘们儿、不大离儿，等等。我在写家乡的故事时，很多语言也用了儿化音，似乎不用儿化音表达不出语境来。

同属大的语言环境，语调还是有些许区别的。村庄人不论在什么场所、什么环境下都喜欢大声讲话，娘儿几个见面聊天打招呼尤为突出，类似喊话的那种，后面的两个字还抑扬顿挫。比如两人见面大声喊"大哥，做啥去（方言，qié）""拾柴火去（qiè）"。问话的人"去"字声调上扬，回答的人"去"字声调下降，收音下滑，问话和答话的人声音大、粗放，用如今的文明语境衡量，好像有点不耐烦的腔调。有时，外地人听了不习惯，误认为两人是在用质询的口吻，或者带有情绪的口吻讲话，其实不然。

对于村庄人大声讲话的习惯，我还真是琢磨过。村庄地处沿海，河网密布，地广人稀，时常风起云涌，渔猎或者耕种需要彼此交流。大声喊话才能彼此听得见，保持有效沟通，喊的声音再大也干扰不到外人，有点粗犷却满足了彼此信息交流需求。可见语言是在人与大自然的交互中形成的，野生土长的，来源于生活又服务于生活。

　　我的爱人对我这种近似喊话的腔调颇有微词，说我讲话声音大，腔调粗放，像是在吵架。认为我时常用质问的口吻、不耐烦的口吻，或者是想吵架的口气跟她讲话。其实我就是在这样的语言环境中长大的，本无他意，可还是常常被误解，真是有点冤枉啊。还有一次，周末单位领导打电话查岗，交流几句之后我说"好，我知道了"。我回话的声音大了点、干脆了点、村野了点，并无任何不敬之意，只是讲话习惯而已。领导却认为我态度不好，有点不耐烦的意思，我立马被叫到单位办了"培训班"。好家伙，敢情地方语言文化的不同、腔调的不同，也能引起夫妻之间的不快，还会引起领导的误解。

　　为此，我经常有意识地训练自己，让自己讲话尽量小声点，控制着点，温柔点，慢慢地去村庄化，变成家庭化、职业化。讲话越来越矜持了、文明了，少了许多粗野的村庄味道。实际上都是装的，时不时"原形毕露"。

　　村庄人路遇长辈，或者学生遇见老师，不分时间地点，问候语都是"吃了吗"。"吃了吗二叔""吃了吗二大大（读 dà da）""吃了吗老师"，长辈回答"吃了，你也吃了"，回答"吃了"。一句"吃了吗"道出了村庄人的前世今生。实际上自建庄立户以来，温饱问题始终困扰着村庄人，过不下去了就"下关东"混口饭吃。大集体时代，粗耕粗作，大部分粮食交公粮，剩下的干瘪的粮食分给村民做口粮，家家户户吃不饱那是自然的。这样就不难理解"吃了吗"包含的深刻含义了。包产到户后，责任田由村民自己耕种和管理，精耕细作，产量大幅提升，才逐步解决了吃饭问题。如今建设新农村，也不用交公粮了，种地国家还给补贴，日子越过越红火，村庄人再不用为吃饭而发愁了。"吃了吗"的问候语也逐渐被"二叔好""大婶好""早上好"等现代文明用语所取代。

　　说实话，刚离开村庄那会儿，我对自己的乡音是缺乏信心的。土得掉渣的乡音代表了你是哪里人，你是从城市还是乡村来的，一不小心就被打上地域标签受到嘲讽。

也许是因为家乡话接近普通话，有些发音和腔调是很难改掉的。走南闯北几十年了，还是讲着带着乡音的普通话，外地人听不出来，可遇到家乡人就露怯了。刚入大学那会儿，同学们来自全国各地，都带着明显的家乡口音，互相之间听不懂说什么，需要解释半天才能明白什么意思。同学之间也互相调侃着彼此的乡间土语。刚入学时，我们宿舍一位来自福建的同学讲闽南话，听起来那就是天外之音，一句也听不懂。我讲的话土点儿，可凑合着还是能听懂的，似乎又找回了点自信。但我觉得家乡话还是有点土气，于是学说普通话。按照自己的揣摩，先改掉了方言土语，如"忒（tui）、嗯哪、呃（e）、中"等方言，改为"很（太）、可以、行"等文明词语。如此经过一两年的改造，却变成了四不像的南腔北调普通话，还不时露出老呔儿音来。寒暑假回到村庄，讲着拗口、拘谨的普通话，表明我是大学生，我是从城里来的，以示与村庄人的区别，还感觉挺美的。好歹同学们大致如此，都讲着带有家乡味儿的普通话，也就见怪不怪了。毕竟我是北方人，普通话讲得还算不错。家乡的语言腔调是从村庄带来的"童子功"，不经过系统训练是很难改掉的，俗话说"乡音难改"就是这个理儿。后来我想，不影响交流也无须特意改了，反而觉得离村庄不那么遥远了。

时代发展，社会宽容度越来越高。如今"老呔儿"话也没有贬义和歧视的味道了。家乡方言还被列入中国语言资源保护工程，留下宝贵的语音资料。当下，村庄年轻人也逐渐讲普通话了，带有地方特色的方言俚语也渐渐消失了。

再次回到村庄，少了许多年轻时的虚荣和浮躁。走在乡间，浓浓的乡音扑面而来，感觉是那么熟悉，那么亲切。与父老乡亲们交流也直接讲"老呔儿"话了。感觉还是村庄的语言讲着顺溜儿，接地气儿。乡亲们还夸我没有"关外人"的架子，没有忘本，感觉美美的。

"少小离家老大回，乡音无改鬓毛衰。"半生漂泊，落叶归根，那就先从讲家乡话开始吧。

2. 起 名

每每与爱人回到村庄，遇到长辈或者大哥大嫂们见面聊天，总会有人习惯性地称呼我的小名儿（即乳名），听起来很亲切，乡土味十足。但我老大不小了，当着爱人的面，还称呼我的乳名，总是觉得有点难为情。关键是我的乳名实在是拿不出手。还好，由于地方口音原因，爱人始终没有听懂我的小名具体叫什么，我也不好意思告诉她，也就蒙混过关了。不然的话，日后肯定会成为拿我开涮的由头。

我的乳名带有明显的乡土气息，属于那种滑稽的、不能再土的、好养活的名字，长大以后不好意思告诉别人。我是家里的老幺，村庄人称为"老儿子"，意味着在条件允许的范围内，能获得更多的关爱，哥哥姐姐都让着我，家里有好吃的首先要满足我，干活儿都是哥哥姐姐们的事儿。这些"优厚的待遇"当然也要体现在我的乳名上。

旧时，村庄交通不便，就医条件艰苦，小孩子夭折的事情时有发生。村子里流传着"没有小名养不活"的说法，自然也就重视起小名了。期望通过起小名来护佑孩子健康成长，名字起得越贱越丑越难听，妖魔鬼怪越不愿意收，孩子就能远离灾祸，健康成长。这反映出村庄人的无奈，更寄托着美好的愿望。

村庄人的小名带有明显的乡土特征，比如借用猫、狗、牛等动物名字，或者丑、臭、勾、蛋、傻等比较滑稽、让人嫌弃的字词，如狗子、蛋子、黑子、勾子、臭子、楔子、来子、兴子、拴住、逮住、傻子、等等，含有祈祷孩子平安成长的意思，我的小名就属于这一类。

也有用虎、牛、利、钢、铁、海、大、满、金、胖、英等比较硬朗有气势的字眼，意思是把妖魔鬼怪吓跑，孩子就能顺利成长，比如叫"小利"的就比较多。还有直接讨吉利的，希望孩子出生以后给家里带来幸福，避免灾祸、健康成长，如使用宝、喜、锁、福、来、有、成等字词。

乳名不是谁都可以称呼的。父母、长辈可以称呼，小伙伴们互相称呼，随意顺口。晚辈们是不可以的，那是对长辈的不尊重。长大成人后，长辈称呼晚辈，也称呼大名了。遇到嫂子、叔叔辈儿仍然会称呼我小名，主要是开玩笑逗趣，我也乐得接受，一笑了之。

"童无小名不贵，大无外号不富"，村庄人大多数人有"外号"，文雅点讲叫"绰号、诨号"。绝大部分人是不喜欢别人给起外号的，但你自己做不了主，人们总得送你一个外号，便于见面说笑逗趣。村庄人起外号形象逼真，根据每个人的身体、语言、行为特征，或者以发生的某个事件作为由头起外号。有的滑稽可笑，有的生动形象，有的还带有挖苦讽刺味道，每个绰号后面都有一个故事。父亲戴个近视眼镜，在村庄里显得特别，人们送外号"眼镜"，算是比较文雅的外号了。一位大爷屁股沉，到谁家串门子半天也不走，外号"大屁股"。一个小伙伴脑袋长得又大又方，外号"大脑袋"。

一般认为喊别人的外号是不尊重人的行为，其实也不尽然。外号本身并无恶意，相互称呼外号开玩笑，打闹逗趣。平辈或者叔嫂辈见面称呼外号，听起来既亲切又幽默，谁也不会在意的。互相叫着外号，打打闹闹，说说笑笑，无形中拉近了距离。当然，外号也有贬义。兄弟姐妹之间互相起外号，闹意见了喊着对方的外号，以示打压取笑，发泄不满。小伙伴们打仗了，互相喊着对方父辈的外号，以示讽刺打压。也有不识逗的主儿，叫他外号，他就翻脸了。轻则骂你几句，重则大打出手。遇到这种较真的主儿，是不敢当面叫他外号的，只能在背后偷偷叫了。

小孩子到上学了，才会起大名。起大名有个不成文的老规矩，孩子的名字不能与家族中的长辈同名同字，否则就是对长辈的冒犯和大不敬。名字是分辈分的，有的体现在中间一个字上，有的体现在末了一个字。我的爷爷辈，中间一个"大"字，父亲辈中间一个"桂"字，先辈们严格按照辈分取名排序。我们这一辈应该是"志"字辈。受时代潮流的冲击，少数家庭遵循了取名规则，大多数不再使用传统的辈分文字取名。每个家庭根据自己的喜好和理解，起了紧跟时代潮流的名字，也无法从名字判断辈分了。我的名字就属于这一类，乡土味和时代色彩浓厚。家族关系比较近的同辈取名中间一个"小"字。读大学了，我觉得这个"小"字实在是太渺小了，就改成了"晓"字，倒也说得过去。同辈中用什么字的都有，很少有人遵循传统了。

到了我们上学的70年代，起学名均带有明显的时代特征，多用军、兵、辉、华、山、光、川、海、生、发、波、东、国、庆、红、芳、爱、立等字，显得气势磅礴，紧跟潮流，迎合了当时的形势。我的大名也紧跟时代潮流，名字里就有一个"兵"字。我入学时，正赶上轰轰烈烈的运动，慷慨激昂，战天斗地，备战备荒。所以父亲就给我起了一个带有时代色彩的名字，希望我长大以后穿上绿军装，成为一个"兵"，一名战士，保家卫国。

不知道是名字的原因，还是家庭的影响，我也确实有"兵"的情怀，从小喜欢"打打杀杀"，老幻想着成为一名解放军战士，那该多威武啊。高考填报志愿，我报考了警察学校，想实现我当兵的愿望，可惜没有被录取，幻想破灭了，成了憾事。

时代不同了，现在家长给孩子取名可是一件大事，关乎孩子的未来，寄托着长辈的期望。孙女降生了，添丁入口，一家人欢天喜地，要在上户口之前取名字，于是爷爷奶奶、姥姥姥爷、爸爸妈妈争先恐后取名。此时的取名更关注文化层面，体现文化性、艺术性和成长性，读起来朗朗上口。大家绞尽脑汁起了几十个名字，上网测试打分，得分较高的几个名字排了序，总觉得心里没底，于是又找了专业取名网站付费取名。网站发回一大串名字，大家讨论来讨论去还是觉得不理想，也只好仅做参考。依据一家人对孩子成长的期望和孩子未来的发展，我自己起了名字，经过热烈的讨论都觉得合适，也就上户口了。

响应国家号召，儿媳生二胎了，大家又开始忙着取名字。大孙女四五岁了，也跟着凑热闹取名字，大家一起闲聊，孙女听到了，顺口给妹妹起了一个乳名"小丸子"，大家惊呆了，仔细一琢磨，名字倒也活泼可爱，一致同意了。将来等妹妹长大了，知道是姐姐给自己起的乳名，一定是件很有趣的事儿。

3. 露天电影

提前好几天，大队书记就透露出放映电影的消息。乡亲们一传十，十传百，即将放映电影的小道消息飘荡在村庄的各个角落，乡亲们掰着手指头计算着放映电影的日子，忙着通知邻村的亲朋好友。我兴奋得睡不着觉，憧憬着看电影的热闹场面。

放映电影的场地在小学校篮球场。电影放映的日子，我急急忙忙吃口饭，就迫不及待地拿着小板凳占座位儿去了。

放映露天电影，需要拉起电影屏幕。派民兵在操场挖两个小洞，竖起长长的竹竿，白色的屏幕四角儿用绳子拴在竹竿上，竹竿中间再挂上扩音喇叭。

屏幕正面的朝向要看当天的风向，一般是背着风的方向。风刮过来，屏幕向观众方向微微凸起，尚可正常观看。赶上刮大风了，屏幕吹得鼓鼓的，投上去的人影变成了长长的弧形。刮歪风了，屏幕被风吹得不停地抖动，投影也随风飘动，变成了"动感"电影，看得人头晕眼花。

天擦黑儿了，放映员熟练地架起电影机，大队派几个民兵维持秩序，"都坐下，都坐下，让出投影通道，电影马上就要放映了。"调试灯光亮了，小伙伴们蹦蹦跳跳挥舞着小手挡住光柱，作出小兔子、老鹰、打枪等怪状投射到屏幕上。还不时挤到电影机旁，看看电影是怎么放映出来的。

电影放映前，大队书记还要讲几句话。宣讲国内外大好形势，安排农业生产，强调计划生育，等等，末了讲几句感谢放映员的话。放映员大声宣布："社员同志们，请大家坐好，安静，今天放映的片子是《沙家浜》，正片放映前先给大家放纪录片，现在马上放映。"

纪录片无非是新闻报道、国内动态、科技成就、木偶戏，等等。那时还没有电视网络等现代传媒，重要新闻拍成电影纪录片传播。赶在放映电影时才能看到新闻，有些新闻可能都过去一年半载了。不管多长时间对乡亲们来说都是"新闻"。

观看露天电影比过年还热闹。大队小卖部也来摆摊助兴，瓜子、花生、糖球儿样样都有。家长会大方一次，花上几角钱买点零食。卖瓜子使用小茶盅，五分钱一茶盅。售货员大哥从口袋捞出满满一盅，给我们装在挎兜（方言，衣兜、裤兜）。边看电影，边嗑瓜子，心里那个美呀。

李向阳、李玉和、杨子荣、阿庆嫂、柯湘、严伟才等英雄人物是电影不变的主角。看电影实际上是又一次与英雄人物相逢。复习经典台词，模仿滑稽动作，不管是英雄人物，还是鬼子汉奸，都是事后玩耍模仿的对象。学着电影的经典台词，比画着夸张的动作，或英雄气概，或贼眉鼠眼，滑稽幽默。孩子头儿大平，喜欢歪着嘴说话，还学着结巴嘴儿，"前边有土八八八路，给我上上上……""谁，火……火……火……了"。自觉不自觉地跟着他学。大人们听到了立马制止："阴天不能学结巴嘴儿，不然就真的结巴了。"

一年才能轮到放映一两场电影，有的电影片子还是重复放映的。遇到新片子，大哥大姐们看完本村的再去看外村的，方圆十里八里追着电影队跑，连看好几场才算过瘾。娱乐匮乏的年代，只要听说某某村要放电影了，跑几里十几里路不在话下。当然，消息不准确，扑个空，也是常有的事。

两个放映队同时在邻近村庄放电影，这时就采取"跑片"的方式传递胶卷。这个村的一个胶卷放映完了，另一个村赶紧取走，一部电影三四个胶卷需要来回跑好几趟。黑灯瞎火的，道路坑洼不平，还要保证及时送到。跑片子的人不小心骑到沟里去了，片子不能及时送到，中间要等好长时间才能接着看下一个胶卷。

到外村看电影走夜路，很考验胆量。大部分家庭没有手电筒，深一脚浅一脚地摸黑走在乡村路上，还真有些恐惧。散场了，急着找同村的伙伴，找不到了只好自己硬着头皮跟着大部队一起走。遇到月光朦胧是幸运的。伸手不见五指的黑夜，走在乡村的路上，听着青纱帐沙沙作响，吓得不敢往两边看，疾步前行。快到村口了，攒足劲儿猛跑到家门口，这才放下心来，可算到家了。

村里的年轻人，利用看电影的机会谈情说爱，也是一道风景。两人约好，月黑风高，手牵着手，偷偷到邻村去看电影。不小心被发现了，那可就是大新闻了，立马就会成为婶子大妈们的谈资。第二天大街上，吐着舌头，眯着眼的婶子大妈们，神神秘秘地议论着，揣摩着，互相探寻着蛛丝马迹，不久全村就风言风语了。

电影分为"普通银幕"和"宽银幕"。宽银幕电影观看视野开阔，临场真实感强，一般是轮不到小村子放映的。一年冬天，公社驻地曹庄子村放映宽银幕电影，还是个新片子，什么名字记不起来了，十里八乡的乡亲们涌向曹庄子村，放映场地选在公社中学旁的一片空地。

吃罢晚饭，几个小伙伴搭伴（方言，读bā）儿去看电影。到了放映场地，电影已经开始放映了。中间位置挤满了人，站在周边踮着脚才能勉强看到半幅屏幕。开始大家还遵守规矩，等到演到高潮了，人们陆续站起来，踮着脚观看。后面的人看不清楚，就往中间拥挤，逐渐形成人潮。人群呈波浪状涌动，我被人群裹挟着拥到场地中间，被挤得两脚不沾地儿。左突右冲，还是什么也看不见。看电影变成了一场盛宴。众人大呼小叫，有的帽子挤丢了，有的鞋子挤掉了，有的小板凳找不到了，也顾不得看电影了，只顾寻找鞋子帽子。不管人群多么混乱拥挤，电影照常播放，人们遮挡住了投影，电影屏幕上变成了晃动的人头，在人潮汹涌的鏖战中放完了电影。我啥也没看着，算是感受了看宽银幕电影的热闹场面。

大爷大妈们不愿与年轻人拥挤，站在屏幕背面看一场反向电影，人和字是反的，我也看过此类电影。是否看电影似乎不重要了，关键是体验了看电影的过程，过了把电影瘾。

几十年过去了，露天电影的嘈杂声，电影机"咕噜咕噜"的齿轮声，电影胶片的"吱吱"声，仍不时回荡在耳边。

4. 大鼓和皮影

　　样板戏盛行的年月，听说书的，是村子里少有的娱乐活动。老辈人是听着乐亭大鼓长大的，对大鼓书有着特殊的情感。听说书的也大多是中老年人，我们小孩子主要是凑热闹。年轻人不太喜欢听说书，中长篇大鼓书连续说上十天半月的，也熬不住，与看电影的热闹场面截然不同。

　　说书场地设在大队磨米厂门口。从磨米厂拉出一根电线，安上电灯泡照明。一张桌子，一架鼓，三弦伴奏，两个演员，就是说书现场了。伴着点点星光，说书人敲击大鼓的说唱声传得老远，附近人家在被窝都能听到大鼓书声。唱到夜深人静了，说书人也累了，便说"欲知后事如何，且听下回分解"。故事情节跌宕起伏时戛然而止，听得大爷大妈们欲罢不能，还想听下去，大家鼓掌请求再说上一段。说书人盛情难却，再接着说唱。连续几次请辞后，终于散场。已经是夜深人静了。

　　母亲是个书迷，常带着我去听说书，听到半截我就睡着了，母亲把我送回家，回去再接着听。其实，我也听不懂，纯属凑热闹。借着微弱的灯光，围绕着大槐树玩耍。只记住了《平原枪声》一句鼓词"杨大王八杨百顺"，还不时地哼唱两句。

　　乐亭大鼓用方言俚语说唱，以三弦、铜板、小鼓伴奏，边说边唱。一人说唱，一人三弦伴奏，两人配合默契。我见到的拉三弦的都是瞽者，始终没搞清楚原因。演唱者左手持两块月牙形的铜板，夹在两指中间，有节奏地击打。右手拿小鼓槌，边敲鼓，边说唱。记得县曲艺队有一对说唱大鼓书的夫妇，丈夫是三弦演员，妻子说唱，搭配默契，大人们都喜欢他们夫妇俩演唱的大鼓书。还记得魏小荣、肖云霞、马头营老肖等耳熟能详的演员，他们的说唱艺术受到村民们的喜爱。

  大鼓书演员表情丰富，动作夸张，风趣幽默，韵律婉转，给我的印象是唱累了就说一段，说累了就唱一段。后来我才知道乐亭大鼓有"唱词"和"道白"之分，依据故事情节唱而兼说。道白就是用类似说书的白话文来叙述故事内容，用乐亭土话说唱韵味十足。家乡话带有自然旋律，尾音细长婉转，似说似唱。演员说到忠臣和英雄人物时，喜笑颜开，义正词严。怒骂奸臣和汉奸时，表情夸张，义愤填膺。面部表情随着故事情节快速切换，栩栩如生。男演员表演绘声绘色尤为逗趣。说唱演员善于用节奏调动观众情绪，节奏和语速依据故事情节调节。快节奏的说唱，让你心提到嗓子眼儿，突然节奏转换，唱腔峰回路转，又让你把心放到了肚子里，情绪随着故事情节剧烈波动，欲罢不能。我听不太懂故事内容，却喜欢说书现场的热闹氛围。说书在夜晚进行。遇到停电了，点上马蹄灯继续说唱。

  为了迎合当时的形势，《平原枪声》《节振国》《苦菜花》《金光大道》《艳阳天》等现代曲目是常见的节目，不记得听过《杨家将》《呼家将》等传统曲目。连续说唱十天半月，村民们听得上瘾了，一再挽留演员再延长几天。这需要征得大队书记同意，说书是要付费的。长篇故事改编的大鼓书，一次也只能说唱几个片段，等下次来了接着再说。时间长了，可能就没有下文了。

  村民们对演员敬重有加，希望吃自己家的"号饭"。到谁家吃"号饭"那是荣幸，日子过得不好或者卫生条件差的人家是不会派饭的，记得我家就接待过大鼓书演员。母亲是书迷，与演员们聊天挽留他们多住几天，多说几段书。派饭也就是烙饼、蒸馒头或者酸菜炖粉条、炒个鸡蛋什么的，这是家里顶好的饭菜了。父亲陪着他们吃，母亲和我们小孩子是不能上桌的，也不能跑到屋里去看着大人们吃饭，那就太没出息了。演员们吃完饭每人放下四两粮票和两角钱，母亲推辞不收。演员是公家人，不会白吃老百姓饭的。

乐亭皮影也是村民们喜爱的地方戏曲之一。皮影是集民间美术、音乐、舞蹈、说唱于一体的综合性戏曲表演艺术。唱影儿一般是在公社驻地曹庄子村，距离村庄三里路。请来县皮影剧团演出一次不容易，在公社驻地演出，便于全公社群众来观影。

演出皮影戏需要搭台子设影窗，配以灯光、布景、音乐。演员在一块白色幕布后面操控影人和演唱，模仿人或者动物做各种动作，类似现在的动画片、木偶戏。我也跟着大人们去看过几次皮影，围着戏台跑来跑去看热闹，啥也没看懂。偷偷钻到舞台下，观看演员如何唱影儿耍影人儿。印象深刻的是演员一只手掐着嗓子，伴随着影人的动作演唱。感觉是声嘶力竭，扯着嗓子喊唱，憋得脸红脖子粗。皮影人配合着唱词长袖舞动，枪来剑往，上下翻飞。经过挤压后发出的声音顶到上嗓，悠扬婉转，抑扬顿挫，感觉比在前边看影儿还过瘾。

看皮影也是一场鏖战，人山人海，不小心就会被挤掉鞋帽。正面的座位早就被当地村民占领了，外边站了一圈大人。我们只能站在舞台边缘，或者挤在大人缝隙观看。

20世纪80年代，迎来了戏曲的春天。大鼓、皮影和评剧着实热闹了一阵子。村庄的老艺人开始组建小剧团，演唱大鼓、皮影和评剧，活跃于京津冀的乡村、集市或者庙会，给老百姓送去喜闻乐见的节目。老年人喜欢看本乡本土的皮影戏或者听大鼓书，觉得乡土味浓郁过瘾。随着90年代电视、电影的普及，大鼓书和皮影渐渐式微，逐步被现代娱乐方式所取代。县曲艺队也解散了，村子里再也没有来过说书和唱影儿的。

缺少了皮影和大鼓的村庄，失去了往日的热闹。年轻人大多远走高飞了，坚守的老人也紧跟潮流忙着玩手机刷朋友圈，大鼓、皮影和评剧也由喜闻乐见的艺术变成了高冷艺术。乐亭大鼓、皮影和评剧也成为非物质文化遗产被"保护"起来了。

5. 社员大会

村子里的人都是大槐树的儿女。儿女们受蒙蔽，受蛊惑，迷失了自我，群情激昂，煽动仇恨的事件时有发生。村庄的社员大会就常在大槐树下进行。

一大早，大喇叭就开始喊话，"广大社员同志们，下面播送紧急通知，请大伙儿吃完早饭到大槐树底下参加社员大会。再播送一遍……"

大槐树下放着一张桌子，大队革委会主任气宇轩昂地站在桌子前，左手握红宝书，举起右手比画着，宣布大会正式开始。吹两下话筒，一提气，铿锵有力地宣读，"凡是反动的东西，你不打，他就不倒。这正如地上的灰尘，扫帚不到，灰尘是不会自己跑掉……"宣读完，振臂高呼"把×××这个地主分子给我押上来"。

民兵身背钢枪，押着地主富农分子走上台。地主戴着报纸糊的高帽子，被民兵扭着两只胳膊，低头弓腰。民兵连长带头高喊："打倒地富反坏右分子×××，让他永世不得翻身。"现场群众跟着振臂高呼，群情激昂，热血沸腾，地动山摇。地主婆是个小脚老太太，瘦骨嶙峋，眼眶深陷，仇恨的怒火下不敢抬头看人。老爷爷老奶奶在大队干部安排下轮番上台申冤。

一位老奶奶身着破衣烂衫，手拿打狗棍，挎着破篮子，里边放着半个碗，颤颤巍巍地走到台前，手指着地主婆开始控诉："在万恶的旧社会，你游手好闲，不劳而获，剥削我们，逼着我们下地干活。你天天大鱼大肉，花天酒地，我们却吃糠咽菜，过着牛马不如的生活。现如今，新社会了，翻身得解放了，我们贫下中农过上了幸福的生活，再也不能让我们吃二遍苦受二茬罪了。让你这个老地主婆永世不得翻身。"群情激昂下，愤怒的群众你推一下，我搡一下，地主婆一双小脚站立不稳，不时被推倒，民兵揪着衣服再把她提起来。

大地震后，县委派来驻村蹲点工作组，带领群众抗震救灾，稳定局势。记得驻村干部是个县里的大官儿，县武装部副部长，身穿军装，高大威武，屁股右侧腰带上别着撸子抢，从后边看鼓鼓的，走起路来时隐时现。小伙伴们常跟在后边，用手指着小声说"看，撸子抢"。女干部是县委组织部派来的，一位二十岁出头的大姐姐，高高的个子，脸蛋红扑扑的，长相穿戴时代感十足，用现在的话讲就是一位时尚青年。县委蹲点干部来到村庄不久，为了取得抗震救灾胜利，震慑阶级敌人，防止有人趁机捣乱搞破坏，组织召开了一次全体社员参加的大会。

这次大会与以往不同，搞了点花样儿，让儿子揭批四类分子父亲。工作队的干部讲，要想进步，就要与四类分子父亲划清界限脱离父子关系。工作队深入细致地做思想工作，儿子希望成为进步青年，只好站出来揭批老子。工作队干部宣布大会开始，四类分子被民兵五花大绑押上台。儿子迈着坚定的步伐走向前，站在老子身边，慷慨激昂地宣读批斗材料。历数老子的种种罪行，边读边挥舞着手指责老子。末了，大声宣布："我要跟你这个顽固不化的坏分子划清界限，脱离父子关系，让你永世不得翻身！"大会在众人挥舞拳头、高喊口号的热烈气氛下圆满结束。

大集体时期，海洋的渔业资源属于集体财产，个人是不能随便捕捞的。也有胆大妄为的村民去偷偷捕鱼，不小心被公社纠察队抓住了，自行车没收，渔网烧毁，还要游街批斗。

一天中午，我正在大槐树下玩耍。远远听到敲锣打鼓声，一队人马浩浩荡荡从村西头走过来，两个干部模样的人边走边喊："打倒投机倒把分子，防止复辟资本主义，坚决割掉资本主义尾巴。"这应该是公社武装部组织的游街。

只见队伍前边一位中年人,脖子上挂着一缕渔网,还有一串儿白色球状鱼漂衬托,耷拉到下半身,低头往前走。后边一位民兵模样的人推着自行车驮着一张渔网,这应该是"作案"工具了。另外一位老农模样的人,脸上贴着几张扑克牌,脖子上还挂着几串纸牌,这位应该是因聚众赌博被抓游街的。乍一看,两位就像滑稽演员在大街上表演。游行队伍走到大槐树下,从大队部搬来一个长条凳子放到大街中间,让脖子上套着渔网的老农和脸上粘着纸牌的赌徒站在凳子上,两人低着头,公社干部历数两人偷盗集体财产行为和聚众赌博罪行,不时带领群众高喊口号。

还有一次,大槐树下又召开社员大会了。这次不是斗争"地富反坏右",而是破坏集体财产的坏分子。

一位大妈家里实在无米下锅了,利用出工的机会偷偷摘了几个青玉米放在篮子里,表层盖上野菜,结果在村口被看青的纠察队员翻到了,抓到大队接受批斗。大喇叭开始广播通知:"社员同志们请注意,现在广播紧急通知,今天下午召开社员大会,全体社员都要参加,不参加的要扣除半天工分,请大家互相转告。"

为了还原当时的场景,增加现场感,被抓到的村妇仍然挎着篮子,里面装着玉米棒子和野菜,低头站在大槐树下。首先由民兵连长揭批村妇破坏集体财产的行为,大声对村妇进行训斥。接着由村妇进行深刻检讨,坦白偷玉米棒子的经过,并表示认错悔过,今后就是再吃不饱饭也不敢偷玉米破坏集体财产了。大队书记做总结讲话,对村妇的偷窃行为进行了深入浅出的分析和批判,并将村妇偷玉米行为上升到两个阶级、两条路线斗争的高度,教育全体村民要爱护集体财产,引以为戒。

一位村妇放羊,不小心小羊羔吃了几棵生产队的青苗,被纠察队员抓了现行,连同羊一起被扭送到大队部,也遭到批斗。大槐树下,妇女挎着篮子,篮子里放着几棵被羊吃得只剩半截的青苗。手牵着羊妈妈，后边还跟着几只小羊羔。妇女述说着羊妈妈吃青苗的详细经过，对自己破坏集体财产，挖社会主义"墙脚"的行为进行了深刻检讨。站在边上的羊妈妈读不懂人们鄙视的眼神，在人们的嘈杂声中惊恐万状，仍不忘用身体护佑小羊羔。小羊羔好像不知道自己也成了批斗对象，仍然蹦蹦跳跳，晃着尾巴围着羊妈妈"咩咩"地叫着，俏皮地玩耍。

　　一场又一场社员大会在大槐树下上演，大槐树终于愤怒了。"要论年龄和辈分，我是你们的祖爷爷祖奶奶辈儿，我在这儿见过王朝的贪官污吏鱼肉百姓，见过鬼子的刺刀指向百姓，可从未见过乡里乡亲六亲不认，互相侮辱、互相殴斗。你们这些不肖子孙，都给我住手……"

6. 拾粪积肥

庄稼一枝花，全靠粪当家。每到冬闲季节，地里的农活儿忙完了，生产队组织社员开展拾粪积肥运动。所谓多积肥，多打粮，掀起农业生产新高潮。

拾粪积肥以生产队集体积肥为主，以家庭拾粪积肥为辅。生产队在队部附近找一块地沤绿肥，将柴草打碎掺杂沙土，浇水做堆肥。麦秋后，利用麦秸秆掺杂粪便、沙土、水沤肥。农闲季节，年轻社员们坐着生产队的大马车到翔云岛林场去捡拾牛马粪便，这是上等肥料。家庭积肥主要靠猪圈，相当于家庭积肥坑，猪的粪便加入生活垃圾沤肥。这两种积肥方式由大人们完成，我们小学生主要参与个人拾粪积肥活动，支援农业生产。

每年冬季，学校号召同学们参加拾粪积肥运动。这是"三大革命实践"活动的主要内容。拾粪前，老师做"战前动员"。"同学们，现在是冬闲季节，是拾粪积肥的大好时机。同学们要踊跃参加拾粪活动，接受贫下中农再教育，从小养成爱集体爱劳动的好习惯。要利用早晨上学前、下午放学后的时间拾粪积肥。发扬不怕苦不怕累不怕脏的革命精神，多拾粪多积肥，为集体多做贡献，成为又红又专的革命事业接班人。"在老师的鼓动宣传下，全体同学摩拳擦掌，争先恐后，投入拾粪积肥运动中。

拾粪的工具是粪箕子和粪叉子，我们小学生也就十多岁，左肩背着粪箕子，右手拿着粪叉子。粪箕子耷拉到膝盖了，早晨顶着刺骨的寒风，在犄角旮旯寻找粪便。当然，主要还是在乡村道路上寻找牛马驴骡粪便，量大份足容易完成任务。

经过多次拾粪历练，我悟出了拾粪的窍门儿。首先要把握住时机，赶早去拾粪。一大早，生产队马车出远门拉脚儿或者下地干活，牲畜刚出门不远一般会排泄粪便。悄悄跟在马车后面，两眼死盯着马屁股，看见马尾巴撅起来就有希望了，稀稀拉拉一大泡马粪冒着热气落到地上。加快脚步走向前，趁热乎装进粪箕子。等到凉了，可能就让别人捡走了。顺着几条大路跟着马车行走，远的要走到邻村的交界处，一般会满载而归。如果出去晚了，马车走远了，粪就被别人拾走了。二叔使用的一匹老马似乎通人性，发现有人在前边捡拾粪便，老马就会停下来等候。等把粪便放入粪箕子让开路了，老马才继续前行。好像老马也支持拾粪积肥。

不同牲畜的粪便形状和特点不同，看粪便就知道是什么牲畜了，要采取不同的捡拾方法。牛粪一大坨，大致呈宝塔状，颜色发黄，质地松软，连同地上一层土铲起放入粪箕子，这样不易散掉。遇到驴粪是幸运的。驴粪蛋儿，小拳头大小，一层光鲜的膜包裹着，俗语讲"驴粪蛋子表面光"，在这一点上驴是讲究的，排泄物也有模有样。遇到驴粪要小心捡拾，轻轻放入粪箕子。驴粪蛋儿散掉了没有看相，老师也不愿意收，还可能误以为掺杂了其他物什冒充粪便。马粪大致呈椭圆形，量大且松软，放到粪箕子容易散掉。牛马驴骡粪便基本是没有消化完的草纤维，也不太臭，捡拾起来还好。捡拾狗粪，要到村子的犄角旮旯，或者柴草垛边去寻找。狗屁屁臭气熏天，那可真是"臭狗屎"啊。遇见了，无论多臭也不能放过，遇到人粪便也是如此。越臭肥力越大，越是好肥料，越能为集体多做贡献。

放学了，几个小伙伴凑到一起去拾粪。先讲好，谁先看见粪便就是谁的。可往往是看到一泡粪就不顾约定了，一起往前跑，谁跑得快粪就是谁的了。如果同时跑到粪堆边，互不相让，几个人抢一堆粪，粪叉子乱戳，把粪便打散了，谁也捡拾不起来了。一般情况下，大家不愿意搭伴儿去拾粪，都希望自己多拾些粪，得到老师表扬。

　　同学们拾的粪交到学校存放，学校再集中交给生产队拉走。班主任老师和劳动委员验收，粪筐装不满或者掺假会被拒收的，回去继续拾，什么时间拾满筐了，粪便合格了再交回来。

　　老师为了鼓励同学们拾粪，不时对学生拾粪情况进行家访。老师来到我家还添油加醋地表扬了我："你家孩子每天捡拾一大箩筐粪便交到学校，成为同学们拾粪的榜样了。全班同学向你家孩子学习，热爱劳动，不怕苦，不怕累，为集体多积肥积好肥。"经过老师这次表扬，我拾粪的劲头更大了。起早贪黑，顶着凛冽的寒风，背着粪箕子全村子转悠，手脚冻僵了，耳朵冻得失去知觉了，手指冻得僵硬，快铲不起粪便了，全然不顾，仍然每天坚持拾粪，仔细寻找着犄角旮旯儿的粪便，甚至不放过每一个羊粪蛋。

　　大集体时期，割资本主义尾巴，却鼓励家家户户养猪，年前交到供销社食品站换几个钱，过年的用项就有盼头了。县、社、村还制定了奖励政策，交售一头育肥猪奖励饲料粮60斤，还奖励布票和工分，可谓"一猪多得"。诱人的是工分，一头猪一天记2个工分，一年下来能挣70多个工（一个工等于10个工分）。猪粪是生产队主要的肥料来源，满圈猪粪记5个工。茅厮窖连着猪圈，只要人蹲坑，猪就跑过来吃便便。人的排泄物，成了猪的营养餐，猪的排泄物滋养了庄稼，人吃了猪肉又排泄，算是生物循环利用，用现代的眼光看也是绿色生态经济了。

　　"关外"大城市来了位表姐，没见过这种旱厕。正准备蹲下方便，只听得茅坑里一头猪仰着头在哼哼，大嘴张着等着吃食。表姐哪见过这阵势，吓得"嗷"一声就蹿了出来。母亲问她怎么回事，表姐说猪在下边嗷嗷叫，怎么敢上厕所，太可怕了。母亲捡了根竹竿，硬把猪打跑了，表姐才解决了内急。

　　小时候，每次去茅厮窖，就害怕猪跑过来，急不可耐地哼哼叫唤，看到猪张大的嘴等着吃食，便便都吓回去了，也只好蹲在茅坑边便便了。便后，用圪档劈子随意洁净一下，赶紧跑出去了。那时的村庄没有厕纸，用高粱秸秆代替洁净纸。平时，把高粱秸秆截成二三十厘米长放到茅厕里。洁净时，将一截高粱秸秆用牙齿咬开一劈两半，俗称"圪档劈子"或者"圪档拉子"，相当于现在的卫生纸功用，拿两根照着"那里"刮一下就算洁净了。小的时候我还不够熟练，刮不干净，有时还把屁股刺出口子。及至长大点了，经过每天反复操练，慢慢地掌握了技巧，后来也就运用自如了。

猪圈，就是家里的垃圾坑、蓄粪池。每天烧火的草木灰、淘米刷锅的泔水、厨余垃圾、烂菜帮子通通倒入猪圈沤肥。粪池子五六平方米大，一米多深。粪积攒两三个月堆满了，需要起粪清理。起猪圈是个又脏又累的活儿，需要两三个人配合。起粪人穿上靴子，手持粪叉子站到猪圈粪坑里，把粪便挖起甩到猪圈外。干燥点的还好。赶上下雨天，粪便稀臭，要用铁锹挖掘。挖出的粪便，两个人再装入粪筐抬到大街上堆放，生产队的马车拉到积肥场集中存放，给社员记工分。平时，负责积肥的社员要向猪圈里撒沙土，与粪便搅和沤肥。

生产队鼓励社员多积肥、积好肥。家家户户门口都有一个积肥土堆，成为大街上的一道风景。牲畜粪便，掺杂一定比例的沙土，加水，撒上麦秸、草木灰，堆成一个圆锥形土堆。用麦余子和成泥，土堆表面抹上厚厚一层，使土肥充分发酵腐熟。等到春天，生产队统一收走，按堆儿估算记工分。勤快的人家拾粪多，积肥多，能挣不少工分呢。

土炕每隔一两年拆掉更换一次毛坯，保持火炕烟道通畅。换下来的废土坯，经过烟熏火燎，发黑酥软了，烟道沉积了不少烟粉子，都是不错的积肥原料。土坯砸碎，一层层倒上水，堆起来沤肥。其他如生活垃圾、杂草、秸秆、淤泥等都可作为积肥原料，与少量的沙土搅拌，浇上水，堆在蓄粪池沤上几个月，腐熟后就成了上好的农家肥了。

每当春秋两季，收割了庄稼，在犁地之前，生产队的牛马车、小海河车拉着肥料送到农田，相隔十米八米卸下一堆肥料，一块地需要几十车肥料。成堆的肥料还需要用铁锹均匀地撒到田里。撒肥料需要巧劲，老把式不但撒得快，还撒得均匀，肥料与土地充分融合，增加了土地肥力。

食物的味道和品质很大程度上取决于肥料。农家肥种出的庄稼，保持了食物的原始味道，与化肥种植不是一回事，瓜果尤其明显。施农家肥长出的黄瓜味道纯正，吃一口甜润、喷香，老远就能闻到清香味儿。西红柿味道甘酸、微甜、醇厚。一次，偶然逛超市，货架上摆放着绿色有机西红柿，想重温儿时的老味道，"花重金"买了五个鸡蛋大的西红柿。吃起来虽然比普通西红柿味道浓，但也远没有小时候西红柿的味道了。

土生土长的我们，几乎都有过拾粪积肥的经历。拾粪与割草挑菜一样，是农家孩子常干的活儿。当下，村庄道路上牛马驴骡不见了，粪便也没有了，拾粪积肥的场景也消失了。种植、收割、施肥实现了机械化，无人机喷洒农药除草，再也不用牛马骡当主角。肥料变成了化肥，省时省力，肥效快，产量高，但瓜果蔬菜原始醇厚的味道也随之消失了。

7. 收 麦

向村庄南面望去，麦田一片金黄。微风吹拂下麦浪摇曳，散发着诱人的麦香。麦子收割的时节到了，"三夏"大忙也该开始了。布谷鸟也赶来凑热闹，"布谷，布谷"叫个不停。人们似乎听到的不是布谷鸟声，而是"丰收，丰收"的回声。乡亲们祈祷着遇到好年景，获得小麦大丰收。

"三夏"对农家人来说是个忙碌的季节，收麦更是一场"硬仗、恶仗"，麦子一旦成熟要抓紧"抢收"。麦子成熟季节天气变幻莫测，赶上下雨天或者长时间阴天，快成熟的麦子容易倒伏甚至发芽，辛苦一年快要到手的劳动成果就会大打折扣。生产队没有收割机，要靠社员双手拔麦子或者用镰刀割麦子，劳动效率低下。所以要争分夺秒抢收，虎口夺食，确保小麦平稳入仓。

生产队老早就召开"三夏"动员大会。指导员站在土坡上作动员讲话，"大伙注意了，注意了，按照全县三级干部会议精神，要求我们务必做好三夏抢收抢种工作。这首要的事啊，就是把打谷场修理好，坑洼的地方要填平，用石磙碾轧结实。牛马车辆该修的修，该补的补。镰刀要磨光磨快，每家每户多备上几把。近些天牛马驴要多加点草料，喂足喂饱。人也要多吃点好的，保持体力。团员青年要做好宣传，队部要贴上三夏大忙的宣传画，给全体社员鼓劲儿。阶级斗争这根弦要随时绷紧，纠察队员要昼夜巡逻看护，防止阶级敌人趁机破坏麦收……"

同学们放假两周，名曰"麦秋假"。回到各自生产队参加劳动，支援"三夏"生产，由生产队安排力所能及的农活。

麦收开镰的具体时间，由生产队"老庄稼把式"孙二爷作出判断。孙二爷人送外号"孙大拿"，类似于现在的农技师，深受乡亲们的尊敬。孙二爷种了一辈子地，农活样样精通，对于农作物什么时间播种，什么时间施肥，什么时间收割，拿捏得死死的。

生产队长陪同孙二爷来到麦田边。掐几棵麦穗，用长满老茧的手搓出麦粒，放到口里"嘎嘣、嘎嘣"咀嚼，品鉴麦粒的成熟度。仰起满是皱纹的脸，眼望天空观察一圈儿，判断近期的天气状况。收麦时节就怕遇到刮风下雨或者冰雹，会造成麦子倒伏甚至发霉长芽，大面积减产。孙二爷眯着眼说了声："麦子籽粒饱满，熟了。近几天也不会有阴雨天气，抓紧时间收割吧。"站在旁边的生产队长听到孙二爷发话了，抓起搭在肩上的褂子，在空中甩了几圈，一声令下"开镰"。"三夏"战斗正式打响了。

收割麦子采取拔麦子和割麦子两种方式，由生产队长作出决定。拔麦子的好处是麦秸秆根须也不浪费，还能增加些柴草。拔掉了根须，耕地平整干净了，疏松了土壤，也便于下一茬庄稼播种和生长。

壮劳力们弓着腰，两脚一前一后，一手划拉一把麦子，另一只手跟上攥紧，用腰力和臂力将麦子连根拔起，挪动两小步，朝着左小腿和脚磕打几下，抖落掉根须上的泥土，一捆一捆放好。

壮劳力在前边拔，妇女和年老体弱的社员在后边捆扎麦子。寻找两把长得高的麦子，稍青点的为好，韧性大。带麦穗的两头拧在一起做成"要子"铺放在地上。抱一捆麦子放在要子上扎成"麦个子"，一排排立在麦地。这时小伙伴们就有用处了，帮着扛麦个子，从地里扛到机耕道边堆放。搬上大马车，用绳子和搅杠把几十捆麦个子勒紧，拉到生产队打谷场进行晾晒脱粒。

拔麦子耗时费力，比割麦子累得多。拔上半天麦子，腰都站不直了，两手勒出口子磨出血泡，双臂让麦芒刺得又痛又痒。劳动强度大，效率低，到后来大多采用镰刀割麦子的方式，省时省力，麦根也秸秆还田了。

全村男女老少齐上阵，天刚蒙蒙亮"战斗"就打响了。壮劳力们携带两三把镰刀轮换使用，趁着早晨天气凉爽抓紧收割。一天干两班，从早上四五点钟开始到十点钟左右结束，下午三点再开始收割。生产队长给每个社员分配几垄麦子。开镰了，你争我抢比谁割得快。尽管没有啥奖励，还是暗中较劲。抢先别人一大截，回头看看后边的人，脸上洋溢着自豪感。用毛巾擦把汗，手上吐口唾沫，继续加油收割。小伙子活儿干净利落，说不定就被谁家的姑娘看上了，成为日后的乘龙快婿。收麦子突出的就是一个"抢"字，趁着天气好，抓紧把地里的麦子抢收回来。

白天忙着割麦运麦晒麦，晚上打夜战"抢场"。打谷场灯火通明，男女老少齐上阵，铡麦穗、碾轧麦粒、垛麦秸、扬场、摇风谷车、装麻袋，趁天气好抓紧时间脱粒入仓。如果遇到老天爷不开眼，阴天下雨，那可就糟了，麦穗因潮湿脱不下粒来，容易发霉变质，影响麦子质量和收成。为了鼓足干劲，队长派人灌上一口袋麦子，到大队磨米厂磨成面，打夜战的乡亲们统一在生产队吃伙饭，放开肚皮吃。安排几个婶子大妈负责做饭，也顾不得卫生了，用生产队馇猪食的大铁锅烙大饼蒸馒头，再煮一锅菜汤，大家吃饱肚子干活更来劲了。打夜战要干一个通宵，早上回家洗把脸，吃完早饭白天还要正常出工。乡亲们凑在一起热热闹闹，说说笑笑，还能吃上白面饽饽，也有盼头了，幸福感洋溢在脸上。

毛驴也要加班加点，整夜拉着石磙子碾轧麦穗脱粒。驴子戴着蒙眼儿，驴把式牵着走，石磙子吱扭作响，一圈圈儿碾轧。麦穗经过碾轧，麦粒脱落下来。这时的麦粒夹杂着麦芒麦秸，妇女们用扫帚扫成一堆，用耙子刮走表层麦秸，由老把式手持扬锨（木制平板锨）扬场，再用大扫帚掠出没有飘走的麦芒麦秸，这就是所谓的"扬场"了。

扬场是一门技术活，每个生产队都有几个老把式。记忆中大伯是个扬场高手，他动作不紧不慢，不急不躁，站在上风头，抄起扬锨，用力迎着风头儿将麦粒抛向空中，画出一道美丽的弧线，借助风的力量，吹走麦芒麦秸，麦粒像天女散花哗哗落下。那表情，那动作，颇有原始美感，用现在时髦的话讲应该叫"酷"。看得我都呆了，羡慕不已，也想去试试，可惜小孩子没有力气。

扬场后，麦粒放入风谷车吹掉杂物，装入粮食囤，待到天气晴朗时晾晒。麦子倒在打谷场上，先用木锨摊开，几位社员光着脚板蹚着麦子走，划出一道道一圈圈麦沟，均匀晾晒。麻雀也来凑热闹，享受甜美的麦粒。人还没吃呢，怎么能便宜了麻雀呢？人们便不时甩响鞭驱赶。天空阴云密布，有下雨的迹象，抓紧把麦子装入口袋，拉回棚子。反复晾晒几天，直到孙二爷拿几个麦粒"嘎嘣"一声，说明麦子晾晒好了，入库等待交公粮。

麦秋假，各自回到所属的生产队跟着大人们出工。社员们三三两两站在生产队大门口唠嗑，等待生产队长派工。派工是有讲究的。年龄大的、体质弱的，派些轻活儿。壮劳力派重活累活。有一技之长的专人专用。此时的壮劳力主要负责割麦子，年岁大的负责捆麦子、装车、晒场。妇女能顶半边天的时代，女人们也不可小看，与男人一样参加麦收劳动。

大人们不拿我们当回事儿，小小年纪也干不了体力活儿，帮着搬搬麦捆、捡拾麦穗、准备饮水，等等。劳动结束还需要生产队长给我们开具劳动证明，写上名字，参加了几天劳动，回到学校向老师交差。

割麦子是高强度的体力劳动。三伏天烈日当空，汗如雨下，湿透了衣襟。尽管天气闷热，还得穿长裤长褂，防止麦芒刺伤。忙碌一天，两只胳膊、手背还是布满了划痕，扎出小红疙瘩，被汗水一浸，又痛又痒。

干了几个小时，大家嗓子眼儿都冒烟了。送水的婶子大妈们来了，用独轮车推着几桶水送到麦地。大家放下手里的镰刀，急不可耐地围上来，拿起水舀子"咕咚咕咚"灌上几口，抹抹嘴，将水舀子传给下一个人。大家就是再渴，也得让妇女儿童长辈先喝。每个人只能喝一次，一水舀子，不能管饱，要不后边人就没的喝了。刚从水井打出来的井拔凉水，糖精、醋精加小苏打勾兑，感觉就是顶好的饮料了。大热天喝上几口，清凉酸甜解渴。这在当时是我能喝到的最好饮料了。

趁大人们喝水休息的工夫，赶紧拿起镰刀试着割麦子，感觉新鲜好玩。割不了几把就被大人们制止了，怕我们割得不干净，或者割到腿脚那就添乱了。

繁忙的麦收劳动，偶尔也会遇到惊喜。突然发现一窝唔勒（学名云雀），大家扔下镰刀围过来，争着抢着拿一只，带回家玩耍。茂密的麦垄，还时不时蹿出几只野兔。大家放下手里的活儿，舞动着镰刀，围追堵截，大声吆喝，兔子受到惊吓跳跃着逃窜。一般是逮不住的，人哪能跑过兔子呢？兔子却给繁忙的劳动增添了乐趣，人们也借机喘口气。

生产队割完麦子，总有些麦穗遗漏在田地，学校组织我们小学生捡拾麦穗，也称为"拾秋"。拾麦穗分两个阶段。首先，社员在前边割，麦子捆好拉走以后，我们小学生紧接着捡拾麦穗，直接交给生产队。其次，学校组织学生集体捡拾麦穗，这就是勤工俭学了。经过第一次捡拾还会有漏网之鱼。老师规定个时间，同学们挎着篮子到麦地捡拾麦穗。不规定具体地点，你认为哪里多就到哪里去。学生三五成群来到麦田，顺着麦垄进行地毯式搜索。说说笑笑，仔细寻找，不放过任何一棵麦穗。觉得时间差不多了，挎着一篮子麦穗回到学校，过秤称重排名，比赛谁拾的麦穗多。我每次都是前几名，受到老师的表扬，越干越来劲。收回的麦穗，一部分磨成面，待到参加公社运动会或者日常比赛时，蒸馒头发给参加运动会的同学们。吃着自己捡拾的麦穗蒸的馒头感觉美美的。另一部分卖掉，算是勤工俭学了，补充学校经费，开运动会的奖品如田字本、铅笔、橡皮等经费大多来源于此。

麦收时节，放假了尽情玩耍。晚上，约好小伙伴拿着手电筒到麦秸垛捕捉麻雀。麻雀三五成群栖息在麦秸垛，用手电筒照射，麻雀见到光亮就不动了，睁着两只眼，直愣愣地看着手电筒。拿网抄子朝着麻雀扣过去就逮住了。

我们拾麦穗为集体做贡献的同时，也有捣蛋的时候。麦子成熟以前，麦穗半熟不熟，麦粒甜滋滋的。找个僻静地方，趴在麦地里偷偷搓麦粒吃，感觉香甜。有时，还在麦地里打闹，不小心把麦子压倒了也是常事。

生产队种植小麦和大麦。大麦春季播种，生产队选择瘠薄地块播种，大面积的土地还是种植小麦。大麦面粉纤维粗，做出的馒头黑乎乎、黏糊糊的，口感粗糙。做粥倒是黏滑，以现在的眼光看，大麦也是健康食品了。

生产队的小麦依照土地好坏和长势进行估产，亩产也不过三百斤，按收购标准交完公粮，留足种子之后，剩下的"余粮"才能分给社员做口粮，按照人头和工分进行分配，收成好的生产队（五个生产队）人均分到四五十斤，收成差的只能分到十斤八斤了。各家各户把麦子送到磨米厂磨成面，一般是八五粉，舍不得磨得太精细，这样能多出点面。盼了一冬一春，终于吃上白面了。各家各户跟过年似的，蒸馒头、烙饼、擀面条、包饺子，补补空了半年的肚子。也只有麦收了吃几顿像样的面食，再就是过年过节才能吃上几顿。

农家人的日子是过出来的，从牙缝里挤出来的。俗话说"吃不穷，花不穷，打算不到就受穷"。谁家媳妇手松，算计不到，就可能面临饥一顿饱一顿，甚至挨饿受冻的情况。大集体时期，每年村庄人均分配口粮360—420斤，平均每人每天也就1—1.2斤粮食，半大小子多的人家粮食更为紧张。麦收了，不能敞开肚皮吃面食，要分多次去磨麦子。一次磨完了，白面放在那里，今天吃点，明天吃点，就控制不住了。要留出过年过节吃的，家人身体不舒服了还要做点疙瘩汤吃，干重体力活的劳动力也要吃点硬饭才能扛得住，结婚、盖房子、生孩子等家庭大事也需要请人吃饭。不会过日子的人家，没过多久麦子就吃得差不多了，到用的时候就抓瞎了。

记得震后转过年春天，家里盖新房，蒸了几大锅馒头招待帮工的乡亲们。趁着人多杂乱，我拿了两个馒头揣在兜里，到学校送给了一起居住的好同学四喜儿，不一会儿他就狼吞虎咽地吃掉了。那年头儿，这也算是稀缺的礼物了。

8. 吃喜宴

儿时，谁家娶媳妇办喜事，家里也随了礼，我就会争着抢着去吃喜宴。喜宴能吃到猪肉炖粉条、饺子、面条、大锅炒菜。不但吃得好，还能吃得饱。这些饭菜在自家是难得一见的。每次婚宴吃得顶到嗓子眼儿，腆着肚子走路。运气好还能抢到几颗喜糖。与吃相比，看热闹玩耍更是有趣。

吃喜宴，小伙伴们是上不了正席的，也吃不到"四凉四热"宴席菜，吃的都是大锅菜。村庄人日常吃饭大多使用长方形炕桌，没有现代意义上的餐桌。婚宴，两张炕桌并排摆放，男女主宾分别坐在炕上吃酒席。其余宾客在院子里用由门板搭起的"临时餐桌"就餐。老式房门是两扇门板，向上提拉就摘下来了，安装也便利。一般是在自家院子里办婚宴，参加婚礼的乡亲们多了，自家院子和门板不够用，还要借用邻居家的院子摆酒席。几块门板并排着，下面垫上几块砖头，几块木板码成"长条凳子"，这就是婚宴餐桌了。摆成长长的一大溜儿，几十人上百人吃饭煞是壮观。众人坐在门板边，或者干脆站着吃。

乡亲们把多年的积蓄花在婚宴上，炖肉、干饭、饺子、面条是婚宴的标准配餐。父老乡亲们吃得是否满意，代表了这家人的脸面，吃得糙了，会被乡亲们笑话的。

乡里乡亲的贺礼就是"三子儿挂面"（方言，一子儿就是一包，相当于一斤挂面），俗称"喜面"。亲朋好友或者讲究的送三五元钱，俗称"随礼"。挂面用粉红色纸包装，喜庆吉祥。一位族亲结婚，父亲送了三元钱，就算是不小的贺礼了。

送的挂面摆放在柜子上，结婚时向乡亲们展示。送得越多，主人越有面子。大哥结婚时，柜子上摆满了挂面，母亲不时数数多少包了，总共收了一百五十多包，母亲露出满意的笑容。结婚彩礼也不像当时城里人追求的"三转一响"，仅是置办些基本的生活用品，比如柜子、箱子，两套被褥、床单、枕头、几件新衣服、洗漱用品等，日子过得好的人家才会配缝纫机。丈母娘也不讲究收彩礼，前一天新郎提着十斤八斤猪肉送给老丈人，算是谢礼了。

随礼了，不论亲疏远近，一家人都会被请去吃喜宴。当然，谁去吃喜宴是有讲究的。全家人都去吃，会被人家笑话，认为你家人没出息。一个人都不去，会被认为看不起人家，不给面子，往后关系就不好处了。一家之主带着小孩子去吃，这样才算是有礼有节。所以我也就有更多机会去吃喜宴了。

婚宴主桌设在新房。两张八仙桌拼在一起放在炕中间，由男方女眷陪同。新媳妇坐在八仙桌中间，两边依次是婆婆、姑姑、姨、婶子大妈、媒婆、伴娘等七大姑八大姨，凑成双数，六人或者八人陪同。新媳妇吃饭是要"端着点"的，象征性地沾沾嘴儿。大口吃肉、大口吃菜会被众人笑掉大牙的。当然，也有不遵守规矩的。一位二嫂，结婚当天大口吃肉大口吃菜，毫不避讳，婶子大妈提醒："少吃点吧，上厕所不方便。""有啥不方便的，平时吃不到炖肉，还有这么多炒菜，结婚了还不多吃点。"看来新媳妇是泼辣爽快人。

新郎新娘若是同村的，婚礼当天新郎走路到丈母娘家，把新媳妇领回家就行了。外村的，新郎一个人骑着自行车到老丈人家，把新媳妇驮着接回家，程序简洁实用。有头有脸的，借用生产队的大马车把新媳妇拉回来。新郎赶着马车拉着新媳妇，催马扬鞭，享受着新婚的喜悦，倒也显得原始浪漫。新媳妇离家前还要象征性地掉几滴眼泪，表示舍不得离开娘家，其实心里美着呢。按当时的婚俗，不论是新郎骑自行车去接还是赶着马车接，都是接新媳妇一个人，娘家人一个也不参加婚礼，把新媳妇送走，娘家就算万事大吉了。

村里的二哥正月结婚，天下起了大雪，早早地赶着大马车去接新媳妇了。回来的路上，雪越下越大，马车下了公路还要走三里土路才到村庄。路面积雪近一尺深，马遇到大雪窝怎么也不肯走了，任你怎么催马扬鞭还是原地打转。接亲的众人左等右等不见新媳妇，派人去路上查看，走了好远才发现马车停在公路边的下道上。来人赶紧跑回村里搬救兵，车把式二叔牵了两匹马赶过去救援，总算把新媳妇接回来了。

中午十一点多，看到新媳妇要进村了，有人报信做好准备。新媳妇到了门口，点燃鞭炮，被众人簇拥着走进院子。噼里啪啦的鞭炮声还没响完，硝烟还未散尽，小伙伴们就抢着寻找没有燃放的鞭炮，点燃玩耍。

新房院子作为结婚典礼场所。正房山墙挂上领袖像，摆上一张桌子，放上结婚证书，安排一位能说会道的长辈主持婚礼。典礼开始，首先由证婚人宣读结婚证书，新郎新娘面向伟大领袖三鞠躬，向父母鞠躬。这时，同辈的兄弟姐妹们开始起哄了，大喊着催促新郎新娘讲述恋爱经过。新郎新娘不好意思讲，众人热闹一会儿就过去了。新娘还要给叔叔大爷们点支烟，叔叔辈得逗趣儿，新娘火柴划着了，快点燃时又被吹灭了，反复吹几次才让点着。嬉笑打闹中结婚典礼结束，众人开始入席。

新媳妇进入新房是件不容易的事。一群小伙子堵在门口不让新媳妇进屋，向新媳妇索要礼物。两臂撑住门，大门被堵得死死的。伴娘和婶子大妈们保护着新媳妇，簇拥着想挤进门去，几个回合下来也进不去。这时，婶子大妈们抓几把糖球扔向人群，让大家去抢糖球分散注意力，再笑骂小伙子们几句，推搡着让大家让开。你推我搡之中展开拉锯战，折腾好大一阵子新郎新娘才被簇拥着挤进门。小伙伴们根本挤不进人群，也凑不到近前去挡新媳妇，只好站在周边看热闹。我们更关心的是扔在地上的糖球。

进了门，新媳妇整理一下衣服，伴娘陪着端坐在炕上，不久就入座吃席了。主桌设在正房东屋，众女眷陪同新媳妇用餐，女眷们不喝酒，吃完饭就陪新媳妇唠嗑了。男主宾在正房的西屋炕上用餐，新郎男性家人陪同，男方至亲长辈、尊贵客人安排在这一桌。男性客人是要斗酒的，不喝倒几个，主人显得没面子。事先安排好酒量大的亲朋好友陪酒，谋划好把谁喝倒。总会有叔叔大爷善于喝酒斗酒，活跃婚礼气氛，烘托喜庆氛围。小伙伴们不吃酒，匆匆忙忙吃完饭跑着玩耍了。屋内的叔叔大爷们猜拳行令，你来我往，说笑逗趣。喝得五迷三道、东倒西歪的叔叔大爷们，被众人搀扶着送回家，主人也就心满意足了。

婚宴由大厨掌勺，村子里有几位善于做大锅饭的乡亲。大厨不但要把菜做到位，而且要掌控好菜品菜量。估算好人员数量进行配菜，还要留有余地，主菜炖肉、饺子更要把控好。掌控不得当，前松后紧，饭菜不够吃了，那就给主人丢面子了。

中午婚宴正餐，端上来就开饭，也没啥仪式和祝酒词。门板上摆放红小豆高粱米干饭，几碗猪肉炖粉条，一盆大锅菜，无外乎炒豆芽、炒干豆腐、炒干饹馇，等等。肉菜吃完就没有了，干饭管饱。难得见到荤腥，端上肉菜刚放到门板上，小伙伴不约而同把筷子伸向大盆，瞬间一扫而空。如果你不手疾眼快夹块肉就只能干瞪眼了。

掌灯时分，主人要把中午参加婚宴的客人再请回来吃晚宴。一家之主中午去吃了，晚上借故就不去了，大多是女眷领着小孩子去。晚宴是面条和饺子，没有其他配菜。新郎新娘要吃"当面儿饺子对面儿汤"。这个"汤"指的是面条，村庄人习惯把吃面条称为"吃汤"。新娘坐在炕上八仙桌正中间，新郎坐在炕下凳子上，与新娘面对面吃一碗面条，几个饺子。饺子寓意婚后生儿子，面条寓意生女儿，加在一起就是儿女双全、幸福长久的意思。众人站在屋子里起哄凑热闹，催促着新娘新郎吃饭，众目睽睽之下新媳妇不好意思吃，但这碗吉祥面是得吃掉的。老规矩，男女主宾饺子面条管够。其他客人一碗面条，上面放两个饺子，也只给两个，这是规矩，也是婚宴有趣的吃法。饺子就着面条。饺子管不起，面条可以管饱。

小伙伴们会想办法多吃几块肉或者几个饺子。如果大厨喜欢你的长辈，会偷偷地给你夹一块肉，你要偷偷地走到犄角旮旯儿去吃，不能让别人看见，否则容易制造矛盾。趁大厨不备，偷夹几个饺子转头就跑。大厨看见了骂几句了事。饭后，腆着肚子抹着嘴比谁吃了几块肉。多吃了几块的人扬扬得意，成为日后炫耀的资本。

光棍儿二赖子，平时打架斗殴耍光棍不好惹，是村里出了名的二流子，平时和大厨二叔互相看着不顺眼。一次参加婚宴，非得向二叔多要两块肉，二叔公正无私就是不给。别人吃完肉就算了，你怎么能多吃呢？说什么也不给他。二赖子急了，大喊大叫揭发二叔，"我看见你多给狗子两块肉，怎么就不给我呢？""没有的事儿，我是公平分配的，每人都一样。"俩人你一嘴我一嘴，你推我搡动起手来。二赖子把二叔推搡了一个趔趄，二叔急了，拿起勺子朝二赖子身上就是一勺。二赖子回过手来，把一碗干饭泼在了二叔身上，俩人你来我往扭打在一起。众人一看不好，办喜事怎么能打架呢，婚宴变成了战场，喜剧变成了闹剧，赶紧把俩人拉开。在众人的劝说下，二叔不跟二赖子一般见识，继续掌勺分配菜品。主人过来还是给二赖子多夹了两块肉才算了事。

新郎新娘吃了对面汤，再热闹一阵子，到了晚上八九点钟众人逐渐散去，剩下几个坏小叔子逗新媳妇玩耍。这时就要温被子了。温被人是有讲究的，需要四位婶子大妈，儿女双全的。婚礼准备的"四铺四盖"，即四床褥子和四床被子，新郎家准备两床，新娘家送两床，结婚前一天就码放在柜子上了。"温被"首先要铺一层褥子，四个人各抻着褥子四个角，嘴里喊着："东一抡，西一抡，闺女儿子一大群；南一摇，北一摇，儿子闺女都来笑。"在众人的欢笑声中铺好了褥子。抓一把枣子、栗子、花生撒在褥子上，枣、栗子谐音"早立子"，寓意早生贵子，花生寓意儿女双全。接下来就是铺一层被子，嘴里喊着："东扫扫，西扫扫，闺女小子满炕跑；东划拉，西划拉，闺女小子一扑啦。"这才算是完成了一铺一盖。接下来重复上面的动作，将四铺四盖全部铺到炕上。铺好后安排与新郎同辈分的一位童子，六七岁为好，趴到被褥之上"滚床单"，也叫"压床"，寓意祝福新娘新郎早生贵子。打滚时，从土炕脚滚到炕头，再从土炕头滚到炕脚，滚三个来回。小男孩在众人的笑闹中滚完了床单，大家哄笑散去。

　　正月里，我和二生吃完喜宴一起到大清河边玩耍，边走边"画魂儿"（方言，犯疑，犯寻思）。大哥哥大姐姐们为什么要结婚呢？结婚是为了一起玩耍？不对呀，一起玩非得结婚干啥，想玩就玩呗。那是为了生孩子吧，结婚怎么就能生孩子呢？猜测了许多种可能，百思不得其解，边说边笑，始终也没弄明白是怎么回事。

9. 拜 年

年根儿岁尾，孩子们天天盼着过年。过年能吃上炖肉、饺子、炒菜，穿新衣服，放鞭炮，走街串巷拜年，糖球、炒花生、瓜子、红枣装满口袋，还能赚毛八儿的压岁钱，尽管回到家母亲就没收了，但接过钱那一刻的快乐也足够令人期待了。

拜年要赶早儿。大年初一，大清早母亲就催促着起床吃饭。早饭之前要点燃鞭炮，寓意"大吉大利"。噼里啪啦之后院子"满堂红"，开始吃饺子。饺子当然是蒸饺，三十晚上包好了，初一早上蒸熟就能吃了。吃罢早饭，母亲给我穿上新衣服，我就跟着大人们乐呵呵地拜年去了。

兄弟姐妹三五成群结伴而行，满大街喜气洋洋，见面互相问候。"吃了大叔、大妈、大姨、大舅，过年好哇。"见面不论何时何地都是问候"吃了"没有，大过年的也不例外。难得一见的场景是全村人穿上了新衣服，浑身上下收拾得干净利索，再困难的人家过年也得给孩子打扮一下。大姑娘小媳妇穿得花花绿绿，互相议论着穿的衣服是什么料子的，佩戴的头巾是从哪里买的，说说笑笑中互相拜年。

拜年，长幼有序。顺序颠倒了，七大姑八大姨碰到了会挑理儿的。首先是直系亲属，然后是五服以内的家族长辈。我们家拜年，要先到姥姥家舅舅家，其次才到爷爷奶奶家。母亲强势，拜年自然是母亲家的亲戚要排在前边了。上午要把五服以内的族亲全部走完，下午是同辈之间、好朋友之间走走唠唠。

记忆中母亲给姥姥家准备的拜年礼物，是我印象里顶好的礼物了。过年前先送去二斤猪肉，初一我们去拜年再拿一匣果子（糕点），一瓶罐头，一瓶酒、一包糖，称为"四色（方言读shǎi）礼"，四色即四季的意思，祝福长辈健康平安长寿。果子是核桃酥或者槽子糕，用草纸包装成方形，类似于匣子，俗称"一匣果子"。上面再放一张红帖子，用纸捻捆上，显得红火喜庆。罐头是家乡特产，桃或者山楂罐头。给舅舅、七大姑、八大姨拜年，送两瓶罐头、两匣馃子。

　　儿时，期待过年的原因之一就是能吃到果子。亲朋好友互相拜年，送两匣馃子。好点的是核桃酥、牛舌饼、鸡蛋糕。较少送砖头儿馃子，那会被人笑话的。过年送礼的馃子，用厚厚的老式草纸包裹，外面一层用普通包裹纸，上面盖一张红色的广告纸，注明糕点名称、生产厂家和商标。村庄小卖部儿包装馃子就不那么讲究了，干脆就是光溜溜一张草纸，用草绳捆绑。过年了，再困难的家庭也要买上十斤八斤馃子，这是拜年不可或缺的礼品。到七大姑八大姨家拜年，手里提着二斤馃子走在大街上喜气洋洋。馃子也开启了它的春节旅行。

　　亲朋好友送的馃子是不能随便拆开吃的，还要留着送给其他的亲朋好友，为的是节省点钱，不用再去购买了。一盒馃子，从东家送到西家，再从西家又送到东家。这时的馃子已经不再是糕点了，它肩负着使命，带着祝福，带着亲情，带着友情，直到拜完年，旅行了一个正月，馃子才算完成使命。旅行过程中不小心压碎了，把碎馃子拣出来，完整的馃子倒腾在一起包好，继续它的旅行。这时，我就紧盯着母亲拆开的馃子盒，看是否有碎的馃子，有的话我就可以吃了。这是我期待的时刻。

　　每每望着码放在柜子上的馃子就咽唾沫。问母亲什么时候能吃，母亲总是答复"等你爸回来再说吧"。那年月，拆开一盒馃子，也是家里的大事儿，需要父亲做出决定。等拆开馃子了，兄弟姐妹们每人吃一块，再包好放入花篮。在我的印象中，吊在房顶下的花篮始终放着好吃的零食。我还矮小，站立着是够不着的。抬头仰望着花篮转圈，直咽口水也无可奈何。等我长大点了，见屋子没人，慌慌张张地踩着凳子把篮子摘下来，拿一块馃子或者糖球。母亲发现糕点少了，问谁也不承认是自己吃的，八成会赖到姐姐身上，也就成为无头案了。

跟着母亲拜年，长辈们抓把糖球儿、花生、瓜子塞到我的兜里，母亲还不时推辞："别拿了，别拿了，他吃不了。"可我却希望装得越多越好。走了几家亲戚之后，兜里装得鼓鼓的。回到家，从兜里掏出来数数多少个，藏起来，又跑出去拜年了。爷爷奶奶跟大大（方言，大伯）一家住，到爷爷家拜年，奶奶盘腿儿坐在炕头儿，我走到炕边，奶奶抓一把糖给我放到兜里，还会给我五角钱或者一块钱，感觉美滋滋的。

父母同族同宗，又是左邻右舍，亲戚基本居住在同一村庄，拜年也近便，初一拿着礼品就去拜年了。初二以后到外村的姑姑和姑姥姥家拜年。

记得六七岁时，到邻村姑姥姥家拜年，两个村庄距离一里多地，父亲骑自行车驮着我去的。我在院子里玩耍了一会儿，不知为什么，趁大人们不备我自己偷偷跑回家了，路上东张西望还有些恐惧。回到家时浑身冒着热气，满头大汗，母亲见了我惊讶不已，边给我解开棉衣扣边给我擦汗，"你咋自个回家了，吃饭了没有。""没有吃。"为什么跑回家，我也说不出个所以然来。母亲怕姑姥姥着急，让哥哥骑着自行车又把我送回去了。小孩子走那么远的路，想起来都后怕，又觉得自豪，自己能认路走亲戚了。

春节期间除了拜年，亲朋好友之间还要互相请客（方言，读 qiě），大家商量着排好请客顺序。一般是晚辈先请长辈，一大家族人聚在一起几十口子，喜庆热闹。然后长辈再请晚辈，七大姑、八大姨各家轮流吃一遍。亲朋好友之间也要互相请客。

母亲做得一手好菜。过年请客的菜肴年前就筹划好了，提前采购，要集一年的财力来办酒席，不能在亲朋好友面前丢面子。人多，八凉八热；人少，四凉四热。食材主要是干海米、蛤蜊肉、蘑菇、木耳、鲜肉、鸡蛋等，配菜就是大白菜，冬季没有其他新鲜蔬菜。于是就有了白菜炒海米、白菜炒蛤蜊、白菜蘑菇炒肉、白菜木耳炒肉、白菜炒干饹馇，种种。另外，还有猪耳朵、猪肝、猪蹄、猪大肠、猪头肉等熟食作为凉菜。母亲做的炸千子、灌肠、拔丝鸡蛋等拿手菜，自然也是要上的。主菜还是猪肉炖粉条，不在"八凉八热"之内，喝完酒了吃饭时才上炖肉，就着干饭吃，这也是村庄的独特食俗。主食是红小豆高粱米干饭，日子过得好的做大米干饭。

请客"八凉八热"小孩子是吃不到的。女人和孩子上不了餐桌，只能在过堂屋小方桌上吃些大锅菜。家家户户生活不富裕，传统礼数还是要遵守的。利用过年的机会，亲朋好友互相请客走动，热热闹闹，维系亲情友情。请了几次客以后，家里准备的过年菜也就吃光了，我们也只能干瞪眼了。

长大点了，打怵的也是拜年，见人嘘寒问暖我就不好意思，也怕问我考学的事情。有些人的关心是发自内心的，有些人的问候就值得商榷了，"都考几年了，还要考哇，真有劲头儿，等着你考上大学的好消息啊"。复课那两年，干脆躲到哥哥家不见人，也不去拜年了。初一也闷在家里复习功课，维护我的自尊心。

年长了，回到老家反而又喜欢拜年了，与亲朋好友聊聊家常，叙叙旧，回忆童年的趣事，感觉温暖如初。拜年习俗是免除不了的，也是维系亲朋好友关系的纽带。

进入21世纪，拜年的习俗也悄然发生着变化，现代化的拜年方式逐步兴起。不论是在国内还是在异国他乡，亲朋好友通过手机拜年，拜年的人也不再局限于村庄。早期是电话拜年、短信拜年、微信拜年，近些年视频拜年成为时尚。微信视频给长辈拜年，就如身临其境，了解乡愁。

近些年，再回到村庄拜年，已经物是人非。老辈人走了许多，年轻人大多进了城，村子里的人越来越少了。大年初一，冷清的街道，人影孤单，见不到成群结队的人群、你来我往的欢笑场面了。依然是过年拜年，我却怀念那时的热闹，那时浓浓的年味儿，那时充满向往和憧憬的童心。

10. 猫儿冬

一

夹杂着土腥味的西北风，从大清河河套吹向村庄，任意肆虐，抽打着房前屋后的枯树老藤，不时发出"呜……呜……"的怪叫声。几只麻雀奋力振翅，朝大槐树飞去，还是偏离了方向，落在了枯柳上。

缩着脖子，抄着袖子，裹着棉衣的叔叔大爷们，或蹲或靠在大队磨米厂墙根下，不时用油光锃亮的袖子抹着鼻涕。吧嗒几口老旱烟，仰着脸，眯缝着眼睛，懒洋洋地晒油油儿（方言，晒太阳），闲唠嗑。

西北风也挡不住老爷们儿的心性。见到谁家的媳妇从大街上走过，挤眉弄眼起哄，开起了荤腥玩笑，"老跛嫂子，过来坐兄弟腿上吧，给你暖暖身子。""骚老爷们儿，没个正经货，怎么不让你媳妇来坐呀。"遇到泼辣的，走过来与大老爷们儿打闹在一起，你推我搡，你搂我抱，打打闹闹中驱赶了寒气。

伴随着温暖的阳光，栖息在破衣烂衫里的虱子也活跃起来。东吃一口，西咬一口，吸吮着枯瘦躯体上的汁液。被咬得奇痒难忍的老少爷们儿，肆无忌惮地将手伸进裤裆、伸进腋下抓痒痒，顺着线索去摸索虱子。每捉到一只，麻利地放到嘴里"嘎嘣"一声把虱子咬死，互相比赛看谁咬的声音大，谁咬死的虱子多，然后张着"血盆大口"哈哈大笑。

秋收过后，种上冬小麦，再浇一次入冬水，田里的农活基本就结束了。各家各户忙着挖菜窖、积酸菜、腌咸菜、晒地瓜干,为冬春的吃食做准备。忙碌一年的乡亲们开始猫儿冬了。当然,也不是全村人抄着袖子靠墙根儿晒太阳。壮劳力还要搞副业,车把式外出拉脚,年长的拾粪积肥,妇女们做针线活。动物们才算真正踏踏实实"猫儿冬"了。房檐上的大青蛇,早早地爬下来找了个偏僻的地方,钻进去冬眠了。癞蛤蟆也钻入地下避寒去了。刺猬在柴草垛旁,就地打洞躲到了地下。只有几只麻雀还在寒风中叽叽喳喳地叫着,似乎它们才是村庄永恒的主人。

二

　　农闲人不闲。婶子大妈们冬季更为活跃,纺线织布、纳鞋底子、做服装鞋帽,为一家人穿衣吃饭忙碌着。机织布料需要花钱购买,乡亲们做衣物主要还是用粗布,这就需要女人们纺线织布了。纺线织布过程中搓布绩、缠线、走绺儿等活计也少不了小伙伴们凑热闹。

　　母亲将白花花的棉花瓜子(方言,弹好的棉花絮团)平摊开,撕扯成巴掌大一块块,再整理成片状,用箭杆(高粱秸秆顶部)把棉花片卷起来,放到木板上搓几下,抽掉箭杆形成尺余长的空心小棉棒,这就是纺线用的"布绩(bù jì)",三四十个用线绳扎起来一捆捆摞好备用。母亲纺线时,坐在纺车前,右手摇动纺车,左手拿着布绩,不停地旋转纺车锭杆子,轻轻地匀速向后提拉布绩抽出棉线,纺车倒转把线注到锭子上。纺车不停地旋转,锭杆子上缠着的线越来越多,变成棒槌形的"线穗子",线穗子大小合适时从锭杆子上退下来,这就纺成了一个线穗子。看着母亲纺线,我也想试试,但不得要领,抽出的线条粗细不均,又被母亲回了炉。

　　谁家纺线织布了,婶子大妈们都来帮忙经布。小伙伴们能参与的主要是帮着走绺儿做经线,拿着竹片钩子扯着线来回跑动,走到一头儿把线交给大人们挂在木橛子上,反复操作做成经线,感觉挺好玩儿的。

传统织布需要几十道工序，经过拐线、浆线、络（lào）线、走综儿、相布、织布、染色、捶布等才能织成粗布，这就是家纺布或者土布了。

70年代，条绒、华达呢、的确良等机织棉布逐步普及，受到年轻人的青睐。但也不是随便买的，需要布票，年轻人结婚办喜事总是托人找关系买些机织布。受供应量和家庭经济条件的限制，还需要织粗布补充，老人、小孩子的服装仍以土布为主。谁家需要织布了，左邻右舍合起伙来织一机布，按凑份子多少分得一块布拿回家做衣物。记得母亲就是跟左邻右舍合作织布的。

快过年了，母亲坐在炕上，围在火盆旁，给我们做过年的棉衣棉裤棉鞋。纳鞋底子我就派上用场了。纳鞋底前，需要将一拐子线绳缠成球状，纳鞋时方便使用。我用两手撑着线绳来回晃动着，母亲缠线球。我心不在焉了，线绳从两手脱落，线就乱了，母亲接过线绳好长时间才能梳理出来。母亲边缠线球，边给我猜谜儿。我猜的谜底不着边际，与母亲笑得眼泪都快出来了，不知不觉中线绳也缠好了。

三

基干民兵利用冬闲季节进行准军事训练，在生产队场院或者野地里练习队列、刺杀、匍匐前进、投掷手榴弹等。实弹打靶训练需要到海边靶场。

生产大队建有民兵连，生产小队设班排。出身贫下中农、精明强干的青年才有资格加入基干民兵，那是全家人的光荣。哥哥是基干民兵，开始发了"三八大盖"，后来换成了半自动步枪，挂在卧室墙上，我老想去摸摸，哥哥说容易走火，始终没让我动。

大槐树下，民兵连长吹起哨子，一声令下，全村民兵集合。大哥哥大姐姐们身背钢枪，从村子的角角落落跑到大槐树下，站成两排，稍息、立正、向右看齐，报数。民兵连长开始训话，布置当天的训练任务。小伙伴们跑去看热闹，希望快快长大，也像大哥哥大姐姐们一样身背钢枪，那该多神气呀。

民兵没有统一服装，各式各样。有的穿着旧中山装，有的穿着对襟夹袄，有的穿着光溜溜一件棉袄棉裤，腰扎一条麻绳，民兵连长才有一条皮带扎在腰间。站成一队，看起来就像电影里的游击队员，高的矮的，胖的瘦的。个个挺胸抬头，气宇轩昂，精神头儿十足。民兵连长李二叔是个复员军人，精瘦干练，在村子里是个威武霸气的人物，大人小孩都怕他，"地富反坏右"更是躲着他走路。全民皆兵的年代，民兵连长负责维护村庄治安、保护集体财产、抓特务等政治任务，指挥着村里上百名基干民兵，有权使用村里的武器装备。听说要开批斗会了，民兵连长去家里抓人，"地富反坏右"吓得浑身发抖。谁家的小孩子哭个没完，家长说民兵连长来了，把你绑走关起来，小孩子立马吓得不敢哭了。

四

借着冬闲，文艺宣传队的大哥大姐们忙着排练文艺节目。评剧、表演唱、快板、对口词等常见的表演形式都能对付。评剧版八个样板戏如《沙家浜》《红灯记》《智取威虎山》等是当仁不让的主题，杨子荣、郭建光、李玉和、铁梅、白毛女是不变的主角儿。还有反映农业学大寨、忆苦思甜、备战备荒等紧跟形势的自编自演节目。我喜欢凑热闹，晚上到大队部或者学校教室去看排练。看得多了，我也能跟着哼唱几句。

记得有一次，晚上去看排练节目。在大队部东厢房排练，演员加上看热闹的小伙伴把屋子挤得满满的，我伸着小脑瓜努力挤到人群前面去看。房梁上吊着一盏汽灯。汽灯比一般马灯要亮得多，能照亮三间厢房。大哥哥大姐姐们正在紧张排练，汽灯亮度由大变小，不一会儿就灭了，屋内一片漆黑，排练只得中止，看热闹的小伙伴们也走到了屋外。大家手忙脚乱地找煤油桶，加上煤油亮灯了，已经是半个钟头过去了，大哥哥大姐姐们继续练说练唱，踢腿下腰，一个个士气高昂，排山倒海，折腾得有模有样，让我羡慕不已。

篮球场边修建了土戏台子，每次汇报演出就在这里进行。小伙伴们围着土台子跑来跑去玩耍。演员们前腿弓后腿蹬，动作气宇轩昂，唱得还真有那么点意思。无论演出水平如何，主题都是鲜明的、激动人心的，赢得了乡亲们的阵阵喝彩。

五

生产队利用农闲时节搞副业创收，打草袋、做豆腐、漏粉条、轧挂面。每个生产队根据自己的特长安排副业生产。记得生产二队擅长打草袋销往外地，有事没事我常去看热闹。

打草袋的原材料是稻草，使用草袋机编制草袋。第一道工序是选草。将铁耙子绑在长条凳子上，抓一把稻草，在铁耙子上梳理，把矮小的稻草和根部的枯叶梳理掉。第二道工序是搓草绳。将选好的稻草浸湿搓草绳子，将搓好的绳子盘起来。第三道工序是打草袋片和拧边。草袋机上挂上经线，使用梭子穿纬线，织成草袋片。过程中还需要把草袋片边上露出的经线编上，防止脱落。做好的草袋片折成袋状，用一根粗钢针穿上麻绳，将草袋片缝合起来做成草袋子。妇女负责搓草绳和缝草袋，壮劳力负责打草袋片。听大人们说：谁家的闺女参与打草袋片了，跟大老爷们儿一样干活，乡亲们就会啧啧称赞，投去羡慕的眼光。

六

农闲时节，也是进行阶级教育的好时机。生产队搞忆苦思甜教育活动，听老奶奶诉苦讲故事。吃忆苦思甜饭是阶级教育活动的主要内容，每年至少要吃一到两次。

记得一天傍晚，我们生产一队组织社员吃忆苦思甜饭。平时用于熬硝的大铁锅用来蒸谷糠窝窝头。馇猪食的大铁锅煮萝卜条清汤，加点盐，没有一点油星。开饭前，先由苦大仇深的老奶奶忆苦思甜，讲述旧社会的苦难经历，新社会的幸福生活。老奶奶挎着残破的篮子，装一只破碎了又镅起来的碗，一根打狗棍做道具，讲述旧社会挨饿要饭的经历。控诉地主剥削贫下中农，放出狗咬人，不给穷人活路。贫下中农吃不饱、穿不暖，过着牛马不如的生活。如今新社会了，人民当家做主了，过上了幸福的生活，云云。

一两百号人，聚集在生产队的老场院，大家拿着自带的碗筷，或站或蹲，吃忆苦饭。谷糠窝头牙碜拉嗓子，实在难以下咽，我勉强吃了几口，喝口汤水冲咽下去。询问大人，原来是为了体验旧社会苦难经历，故意抓了几把沙土撒到了谷糠里。

吃完忆苦思甜饭，全体社员集体吟唱《天上布满星》："天上布满星，月牙亮晶晶，生产队里开大会，诉苦把冤申，万恶的旧社会，穷人的血泪仇……"大家一起喊口号："不忘阶级苦，牢记血泪仇。打倒地富反坏右分子，让他们永世不得翻身。"

七

那年月，村庄文化生活单调，农闲时节男人耍钱（方言，赌博）是不可或缺的地下娱乐活动。天黑以后，赌徒们鬼鬼祟祟地走到招赌人家，一群人围坐在炕上，窗户用棉被遮挡，村民贬称为"耍钱闹鬼儿"。在谁家开赌局谁家主人就负责放风，按一定比例抽成。赌资有大有小，谁也没有多少钱，赌注和输赢不会太大。

公社武装部通过线人得到消息来抓赌，半夜三更摸到招赌人家，抓个正着，没收赌资，教育一番了事。赶上运动就倒霉了，赌徒们被抓到公社武装部吃几天糠窝头，还要游街示众，人就丢大了。

一位老赌徒，我称呼其三哥，在公社供销社工作。白天上班，晚上回到村里参与赌博。每赌必输，村庄人给他起了个外号"送钱的小鬼儿"，天天赌博，挣的工资基本交给赌友了。三哥还是个酒鬼，每次见到他都是醉醺醺的，脸色蜡黄，走起路来弓着腰，萎靡不振的样子。

到了冬季，娘儿几个围坐在炕上，中间放一张八仙桌子，玩一种俗称"游胡"的扑克牌。下注就是几分钱，输赢在其次，就是过把瘾。这种纸牌是长条形的，绘着花花绿绿的图案，纸牌上有万子、筒子、条子等标记，玩法类似于麻将。我不会玩儿，也不知道规则。记得姥姥喜欢玩纸牌，几个老太太围坐在土炕桌旁，边唠嗑边打牌，十有八九姥姥是赢家。

猫儿冬时节，集体搞副业、民兵训练、团员青年排练节目，既增进了乡亲之间的互动交流，又丰富了村庄人的精神世界。猫儿冬，村庄进入了半休眠状态，仍然是灵动的、鲜活的。包产到户后，家家户户各忙各的，少有集体活动，沟通交流少了，村子变得冷清了，人们反而怀念起大集体时期的猫儿冬了。

11. 挑　水

70年代，村庄人吃水依靠老井，每天要去老井挑水。

挑水离不开水桶和扁担。水桶，圆柱形的，马口铁做的，人们习惯称之为"洋桶"，应该是与传统的木桶区别称呼的。木桶用柏木制作，称为"水筲"。水筲分量重，容积小，且容易漏水，逐渐被重量轻、容积大的马口铁洋桶取代了。

挑水用的扁担是木制的，用桑木、刺槐或者柳木制作，一米五左右长。竹劈子做的扁担比木扁担稍短、宽，但不如木制的结实耐用。桑木做的扁担弹性大不容易折断，是上好的扁担。扁担两头儿固定两条铁链，铁链末端是一个钩子，准确地讲应该叫"勾担"，钩起水桶提手担水。好的扁担讲究的是柔性、韧性，挑水走起路来有节奏地颤动，这样挑水才省力。扁担弹性小，硬邦邦的，担起水来死沉死沉的。

村子里勤快人家，水缸总是满满的。懒惰人家只要水缸有点水就不去挑了。水缸的水是否满，也是衡量一家人勤快与否的标志。哥哥们天天忙着到生产队出工上班，有时来不及担水，水缸就快见底了。母亲就抱怨："这么多大老爷们儿不去挑水，咋做饭洗衣服。你看看人家的水缸，啥时候都是浮溜儿浮溜儿的（方言，水满了快溢出的样子），咱家的水缸天天底朝天。"听到母亲抱怨，哥哥们摸黑也得去挑水。母亲洗洗涮涮、喂食鸡鸭猪狗都离不开水。实在急着用水了，母亲和姐姐两个人就用扁担抬着一只水桶去担水。

勤快人家的庄稼汉，天刚蒙蒙亮就去挑水了，赶在生产队出工之前把家里的水缸装满。从洒在土路上的水印就能看出谁家挑水了，谁家的汉子勤快。迎着朝阳，伴随着扁担"嘎吱嘎吱"有节奏的响声，开启了村庄人一天的生活。

挑水，可以看作那个时代男孩的成人礼。记得，我十四五岁就能独自挑水了，感觉自己长大了。站在井台上，两腿微微叉开，用扁担钩住水桶提手，顺到水面，左右摇摆几下，突然水桶向水下扣去，桶就灌满了，这就是"摆水"。一次没有灌满水，提起水桶蹾两下也就灌满了。手握扁担，两手倒换着向上提桶，水桶快到井台时，一只胳膊内壁挎起扁担，将水桶稳稳地放到井台上，动作一气呵成。

开始担水技术不熟练，力道不够，走路摇摇晃晃的，到家里就剩半桶水了。挑水也算是个力气活，连续挑几担水能把肩膀都压肿了。担过几次水以后，慢慢摸索出了走路的节奏与水桶起伏的运动规律，也就较少洒水了。两桶水重五六十斤，扁担担起，走起路来健步如飞。这也喻示着我成为大人了，母亲又多了一个担水人。

打水时井台上总会洒上水。冬季，井台会结一层厚厚的冰，稍不留神就会摔倒。有一次我去挑水，刚担起没走出几步，不小心滑了个趔趄，水桶和扁担被甩出老远。还好人没有摔倒，站稳脚跟，把水桶和扁担捡回来重新担水。

担水，呈现出一种古典淳朴的美。担着水，有时碎步快走，有时大步慢悠悠，身体、手臂、肩膀和腿脚一个节奏，一起一伏，扁担、水桶和桶里的水踩着一个节拍颤动，走起路来有韵律感，就像是在跳"担水舞"。保持一定韵律，一个节奏，才能使水桶里的水微微泛起涟漪，而不会晃动出来，走起路来也轻松自如。小伙子担水，让路边的大姑娘或者是心上人遇见了，那就更来劲了。挺胸抬头，两脚生风，一手护着扁担，一手有节奏地甩动，妥妥的淳朴自然的美。小伙子力道不够，经验不足，或者一时激动走神了，水晃动的节奏与扁担和走路的节奏不协调，水就不听使唤了，不停地从水桶里溅出，走到家门口恐怕只剩半桶水了，估计心上人也没戏了。

挑水的另一个技术是摆水。扁担钩着水桶下到水井里，左右摇晃几下，摆走井水表面的杂物，突然用力把水桶扣下去打满一桶水。如果是新手，水桶老漂在水面上，怎么晃也打不满水。弄不好水桶脱钩了沉入井底，这时就需要捞水桶了。

捞水桶要用铁锚，形状与船锚类似。总有几户人家备有铁锚。井底的面积不大，井深水浑看不清楚，捞水桶需要耐心，锚的爪正好钩住水桶的梁才好。看大人们捞水桶，让人着急的是铁锚爪钩到了水桶侧壁，眼看着提出水面了，又突然滑下去，晃晃悠悠重新沉入井底，只好继续捞。

如今，家家户户用上了自来水。不用再为挑水劳累了，挑水的日子成为历史。老井、水桶、扁担以及挑水的人们，凝固在了村庄的沧桑岁月里，也凝固在了我童年少年美好的记忆里。

12. 拾　柴

　　过日子离不开"柴米油盐酱醋茶"。"柴"放到前边，可见"柴""火"在人们生活中的重要地位。村庄人把生火做饭取暖用的柴草统称为"柴火"。有了柴火，才能煮饭做菜，有了柴火才能烧炕取暖，生活才能继续下去。

　　柴火大多是农作物的副产品，无外乎苞米秸、苞米瓢子、高粱茬子、高粱秸秆、麦秸、棉花秸、豆秸、牛马粪、杂草、枯枝烂叶等。生产队时期，一草一木都归集体所有。柴火也属于集体财产，由生产队统一管理和分配。

　　生产队收割玉米，割掉的苞米秸秆，一部分由生产队留存，用作牲畜饲料。剩下的部分给社员做柴火。收割玉米秸秆留下根部一尺多长作为"苞米茬子"，按垄按人头分给各家各户，自行刨出拉回家作为烧柴使用。

　　刨苞米茬子可是个力气活儿，需要全家老小齐上阵。一家分七八垄，一垄百十米长。刨茬子使用大镐，抡起大镐将苞米茬子连根带须刨出，这需要壮劳力来干。我们家一般是哥哥在前面刨，我和姐姐在后面捡拾。每只手提起一根茬子，两个茬子头相互碰撞，磕打抖掉茬子上的泥土。遇到阴雨天，土地湿润，茬子上的泥土呈胶着状，越磕打越结实。只好抡起茬子头往脚上磕打，或者抡起小镐头砸掉泥土。

　　苞米茬子根须朝外码成一堆，把高粱秸秆扎成捆，搬到路边装上独轮车运回家。晾晒在门前的大街上或者院子里，晒干以后再捆好码成垛，以备冬春季烧火做饭使用。也有的生产队将玉米秸秆割成茬子头，刨出以后只能用箩筐装回家了。

刨出的苞米茬子，根须带泥的多少、大小，也是判断这家人是否会过日子的依据。茬子刨得深，根须长，多得一些柴草。茬子上的泥土带得多了，刨茬子和敲打茬子费时费力，会被乡亲们赞许为过日子的人家。相反，刨得浅，茬子头根须少，就意味着省力，会被人笑话成懒汉人家。

村庄有一种搂柴火的大耙子，耙体一米见方，一根两米多长的耙杆子，用高粱秸秆穿成一米见方的大拍子，挂在耙杆子上，用于兜住碎柴草。还要在耙杆子上拴一个搭钩子，或者大长柄镰刀代替也可，辅助从耙子上卸柴草。拉耙子搂茅草时，一根绳子套在腰间，肩扛耙杆子，拉着大耙子在野地里行走，俗称"搂大耙"。耙子搂满了柴草，用搭钩子卸下暂时放入大拍子，三四耙子就满了，拉到路边小推车旁放下再继续搂。冬春季，庄稼已经收割，高粱和玉米茬子也已经刨出拉回家，还有一些茅草、树叶，或者高粱、玉米叶子残留在田间地头，用耙子搂起用作烧柴是被允许的。一个冬春季，沟沟坎坎被乡亲们搂了无数遍，比打扫的还干净。

农闲时节，壮劳力推着独轮车到十几里外的翔云岛林场搂野草。几个人做伴儿，天不亮就出发，带着干粮，天黑返回。来回走路需要两三个小时，推着独轮车柴草走十几里路，没有力气和技能是干不了的。独轮车上放上木架子，搂的柴草一层层摞在架子上，四五米见方，一米多高，勉强看到前方的路，推车时要保持独轮车平衡，不然很容易翻车。搂回来的野草不禁烧，也能将就着用。农忙季节是不允许劳动力旷工去搂柴草的。哥哥为了应季多拾些柴草，经常晚上偷偷到十几里外的翔云岛林场去搂草。天黑了推着独轮车出发，到了林场用大耙子搂柴草，一个晚上能搂一小推车，天亮之前赶回家，不耽误生产队出工。

春脖子，家家户户不但闹粮荒，也闹柴荒。实在没柴烧了，捡拾牛马粪做燃料。祥云岛林场饲养着大量牲畜，大人们到林场去捡拾牛马粪，晒干当柴火使用。牛粪不易燃烧，需要用力拉风箱才能点燃，烟雾大，臊气弥漫，呛得人不停地咳嗽。大铁锅烧牛粪做粥，牛粪燃烧的气味会窜到锅里，做出的粥有一股"气歆"（方言，qì xi，刺鼻难闻）味道，也只能凑合着吃，总比饿肚子强吧。

秋后是村民捡拾柴草的季节，进村的几条路口都有大队纠察队员把守，戴着红袖箍，手持镰刀棍棒，对捡拾柴草的村民进行盘查。一旦认定你捡拾的柴草属于集体的，就地没收归公或者当场烧毁。进入冬季之后，属于集体的柴草全部收割分配完成，才能个人去捡拾残余的柴草。

各家各户的柴草，摆放在自家门口大街上，走进村子就像走进了柴草的世界。麦秸垛、苞米茬子、高粱秸子、大茬子等横七竖八堆在街道两侧，非主干道仅能通过一人。麦秸秆垛呈圆柱形，一层一层堆到七八米高，直径五六米，金灿灿、圆鼓鼓的，成为一道乡村街景。讲究的人家麦垛的顶部用麦壳和泥涂抹上，防止雨水浇透。如果漏进雨水，麦秸秆会变黑腐朽，就不禁烧了。取麦秸秆时也有说道，要顺着麦垛周边均匀地一圈一圈地撕下来，先从中间撕取，让麦秸垛呈哑铃形，这样能保证麦秸垛不倒。中间凹进去的部分还能避雨水，赶上阴雨天也能点燃。如果老从一侧取柴草，麦秸垛可能就倒了。这就是村庄人的生活智慧了。

冬春季天干物燥，大街上堆得满是柴草，每年都会有失火情况发生。每次村里失火，大队大喇叭就高喊"村东头××家失火了，广大社员同志们、民兵同志们赶快去救火！"不论早晚还是半夜三更，乡亲们都会提着水桶去救火。谣言四起，猜测是谁放的火。首先是怀疑"地富反坏右"分子，暗藏的阶级敌人搞破坏。之后是怀疑懒汉无赖。过年期间因燃放鞭炮也会引起火灾。大多成了无头案，不了了之。

每到春季，各家各户粮食吃得差不多了，柴草也快烧完了，家家户户的烧柴就成了问题。谁家的柴草丢了少了，两家的柴草垛连在一起，分不清楚谁家的，抱错柴草也容易引起邻里纷争。

夏季阴雨连绵，柴草受潮难以引燃。风箱"呱嗒呱嗒"使劲拉，火苗不大却浓烟滚滚，弥漫整个房间，熏得人泪流满面睁不开眼。有时风向不对，烟囱倒吸风，浓烟从锅灶口往屋里灌，烟熏火燎。平时需要准备些干柴草放入棚子，以备雨季之用。

长年累月烟熏火燎，过堂屋的椽子、檩子、房笆、围墙被熏得黝黑，附着一层黑黑的尘絮，犄角旮旯的蜘蛛网也熏黑了。灶台更是被烟熏得又黑又亮，已经侵入灶体，擦也擦不干净了。从灶台的颜色深浅也能看出岁月的沉淀。熏得越黑，这户人家越有烟火气，人丁越兴旺。

烧柴火做饭也是个技术活。烧火前，先把灶膛的草木灰掏出来，这样保持炉箅子通风助燃。做不同的饭，烧不同的柴，既不浪费，又能保证饭菜味道。做粥、干饭、蒸馒头要用软柴火，如麦秸秆、树叶、高粱叶子、野草等。炖肉、炒菜要用树枝子、树根、苞米骨头、大茬子等硬柴火，做出来味道才地道。

烧火有许多诀窍。会烧火才能节省柴草，烟气小。烧火时，要少添柴勤添柴。不能图省事，一次添柴塞满灶膛，否则柴火不易充分燃烧，浪费柴火，烟气还会大。烧柴时，还要用掏火杖不时翻动柴草，使柴草充分燃烧，保持均匀的火力，这样做出的饭菜才到火候儿。

家乡有句俗语"紧锅粥，慢锅肉"，意思就是做粥急火才好吃。一日三餐高粱米粥，粥要煮得硬点稠点才顶饿，干起活来才有力气。现在我们吃的粥是辅餐，稀薄软糯为好，与当时的主食粥不是一回事。炖肉要小火慢炖，味道浸入肉，肉才会油而不腻。一会儿火小，一会儿火大，炖肉的味道会大打折扣。柴火要在锅灶内均匀分布，否则容易煳锅。如蒸馒头，先急火后慢火。如果烧到半截火灭了，馒头蒸得半熟不熟做夹生了，再怎么蒸也不熟了。

灶台连着土炕，做饭的同时也烧热了土炕，一举两得。刚刚做好饭，灶膛尚未燃烧殆尽的柴灰也不能浪费，母亲常用来煨白薯、土豆、辣椒、咸鱼、螃蟹，柴灰烟火味浸入食物，散发出原始的香甜味道。过了冬的白薯，放入灶膛煨熟，香甜软糯，是难得的美食。

清晨，我还在睡梦中，母亲就已经为全家打理早饭了。"呱嗒呱嗒"的风箱声把我从睡梦中叫醒。每当我睁开惺忪的睡眼，从被窝里探出脑袋，伸着懒腰起床时，首先闻到的就是柴草的烟熏味儿。每当夕阳西下，透过余晖，望着老宅袅袅升起的炊烟，内心就充满了希望。玩耍了一天的我早已是饥肠辘辘，该回家吃饭了。

当下，柴锅灶是可遇不可求的。前些年，家乡已通了天然气，卫生、省事儿，做饭取暖更便捷了。乡亲们也不愿意用柴草做饭了，脏乱差，烟熏火燎。政府治理雾霾，严控污染源，也不提倡使用柴草做饭了。柴火、柴锅灶、柴锅饭逐渐退出村民的生活，这些恐怕只能留在我们这一代人的记忆里了。

13. 挑　菜

　　和煦的春风吹绿大清河两岸，温暖着村庄的每一寸土地。远远望去，云雾缭绕，似江河流动，又似海市蜃楼，都不忍心走近打搅它。大清河畔的羊羊犄角、苣荬菜、盐蓿菜、蒲公英在春风的抚慰下，抖落尘土钻出田间地头，昂首翘望。又到了小伙伴们挖野菜的好时节。

　　村庄人把挖野菜称为"挑菜"。儿时，放学了约上几个小伙伴，拿起小镰刀，挎着篮子，三三两两蹦蹦跳跳去野外挑菜。利用挑菜机会名正言顺地结伴玩耍。捉鱼、摸虾、洗澡、偷青，享受着田园之美。妙趣横生，乐此不疲。

　　鸡鸭猪羊吃的是野菜，村庄人日常生活也离不开野菜。春深了，入夏了，挑菜也还在继续，一直持续到秋后。家里的猪羊兔子喜欢吃不同的野菜，根据喂食对象去挑选。大人们出工挣工分，没有时间挑菜，猪羊兔子的吃食就交给小伙伴们了。

　　村庄周围野菜种类繁多，羊羊犄角、荠麻菜（苣荬菜）、盐蓿菜（黄须菜、碱蓬草）、蒲公英、酸不溜、涝藜（灰灰菜）、苦荬菜、婆婆菜、马蔬菜（马齿苋）、苦麻菜、人荇菜、荠菜、车轱辘园（车前草），这些都是人畜共用的应季野菜。除了喂食家畜，挖野菜吃也是必要的补充。

　　羊羊犄角生长在大清河滩涂。俗话说"羊羊犄角苣荬菜，人人见了人人爱"。羊羊犄角学名"蒙古鸦葱"。早春，大地刚刚回暖，羊羊犄角便迫不及待地钻出沙土，几片嫩嫩的叶芽，尖尖的，像羊的两只犄角，人们形象地称之为"羊羊犄角。"羊羊犄角生长在半盐碱沙土地，根须扎得深，要用"老婆角儿"（用于挖野菜的一种铁制工具）连带根须整棵挖出来才好，而不是割或者拔，那样根须就断了，叶也会散了。羊羊犄角叶能吃，根须白嫩甜滋滋的，比叶子还好吃。采摘了羊羊犄角，抖掉叶子上的土，嚼着吃，口感微咸，吃过后喝上一口清水，便感觉甜甜的，别有一股清香。回到家，把羊羊犄角洗净，蘸酱或者加些酱醋凉拌，味道鲜美。用羊羊犄角做疙瘩汤，鲜咸可口。

盐蓿菜长在盐碱滩上，大清河边、海边荒滩随处可见，用不多时即可采摘一大筐。盐蓿菜含盐碱量大，死沉死沉的，采摘多了会背不动的。盐蓿菜适合春季采摘食用，主要是人食用，猪吃了会拉肚子的。去掉梗，掐嫩尖清洗干净焯水。捞出放入凉水浸泡去除盐碱味。沥干水分，加酱油醋蒜凉拌，味道咸鲜。盐蓿菜还用于包菜饽饽，与玉米面搅拌贴饼子或蒸窝头。饥荒年月，盐蓿菜是乡亲们的救命菜，帮乡亲们渡过了无数春荒。秋季采收盐蓿籽和叶子，晒干碾成面，加点玉米面做成窝头充饥。记得只吃过几次盐蓿籽窝头，味道苦涩，吃多了还容易拉肚子。现如今，盐蓿菜由救命菜变成了调剂菜、尝鲜菜。晚辈们知道我喜欢吃盐蓿菜，春季采摘了盐蓿菜，焯水后攥成菜团放入冰箱冷冻，待我回家时带回城。解冻后，用五花肉拌馅，做包子或者包饺子，加上鲜蛤蜊或者蚶子肉，味道更加鲜浓。

钻进高粱地，总有几块盐碱地不长苗，却长满了媳妇愁、马蓿菜、酸不溜等各种野菜。遇到几块碱地就能挑满一篮子菜了。秋后，在高粱地里挑菜还会有意外的惊喜。运气好会遇到几个小甜瓜扭儿或者梢瓜。瓜的来源有点意思，有人在夏季吃完瓜以后，进入青纱帐方便，没有消化的瓜籽到秋季长出了甜瓜，也算是自然生态轮回吧。

那时，不可能像现在用粮食作饲料，主要用不花钱的野菜喂养家畜。野菜加些米糠、泔水熬成猪食。缺少谷物饲料，猪吃得多，这就需要小伙伴们天天去挑菜。猪吃蔬菜缺乏营养，长得慢，喂养一年的猪也不过一百二三十斤。猪要交到供销社食品站，收购标准是130斤，重量达不到供销社不收。交猪之前,要给猪做顿好吃的,让猪吃得饱饱的,增加些分量。猪吃完早饭,赶紧送食品站,否则排泄几次重量就不够了,还得拉回来继续养。喂饱了,供销社检验员定的收购等级和价格稍微低一些,也得赶紧卖了,过年等着用钱呢。那时的猪不算肥,却是吃绿色猪食长大的,肉质厚重香醇,与现在的猪肉比起来,味道有天壤之别。

家家户户养鸡。鸡是散养的。清晨,拉开鸡窝门,鸡子们扇动着翅膀争先恐后跑出院子,满大街溜达,自己刨食吃,少量喂食野菜和贝壳。天黑了,鸡子们会自己回家钻进鸡窝。鸡蛋是舍不得吃的,用来换针头线脑。读大学后,一位农村来的同学讲,上大学之前没有吃过鸡蛋,鸡蛋用来换钱交学费了,同学们还笑话他。其实我也一样,长那么大也没有吃过几个鸡蛋。

利用挑菜的机会我还捉了一条大青蛇。我与小伙伴大山、小串儿蹚过大清河去河东挑菜。河对面距离村庄较远,野菜丰厚。溜溜达达来到一条大水沟旁。大水沟从邻村王庄子村通向大清河,两三米深,是排水灌溉用的。我们正在水沟旁挑菜,突然看见一条大青蛇在沟边爬行。蛇听到动静了,迅速钻入蛇窝。我们来了兴致,想把它捉住玩耍,拿起镰刀挖蛇窝。蛇窝在水沟的内侧上方,土容易被掀到沟底。顺着蛇窝,挖了不一会儿就看到蛇尾了,大山和小串儿不敢挖了吓跑了,趴在对面沟旁观看。要说我一点不害怕那是假的,但是我壮着胆子继续用镰刀挖。剥掉周围的沙土,大青蛇露出了一截尾巴,用手拽拽,拉不出来,又继续挖了一会儿露出半截蛇身,两手抓住蛇尾用力把它从窝里拽了出来。我听母亲说过,只要抓住蛇尾快速抖动,蛇就不会咬到手,母亲以前曾用过此方法。我抓住蛇尾巴甩来甩去抖动,蛇身往上卷,在我的甩动下,蛇头始终没有卷上来。我抓着蛇尾故意在大山和小串儿面前晃悠,吓得他们跑得远远的。我又抓着蛇尾用力向地上摔了几下,可能是被我摔晕了,蛇老实了许多。这时我把蛇扔在地上,拿起镰刀照着蛇身猛砍下去,把蛇砍成了两截,蛇身还在蠕动，我又砍了一阵子，蛇碎成几截了，把大山和小串儿吓得目瞪口呆，连连称赞我太厉害了，对我佩服得五体投地。我带着胜利者的喜悦，挎起篮子得意扬扬地回家了。

此时，天色已晚。只顾玩耍，早把挑菜的事忘到九霄云外了，只割了不到半篮子菜就跑回家了。快到家时，把篮子的菜抓得疏松些，显得满满的，这是我们惯用的"伎俩"。母亲看到菜篮子是满的，我也就蒙混过关了。等到用菜的时候，才发现作假了，免不了又被责骂几句。

野菜集天地之灵气，吸日月之精华，纯净、本真，是大自然赐予的礼物，让村庄人度过了饥荒岁月。小伙伴们却不知大人愁，也许是挑菜的情趣掩饰了物质生活的匮乏，反而是无忧无虑地成长。

现如今，物质生活丰富了，人们大鱼大肉吃过了头，相当一部分人吃出了"三高"。每次健康体检之后，医生都会叮嘱，多吃菜，少吃肉，保持健康指标。当下，人们关注健康，野菜却成了餐桌上的一道稀罕菜、特色菜，吃野菜变成了时尚，挖野菜成为一种情趣。不起眼儿的野菜，也成了社会进步与发展的缩影。

村庄周边的野菜少见了。除草剂广泛使用，顺便把野菜也给除了。饲养的鸡鸭猪羊，购买现成的专用饲料，也不用挑菜喂养了。生活条件好了，也不需要野菜来补充营养了。挑菜也渐渐远离村庄，远离了村庄的人们，儿时留下的挑菜记忆却显得更加浓厚而珍贵了。

14. 割　草

　　生产队的牛马驴骡需要吃草，家里养的猪羊兔子也需要吃草。夏秋季，割新鲜草喂养牛马驴。到了秋季，需要储存干草，以备冬季之用。割草是一项不轻不重的活儿，壮劳力照顾庄稼，妇女儿童和老弱劳动力负责割草。生产队派出大马车拉着女社员到海边滩涂割草，按重量记工分，一百斤草一个工（等于10个工分），一天能挣两个工，比上班挣的工分多，大家抢着去割草。

　　70年代末，逐步放开市场搞活经济，除了生产队集体组织割草，还允许社员利用闲暇时间自己割草，拉到集市买卖，换成白薯干、高粱米。

　　我正在读高中，放秋假了陪母亲去海边割草。天刚蒙蒙亮母亲就起床了，准备全家人的早餐。早餐是一成不变的高粱米粥，乡亲们习惯称之为"秫米粥"。母亲煮一大锅秫米粥，除了用作早餐，还要用笊篱捞出一部分装在铝饭盒，放几片咸菜疙瘩，用布裹上，作为割草的干粮（午餐）。中午吃的时候，倒入凉水搅拌，这就是午餐了。母亲割草与二嫂搭伴。二嫂是我的玩伴小串儿的母亲，与母亲交好，闲时娘儿俩常盘腿唠嗑。有一次去割草，中午要吃饭了，小串儿不小心把碗里的粥撒到了地上，二嫂急忙用手捧起来又放到碗里，里边掺杂进了沙土，劳累半天了，中午饥饿难忍，二嫂还想凑合着吃掉。母亲看到，急忙劝阻二嫂："粥有沙子不能吃了，咱几个人凑合着吃一盒粥吧。"每人吃个半饱下午继续割草。

母亲好面子，怕被人看见笑话，天刚蒙蒙亮推上独轮车就与二嫂出发了，天擦黑儿了才回来，这样两头不见人。从村庄到滩涂十多里的路程需要走一个多小时，经三里土路到平青大公路，再走十里八里路，到八里桥、碱铺、红房子村一带盐碱滩割草。

有一种野草，俗称"芦根儿"，属于旱地芦苇，长在海边的盐碱滩上，平铺在地面上。芦根儿草咀嚼起来甜甜脆脆的，牛马驴喜欢吃，市场上价钱也好。割草时，蹲在盐碱滩上，一只手划拉草，一只手拿镰刀割，一点一点往前挪动。割下的草，一堆儿堆儿放好，攒了几堆儿装入柞子（读zhà zi）背到独轮车旁。我倒不觉得累，母亲身体肥胖，蹲下割草本就不易，再站起来抱草就更显得吃力。烈日当空，毒日头照射在盐碱滩上，蒸发的热气灼人皮肤，晒得浑身冒油油儿。如果皮肤直接暴露在阳光下，一天下来，胳膊、肩膀会晒秃噜皮的。

割草的间隙，偷个懒，站起身，歇歇脚，擦擦额头的汗水。站在沟坎上向远处张望，成群的海鸟在湿地上空盘旋、嬉戏觅食。水草茫茫，河海连天。仰望蓝天白云，闻着水草散发出的阵阵芳香，听着海鸟的叫声，劳累却也是快乐的。

太阳悬在海平面，天渐渐晚了。估计能装满一车草了，开始装车拉回家。草晾晒到大街上和院子里，空气里散发着野草清香味儿。晾晒过程中不时用木杈子翻晒几次，两三天晒八成干就能出售了。草要带着嫩绿色才能卖出好价钱，捂黄了就不值钱了。每到集日，拉到马头营集市卖些零钱。日常生产队也在村里收草，那就省事了。夏秋季，母亲割的草能卖百十元钱，这是一笔不小的经济收入。

大集体时期，社员盼着"秋后算账"，家庭主要的经济来源就是年底"分红"，所以有"工分，工分，社员的命根"的说法。除了分红，工分还与粮食分配直接挂钩。干得好的生产队，一个工能分到五毛钱到一元钱，干得差的生产队一年到头还可能"倒找钱"，挣得工分越多赔得越多。我们生产一队算是中等水平，一个工能分到五六毛钱，一家人也分不了几个钱，日常开支还得靠自己想办法补贴。家家户户养殖鸡鸭猪羊兔子补贴家用，割草换零钱。生产队上班不允许旷工，只好插空干点私活。人们利用早晚，或者出工"吃烟儿"（方言，劳动中间休息）的工夫，忙着割草、挑菜回家喂食猪羊。下班了，人人背着一捆草或者挎着一篮子菜回家。

　　海边盐碱滩割草，偶尔也会遇到惊喜。众多海鸟在滩涂产蛋孵化小鸟，在密密麻麻的草丛中，正在割草，突然遇到一窝鸟蛋，欣喜万分。捉到几只刚刚破壳而出的小鸟玩耍，也是一件趣事。

　　芦苇的根儿，白里透紫，咀嚼有甜味。割草时累得汗流浃背，口干舌燥，用镰刀挖芦苇根咀嚼，既解渴又增加热量。含苞待放的芦花，剥开皮咀嚼，嫩嫩的甜甜的，算是大自然赐予的美食。

　　水草长在大清河浅滩，俗称"栗子草"，远远望去郁郁葱葱，像地毯一样铺在河边。割水草使用特殊的镰刀，刀片朝内弯成月牙状，细细长长的。一只手搂住水草，另一只手用大镰刀割下。这种水草扎根不深，镰刀不锋利，割草时容易连根拔起。割下的水草抱到岸边晾晒，蒸发掉一些水分。放入筐子还是死沉死沉的，这是我不愿意割的一种草。

　　水草丛中，小鱼小虾游动，惊慌失措到处乱窜。割累了，放下镰刀，捉小鱼小虾。脚踩烂泥，水混浊了，水草遮挡，小鲫鱼钻入踩过的脚窝里，浑水摸鱼。抓到了用芦苇穿起来，拿回家熬酱吃，既是咸菜又是佐饭的美味。

　　一种特殊的大镰刀，称为"钐镰"，意思就是一镰刀能钐掉一片草。镰刀柄是用弯曲的木棍做成的，三四米长，顶头儿嵌入一个二三十厘米长的大镰刀片。割草时，镰刀贴近地面对准草丛，两臂一挥，抡起镰刀扫过去，一片草就倒下了，这就是"打草"。镰刀扫过，用耙子聚拢草。这种大镰刀割草速度快，适合于平整的滩涂。大镰刀唰唰的割草声，夹杂着青草淡淡的清香，微微的泥土气息，不时抬头擦一把额头的汗水，仰望碧海蓝天，乡野美感油然而生。

　　徒手采野草，俗称为"薅草"，是一种苦活累活。长在沟渠旁或高粱地里的"马绊子草"，细细长长密密麻麻的，像蜘蛛网，可用来喂食牲畜，也适合编制草帽。这种草不宜用镰刀割，快捷的办法就是用手薅。夏秋季钻进高粱地，顺着高粱垄沟薅草。采下的草一堆堆放好，回头收集起来弓着腰抱出高粱地。偶遇一块不长高粱的空地，长满了马绊子草，那就省劲儿了，采一大捆抱出来。青纱帐里闷热难耐，钻出高粱地，满头满身沾满了高粱花子。再看自己的胳膊，沾了一层白霜，被高粱叶子拉出一道道印痕，手也勒出了血印子，高粱粉尘和着汗水，又痛又痒，火烧火燎的。还好，高粱叶子底部的一层白霜倒是有止血作用，不小心手臂划了口子，手指甲刮一层白霜，敷在划伤处，即可起到消肿止血作用。

"柞子"是用紫穗槐编制的一种背筐，类似于背篓，但比背篓大得多，能装下百十斤草。采好的草装满柞子，站在上面跺脚踩结实，柞子撑得像一只鼓。里面装不下了，柞子上面还要码上草，称为"煞码头"，用两根绳子将草煞结实，防止脱落。一柞子草足有百八十斤重，直接蹲下背柞子站立不起来。需要把柞子放到沟沿儿上，柞子缆绳搭在肩膀上，借助沟的坡度，用爆发力把柞子背上肩站立起来，顺着沟再走一段，找个坡度小的地方爬出沟。弓着腰，两臂交叉抱着胸走路，到家了肩膀都勒得红肿了。

野草在村庄用途广泛，人们的日常生活处处离不开草。草除了喂养集体的牲畜和家畜，也用作柴草。每到冬春季，草干枯了，沿着沟沟坎坎搂野草。小伙伴们用小耙子搂，大人们使用大耙子。小耙子灵便，搂好的草从耙子上撸下来，码放到柞子里。直到把柞子塞满，用两根绳子笼上。干草倒不是很重，鼓鼓囊囊地背回家了。

野草也是积肥的原料。到了秋季，生产队组织妇女割青草积肥。青草用铡刀切碎。一人提起铡刀，一人把草塞进去，铡刀落下草被切碎，两个人配合默契，"咔嚓咔嚓"的声音很有节奏感。积肥时，放一层沙土，放一层碎草，洒上水，这就是"沤肥"。几个月过后就是上好的肥料，待来年春耕施肥。

野草对于农作物来说是天敌。庄稼遇到野草，土壤的营养被野草抢夺，生存的地盘被野草一步步蚕食，庄稼就会被挤压，甚至枯死。从这个角度讲，野草是庄稼和村民的死对头。村民们日常生活中又离不开草，牲畜饲料、烧柴、积肥都需要草。从这个角度讲，草又是村民的朋友。不论你喜欢还是讨厌，它都无怨无悔，春风吹又生。一茬又一茬滋润着大地，哺育着村庄的人们。

15. 拾白薯

"放圈啦,放圈啦",哗啦啦,哗啦啦……提着篮子、筐子、柞子,拎着镐头、铁锹、锄头、挠子的乡亲们,像一群黑压压的乌鸦呼啦啦扑向白薯地。紧接着,镐头、铁锹、挠子在密密麻麻的人群中上下翻飞,左右开弓,狠劲地翻刨着脚下的土地,土星子乱窜,挥汗如雨,那劲头儿好像要把地球翻个底朝天。

好几百人在土地上咆哮着、翻腾着。谁也顾不上跟谁说话,顾不上别人的镐是如何翻刨的,一股劲儿地刨着、挠着,寻找着每一个白薯,或者一根白薯拐子,或者残留的半块白薯。那劲头好像是在寻找自己丢失的物品,非把它找回来不可,日落河滩了还在不停地翻找。当时我就担心,后边的人不小心刨到前边人的屁股怎么办。又好像没听说谁的屁股少了半截。这就是生产队时期父老乡亲们拾白薯的热闹场面。这场景,搁到现在,会招来治安人员出面维持秩序的。

白薯收获季节,生产队组织社员"锄白薯"。一次性难以翻刨干净,总会有漏网之鱼。等生产队把刨出的白薯拉走了,生产队长批准,规定个时间向村民开放,乡亲们各显神通翻找漏网的白薯,村庄人称之为"放圈"。放圈是大集体时期乡亲们难得的福利。

白薯栽种在垄沟上。到了成熟季节,白薯按捺不住寂寞,把地面撑裂缝了展示自己的果实,有的干脆裸露在表面,这样的白薯容易刨出。有的白薯,长得就不规矩了,扎根一两尺深,在根须尾部长成一个大白薯,乡亲们形象地称之为"贼薯"。如果不是掘地三尺仔细寻找，是找不到它的。它似乎是故意躲藏起来，不让生产队抓走，给饥荒的村民们一个惊喜。遇到这样的白薯，要顺着根须像起地雷一样仔细翻刨寻找。不小心把根须刨断线索就断了，顺着根须翻刨一定不会失望的。

放圈之前，小道消息不胫而走。提前几天就有了传闻，某个生产队某块地，哪天何时放圈。打探到内部消息，只告诉亲朋好友，生怕别人抢在自己前边去拾白薯。村庄是个熟人社会，左邻右舍放屁都能闻到味儿，过不了半天，放圈的时间也就不是什么秘密了。

得知白薯地要放圈了，男女老少，奔走相告，拎起大镐挎起篮子急匆匆奔向白薯地，站在有利位置等候。白薯地被围得里三层外三层。也有不守规矩的村民，等不到生产队长喊放圈就开始偷偷地去翻刨白薯，被看青的纠察队员抓到了，没收篮子、大镐那是没的商量。

拾白薯要讲究技巧。大人们选择一块地，抡起大镐猛劲刨地，刨到一尺多深，顺着白薯垄把每一寸土地刨个遍，翻找残存的白薯。妇女儿童抡不动大镐，只好用小镐翻刨，或者用铁锹、二尺挠子等农具翻找。常去跟着大人们拾白薯，我也掌握了些拾白薯的窍门儿。白薯地边角地带，或者一块盐碱地的周边，收白薯时容易疏忽。运气好，会找到整棵的白薯，就算是中大奖了。顺着白薯垄沟翻找是常规做法，定会找到一个半个白薯。个别白薯根须长，顺着白薯根须的蛛丝马迹捋下去，也许会找到一个大白薯，惊喜万分。也不能只顾死劲儿地翻刨，要边刨边寻觅，手眼并用，不放过任何蛛丝马迹，不然你就是用再大的力气，也会漏掉要到手的白薯，力量加细心才是找到白薯的诀窍。

秋后到入冬前，白薯地会被乡亲们翻刨无数遍。放圈当天大规模翻刨过后，后续每天都有人去再次翻刨，寻找着每一个漏网的白薯或者白薯拐子，不经意间总会发现几块白薯。直到转过年来春天，还不时有人去白薯地翻刨，仔细再仔细地翻翻找找。到了春季，天气渐渐暖和了，地里的白薯会烂掉的，那也不能放过，总有一部分是能吃的。

拾白薯成了那个年代乡亲们寻找食物的一个缩影。这时,你就不难理解余华在《活着》里边讲述的因抢夺一块白薯差点闹出人命的故事了。这是当时村庄人生存状态的真实写照。

白薯这玩意儿,自从几百年前引入国内,就凭着适应能力强,耐旱耐瘠,产量高,成为村庄人的济世宝物,自然也成为我儿时餐桌上的主角儿。白薯收获后,生产队留下少部分,搞副业做粉条。其余,当作口粮分给社员。口粮是定量的,三斤白薯折算成一斤粮食,能多支撑些日子。

刚刚分到白薯,小伙伴们啃着生吃,倒也脆甜,当然这不是主要吃法。白薯要煮熟变换着花样吃,才不至于吃腻。

烀白薯。白薯储存的时间越长越香甜软糯。冬天,从菜窖里取出一篮子白薯,一次性烀一大锅。这时的白薯微甜软糯,贴锅的一面形成白薯锅巴煳煳,甜甜的,我和哥哥们抢着吃。蒸熟的白薯一顿吃不完,剩下的放到缸里冻起来,吃的时候再蒸热。我也常吃带冰碴子的白薯,别有一番滋味。

白薯粥。煮高粱米粥,生白薯切块放在锅里一起煮,煮出的粥甜腻黏稠。

炒白薯片。白薯去皮切成片,加点油盐炒熟,白薯咸甜口味,既可当饭又可当菜食用。

烀生白薯干。生白薯切成片,晒干后储存。切白薯片使用专用刀具,类似于小铡刀,也因此称为"铡白薯片"。白薯干一般是烀着吃,也可与高粱米煮粥吃。白薯干经过晾晒脱水,煮熟后仍显干燥,吃急了容易被噎住,需要喝口菜汤冲咽下去。白薯干与高粱米一起做成粥,倒是容易下咽了。

熟白薯干。白薯蒸熟切成片晒成干,冬季蒸着吃,或者干脆嚼着吃,相当于现在的零食,既甜又筋道。兜里揣上几片,不时拿出咀嚼,甜甜的,有嚼头。直到现在我的车上也少不了熟地瓜干。

白薯面窝窝头。白薯干磨成面,做成窝头,吃起来甜甜的、糯糯的。母亲将蒸熟的白薯搅成泥，掺杂白面烙饼，甜甜的，软软的，是一种不错的吃食。

漏粉条。农闲季节生产队搞副业制作白薯粉条。大部分做成片状宽粉条，耐煮，筋道，猪肉炖粉条使用的就是这种粉条。细的粉条，主要是用作酸菜炖粉条。

尽管白薯吃法众多，但天天吃、顿顿吃，肠胃也招架不住，容易腹胀、胃灼热、泛酸水，我倒是少有这种感觉。白薯缺少营养成分，不顶饿，干重体力活顶不住。

贬斥人没本事，干啥啥不行，就比喻成"乏白薯"。软的欺硬的怕，就比喻成"白薯拿软的捏"。由此可见白薯在乡亲们心目中的地位。记得，一位同事家住沂蒙山区，上顿下顿吃白薯，说白了就是吃白薯长大的，被白薯伤着了，现在见到白薯就反胃，一口也咽不下去了。

咸菜加白薯，酸咸中和，是个解决反胃的好办法。村庄人奇特的吃法是白薯加咸鱼，或者白薯稀饭加咸鱼，不容易反胃，现在吃起来还是一道美味呢。外人眼里就奇怪了，每次我这么吃，爱人就不理解了。说鱼是腥的，白薯是甜的，怎么能吃到一块呢，太让人费解了。我已经习惯这么吃了，不但不反胃，还感到舒服，看来小时候练就的童子功管用了。直到现在，如此方法吃白薯，对我来说也是家常便饭。

难吃的是白薯渣子做的窝头。生产队漏粉条的副产品白薯渣子也舍不得喂猪，便宜卖给社员。母亲买回几十斤，搓成团放到席子上晒干储存，待春天青黄不接时拿出来做成窝头。白薯渣子窝头跟石头蛋子一样硬，扔到地上能砸出一个坑。龇牙咧嘴使出吃奶的劲才能啃下一口，粗拉、柴、拉嗓子，味道还发酸，为了填饱肚子也只好忍了。据说，喂猪，猪都不愿吃。白薯渣子没什么营养，如今作肥料使用。

不知是白薯与我有缘，还是过去没有吃够白薯。如今，家里的餐桌上仍然少不了白薯，吃几口，感觉还是那么的甜美。

16. 红高粱

  大清河两岸成片的红高粱映红了半边天。微风吹拂下，高粱穗红着脸，摇着头向人们招手，似乎是在告诉乡亲们："我今年长得根肥苗壮，穗大饱满，要让养育我的乡亲们吃饱饭。"高粱那甜美的气息，从大清河两岸飘荡到村庄上空，人们似乎感受到了高粱丰收的喜人景象。

  村庄的耕地位于古滦河冲积扇，大部分为沙土地，靠近大清河套低洼土地多有盐碱。高粱具有抗旱、抗涝、耐盐碱、耐瘠薄等特性，大集体时期大量种植。高粱的种植和管理并不复杂，高粱播种（点种、滤粪、踩种）后，几天就顶破浮土冒出芽了。之后是撒苗、间苗、耪地（除草）、施肥、打叶子，春季播种，秋季收获，红彤彤的高粱就进入乡亲们的口袋了。村庄人祖祖辈辈以高粱米为主食，高粱米占到食物的八成以上。据康熙《广群芳谱》记载，"北人日用之不可缺也"。儿时以至青少年时期，我的绝大部分热量来源于红高粱。一年四季、一日三餐顿顿吃高粱米粥。在村庄，粥就是饭，饭就是粥，粥就是高粱米粥。

  高粱熟了，秋收季节到了。小伙伴们盼望的秋假也到了。三周秋假，回到生产队参加劳动。对于厌倦了上课的我们，放秋假意味着离开枯燥的课堂，到田野尽情地玩耍。

  小伙伴们兴致勃勃地找到生产队长，要求参加秋收劳动。队长笑眯眯地大手一甩，吩咐道，"去李家坟帮着割高粱吧"。

  生产队采取军事编制，相当于一个连队建制，配备指导员、生产队长、副队长、妇女队长、民兵排长、会计、记工员、保管员、饲养员等。指导员是生产队的一把手，须由党员干部担任。生产队长负责生产计划、种植、收割、副业和粮食分配、日常派工等具体工作。村庄为生产大队，划分了五个生产小队，我们生产一队60多户230多人，是最大的生产队。

生产队在饲养处召开"三秋"动员大会，全队社员参加，小伙伴们也跟着参会。指导员李大哥站在土岗子上，传达县里三级干部会议精神。李大哥是个退伍军人，讲话铿锵有力。一只手叉在腰间，一只手比画着讲话，气宇轩昂。接下来生产队长孙大伯安排具体生产任务，要求全体社员提前做好生产及运输工具准备，犁、镰刀、锄头、铡刀磨光磨快，牛马驴骡加草料，胶皮大车保养好，只待开镰收割。学生们也要参加力所能及的劳动，保证一粒不落地把粮食收回家。

掐高粱穗是个技术活儿，派给生产队的妇女们。用的工具是掐刀，俗称"把寸"或者"把镰"。一个铁制月牙形的刀片，三四寸长，两寸宽，刀背边缘两个孔，穿上绳子，绳子和刀背之间用布条包起来，防止勒手，这就是把寸了。使用时，把寸套在右手拇指和食指上，手拿把寸将高粱穗下边的秸秆掐断，一棵高粱穗就掐下来了。熟练的婶子大妈们不是掐一棵高粱穗就放下，而是左右方向各掐一个，一颠一倒，穗头朝外，左胳膊抱在怀里，直到抱不了了才放到垄沟上，一次能掐十几棵穗。其他社员把高粱穗收集起来，穗头朝外，割一根青高粱秸秆，拧成麻花状，将高粱穗捆成"高粱头子"，再搬出高粱地。小孩子个头矮，够不着掐高粱穗，就帮着搬运高粱，高粱头子抱在怀里或扛在肩上，晃晃悠悠地走出高粱地放到地头，运回生产队场院。

观看婶子大妈们掐高粱穗是一种艺术享受。右手握住掐刀，用食指和拇指拿捏住高粱秆，手腕抖动，刀片就将高粱秆掐断了，一只手完成得干净利落。一垄高粱百十米，用不多时即可掐完。我也曾试着掐高粱穗，不熟练，两手并用，也掐不了几个，也就作罢了。

高粱浑身都是宝。秋季，为了保持高粱的通风透光，捋下高粱秸秆下半部的枯黄叶子，形象地称为"撸裤腿儿"。钻进高粱棵，蹲在高粱垄上，挪动着脚步，捋下枯干叶子或青黄叶子抱在怀里，抱不下了才送到地头，打成捆拉到生产队喂牲口。

打高粱叶子，不时仰起头朝高粱穗头观察，寻找不结穗的瞎高粱，俗称"稔头"（rěn tou，学名乌米）。割掉瞎高粱掐下稔头，以免影响其他高粱正常生长，这就是"打稔头"。所谓稔头是高粱生长过程中发生的散黑穗病形成的。稔头也是一种美食，嫩肉能生吃，有一股说不出的清香味道。老稔头发黑了，小伙伴们吃得满嘴满脸黑乎乎的，吃急了还噎人。高粱稔头再好吃，社员们也不希望长出许多，会影响高粱收成的。

高粱秫秸用于扎篱笆墙，俗称"挟寨子"（方言，读zhái zi），相当于现在的围墙。大人们挟寨子，小伙伴们帮着挖寨子壕儿、扶秫秸、腰系寨子（用高粱秫秸做的捆扎索具，与秫秸一起横向勒扎寨子）、培土踩踏等。邻居之间少有砌墙的，就是用高粱秫秸挟寨子简单隔离。不讲究的直接将秫秸一排排扎起来，俗称"肋骨寨子"。讲究的人家，挟成各种各样花纹的"别花寨子"，既结实又美观。经过风吹雨打寨子逐步腐朽了，拔下旧秫秸作为柴草烧火做饭。

婶子大妈们用秫秸或者秫秸皮制作各种各样的生活用具，如缝锅盖子、编壶墩子、做草鞋等。小伙伴们用秫秸制作各种玩具，如扎鸟笼、扎风筝、蝈蝈笼、秫秸哨子、秫秸枪等。用秫秸和细篾儿（秸秆皮）做成眼镜戴着玩耍。人们还编了许多调侃秫秸的歇后语，"剥了皮的秫秆——光棍一条""秫秆做柱子——顶不住""蛇吃秫秆——直脖子"。

高粱去掉顶部的穗子，细长的一截高粱秆，俗称"箭秆儿"（方言，读jiàng gǎnr），做成"盖帘儿"或者"平贴儿"，用在大铁锅里蒸饺子、饽饽、窝头。秫秸做的盖帘儿透气性好，现在还是家里常用的炊具。赶集遇到了，我就忍不住买一个，以至于家里积攒了一大摞平贴儿。

要说用途广泛的就是黏高粱苗子。秋后，家家户户扎制"白苗笤帚"。黏高粱穗脱粒去壳剩下筋脉，俗称"高粱苗子"，用来做大笤帚（扫地用）、小笤帚（扫炕用）、炊帚（刷锅用）。扎制笤帚首先要将高粱苗用水喷湿，用细铁丝或尼龙绳将高粱苗捆扎成小把，三五小把捆绑在一起，经过修整即成笤帚。

多年过去了，笤帚一直是我家必备的清扫工具。一把扫炕笤帚，一把扫地笤帚，清扫灰尘，便捷实用。"乐亭白苗笤帚"自清代以来即名扬东三省。笤帚扎制精细，造型美观、耐用，除国内销售，还出口到日韩、东南亚等国家。

家乡的高粱品种繁多，红高粱、白高粱、黏高粱、老牛腿、多穗儿、关东青、九股分蘖（fēn niè）应有尽有。黏高粱产量低，田间地头种上几垄。黏高粱米饭和黏豆包是不错的美食，香浓软糯。"老牛腿"是老品种，个头矮、颗粒稀、产量低，做成粥粗拉且口感发涩。多穗儿也是一个高粱品种，高粱秸秆微甜，高粱米做干饭或者熬成粥，软糯黏稠。红高粱是杂交高粱，产量高，抗病性好，种植面积大，亩产四百斤左右。红高粱磨出的高粱米掺杂着谷壳，不易淘干净，做出的高粱米粥漂一层高粱壳子，盛一碗粥要先把高粱壳子用筷子挑出去才能吃，不论做干饭还是米粥，粗拉拉的，吃起来有拉嗓子的感觉。白高粱俗称"小白脸"，产量略低于红高粱，现在超市卖的高粱米大多是这个品种。白高粱做出的粥口感黏糯，算是比较好吃的高粱米了。

高粱米的主要吃法就是做粥，吃着出息。干重体力活，中午才做一顿高粱米干饭，俗称"瞎秋米干饭"。早晨做一锅高粱米粥，不能煮得太软，早饭吃带米汤的热粥，其余的用笊篱从锅里捞出来放入"盔子"（泥瓦盆）。盔子是泥土烧造的，粥不容易馊，还能保持粥的原味。中午和晚上从缸里舀几瓢凉水，添加入盆子搅拌，称为"冷沥粥"，就着咸菜疙瘩吃上几碗，感觉清凉爽口。赶上酱熬小杂鱼或者煲咸鱼，还要比平时多吃上一碗。平时婶子大妈们都不敢做小鱼小虾佐餐。

高粱米锅巴是不错的吃食。大铁锅盛出干饭，剩下一层锅巴称为

"嘎渣儿"（方言读gā zhar），再加一把火就翘起来了，用铲子铲下，嘎巴嘎巴咀嚼，酥脆可口。小伙伴们为了吃嘎渣儿，常去生产队队部蹲守。生产队集体组织社员挖河沟、抬大挡，统一做饭送饭，主食是红豆高粱米干饭，顶饿，干活有劲。日常，自己家里是舍不得做高粱米干饭的。大铁锅粘一层嘎渣儿，小伙伴们围着锅台眼巴巴地看着，口水都快流出来了。这时，做饭的大爷大妈们用铁铲子铲下嘎渣儿，分给小伙伴们。小伙伴们抓一把放在兜里，不时拿出一块咀嚼，边吃边乐呵呵地跳着拉拉步跑出去玩耍了。

高粱米分离出的皮壳呈粉末状，所谓米糠或者高粱糠。高粱糠应该是喂猪用的，饥荒年月也不能喂猪了，用于填饱肚子，这就是吃糠咽菜的"糠"了。掺杂着米糠的高粱米面，做成窝窝头或饼子呈暗红色，类似于猪肝色，吃起来拉嗓子噎人，需要不时抻一下脖子才能咽下，吃多了还排泄不畅。

母亲做的高粱米面菜篓子，里面包上应季蔬菜，吃起来不那么噎人也好消化。萝卜缨子、甜菜缨子、红萝卜等剁碎做馅，有时采些野菜，如院子里的扫帚苗、河边的盐蓿菜。也没啥油水，就是菜剁碎了加些盐简单包起来。难吃的是母亲做的红萝卜丁菜篓子。高粱面掺杂着米糠攒不到一块，面皮粗拉拉。少油水没作料，萝卜馅苦涩，吃在口里就是不愿意咽下去。导致我见到萝卜丁菜篓子就产生一种恐惧感，时常把萝卜叫成"臭萝卜"。

读高中时住校。学校的高粱米干饭是陈年老米，做出的米饭一股哈喇子味。再加一碗几片菜叶的白菜汤，实际上就是一碗白开水，这就是一顿饭了，天天顿顿如此。如果是自己家里做的高粱米干饭，一般要加点红小豆，米也新鲜，吃起来还算可口。

刚读大学那会儿，粗粮占70%。学校食堂常常做黏高粱米干饭、窝头、小米干饭，虽然是粗粮，我感觉吃得已经不错了，比高中时的高粱米干饭加菜汤好多了。可苦了南方来的同学，人家是吃白米饭长大的，哪见过这粗不拉几的饭菜，吃在嘴里黏糊糊，拉嗓子，难以下咽，好多同学叫苦不迭。

　　高粱米粥，米汤黏稠，米粒筋道有嚼头，谷米香味醇厚，比其他谷物做的粥更彰显食材本来味道。包产到户后，杂交水稻普遍推广，产量高。高粱的种植面积逐年减少，直至被玉米、花生、大豆等全部替代，高粱米也逐步退出了村民的餐桌。起初乡亲们还吃不惯大米，下地干活不顶饿，还是吃高粱米粥感觉结实顶用。

　　也奇怪了，离开家乡几十年了，我的高粱米情结愈来愈浓。家里常备高粱米，白高粱、黏高粱、红高粱样样不少。高粱米粥就着咸鱼，吃得还是那么可口，那么舒心。对家乡的眷恋都融入高粱米里了。去年，我回老家探亲到饭店用餐，竟然发现柜台上放着一盆煮好的高粱米粥。我好奇地问老板娘："现在还有人吃这个？""现在人们怀旧，吃粗粮健康，上岁数的人都愿意吃高粱米粥呢。"顺着服务员的意思要了一碗粥，加入一瓶矿泉水，一盘酱焖杂鱼，吃出了小时候的味道。

　　一个人喜欢吃什么，大多取决于味觉的记忆。无论是天南地北，还是山珍海味，永远是母亲做的饭菜合胃口，家乡的饭菜舒心美味。如今，村庄人主要以大米、白面为主食，年轻人也不知高粱米为何物了。可高粱米就像是母亲的乳汁，养育了世世代代的村庄人，我又岂敢忘怀呢？

17. 大白菜

不夸张地讲，我是吃大白菜长大的。大白菜是一日三餐的主角，从初冬吃到春脖子。大白菜不仅作为蔬菜食用，而且可以替代粮食填饱肚子，顶起了餐桌半边天。

立秋前后，生产队忙着播种菜秧子。选一块水浇地，修整几个畦，均匀地撒上菜籽，用锄板覆上一层细土，白菜就种好了。刚刚种上白菜，生产队就会安排社员洒水，保持表层土壤湿润，三四天菜苗就密密麻麻地钻出来了。长个十天半月，妇女社员们开始间苗。婶子大妈们拿着小锄把，挎着篮子，蹲在菜地里说说笑笑，边薅苗边松土。拔下来的小白菜，鲜嫩翠绿，小心放入篮子，拿回家做小白菜疙瘩汤，或者蘸酱吃，滑嫩新鲜。小白菜需要间苗两三次，留下健壮的苗，才能用作栽种的白菜秧子。

大白菜喜水，所以选择栽种在机井边或者灌溉沟渠旁。栽种大白菜需要起垄、修整背、刨坑、下底肥，栽上白菜秧子，浇头茬水，小白菜就慢慢地长起来了。大白菜隔三岔五需要浇水，生产队的机井就派上了用场。大口径锅锥井出水量大，抽水机汲水，大白菜越浇水长得越快。

立冬时节，庄稼地雾气腾腾，一片银白，霜降了，该收割大白菜了。生产队按人头、按斤两分配大白菜，人均百十斤，各家各户用独轮车将大白菜拉回家，掰掉烂菜帮子，去除根部泥土，晾晒些日子，入窖储存。保存得好，大白菜到春季还新鲜如初。

家家户户有腌酸菜的习俗，也算是储存大白菜的一种方法。母亲每年腌制一大缸酸菜，从冬季吃到春暖花开。腌酸菜选用大酱缸，大约能装两百斤白菜。选用高帮、疏松的大白菜便于发酵，晾晒两三天，蒸发掉部分水分，表面叶子变蔫，腌制时不容易变质。准备好的大酱缸清洗干净，擦净晾干。晾好的白菜码放在大缸里，码一层白菜撒一把盐。加入半缸凉水，用一块大石头压上，防止白菜上浮，用盖子盖好，经过一个半月的发酵就可以食用了。这种腌酸菜的方式称为"生积白菜"。还有一种熟积酸菜法。白菜放到锅里开水烫一下，晾干，其他步骤相同。熟积白菜发酵速度快，不到一个月就能吃了。酸菜缸要存放在阴凉的地方，控制好温度。春天气温上升，酸菜容易变腐长白毛。我家的酸菜缸放在过堂屋，既防冻保温又方便取用。

母亲腌的酸菜，酸咸适度，清脆爽口。母亲做酸菜时，常会挖出酸菜心给我吃，吃几口酸酸的，龇牙咧嘴，刺激过瘾。日常，熬酸菜汤是主要吃法，味道寡淡，不过酸酸的咸咸的倒也可口。过年过节了买些猪骨头，煮在酸菜汤里，感觉酸香美味。

大白菜浑身都是宝，家家户户围绕着大白菜做文章。炖、煮、炒、拌、做馅儿等多种食用方法。剥下来的白菜叶，晒干留待来年春天吃，实在不能吃的烂菜帮子才喂猪喂鸡。白菜疙瘩也不能扔了，洗净，切成片，晾干，扔到大酱缸里腌成咸菜，味道也不错。

日常，大白菜熬着吃，实实在在的开水煮白菜，见不到一个油星子。赶上过节了，才会加些猪油渣。白菜汤漂着油花，盛上一大海碗，倒半碗卤虾油，筷子蘸着卤虾油算下饭。扒拉着白菜大口往嘴里送，不多时就吞下去了，吃个水饱菜饱。

有几种大白菜的吃法，在村庄里应该算得上是美食了。比如大白菜熬楞蹦鱼，熬出白汤，鱼肉鲜嫩，白菜鲜美，汤汁浓厚。大白菜猪肉馅蒸饺子，个儿大馅足，汁水饱满，入口鲜香。大白菜心儿，切成丝凉拌，加些豆瓣酱、蒜末、香油，吃起来甜咸爽口。大白菜炒肉片，加木耳或者蘑菇，口味鲜香。

当下，一年四季都有新鲜蔬菜，大白菜退居四五线了。炖菜少了，吃炒菜多了。炒菜用盘子碟子盛上，一点点夹着吃，一次不好夹得太多，吃得太快，显得不文明，但总觉得吃起来不过瘾。老想着手捧大海碗，甩开腮帮子大口吃菜，一直吃到撑为止。这也许是那个时代吃菜的后遗症吧。

大白菜药食两用。微寒味甘，具有养胃生津等功效。民间也有"鱼生火，肉生痰，白菜豆腐保平安"之说。文人骚客们还赋予了大白菜许多美好的寓意。大白菜品格坚韧，进入深秋，所有的庄稼都收割了，唯有大白菜不畏严寒，傲然挺立，逆势生长。或洁白，或翠绿，看一眼，令人温暖、踏实。大白菜层层包裹，犹如积聚财富，寓意"发财"，孕育着吉祥和善意，成为文人墨客的寄情之物。书画作品常以白菜为背景，抒发美好愿望。玉石、翡翠以白菜为背景雕刻，寄托情感。

品过天南地北各种各样的蔬菜后，还是对大白菜充满了眷恋。多年以来，大白菜都是我家的主打菜，冰箱总有棵大白菜备用，或炖，或炒，或凉拌，或做馅，吃得不亦乐乎。

回村庄即使什么也不往回带，也得拉上一车哥哥院子栽种的大白菜。储存在地下室，足够吃上一个冬季了。那味道就是村庄的味道，小时候的味道，充满了泥土芳香的味道。

18. 茄 子

小时候，我对生食茄子情有独钟。于我来说，茄子不仅是一种蔬菜，还是一种可口的水果。

村庄人喜欢栽种一种鸭梨形的绿皮茄子，称为"水茄子"。这种茄子皮薄，含水量大，肉质松软，几乎不能用作炒菜或者蒸煮食用，更适合生吃。咬一口，水水的，甜甜的，解渴，一个茄子可填饱半个肚子。栽种的紫皮圆茄子主要作为蔬菜食用，当然也是我生食的对象。

母亲的小菜园每年都会栽种些茄子。日常，母亲不允许我去菜园随便摘茄子，往往等不到茄子长大就让我摘下吃了。母亲采摘了茄子，我会抱着大茄子猛啃，三下五下就吃下去了，感觉甜润过瘾。

秋后，冀东平原天气渐渐转凉，房前屋后的黄瓜、茄子、西红柿秧子逐渐枯黄。已经过了盛果期，大人们不去管它了，任其自生自灭。似乎它们并不急于枯萎，仍然结出歪歪扭扭的不成熟的果实，此时我可以随意采摘了。

每到秋后，寻找茄子纽儿是我每天的必修课。这时的茄子秧，叶子渐渐枯萎，虽然结不出大茄子了，但还能长出鸡蛋大小的茄子纽儿。当然是在霜降之前，否则就成了"霜打的茄子——蔫了"，那就没法吃了。

我放学后蹲在茄子秧旁，眼巴巴地看着茄子开花结果，希望它快快长大。天气转凉，茄子生长缓慢，等茄子长到鸡蛋大小，我已经等不及啦，急忙摘下吃掉。在盛果期这是不可能的，摘了还没成熟的小茄子就糟践了。

前些年，某大师忽悠生吃茄子，许多人吃了胃部不适。我生吃茄子的本领是小时候练就的，比大师忽悠的要早得多。生吃，得是嫩茄子。茄子老了肉柴，籽苦，口感生涩。识别茄子老嫩，要先看颜色，颜色乌黑掺杂少许白色的是老的，手捏起来软软的是嫩茄子。长得周正的好吃，歪扭的就难吃了。

茄子的吃法不外乎蒸炖烀炒。茄子蒸熟，用母亲做的豆瓣酱搅拌，再淋上几滴香油，吃起来绵香。茄子与土豆烀着吃，软烂顺口。大铁锅煮茄子汤，没啥油水，汤黑乎乎的。吃着窝头，喝碗茄子汤就是一顿饭了。几乎没见过肉炒茄子、油焖茄子、炸茄盒等，这种做法需要油和肉，缺油少盐的年月，母亲是舍不得用油烧茄子的。

不知为什么，我喜欢吃茄子把儿，有种说不出的味道吸引着我。无论是蒸茄子还是炒茄子，首先抢茄子把儿吃。我还幻想着有一天能吃上一顿炒茄子把儿，那该多美呀。我的愿望始终未能实现，只吃炒茄子把儿，茄子肉怎么办呢，岂不是浪费了吗？

秋季，吃不完的新鲜茄子被母亲切成片状晒成茄子干，留待冬季食用。茄子干炖粉条、茄子干包子、咸鱼茄子干都是不错的吃食。

生产队的菜园子栽种着茄子、西红柿、黄瓜等蔬菜，是我们常惦记的。生产二队的菜园子紧靠村庄南面，北面是一条灌溉沟渠，三面都是庄稼地。我和小串儿、大山商量着去摘茄子。看菜园的四爷眼神不太好，平时喜欢歪着头斜着眼看人，腿脚也不太利落。我们几个从沟里爬到茄子地，摘了几个茄子拔腿就跑了。这时四爷也看到了，拿起棍子，一瘸一拐追赶我们，边追边骂："站住，小兔崽子，敢偷我的茄子。"他哪追得上呀，我们早就一溜烟儿跑得不见了踪影。找个僻静的地方饱餐一顿，撑得肚子鼓鼓的。也不敢拿回家，让大人知道了，免不了皮肉之苦。

进入大学食堂，头一次吃到红烧茄子、油焖茄子，一口米饭、一口茄子油腻香浓，才知道茄子还能这样吃。从此烧茄子成了我的日常菜。

如今，我在小菜园栽种了几棵茄子。浇水、施肥、绑蔓、剪枝、拔草，精心护理下茄子长得枝繁叶茂，一棵能结十几个茄子。下班了，走进菜园子，随手摘下一个大茄子，大口咀嚼，水水的，甜甜的，享受着一般人享受不了的美味。朋友看到了感到惊讶，咂摸着嘴儿："茄子还能生吃吗？"这时我脸上流露出自豪的笑容。

我与茄子的感情是小时候培养起来的。过去茄子是季节性的，现在超市随时能买到，茄子仍然是我餐桌上的常客。蒸茄子、肉末茄子、烧茄子、炒茄子、炸茄盒、拌茄子种种变换着食用。偶尔也会切一块生茄子吃。味道与小时候不同了，但情怀依旧。

19. 菜　窖

入冬前，挖菜窖储存大白菜是家家户户的一件大事。

印象深刻的是在周家庄村居住时挖的一个大菜窖，那时我五六岁。借住着村民面朝西的三间厢房，菜窖就挖在厢房背面的菜园。南北长四五米，两米多深，一米七八宽。椽子搭顶，铺着高粱秸秆和玉米秸子，用土覆盖，菜窖口一米见方，草帘子盖子。还有一个烟囱，保持空气流通和菜窖温湿度。

冬春季，村庄人吃菜主要靠"菜窖"。过冬的蔬菜需要在菜窖储存，大白菜是不变的主角，还有红萝卜，少量土豆、胡萝卜。

越冬的大白菜码放在菜窖的中间位置，底层铺上木板和高粱秸秆，放一层白菜，铺一层高粱秸秆，保持白菜通风透气，防止腐烂。隔上半月二十天，还要倒腾一遍，去掉腐烂的叶子，保持白菜干爽。白菜倒腾一次调换一下方向，这次白菜头朝外，下次白菜头朝里。白菜通风均匀，才不易变质。

菜窖除了存放大白菜，还存放红萝卜、土豆、白薯等。白薯放在菜窖一角，撒上沙子埋起来，保持水分，这样不容易受潮发芽。红萝卜用木板拦起来，堆放在离菜窖口近的地方，为的是取萝卜方便。萝卜保存得当，到了春季也不会长芽或者失水糠掉。

管理好菜窖的关键是控制好温度和湿度，温度湿度过高白菜容易腐烂，到了春天就剩下白菜心了，或在侧面长出了小白菜芽。温度湿度高了地瓜也会发芽，萝卜长出萝卜缨子糠掉了，就不好吃了。不过，到了春季，大白菜长出小白菜芽，表层白菜帮都撑裂了，掰下小白菜芽吃，甜甜的，水水的，倒也挺不错的。

晴朗的天气，赶在正午时分，打开菜窖盖子通风放气，傍晚再盖上，保持菜窖合适的温度和湿度。菜窖充斥着大量废气，下菜窖时间长了，会有胸闷甚至窒息的感觉。要在下菜窖之前先把盖子打开，放掉废气，才可以下去取菜。

大人们下菜窖取白菜，我就闹着要下去玩耍。踩着梯子下到菜窖，抱一棵白菜顺着梯子爬上来，母亲在菜窖口把白菜接上。取萝卜地瓜，篮子绑上一条绳子，拿几个放入篮子，母亲站在菜窖口拉上去。为了省事儿，不想下菜窖了，用一根长长的竹竿，顶头绑上磨得尖尖的铁条，把萝卜地瓜叉上来，快捷方便。

窖藏储存的萝卜白菜就是一家人冬天直至春天的蔬菜。不仅有蔬菜的功用，而且大多数时间靠白菜萝卜填饱肚子，获取有限的热量。生产队时期没有大棚蔬菜，直到春深了才能吃到菠菜、韭菜、野菜等应季蔬菜。

冬季菜窖比地面温暖，我喜欢下到菜窖里，这儿摸摸，那儿看看，感觉新鲜。闲时，小伙伴们常到废弃的菜窖里玩耍。孩子头儿大平是个调皮的家伙，平时不好好学习，蹲了好几年级才与我们在一个班，经常带我们玩花样。

有一次，我们跳进废弃的菜窖，抄着袖子小脑袋凑在一起。再看大平，神神秘秘地从兜里掏出几根香烟，说是从大人那里偷来的。发给我们一人一根，不慌不忙地从兜里掏出火柴，"刺啦"一声划着点上香烟，歪着嘴吐烟圈，算是给我们做了示范。我们觉得好玩，也学他的样子歪嘴叼着烟，大平给我们点着香烟，一种干坏事的快感油然而生。我们抽了两口之后，感觉辣嗓子，呛得不停咳嗽直流眼泪。大平说开始抽烟都是这样，抽几次就好了。小伙伴们吞云吐雾，比画着电影里坏蛋的动作，讲着经典台词，歪着嘴说些脏话，像几个真的小坏蛋一样。

抽了一次以后，我就开始偷偷摸摸自己去小卖部买香烟了。并不是自己真的想抽烟,而是作为与小伙伴们玩耍的工具。村里的小卖部一盒香烟拆开零散卖,两毛钱一盒的一分钱一根,一毛五一盒的五分钱给八根。拿着三五分钱买几支烟,谎称给大人买的。拿到烟就跑去找小伙伴们分享了,躲在废弃猪圈吞云吐雾。实在没钱买了,就用作业本纸卷向日葵叶子抽着玩儿,只要冒烟就行。但向日葵叶子实在是呛嗓子,抽几口咳嗽不止,熏得眼泪汪汪,赶紧扔掉了。

这也勾起了我对烟的好奇。有一天,趁父亲不在,我偷了一把老旱烟,从作业本上撕下一张纸,卷了一个七八厘米长的大旱烟卷,想尝试老旱烟的味道。怕被大人们发现,拿上火柴,偷偷地躲在后院点燃烟抽起来。抽到大约三分之一,就感觉头晕目眩伴着恶心,过了一会儿觉得天旋地转,抽醉了。偷偷回到屋里,趴在炕上,躺了好一阵子才恢复过来。那时抽烟纯属玩耍,学电影里的坏蛋,好像很酷的样子。搞过几次恶作剧后,就再也没有碰过烟了。

"深挖洞,广积粮,不称霸""备战备荒为人民",时刻准备着军事斗争,大队组织村民就地挖防空洞。我家的菜窖是两用的,冬天做菜窖,闲时做防空洞。菜窖两侧又挖出了几个半圆形的小洞,能蹲进去一个人用于藏身。菜窖上面用柴草伪装,平时看不出是菜窖,迷惑敌人。我想,真的有轰炸,估计比在平地还危险,因为上边就是柴草搭的,盖上一层土,遭到轰炸可想而知。其他人家,也有把防空洞挖在门口路边的,洞口用柴草盖上伪装,玩耍时一不小心就会陷进去了。后来形势缓和,菜窖又恢复了它本来的功用。

如今,春夏秋冬都能吃到新鲜的蔬菜,品种繁多,不用再冬储大白菜了,菜窖也失去了它应有的作用,早已不见了踪影。为了体验小时候的菜窖,我在自家院子挖了一个大菜窖,储存了大白菜、萝卜、地瓜、洋葱、大葱、土豆。由于温度掌握不当,人口少吃得不及时,大部分白菜地瓜发霉烂掉了,萝卜也长出了缨子,过把瘾也就罢了。

如今,菜窖离我们远去了,关于菜窖的那些人那些事,围绕着菜窖发生的那些故事依然让我回味无穷。

20. 大喇叭

"一朵牵牛花,爬上大树杈",这就是村庄的大喇叭。

大喇叭安装在大槐树杈上,传出的声音飘荡在村庄上空,飘进家家户户。那时,没有电视、手机、网络等现代化传播工具,就连收音机也没有几台。我家原有一台大的晶体管收音机,也让父亲换成高粱米了。所以只能通过大喇叭获取信息,了解外面的世界。

高音大喇叭呈张开的喇叭花形,通过有线广播设备连接发出声音。家家户户还安装了小喇叭。从大队广播室扯出一根线,飞檐走壁连接到每家每户的小喇叭,接一根地线,小喇叭就响了。传输线路衰减或者地线受干扰,大多数时间我家的小喇叭声音吱吱啦啦听不太清楚。

大队广播室每天通过高音喇叭播放《新闻和报纸摘要》节目。上级有个指示精神,村里有个集会通知,大队书记有个新要求,谁家的猪拱了队里的白菜,谁家的羊吃了地里的青苗,都要通过大喇叭喊话。

大喇叭分早晚两次广播。在《东方红》的序曲中开启了一天的节目。序曲过后播报北京时间,接着转播中央人民广播电台《新闻和报纸摘要》节目,结尾播送天气预报,早晨的广播就结束了。晚上转播《各地人民广播电台新闻联播》节目,接着播送本县新闻,再播送一段样板戏、相声、评书、大鼓等。结束曲是《大海航行靠舵手》,接着传来"全天播送结束,再会",全天广播就结束了。

麦秋时节,村里召开"三夏"动员大会。小学操场边的树上架起高音大喇叭。搬出几张课桌,上面铺块帆布,放上扩音器,支起话筒。

"喂、喂"地调试着大喇叭的音效,等待各生产队干部和社员同志们来参加大会。大会开始,大队书记传达县里三级干部会议精神,接着作动员讲话,之后由大队长布置"三夏"生产任务。参加"三夏"动员大会也算出工,大家扛着锄头、镐头踊跃参加。或随意站着,或在土岗子上席地而坐。散会后,社员们各回各的生产队下地干活去了,开会、生产两不误。

大喇叭转播《孙敬修爷爷讲故事》节目,算是为我们小朋友服务了。《小喇叭》节目是中央人民广播电台著名的少儿节目。"嘀嘀嗒,嘀嘀嗒,小朋友,小喇叭开始广播了",孙爷爷绘声绘色讲述儿童故事和歌谣,大部分是神话故事,燧人取火、精卫填海、老鼠嫁女、田螺姑娘、百鸟朝凤,等等。大喇叭转播《小喇叭》播报,小伙伴们驻足听上一会儿,又去玩耍了。

记得,毛主席逝世的消息,我是从大喇叭里听到的。一天下午,我正在大清河边挑菜,菜篮子已经满了,挎着篮子向村庄方向走去,刚上大清河河岸,听到村里的大喇叭传来沉痛的哀乐,重复播报着:"伟大领袖毛主席于1976年9月9日0时10分在北京逝世。"离得较远,我也听不太清楚,还半信半疑。回到家里问母亲是不是真的,母亲告诉我是真的。过了几天,全体社员、学生集中在小学操场,胸佩白花,臂挽黑纱,参加追悼大会。大喇叭传来沉痛的致悼词声音,大家哭声一片。开追悼会前,天就下起了小雨,而且越下越大,似乎长天也在哭泣。大家有序地站在雨中,谁也没有在意下雨。大喇叭传来"三鞠躬"的声音,大家连续鞠躬了三次。等我们三次鞠躬过后,大喇叭才传来"一鞠躬、二鞠躬、三鞠躬"的指令,我们又深深地鞠躬三次,更深刻地表达了对伟人的悼念。

记得70年代末,村里的大喇叭开始播放刘兰芳的评书《岳飞传》。刘兰芳说书声音清脆洪亮,具有穿透力,隔着无线电波就能感受到声情并茂的表演。父老乡亲们手里的活儿再忙也会驻足听上几段。母亲是个书迷,每到播送评书就搬个小板凳坐在门口,一集不落下,还不让我们大声吵闹，怕影响她收听。有时，我也驻足听一段。听书的唯一收获，就是学着牛皋用憨憨的鼻音半结巴地讲话开玩笑。

大喇叭具有顽强的生命力，仍然发挥着不可替代的作用。疫情防控期间，传达上级防控指示精神，宣讲疫情防控措施，提出防控具体要求。这时，大喇叭又开始广播了，村主任用方言土语讲话，指出村民防控工作中存在的问题，提出防疫要求："喂！喂！大伙儿注意啦，注意啦。我就着晌伙歪（刚过晌午）的工夫，给大伙说说疫情防控的事儿。现在呀，全国各地疫情忒严重啊，没啥事啊，你就别出门儿咧。出门干啥去，你显摆啥去呢，啊？就是说呢，你有事，是吧，有要紧的事，非出门不可，你是戴上个口罩啊。没事你抄着个袄袖光着个脸你就出去了，啊。你给那个病菌带回来咋整啊，给你一家子都连累了，是呗。你这一家子完喽就给咱庄儿全连累了，你知道哇。还有爱打牌的爷们儿娘们儿，你干了一天活儿，累得个王八犊子样儿，黑介（晚上）你还往一堆儿凑。啊，你不嫌累得哼啊。还有那个爱串门子的，屁股沉的那个，是吧。你没事别上人家串去了不中？啊。你觉不出眉眼高低来呀？你不自觉脚臭，往人家炕头上一坐，唾沫星子横飞？啊。还有那老爷子们，你别没事靠墙根了，啊。你仨一群俩一伙的，东家长西家短的，啊。这个做贼，那个养汉，扯长、唠短没个正嗑儿。再说能代嘎遮（鼻涕），别往人家墙上抿了不中？啊。赶紧着都家去，哪也别出来了，在家好好猫着吧，啊。"

方言土语听起来有些粗俗，但乡亲们听得懂听得进去。喇叭声声，看似无情，却是有情的提示，粗俗的语言表达，听起来接地气，又有暖意。村子里老年人居多，缺乏对疫情的认识和警惕，防护意识淡薄，大喇叭天天播放抗疫广播，慢慢地也就当回事了，是个管用的法子。

村庄的大喇叭生生不息，与时俱进，用它那粗犷的乡音传递着乡里乡情，播撒着人间温暖，大喇叭已成为古董级的传播工具了。一口地道的乡音，一段童年的记忆，大喇叭就像牵牛花一样，一直在我的心里绽放着。

21. 赶　集

儿时，赶集是一种奢望。大人们带着小孩子去赶集，孩子见到好吃好玩的就挪不动脚步了，眼巴巴地看着，盼望着买点吃的喝的。不给买吧，觉得没面子；买吧，囊中羞涩。干脆就不带小孩子赶集。大人们也不能有事没事老去赶集，那会成为村民们议论的对象，笑话你不会过日子。赶集总归是要花点钱的，还耽误干农活。俗话说"有空多拾粪，无事少赶集"，说的就是这个理儿。

每逢马头营大集的日子，我就盼望着跟父亲去赶集，大多数情况下是得不到满足的，也不敢轻易向父亲提出要求。我去赶集的主要目的，除了看集市热闹，渴望的就是吃上一个肉饼、一张油炸饼，或者买一个耍物儿（方言，儿童玩具）。

记得一个礼拜天的早晨，吃过早饭，我鼓足了勇气，憋红了脸蛋儿给父亲说："爸，我想跟您去赶集。"结果不知什么原因父亲不带我去，委屈得我倚着门框直抹眼泪。偶尔，父亲也会带我赶集，坐在父亲的自行车大梁上，兴奋劲儿就甭提了。

集市设在马头营公社驻地，距离村庄五里路。马头营集市历史悠久，远在清代就设立了，每逢农历四、九大集，也是方圆几十里较大的集贸市场，马头营到渤海边一大片区域就再也没有集市了。

集市没有固定的场所，散落在村子的几条街道上，大致分为牲畜、生鲜、蔬菜、柴草、小食品、农具、日杂等交易区。每到集市，十里八乡的乡亲们会聚马头营，人头攒动，骡马喧天，以至几十年后集市还出现在我的梦境里。

比起逛集市，我更愿意逛供销社的百货商店。所谓"百货商店"位于马头营街道中间位置，坐北朝南。百货商店尖顶瓦房，七八间房那么大，中间由几根柱子做支撑，四周布满柜台。逛马头营百货商店是我小时候无比向往的。后来，逛再大的商场，也没有当年那种感觉了。

百货商店摆放着五花八门的商品。货架上方贴着百货宣传画，货架上摆放着鞋帽、搪瓷缸子、盘子、碗、暖壶等生活用品。玻璃罩木格子放着糕点糖果等副食品。柜台上摆放着布匹、酒坛子等。柜台里有针头线脑、学习用具等小百货。过年时，售卖年画、宣传画、泥娃娃等，还有我向往的小人书。

每到集日，百货商店人头攒动，熙熙攘攘。乡亲们买不买东西都想进去逛逛，感受热热闹闹的赶集氛围。快过年了，父亲带我去赶集置办年货，到百货商店准备买几张年画，《沙家浜》《红灯记》《海港》或者《智取威虎山》四条屏。样品挂在柜台边柱子上。柜台外人挨人，人挤人，父亲领着我，我被挤得几乎喘不上气来，人群拥着双脚都快离地了。本打算趁父亲买年画的机会蹭两本小人书，可怎么也挤不到柜台边。父亲怕我被挤压，把我拉出百货商店。说改天再来买吧，"改天"就等于没有下文了，我的小心思也没有得逞。

物资匮乏的年代，就是有票证、有钱也不一定能买到需要的商品。要买的确良、搪瓷、白砂糖、名牌酒、牙膏、洋皂、洗衣粉等紧俏商品，往往是一大早还没开门就要在供销社门口排队等候，去晚了就买不到了。有些商品干脆就摆不上柜台，供销社内部员工亲戚朋友就消化了。自行车、缝纫机、手表"三大件"，根本就到不了公社级供销社。

90年代初期，母亲到省城去看我。说省城的街道还不如我们马头营集市人多，商场不如马头营百货商店热闹。可见马头营集市和百货商店在人们心目中的崇高地位。

马头营供销社国营饭店是我特别惦记的地方。饭店里的肉饼、油炸饼、油炸糕、肉包子的香气，从饭店飘荡到街道上，路过的人会流口水的。供销社饭店位于路南，对面是马头营人民公社革委会驻地，紧挨着拐角处就是供销社副食品商店，西邻是照相馆。记得十来岁的时候，父亲带着我和姐姐照了一张相片，这是我儿时仅有的一张照片，直到我初中毕业颁发毕业证书时才照了第一张大头像。

供销社饭店门楼上方雕刻着"为人民服务"五个赭红色大字，门楣上镶嵌着镂空铁制五角星，饭店里贴着"备战，备荒，为人民""深挖洞，广积粮，不称霸"等宣传标语。那时，到国营饭店吃饭统称为"下馆子"。某人某日吃了一顿"馆子"，能在别人面前吹上半年，我不记得在我离开家乡之前曾经下过馆子。读小学五年级时，与西地村小学校进行篮球友谊赛，比赛结束临近中午了，孙志军老师让我们在学校等着，自己骑着自行车到马头营供销社饭店，买了几斤肉包子给我们吃。虽然输掉了比赛，但他也没有责怪我们，反而奖励了我们肉包子，感觉就像过年似的，这算是我"下馆子"的一次经历。

父亲带我去赶集，让我在饭店外看着自行车，自己进去给我买一块肉饼或两个油炸糕。一个肉饼二两，几口就吃掉了。半饥半饱的年月吃块肉饼，能回味好大一阵子。糕点、油炸饼、肉饼、猪头肉用草纸包装，草绳捆扎，油往往浸透纸背。看到父亲赶集回家，拿出浸油的草纸包裹的食物内心就充满了期待，那肯定是父亲买的好吃的。如今人们拍怀旧段子，草纸包着猪头肉、炸花生，放到桌子上摊开，斟上一盅酒，"嗞"一声一饮而尽，吃一块猪头肉，扔一颗花生米到嘴里，那种感觉就是舒服、愉悦、满足。直到现在，我看到草纸包裹的糕点仍然有一种莫名的冲动，忍不住就想购买。

马头营供销社饭店的肉饼，是远近闻名的传统美食。肉饼是马蹄形的，传统的是猪肉白菜馅和大葱猪肉馅的，使用吊炉果木烘烤。肉饼两面色泽金黄，肉馅肥瘦相间，皮酥、馅香、味道香浓，咬一口那个"嘚儿"无法用语言形容。

供销社的油炸饼（类似于油条）吸引力更大。炸油饼的大锅架在供销社门口，冒出的油烟香喷喷的。每每去赶集路过，站在油锅边观看，直咽唾沫，吃不到油饼，闻到油烟也觉得解馋。师傅揪块面团，擀成大饼状，直径一尺左右，用小刀从中间划几道口子，双手托起放到油锅里炸，炸成大油饼状，显得粗犷豪放。偶尔吃一次，撕下一条塞到嘴里，吃得满嘴抹油。

聊起马头营的肉饼，又想起了乐亭传统美食"缸炉烧饼"。一次，父亲借了生产队的牛车，去县城赶大集办事儿，带着我去城里。凌晨三点多钟起床，四点钟就出发了，我伴着月光坐在车上迷迷糊糊打盹儿。父亲拿着牛鞭子，催促着老牛快点走，时不时地摸摸老牛屁股上的痒痒肉，老牛就快跑几步。走了三个多小时到了县城，父亲去办事了，老牛拴在树上，我坐在车上等候。父亲办完事回来，给我买了几个烧饼，当时我不知道叫什么，父亲告诉我是"缸炉烧饼"，以前我从来没有吃过。

缸炉烧饼呈圆鼓形，色焦黄，皮上撒着星星点点的芝麻，我急不可耐地吃一口，皮酥脆，馅鲜香。后来才知道，缸炉烧饼皮是油酥涂到面皮上搓制而成的，馅是白菜加五花猪肉丁。独到之处在于烤制的烧饼，内夹肉馅，贴在大缸内壁上用炭火烘烤，这在其他地方没见过类似做法。及至现在，每每回老家，买上几斤缸炉烧饼，吃上几天过过瘾。乐亭缸炉烧饼自古有"城府千层四四方，芝麻万点心计长，奈何八卦炉中烧，纵到唇中更放香"的美誉，这是乐亭县的传统特色美食。

记得70年代中期，马头营集市由原来三天一个集，改为十五天一个集，名曰"社会主义大集"。为此，人民公社组织了开集仪式和游行庆祝活动，我们中学生是游行主力。我在班级里个头高，走在队伍前列，背着鼓，扛着旗，身后还有一位同学边走边敲鼓，其他同学敲着锣，挥舞着拳头喊着口号："社会主义大集就是好，就是好""狠批走资本主义道路的当权派"，锣鼓声配合着口号，咚锵，咚锵，咚咚锵，嚓嚓……

公社和大队的文艺宣传队在大集上演出文艺节目，主题是歌颂社会主义大集好，防止资本主义尾巴又翘起来。大姑娘、小伙子扭着秧歌，敲锣打鼓，边走边跳。游行队伍从马头营村西头进入，东头走出，排出几里地，煞是壮观。我们从学校出发，来回走了十余里路，我还背着鼓，感觉快撑不住了。由于商品交易受到种种限制，交易时间拉长，大集没办多久，终以短命而告终。

物质文化生活单调匮乏的时代，人们总想去人多的地方凑凑热闹，看看光景，集市便是个少有的热闹去处。多少年以后，我还常梦见在马头营集市赶集的场景，集市给我的童年留下了深刻的记忆。当时的集市是老百姓获取生活物资的主要途径甚至是唯一途径，各色商品总能满足生活生产需求。

也许是内心的乡土情结使然，我时常产生逛集市的冲动，居住城市周边大大小小的集市都让我转遍了。每次到外地出差，只要得空儿，我就去转转当地的集贸市场，观察体验当地风土人情，买些土特产品，品尝特色美食。

不知为什么，每次逛集市，都有种说不出的愉悦感。即使不买任何物品，到集市上走走看看，观察老手艺，与商贩聊几句，也是一种精神享受和文化熏陶。体味着热闹的场景，听着熟悉的叫卖声，我似乎又回到了那个并不遥远的年代，又似乎唤起了我儿时的美好记忆。

22. 小卖点儿

一段时间，曹庄子公社供销社租用了三奶奶家的东厢房作为代销点，也称为小卖点儿，与我家借住的四奶奶家的西厢房门对门。日常在院子里玩耍，我隔着窗户偷偷地向小卖点儿内张望，看着柜台里五颜六色的糖豆、糖球儿、各种点心，还有柞子里的苹果和梨，忍不住咽口水。平时，不经母亲的允许，我是不能进去的。眼巴巴看着柜台里好吃的好玩的没有钱买，母亲不忍心也怕尴尬。

偶尔，母亲也会给我买几块馃子。买二两或三两便宜的砖头儿馃子，四毛五一斤，二三两八九个的样子。吃一口，酥酥的，香香的，甜甜的，让人脸上不时浮现出幸福的表情。我不舍得一下子都吃掉，装在兜里，时不时地拿出来咬一小口，也忍不了多长时间就吃光了。村庄人把糕点统称为"馃子"。砖头儿馃子是一种长方形的糕点，三四厘米长，一厘米见方，因形状类似于砖头而得名。这种馃子是早年间从东北地区引进的，学名称为"炉果"。

70年代初，曹庄子公社供销社由孙庄搬到曹庄子，代销点从三奶奶家搬走，又在大队部院子建起了小卖点儿。两位售货员，一位小伙子，论庄稼辈我称其为大哥，还有一位我称呼姨父。日常，家里需要打酱油、打醋、买火柴我都抢着去。我喜欢闻小卖点儿的味道。夹杂着馃子、糖果、水果香味的空气弥漫在小卖点儿的各个角落，即使我没有钱买，也能得到嗅觉和精神满足。当然，剩下几分钱，买几个糖球儿也是允许的。这也是我愿意跑去打酱油的原因所在。

这位姨父售货员整天乐呵呵的，见人就说笑逗趣。姨父好酒，耳朵下面长了一个圆圆大大的包，听大人们说是酒包。每次喝完酒，酒包就涨红起来，我见到了还有点害怕。姨父酒量不算大，每喝必醉，醉了必闹笑话，是村里的一道独特风景。姨父喝醉以后，从小卖点儿出来，左手提着酒瓶子，右手挥舞着，迈着踉踉跄跄的步子，笑呵呵地满大街"扭秧歌"，说着含混不清的话，唱着不知啥腔调的小曲，满大街逛游，有时还倒在路边的柴草垛里眯着眼打呼噜。小伙伴们跟在姨父屁股后边看热闹儿，姨父还与我们说笑逗趣。

村里一位好酒的二爷，每天中午，兜儿里揣着两毛钱，坐到小卖点儿柜台边，掏出钱放到柜子上，不用言语，售货员大哥称几块馃子，从"酒嘟噜子"打二两酒倒入搪瓷缸子交给二爷。二爷抿一口，吃一口馃子，一会儿工夫二两酒下肚了，乐呵呵地拍屁股走人了。有时，与姨父售货员一起整几口，两人较劲，喝着喝着就喝高了。醉酒后，两人互相搀扶着到大街上"扭秧歌"去了。

近些年，村庄生活条件好了，人人都喝得起酒，也造就了一批"酒蒙子"。儿时的小伙伴小串儿是我的好朋友好伙伴，身材高大结实，妥妥的壮劳力，凭着力气和勤劳，积攒了些钱就控制不住自己了。隔三岔五到小卖点儿打上几斤酒，每顿饭喝上半斤，每天一斤酒。到后来可以不吃饭了，酒不能少，久而久之形成了酒精依赖，直到喝坏了肠子喝坏了胃，喝进了医院，闹着不让医生打针输液，还偷偷带了几瓶酒放到病床底下，趁医生不备，偷偷抿几口，直到把自己喝得再也没有醒过来，令人扼腕叹息。我原打算职业生涯结束后回到村庄，与小串儿重温童年的快乐时光。不承想小伙伴却与我阴阳相隔，成了永远的遗憾。村庄文化娱乐生活相对匮乏，一旦迷上酒精，就难以自拔，村里村外不乏这样的人。

80年代中期，为了供我上学，父亲承包了大队的小卖点儿。这时，我可以随便进去吃糕点了，但我已经没有小时候那么向往了。后来，父亲又在家门口盖了门市房，开了一家小卖点儿，销售小百货，我上大学的费用也主要来源于此。父亲年岁大了，小卖点儿又传给了哥哥。

哥哥的小卖点儿开了近四十个春秋了，与改革开放同岁，也算是"家族买卖"了。村子里的年轻人越来越少，消费能力大不如前。关了吧，舍不得，毕竟经营几十年了，有感情了。不关吧，也挣不了几个钱儿，一天到晚不得休息，就这样纠结着维持着。也算冥冥之中圆了我的小卖点儿梦。

第三章

流年岁月

1. 父亲母亲

爷爷奶奶

说起父亲，得先从爷爷奶奶讲起。

小时候我不在爷爷奶奶身边，七八岁我才回到老家的村庄，没过几年爷爷奶奶就相继去世了，我对爷爷奶奶的印象并不算深刻。

爷爷奶奶都是普普通通的庄稼人。记得爷爷满头银发，慈眉善目，总是笑模滋儿的（方言，微笑的样子）。平时看到爷爷慢悠悠地忙碌着，不是拿扫帚清扫院子，就是整理柴草，收拾杂物。

爷爷为人和善，与左邻右舍相处融洽。谁家需要铁锹、锄头，借几斤米面，爷爷有求必应。爷爷与邻居家处得像一家人，两家院子没有垒砌院墙，是互通的，爷爷每天去邻居家好几趟，去了就在炕沿儿上坐坐，也不爱说话，瞧瞧这，瞅瞅那，待不了一会儿就走了。过一会儿又回来了，还是不说话，坐一会儿又走了。好像是自己家，用村庄话讲叫"彩的呃"（方言，幽默的意思）。土改时，爷爷是军属，政府优先将地主家的房子分给爷爷。爷爷觉得乡里乡亲的，抬头不见低头见，就主动放弃了。

爷爷靠贫苦人勤劳的双手，历经半辈子的辛勤耕耘，在河套里开垦了几亩荒地养家糊口。爷爷是位庄稼"好把式"，农活样样拿得起。据父亲讲，每年打的粮食够七八口人吃。爷爷省吃俭用卖掉部分粮食，加上几十年的积蓄，购买了一头牛、一头毛驴。过着"几十亩地一头牛，老婆孩子热炕头"的农家人生活。爷爷还经营过"面铺"生意，实际谈不上生意，就是用石磨和毛驴为乡亲们加工面粉，收点加工费。土改前后，经父亲介绍，也为地方部队加工过面粉。

爷爷是位不善言辞而略显幽默的人，方言称为"招笑儿"，就是说话办事风趣幽默的意思。听爷爷的邻居大舅讲了几件关于爷爷的趣事，用现在的眼光看也是"黑色幽默"。

爷爷孙大福，20世纪初生人，弟兄两个，大爷爷名孙大贵，弟兄俩名字合起来就是"大富大贵，吉祥如意"的意思，可见太爷爷取名的良苦用心。据老辈人讲，爷爷还有一个妹妹，嫁给了曹姓男子，育有一女，后嫁到古冶。曹某为山东人士，谋得套里孙庄乡保安队长一职，与乡邻关系交好。姑奶奶神经不太好，50年代末去世后，曹某随女儿去了古冶，后不知所终了。

大爷爷比爷爷大十岁。听说早年间下关东还混过关东军，后跟随邻村草台班子闯荡江湖谋生，具体情况已不得而知。50年代回到村庄，一直未成家，与爷爷家过日子。哥儿俩关系处得融洽，爷爷对大爷爷的生活照顾有加。

有一次，大爷爷身体不舒服了，可能是偶感风寒，爷爷说他也不太舒服了。回到屋内，给奶奶和大妈（大伯母）说："我身体不舒服，做点疙瘩汤吃吧。"村庄人身体不适了，通常就是吃碗疙瘩汤补补。奶奶给大妈说：赶紧去做吧。大妈急忙下厨去做疙瘩汤。正在做着的时候，爷爷过来看到了，"你做这么一点也不够吃啊！""您一个人吃够了吧？""你看着，不够吃，肯定不够吃。"大妈觉得爷爷病了不会吃得太多，一大碗也足够了。等大妈做好了，盛到大碗里，给爷爷端过去，爷爷端起碗倒在了院子里。"你看，我说不够吃嘛，你还不信，肯定不够吃吧。"大妈感到委屈，问爷爷："我和我妈也没有惹你，你怎么把疙瘩汤给倒了？"这时，爷爷才说："你大大（方言，大伯）也病了，只给我做疙瘩汤，不给你大大做，我能吃得下去吗？"奶奶和大妈这才明白爷爷为什么把疙瘩汤给倒了。大妈说："您想多做点给大大

· 166 ·

吃，就直接告诉我嘛，你不说我们哪里知道。""我不说你们就不知道你大大病了吗，就不去关心关心吗？"大妈赶紧又重新做了疙瘩汤。这回做了好几大碗，爷爷和大爷爷没有吃完，爷爷这才满意了。爷爷这种方式似乎有些不太讲理，还造成了浪费。但通过这件事，可见爷爷对大爷爷的感情。爷爷的意思是：你们应该关心大爷爷的身体，就在隔壁屋，也应该常去看看。只给我做疙瘩汤，不跟大爷爷一起吃，我能吃得下去吗？爷爷对奶奶和大妈有意见了，认为他们不关心大爷爷，才做出这样的事情，给她们点颜色瞧瞧。

年三十晚上，全家人准备包饺子。爷爷对奶奶和大妈说："你们都不用忙了，该玩儿就玩儿去吧，我自己包饺子就行了。奶奶和大妈感到奇怪，试探着问爷爷：

"您自个包饺子忙得过来吗？我先帮你和面、剁馅吧。"

"不急，你们都去玩儿小鱼儿端锅（一种纸牌游戏）吧。"

"我先把面和好，准备好馅，中吧？"

"中，你们准备好我自己包就中了，你们去玩儿吧。"

奶奶和大妈一群女眷耍牌去了。眼看天快黑了，爷爷还没有包饺子，大妈问：

"爸爸（方言，读 bā ba）该包饺子了吧？"

"不着急，赶趟儿。"

过了一会儿，爷爷把和好的面分成两份，擀了两张直径四五十厘米的大面皮，把一张面皮放到平贴儿上，一盆饺子馅全部倒上去，馅摊开，将另一张面皮盖在上面，将两张面皮边角捏在一起，做成了一个巨大的乌龟形的"饺子"，烧火蒸熟。等到了吃饭的点儿，爷爷说："饺子做熟了，你们来吃吧。"大妈揭开锅，准备盛饺子，看到锅里的"大饺子"，瞬间惊呆了。一个巨大的乌龟状的什物躺在大锅平贴儿上。爷爷说："吃吧，这就是我包的饺子，一准儿好吃。"众人没办法，虽然不是饺子，总之是把面和馅蒸熟了，也不能浪费，把"大饺子"切开将就着吃了。

· 167 ·

爷爷的意思是：对奶奶和大妈时常玩牌有意见了，平时她们只顾玩牌了，不按时做饭吃。过年了她们还是玩儿，顾不上做饭，爷爷不高兴了。不直接说，而是用搞笑的方式表达自己的不满。

当然，这些故事有添油加醋搞笑的成分，但爷爷平时说话不多，讲起话来幽默风趣，是个有意思的老头儿，这是无疑的。

记得，奶奶瘦弱多病，患有严重的气管炎，老是咳嗽不止，气喘吁吁的。奶奶年轻时染上了抽大烟的习惯，后来政府大力禁烟，搞不到大烟只好戒了。但还是抽老旱烟，落下了气管炎的毛病，不到七十岁就去世了。

父 亲

父亲出生于1931年2月，弟兄三人，父亲排行老二。父亲成长的那个年代，说不上幸福，但也能维持温饱，在当时的社会经济环境下还算是幸运的，童年过着平静的生活。直到卢沟桥事变，日寇入侵渤海沿岸，在马头营和红房子村建立据点。驱使劳工修建大清河盐场，掠夺盐业资源。从此，村庄的安宁日子再也没有了。日本侵略者为了加强统治，扶植成立了伪冀东防共自治政府和伪县公署，建立了区乡间邻制度，孙庄村为乡公所驻地，伪乡长为族人。鬼子进村侵扰，强征粮食和牲畜，稍微怠慢就要抓人。听母亲讲，她十多岁时鬼子常到村庄骚扰，姥爷让母亲用草木灰把脸抹得黑黑的，穿得破破的，打扮得脏兮兮的，要是让鬼子撞见就遭殃了。

在地方党组织和游击队的领导下，青壮年踊跃参加八路军游击队，打击日本鬼子。同时，成立了儿童团和妇救会，开展抗日救亡运动。游击队干部常到村庄宣传，父亲深受进步思想影响，十二岁就当了儿童团长，自己做了一把红缨枪。父亲组织村里儿童团员参加救亡活动，站岗放哨，传递情报。平时，儿童团员列队训练，唱救亡歌，募捐钱款，转交给八路军游击队支援抗战。父亲担任儿童团长还是尽职尽责的,训练中发生了一件有趣的事,可以从侧面反映出当时的训练情况。儿童团员小纪子受风寒了,两三天没有好好吃饭。他母亲疼爱儿子,不想让儿子参加儿童团出操训练了,找到作为儿童团长的父亲请假,"我儿子身体不舒服了,请几天假,就不参加训练了吧?"父亲说:"偶感风寒也不是什么大病就不来了,要克服困难,坚持出操训练,日本鬼子来了还管你病不病吗?不准请假。"小纪子又乖乖地参加训练去了。

父亲于1947年2月参军入伍到冀东军区,随部队在冀东道北山区一带活动。父亲高小毕业读过几年书,在部队也算是个文化人,安排他担任医护兵,参加了华北军区医科大学四分校的医护知识培训,在锦州等战役中救治伤员。后因工作需要转为文书。父亲参加了平津战役,由于表现突出,在部队加入了党组织。

一次,夜间部队转移,路过一座桥梁,遭遇敌人伏击,双方交火,父亲过桥时右脚踝被敌人枪弹贯穿,父亲忍着剧痛,与战友们冲过桥梁。事后落下残疾被认定为"三等残废军人",并获"华北解放纪念章"一枚。纪念章至今我还珍藏着。

父亲不善言辞,日常跟我们兄弟姐妹交流并不多,也没有给我们讲述过他从军的经历,我们也没有主动问过。父亲是在什么动机、什么背景下参军的,以及从军的故事已不得而知,成为永恒的谜了。从父亲的家庭条件看,日子还算过得去,起码不是因为吃不饱饭而去参军的。在"好男不当兵,好铁不打钉"的时代,父亲能够挣脱传统思想和家庭束缚参军入伍,足以说明父亲是受当时进步思想的影响而奔赴战场的。这在当时时代背景下是难能可贵的。

平津战役结束后,父亲被选派到县土改工作队(现役)工作,1949年6月转业,先后在县委办公室、宣传部、县教育局做办事员、干事。1953年起担任乐亭县第三区副书记(驻地闫各庄),1956年6月起担任第六区副书记(驻地姜各庄)。1958年人民公社化以后,担任姜各庄公社副书记,1961年起担任周家庄公社书记(驻地桥头村),1963年被选派参加四清工作队。

1966年十年浩劫序幕拉开,父亲受到运动冲击,被强加了许多莫须有的罪名。父亲在担任儿童团长期间,鬼子和伪军清乡,强制解散了儿童团,父亲的红缨枪也被鬼子没收了。这事儿成了一大罪状,认定父亲把红缨枪交给了日伪军,给父亲扣上了叛徒帽子。审查入党材料时,由于战争年代部队流动性大,随时调动和改换建制,入党介绍人、入党时的部队党组织一时也联系不上了,找不到证人了,父亲就成了钻入党内的小爬虫而被清理出党。父亲的复员证和三等残废军人证书被造反派抄家时带走了,不知扔到哪里去了,后也没有返还,无法证明自己曾从军以及是残废军人了。

说来也巧,父亲七八岁时,爷爷赶着铁瓦大沿儿车带着父亲去拾柴,路途颠簸,父亲从大沿儿车上掉下来,脚踝被铁车辘轳碾轧,造成轻微骨折留下伤痕。恰巧受伤时,枪弹也是从这里穿过的,伤口重合。这种场景如果拍成电影,也算是黑色幽默。地方组织到村里调查核实,村里人只知道父亲小时候被大沿儿车轧伤过,并不知道父亲在部队受伤的情况,只能证明是碾轧伤的。由此,父亲被认定为冒充残废军人,又增加了一条罪状。

听母亲讲,我三四岁的时候运动波及父亲。由于父亲平时为人耿直,说话办事不注意方式方法,工作中得罪了个别人,结果被投机钻营分子记恨。这些人转脸成了造反派,利用运动机会,翻出历史旧账,无限放大日常工作中的分歧,上升到阶级、路线、立场高度,强加罪名,公报私仇,施加迫害,煽动群众游街批斗父亲。

秋后的一天,舅舅去帮母亲拾柴,准备冬天的柴草。那时正值运动高峰,父亲天天被抓去批斗。舅舅看到造反派闯到家里,将父亲五花大绑,戴上报纸糊的一米多高的尖帽子。糨糊刷在衣服上,粘上标语"我是走资本主义道路的当权派"。每次出去挨批斗,母亲都事先给父亲换上旧点的衣服,因为回来以后必是一身糨糊。父亲被押到公社学校操场,站在临时搭起的台子上接受群众声讨。为了让父亲低头认罪，造反派们用麻绳拴上两块砖挂在父亲脖子上，让父亲弯腰低头九十度。低头不到位，就再加一块砖。父亲在台上站了几个小时。批斗会过后，接着就是走村串巷游街。父亲敲着锣，边走边喊"我是走资本主义道路的当权派"。如果不喊或者喊的声音小了就会遭到拳打脚踢。父亲本来就身体瘦弱，每次批斗过后回到家就瘫软在炕上。

父亲作为军人出身的干部，在基层领导岗位工作多年，兢兢业业，尽职尽责。三年自然灾害时期，父亲所在人民公社被树立为县里的先进典型。异常艰苦条件下，父亲组织群众生产自救，开源节流，合理分配粮棉油等生活物资，带领当地百姓渡过三年自然灾害。

父亲工作期间，几本工作日记有幸保存下来，记录了1959年至1961年三年自然灾害时期群众的生产生活情况，让我对那段历史有了直观的了解。群众生活困苦不堪，饥饿致死致病事件时有发生。父亲带领公社和大队干部想尽一切办法解决群众"吃、穿、住、烧、治"基本生活需求，安排工作细致入微，以较少损失渡过灾荒。

父亲在召开的乡村两级干部会议上发言，讲道（日记原文）：农业是基础，粮食是基础的基础，吃饭要定量供给。按照政策完成粮食入库任务，按低标准留足三留（留料、留种、留口粮）。狠抓入库（包括国库）工作，否则保证不了外调任务完成。有些村庄因估产偏高和受灾减产，产量要合理地减下来。要加强粮食管理组织和制度，严防贪污浪费，发现了要严肃处理。狠抓"瓜菜代、低标准"，粮食要与瓜菜代（蔬菜瓜果代替粮食）结合，吃好吃饱。要办好公共食堂，政治进食堂，书记下伙房。对现有炊管人员摸底排查，不称职的要撤换，由支书、队长担任，支书、队长不中，群众改选。实行计划用粮，节约用粮，执行以人定量、分月、分段安排。关于穿的问题，对群众的衣服、棉被进行检查，没有做的，由生产队做，没有钱的，可以由公家解决。关于住和烧，对群众住房进行检查，没有窗户纸的送到户。目前烧的问题，生产队要把现有的烧柴分给社员。关于治病问题，进行一次检查，有病不治致死追究责任。此外，大牲口饲料、猪饲料全部备齐，牲畜得病期间停止使用，发生死亡事件，追究责任。

父亲遭到解职后，被发配到汀流河农场、王滩农场劳动改造，后被开除赶回了家。父亲变成了地地道道的农民，生产队安排父亲当了猪饲养员。

父亲为人和善，乡亲们也是尊重父亲的。谁家遇到婚丧嫁娶、盖房迁移都愿意找父亲商量，有事没事找父亲唠嗑。到如今乡亲们回忆起父亲的点滴，无不由衷地伸出大拇指。大队、生产队的重大农事、农田基本建设，也找父亲出主意。群众要推选父亲担任生产队干部，父亲考虑到身体等原因没有接受。父老乡亲们也并没有因为父亲落难而歧视父亲。这得感谢乡亲们在艰难时期没有为难父亲。

1972年，父亲落实政策可以复职。父亲考虑到当时的形势，担心再次遭羞辱，毅然退职，继续他的养猪事业。退职后，发放了部分生活补助，父亲用这部分钱买了一间半房子，一家人总算安顿下来，之前两三年都是借住四奶奶的西厢房。买了房，补助已所剩无几，家庭生活又陷入了困境。家里值点钱的物件都变卖了，父亲的大氅、手表、自行车，母亲的缝纫机都换成了高粱米，还是填不饱肚子，全家人只好勒紧裤腰带度日。一家六口人，春季三个多月的时间里就一百多斤高粱米，粥是越来越稀，到后来一碗高粱米粥只有可数的几粒米了，只好靠谷糠萝卜白菜填饱肚子。

父亲退职这事儿，事先没有跟母亲商量，母亲心里窝火，因为此事常与父亲吵闹。家庭断了经济收入，生活陷入困境，也间接影响了子女的前途。如果复职，子女是可以安排工作的，能当上工人吃商品粮，这在当时社会环境下是可以跨越阶层的。亲朋好友都劝父亲回去工作，可父亲就是不肯复职，继续养猪。后来舅舅问起父亲为什么不回去，父亲坦言担心再来运动，再次受到批斗羞辱。父亲讲："孩子们谁也不要出去工作了，在村里种地当农民安全，也不受那份罪。""原来当一把手，自己说了算，回去听人使唤，受人管制，还不如在家喂猪过安稳日子。"可见父亲对当时境况是多么失望，他认为辞掉公职，远离是是非非，带着全家回到村庄当农民是明智的选择。父亲这种担忧是性格使然，自尊心强，好面子，也隐含着逃避现实的懦弱心理，这直接影响了家庭生活和孩子们的前途。父亲想让我们兄弟姐妹一辈子当农民，与土疙瘩打交道，挣得一碗饭吃，这样的人生道路也就稳妥了。不希望子女走自己的路，闯荡半生却落了个悲凉下场。放在那个时代尚可理解一二，但从后来的事态发展看，父亲当时的想法显然有些狭隘和缺乏远见。

即使这样，对于原则问题，也是不能放过的。例如，大哥要去当兵，群众推荐和体检都过关了，政审还是未能过关。犯过错误的干部子女，怎么能参军入伍混进革命队伍呢？当时，农村人变成城里人的可能途径就是去当兵，表现突出还能提干留在部队，或者转业回到县里安排工作。退一步讲，就是回到村庄了，娶媳妇也不用发愁。大哥在这方面吃了不少苦头。父亲受冲击后，大哥成了"狗崽子"，被剥夺了读高中的权利，初中毕业后就参加生产队劳动挣工分了，那时也就十四五岁。回到老家以后，大哥参加生产队挖挡、抬河等重体力劳动，早早地就把身体糟蹋坏了。其间父亲也找过老关系，帮助解决大哥就业问题，终由于政审不过关等原因而告吹了。

时代的一粒沙尘，落到个人头上就是一座山。因为此事，母亲狠狠地与父亲打了一仗。母亲大哭大闹，埋怨父亲退职回家，不顾子女前途，让几个孩子窝在家里。参军入伍的路断绝了，招工更不可能，希望的路都堵死了，母亲气得脸色发青，哭天喊地，不停地在地上打滚儿。母亲还气不过，拿起柜子上父亲的瓷杯子摔得粉碎，把我吓得蜷缩在炕角大哭。杯子是当年父亲的朋友送给父亲的，代表了父亲的脸面，平时都会小心使用，杯子上印有"赠×××书记留念"。父亲仅存的一点尊严也被母亲打碎了，坐在炕上一言不发。当晚，母亲坐在炕上，一夜没有合眼。喝了两壶水，次日腿都浮肿了。之后一段时间，母亲彻夜难眠。每每想起此事，都让我暗自神伤。

唐山大地震后，父亲组建了一支公社建筑工程队参与城市建设。

父亲找到老同事老关系，承揽建筑工程，是首批进城的农民工建筑队伍。震后干了四五年，城市建设基本结束后解散了工程队。一年暑假，我到唐山建筑工地去玩耍，住在工棚里。之前，我从未去过城市。尽管市民们还住着地震棚，街道周边还残留着许多残砖乱瓦，但仍然感觉到城市是那么的新鲜。人们穿着时髦，吃的品种繁多，大街上灯火通明，各色商品应有尽有，与村庄有天壤之别。这也激励了我，暗下决心一定要成为城里人。

正是由于儿时的家庭变故，我小小年纪便会懵懂地思考一些问题。为什么家庭会变成这个样子，为什么遭遇如此的困境？多少次内心发问，为什么父亲不顾家庭和子女的前途，不跟母亲商量就选择退职回家了，由国家干部变成了农民，家庭生活陷入困境，连带子女都窝在家里？由此我对父亲的选择多有不理解，这对我后来的职业生涯也产生了深刻的影响。我也曾有机会去闯荡创业发展，动过几次心思，还是没有能迈出这一步，原因就是吸取父亲的教训，不敢离开体制去创业，一旦失败了又失去了稳定工作，就会走上父亲的老路，说白了就是输不起。

随着年龄增长，我渐渐地对那段历史有了更深刻的理解和思考。个人的际遇，放到大的时代背景去看，除了个人的选择，不仅仅是个体的不幸，家庭的不幸，更是整个社会族群的不幸，国之不幸。在仇恨的煽动下，制造谣言，罗织罪名，暗箭中伤，互相敌视，残酷斗争，逐渐演变成了公报私仇，发泄私愤，置之死地而后快。末了，还敲锣打鼓，欢呼雀跃，庆祝胜利，人类的阴暗面暴露无遗，丑恶无比。在巨大的社会机器面前，一个家庭，一个个体就像是一粒微尘，又怎能抵挡得住呢？能够从那个年月走出来、活过来已经够幸运的了。解惑了，透彻了，内心平静了，也就理解父亲了。

父亲也有过轻生的行为。具体的诱因我不得而知，可以想象出父亲当时内心的痛苦和面临的绝境。一年麦秋，父亲一天没有回家，母亲打发我和哥哥们到处寻找，结果在西河沟子附近一片麦地旁找到了父亲。父亲蹲坐在麦地边的壕沟里,一天没有吃饭了,我们劝父亲回家,父亲不肯回去。过了一会儿,父亲看我们兄弟在抹眼泪,也就心软了,我和哥哥赶紧把父亲搀扶起来回家了。我认为父亲并不是发自内心地想轻生,决意离去就不会采取这种方式了。而是面对当时的困境,内心绝望、彷徨和挣扎,也可以理解为另一种方式的抗争。

父亲是个外表温和而内心倔强的人,平时不太容易发火。在家里,父亲有一种无形的威严,说的话我们要无条件服从,家里大事小事都得听父亲的。平时,我们兄弟姐妹不敢多说一句话,父亲只要批评一句,我们都觉得无地自容,只有抹眼泪的份儿。我在学校比赛获奖了,拿回家奖状,父亲问几句话,我会兴奋得好几天睡不着觉。我们兄弟姐妹称呼父亲为"爸",这是沿用了城里人的称呼。我们平时也较少称呼父亲,母亲让我们叫父亲吃饭的时候,才会喊一声"爸,吃饭了"。

父亲虽然威严,但从来不打骂孩子。记得我十多岁的时候,头上长了疖子已经化脓了,父亲想带我去上点药,可我怕打药针,想着法子躲藏。我到饲养处门口玩耍,父亲再次要带我去看医生,说啥我也不愿意去,把父亲惹急了,举手朝我后背拍了一巴掌,我见势不好,拔腿就跑,父亲在后边追,始终没有追上,逃过了几巴掌,这是我唯一一次挨父亲揍的经历。长大了,父亲会尊重我的想法,对我的工作生活提一些建设性的意见。婚姻问题上,母亲提出了不同意见,父亲还是理解和支持我的,只是提醒我要处理好学习和恋爱的关系,不要因为谈恋爱而影响学习。

父亲孝顺爷爷奶奶,也影响了我们这一代人。听大妈讲,60年代大爷爷去世了,父亲为爷爷准备的柏木棺材,结果给大爷爷用上了。现在看来不是大事,在当时的村庄里却是一件了不起的事情。传统的观念,以孝为先。核心是延续家族香火,让老人体面地离开这个世界也是延续孝悌。为老人早早地准备棺材是一种习俗,老人也在意这件事情。大多数人家老人走后只能用几块薄板装殓了事。过得不错的人家才为老人准备棺木或者棺材,父亲早早地就给爷爷准备了棺材。记得姥爷院子里靠墙边也摆放着一具高大的柏木棺材，姥爷是木匠，早早地给自己准备的。父亲回到老家以后，家庭生活陷入困境，但就是在这种情况下，每次赶集也都会给奶奶买几个肉饼或者几块炸糕。奶奶吃的药品也主要是由父亲和叔叔准备的，这在当时经济困难，缺医少药的环境下是件不容易的事情。父亲与大伯哥儿俩关系处得好，我们回到老家以后，生活困难，大伯多有接济，这也给我们晚辈做出了榜样。后来，我每次回到老家，都去看望大伯大妈。能力虽然有限，却表达了我对长辈的敬仰之心。

80年代初期，父亲获得平反。从表象上看父亲是自愿退职，实际上并非主观自愿，而是迫于形势"被退职"，无论从父亲一生的追求、信仰还是个人利益方面看，都不可能是发自内心自愿的。拨乱反正过程中，地方组织部门充分考虑了父亲当年退职的历史背景，拟按照在职处理，发给一次性安家费，补助建房木材，按原级别发放工资等，到年龄再办理离休手续。父亲已经在地方组织部门处理意见书上签了字，报上级组织部门审批，但没有被批准。据说主要原因是父亲自愿退职，只给恢复了名誉，而没有任何经济补偿和政治待遇。父亲无奈地接受了这个结果而没再去申诉。按常理讲应该进一步申诉，也可能就解决了。这种无原则的自我妥协又是父亲的自尊心和好面子心理在作怪。

80年代初期，我上大学期间，家庭经济状况仍然没有根本好转，父亲为了我的学费也是想尽办法。起初，父亲在公社市场管理所找了一份集贸市场收费员的临时工作，帮助市管所收管理费，从天亮到中午大半天挣1.2元，后来涨到1.5元，一个月能挣十多元钱。有些人不愿交管理费或者少交费，父亲常被驱赶和谩骂。父亲也是个好面子的人，为了我的学费还是忍了。后来，父亲又申办了小百货牌照，每天推着独轮车到大槐树下卖小百货，每天卖货20多元，能挣1元多钱。

父亲是从战争年代走过来的老革命干部，哪怕因自己受难，导致后来未能恢复工作和待遇，也没有对党和国家失去信心。父亲从小就培养我的爱国主义情怀，我上大学了，每次写信都忘不了嘱托我几句。大学期间，给我写的每一封信都饱含着一位父亲对孩子的殷切期望，这些信件在有意无意中被保存了下来。

在学习方面，父亲告诫我（信件原件）"要努力学习文化知识，干一行，爱一行，将来好好工作，为实现四个现代化贡献自己的力量"，"加强自学，所谓自学，就是有计划地、有时间向前钻研，下一定苦功夫，就像你在家那样苦学勤学，不懂的问题，随时追问老师，向有学问的同学学习，在这个问题上一点余地也没有"。

在思想方面，要求我"不论在哪方面，都要以共青团员标准要求自己，衡量自己。在劳动方面，要抢着干"，"团结同学，做出成绩来，听党支部的话，向支委和党员靠拢，向他们学习"。

在生活方面，"总的原则要'艰苦朴素'，这四个大字，要牢记心里。不过，在吃的方面，要吃饱、吃好，不能在吃饱这方面节约，吃饱对身体，对学习都有利，将来对国家才有贡献"，"粮票不够，来信提明。不论吃什么，就想着什么都好吃，吃饱，身体壮，就多为'四化'做贡献。因此，要有计划地吃些炒菜"，"关于你的婚姻问题，父母有权利提意见，这是次要的。主要看你们双方是否真心相恋，真心想结合在一起，过美满幸福生活，共同为'四化'做出贡献，这是主要的"。

从父亲书信中可以看出，除了关注我的学习、生活和身体健康，还时刻教育我把个人命运与国家命运联系在一起，为国家多做贡献。大学一年级末，学校将操行评定表寄给家长，让家长填写意见，父亲写的意见是"坚持四项基本原则，努力学习马列主义毛泽东思想，刻苦钻研文化知识。还望在上级组织以及辅导员的培养下，不断加强政治理论修养，培养成具有技术特长，又红又专的人才"。这些话，现在看起来讲得有些高大上，但是父亲那一代人终其一生的信仰和精神追求。这种信仰是发自内心的，没有任何标榜和虚伪的成分。我大学毕业参加工作了，家庭经济状况好转，父亲赋闲在家，每次给我写信还是鼓励我、教育我努力做好本职工作。

父亲半生坎坷，历经磨难，晚年还算幸福，但身体每况愈下。2000年初，父亲突发脑出血，当我回到家时，父亲已经躺在医院，神志不清。我走到病床前，拉着他的手，问他我是谁，父亲含糊地说出我的名字，这是我跟父亲的生死离别交流。之后，父亲再也没有醒过来。父亲一定是还有许多话要跟我说，但已无能为力了，只能带着一生的遗憾永远地离开了我们。之前我也曾想过，抽时间了解父亲的过往，一直没有找到合适的机会，不承想转瞬间已是阴阳两隔，空留下遗憾和悲伤。

母 亲

1944年深秋。月黑风高的夜晚，小女孩行色匆匆、左顾右盼地朝村庄南面九沟村的一片坟地走去。这是几天前秘密约定好的，去参加一场特殊的仪式。一位妇女干部和一位中年男子在坟地小树林隐蔽处等候，中年男子是区小队干部，妇女是区委干部，均是中共党员。小女孩与两人会合后，借着月光低声交流着。区委干部向小女孩说明：经过党组织一段时间的考验，你已经具备了加入党组织的条件。今天晚上是你的入党宣誓仪式，特殊时期，为了躲避敌人的搜捕，我们只能在这个特殊的环境下进行宣誓。区委干部向小女孩简短介绍了加入党组织的基本要求、党的奋斗目标以及党员的义务和责任。区委干部询问小女孩为什么入党，是否愿意加入党组织。

小女孩坚定地说："我愿意加入中国共产党，为劳苦大众服务，为受苦受难的乡亲们服务，为八路军游击队做贡献，把日本鬼子赶出中国去。"随后，区委女干部从包袱里掏出一面手工缝制的党旗，区小队干部两臂撑起，区委女干部带领小女孩面向党旗举起右手压低嗓音庄严宣誓："我志愿加入中国共产党，拥护党的纲领，遵守党的章程，履行党员义务……为共产主义事业奋斗终生。"宣誓完毕，区委女干部说:"从今天开始,你已经成为一名光荣的中共预备党员了,在村妇救会工作。你要克服困难,发动群众,不怕牺牲,坚决完成党组织交给的各项任务。目前,主要任务是筹集军粮,发动群众做军鞋、军袜,支援八路军游击队进行敌后斗争。"说完,三人行色匆匆地消失在夜色中……

入党的小女孩就是我的母亲,时年十五岁。在白色恐怖下,在传统社会环境下,在月黑风高的夜晚,一个小女孩走进阴森森的坟圈子,想起来毛骨悚然。如果不是怀揣着赤胆忠心和坚定信仰是根本做不到的。母亲加入党组织是秘密的,除了入党介绍人以及区委干部,对家人及村庄人是严格保密的。这也为后来母亲党员身份认证埋下了隐患。

母亲十五岁入党,农村讲的十五岁是虚岁,实际年龄就是十四岁。母亲加入地下党组织,参与村妇救会工作,组织宣传动员青年报名参军,筹备军粮军鞋,宣传妇女解放,支援八路军游击队开展敌后斗争。

母亲孙艳春生于1931年1月,与父亲同龄,出身于一个世代木匠家庭。母亲8岁,外祖母因难产病逝,母亲就没有人管束了。从母亲刚烈的性格看也不可能服从管束,读完初小(三年级)就辍学了,10岁加入了村儿童团(也称为"姐妹团")。母亲与小姐妹们参加训练,站岗放哨,唱抗日歌曲。多次冒险为八路军游击队"跑交通"传递情报。

听母亲讲,各村之间挖了交通壕,不论白天黑夜,刮风下雨,游击队来了紧急情报,母亲和小姐妹们都要立即动身,顺着交通壕迅速传递情报,按时把情报送到下一个村庄。

母亲与妇救会的姐妹们给八路军游击队送干粮、送军鞋军袜。身背干粮袋,钻青纱帐,越过大清河,躲过敌人岗哨,把干粮送到八路军游击队员手中。母亲冒着暴露身份的危险,走家串户,进行宣传鼓动,筹备军粮被服。带领妇女学习文化,提倡男女平等,反对童养媳制度和买卖婚姻,倡导勤俭持家。母亲革命热情高涨,不畏艰险,勇于担当,经过几年艰苦斗争的磨炼,母亲由一个小女孩成长为一名意志坚定的妇救会干部。

当时农村社会环境下，女孩子在外抛头露面，风风火火，招来了村里人的议论。左邻右舍规劝母亲："大姑娘家家的，整天在外边疯跑，不体面也有危险，大家伙儿会笑话的，早点找个人家嫁了吧。"外祖父也不放心，多次劝导母亲，甚至将母亲锁在家里不让出门。多次阻拦无效，没有办法也就由她去了。母亲冲破世俗和家庭阻力努力为党工作，多次受到地方党组织的表扬。

1948年6月，冀东军区干部到村庄宣传征兵扩军，简称为"扩（方言读kè）军"。母亲是党员又是妇救会干部，毅然决然带头报名参军。外祖父及家人都不同意，母亲没有正式向家人告别，偷偷地跟着部队跑了。母亲十八岁参加冀东军区解放军，在冀东军区党委卫生部担任卫生员，1948年11月转入遵化县妇联会工作。小时候，母亲在部队的照片还镶在镜框里，与两个女战友拍的照，母亲站在中间，头戴军帽，穿着军装，面带微笑，英姿飒爽。后来照片不知所终了。

母亲讲，部队条件异常艰苦，缺医少药，受伤了没有纱布，用布带简单包扎，开刀也没有麻醉剂。进入冬季了缺少棉衣棉鞋。行军中，脚与单鞋冻在一起，也不敢脱鞋，只好穿着睡觉。与母亲一同参军的村庄女孩还有两位，先后在战斗中牺牲了，成为革命烈士。其中李淑贤与母亲同在一个部队担任卫生员，一次部队在迁安县活动遭遇敌机扫射牺牲了。另一位刘淑玉在遵化县的战斗中牺牲了。

1950年12月经组织批准，母亲回到老家。1953年7月与父亲结婚，照顾父亲和我们，料理家务，成了纯粹的家庭妇女。我也不清楚为什么母亲没有去参加工作，稍感遗憾。

历史就是这么巧合。母亲入党介绍人都找不到了，与党组织失去了联系。参军入伍以后，无法自证是党员，母亲担心被组织误解，也就没有向组织说明自己的入党经历。这件事情母亲也只给家里人讲过，从不敢向外人讲。母亲这种担心并非庸人自扰，是有一定历史背景的。战乱年代，公共秩序和法制尚不完备，是非难辨陷于纷争的事件时有发生。如果被认定为欺骗组织，钻入党内，会留下巨大的历史污点，演变成个人的政治事件。后来母亲回到村子,1954年6月又重新入党,母亲结婚时,地方党组织给父亲单位开的介绍信,说明了母亲的从军经历、党员身份、入党时间、入党介绍人,介绍信至今我还保留着,这回才是铁证了。

我是母亲的"老儿子",虽谈不上娇生惯养,但母亲对我还是多少有些偏爱的。一直到上学之前,我穿的都是开裆裤,后脑勺留着"小尾巴",吃母乳,直到七八岁上学了才断奶。从我记事起,家庭遭难,经济陷入困境,1969年到1979年十年间,吃了上顿没有下顿。母亲常对我讲:"你没赶上好时候,你哥哥姐姐们小时候生活条件好,不愁吃穿。你从小就挨饿受冻,还正是长身体的时候,家庭经济困难,影响了你的成长。"母亲是有些愧疚的,我倒觉得没什么,艰苦的环境,对我后来的成长反而起到了激励作用。

家里仅有的荤腥还是优先照顾我的。比如过年过节炖肉包饺子,母亲都会留一点给我下顿吃。父亲赶集了,也会买个肉饼带回来给我。记得十多岁的时候,父亲到城里办事,买回两根小香蕉,我从未见过,不知道是啥东西。父亲说这是香蕉,南方的水果。父亲给我剥开香蕉皮,吃起来软软的,甜甜的,味道清香。

橱柜里放着一个小黑釉罐子,里面放着猪大油,平时大人们舍不得吃,做菜时才挖上一小勺。我吃面条或者干饭,母亲给我挖一勺放到碗里,加些酱油搅拌就成"酱油饭"了,简直是太香了。

母亲是个好面子的人。记得有一次,母亲蒸了玉米面掺杂高粱糠窝窝头,一锅萝卜条清汤。当着对过子屋主人的面不好意思揭开锅,怕被人家看见笑话。趁着对面主人不在厨房的空当,赶紧揭开锅把窝头端进卧室里。可能是母亲没有掌握好糠与玉米面的比例,高粱糠放多了,窝头蒸熟后攒不成团儿散落在平贴儿上。一家人只好抓一把谷糠窝窝头艰难地咀嚼着,再喝一口萝卜条汤冲咽下去。

不论家里多么困难,母亲总是把生活安排得井然有序,料理好一家人的吃喝。眼看着口袋里的高粱米快见底了,母亲筹划着如何使用粮食，如何瓜菜代。大多是煮一锅高粱米稀粥佐以萝卜白菜，几粒米都能数得过来。不论清汤寡水，还是吃糠咽菜，母亲都保证全家人一日三餐不断顿儿。

母亲是一位内心刚强而又好面子的人。作为一位家庭主妇，眼看着孩子们由吃商品粮变成了吃糠咽菜，承受着冷言冷语，尝遍人情冷暖，打碎牙齿往肚子里咽，又怎能忍下这口气呢？于是，她就把气撒到了父亲身上。在母亲的认知里，这一切都是父亲一手造成的。记得每次母亲和父亲吵架，都与父亲的退职有关。她习惯性地埋怨嫁给了父亲，没过上几天好日子，不跟她商量就退职了，把我们的前途耽误了。还常把奶奶年轻时抽大烟的事情搬出来奚落父亲："你们家除了抽大烟的就是扎吗啡的，没啥好人。"当然是吵架了，气头上的过头话，母亲只顾发泄自己的不满情绪，没有体谅父亲的心境，也未免有些偏颇。母亲作为一位家庭妇女，也不可能站在更高的层面上理解父亲当时的处境。

母亲还时不时地搬出偶遇意中人的故事奚落父亲。母亲退伍时，坐卡车离开部队，大家抢着上车，当母亲紧赶慢赶跑到卡车前，车厢已经挤满了人，不硬挤就上不去了。这时，一位年轻的退伍军官站在卡车上，伸手把母亲拉上了车，这才赶上了这趟车，不然下一趟还不知什么时间了。据母亲讲，军官是沈阳的，大眼睛，双眼皮，五官端正，高高的个子，瞬间俘获了少女的心，上车后他们互相留了地址。回到村里，结果让父亲抢了先，就没有与意中人联系。晚年的母亲把这件事当成一个笑话讲给我们听。父亲也习惯了没拿这当回事儿。

日常生活中，母亲也是个"要尖"（方言，强势）的人，从我们的辈分称呼中可见一斑。按照大家族排辈分母亲比父亲晚两辈，从父亲家族排辈分称呼，比我年龄大许多的乡亲都是我的晚辈，我小小年纪就成了叔叔爷爷辈了。可母亲却让我们按她的家族排辈分称呼，无形中我们就小了两辈，这样在辈分和称呼上就"吃亏"了。

母亲与父亲自由恋爱结婚。恋爱在当时还是件新鲜事。爷爷家和姥爷家都不同意。爷爷认为两家亲缘关系没出五服，又差两辈，按村庄传统观念，不在同一辈是不能结婚的。姥爷也认为两家亲缘关系太近不合适。另外一个原因就是父亲有过短暂婚史。父亲小的时候爷爷就给定了娃娃亲，小小年纪就结了婚，大娘在生育时因大出血而去世了。母亲十三四岁的时候，姥爷就早早地给母亲定了亲。母亲坚决不同意这门亲事，后来母亲去从军了，也就逃避了这桩亲事。不论什么原因，爷爷姥爷都未能阻止父母的婚姻。50年代初期，国家刚颁布新婚姻法，提倡婚姻自由，宣传小二黑和小芹挑战传统婚姻观念，冲破封建势力而结合的抗争精神。父母都是二十岁出头的热血青年，又怎能受传统家庭观念的束缚呢，于是就上演了"解放版"的小二黑结婚。也可以看作在特殊历史时期的一次人生际遇。如果在传统的社会结构下是不可能的，借助家族势力，爷爷、姥爷也是能阻止的。

结婚前一天，母亲向姥姥要了两元钱，也没说干什么用。次日母亲独自一人步行七八公里路到了闫各庄区公所，与父亲结婚了。1953年7月5日晚，区工委给父母举办了简单的婚礼。实际上两人早就瞒着双方父母从村里开了介绍信，到区公所办理了结婚登记手续。三天以后两人回到村庄给爷爷姥爷说他们已经结婚了，木已成舟，双方家长也只好认了。爷爷也没给补办婚礼，姥姥也没给补办嫁妆，用母亲的话讲两人算是"净身出户"。也因此，母亲与姥姥以及爷爷家的关系紧张，各说各的理儿，说不清道不明的官司打了一辈子。

较长一段时间，家里的日子过得还算安稳。父母矛盾的焦点还是父亲退职后，家庭生活以及孩子的前途问题，母亲更关注孩子们的将来，内心里隐藏着对子女前途的惋惜和不甘。

母亲晚年患有家族性血压症，多次脑出血，后期中风半身不遂，卧榻多年。难以想象，一个要强的人，一个好面子的人，是怎样承受着身体和精神的折磨，内心一定是充满了痛苦和无奈的，母亲却从来不说。一次我回老家看望母亲，母亲躺在炕上，见我回来，母亲用她还有知觉的半壁身子硬撑着要坐起来，我赶紧劝说就躺着吧，不要坐起来了。她非要起来,我扶她,她不愿意,自己硬撑着慢慢挪到土炕边,靠在山墙上。看着母亲日渐消瘦的身体,不自然的笑容,含混不清的语言,不时从左嘴边流出的口水,我的泪水在眼里打转儿,强忍着与母亲搭话。分明是母亲要在儿子面前表示她还行,没有大事,不让我担心分心。走到院子里,我偷偷抽搭着哭起来。

卧床的日子里,两位嫂子和姐姐照顾母亲。说起两位嫂子,孝顺也是出了名的。母亲卧床四五年,需要端屎倒尿,清洗身体和被褥,做饭喂饭,白天黑夜离不开人。母亲神志不清了,说话不好听,有时还发脾气,像个小孩子喜怒无常,嫂子们从无怨言,还是尽心尽力地照顾母亲。了解农村人情世故的都知道,这在村庄里是不容易做到的。感谢两位嫂子,也算替我尽了孝。这时的父亲,也是尽心尽力地照顾母亲,协助嫂子们做这做那。还监督嫂子们把事情做好做到位,做得不到位了还提出批评。看得出来,尽管父母之间有着诸多不理解,甚至隔三岔五争吵,到了生命终点还是难舍难分,一辈子的夫妻面临生死离别又怎能淡定呢?此时,父亲嘴上虽然不说,但内心里对自己过去的行为是有所悔悟的,觉得愧对母亲。记得家里有啥好吃的,一顿舍不得吃完,母亲总会给父亲留下一碗。我想拿出来吃,母亲说:"那是给你爸留着的,不能吃。"母亲讲,父亲工作期间,无论早晚,天气多冷,父亲回到家,母亲都要给父亲温水洗脚。日常,大事小情都让父亲说了算。母亲完全把父亲当成家庭的主心骨,奉为精神支柱。父亲退职回家了,母亲在内心里似乎未能理解父亲当时的苦衷,系在心里的疙瘩始终没有解开,带着半生的疑惑和迷离离开了我们。我想告慰母亲在天之灵,父亲自有苦衷,就原谅他吧。

母亲作为一位老党员,经历了世事变迁和家庭磨难。弥留之际,颤颤巍巍地拉着我的手,嘱托我:"咱考上大学吃了多少苦你知道,一家人供你一个大学生多么不容易。不要像你爸一样半途而废,不要想这想那,要好好为公家做事,把公家的事当正事干。公家的便宜一丝一毫也不能占。妈相信你将来会有出息的,为公家多做事,给咱家争光，妈也就放心了。"那时，我还年轻，对母亲的话理解得还不够深刻。随着年龄的增长，倍加感受到她作为母亲对孩子的那种深深的爱和期盼。多少年来，母亲的话时常萦绕在我的耳畔，我也努力去做了，虽然未能光宗耀祖，但工作生活也算说得过去，平平淡淡地结束了职业生涯，心里得到些许安慰。也让母亲在天之灵得以安息！

父亲母亲都是普通人，在普普通通的人生中做了他们认知范围内普普通通的事。年少时，他们作为千千万万时代青年中的一员，义无反顾地投身革命事业，参加儿童团、妇救会，加入党组织。青年时代，他们怀揣理想信念，冲破家庭和世俗的束缚，义无反顾，奔赴战场，投身民族解放事业。成年时，他们在普通的岗位上，兢兢业业地工作。他们无愧于那个时代。后来，父亲受了巨大的委屈和不公正的待遇，仍旧初心未改，始终坚守信仰。他们这种精神品质足够我们晚辈景仰了，也应该世代传承下去。

父母历经磨难，身心备受煎熬，身体每况愈下，过早地离开了我们。大学毕业后，我在异地工作，平时较少回家探望他们，也未能床前尽孝，都是哥哥嫂子们和姐姐床前照料，我只是在经济方面给予他们有限的回报。而当我有能力，想尽我所能去孝敬他们的时候，已是阴阳两隔。时至今日，我还深深地感到遗憾。

生命的轮回我们无法抗拒。那始终用疼爱和期盼的眼神牵挂着我们的父母，终究也会像秋后的落叶回归尘土。而我们应该做的，就是在父母健在时，尽心地给予他们关爱和照顾，常回家看看！不要让"树欲静而风不止，子欲养而亲不待"一次次地重演而抱憾终生！

父亲母亲离开我们多年了。每当我写点关于他们的文字时，想起他们的种种，都思绪万千，心潮起伏，不知是为他们的过往而悲伤，还是深深地怀念，往往未敲键盘已是泪眼蒙眬，不能自已。或许是我对父亲母亲深深地爱和思念，又或许是触碰到了我留在心头的伤痛，为他们写下的每一行文字都感觉沉甸甸的。我写村庄的过往，又怎能绕开父母呢？就让这泪水伴随着文字流淌吧，不然老是憋在心里，会长毛的。

斯人已逝,斯事俱往。过往,随着岁月的流淌消失在尘埃中,烟消云散了,是非曲直已不再重要了,也没有必要去纠结了。放下过往,活出风采,活出担当,乐观地面对生活,也许就是父母所期盼的,也是我们对他们最好的怀念。

写下这些文字,我释然了许多。

2. 赶大车

二叔卧室的山墙上，恭恭敬敬地挂着一条鞭子。竹子鞭杆已现枣红色，驴皮鞭梢油亮，看起来是经过擦拭和保养的。闲暇时，二叔从墙上摘下鞭子，站在院子里甩上几下，听着"啪啪"的响声，二叔似乎又回到了那个属于他的风光时代。

二叔个子不高，精瘦干练，皮肤黝黑，脸上布满深深的皱纹。二叔年轻时是生产队的车把式。如今，二叔已经是七十多岁的老头儿，臂膀上还能明显看出隆起的肌肉。二叔养了八只羊，十只鹅，二十多只鸡，一条狗，耕种着四亩多地，收的麦子玉米一个人吃不完，余粮还能卖几个钱，换几斤酒喝。二叔被列入了低保户，政府每月发放生活补助，小日子过得任性自在。用二叔的话讲："我一个人吃饱了全家不饿，管他呢。"

二叔一日三餐离不开酒。早饭前，提起十斤装的塑料酒壶，嘴对嘴抿一大口，含在嘴里，腮帮子撑得鼓鼓的，二叔管这叫"张一个喇叭"，这时，二叔不急于把酒咽下去，含在嘴里品味酒的苦涩与醇香，几十秒后，二叔瞪着眼，抻着脖子，"咕咚、咕咚"分三次咽下，二两酒下肚了，龇牙咧嘴，面带微笑，眯着眼睛，抹抹嘴，这才坐下来开始吃早饭。中午晚上整个菜，还是一口闷，心情好了还多闷一口。知道二叔喜欢喝酒，我回家时会给二叔带几瓶二锅头，"不错，不错，还惦记着二叔，没忘了我，是个好后生。"

闲时，二叔搬个小板凳，扇着蒲扇，坐在后门口。大人小孩男女老少都喜欢围过来与二叔聊天。天南地北，东家长西家短，二叔总能给人带来快乐。晚上，左邻右舍聚在二叔家玩扑克牌。这时的二叔家又变成了棋牌馆。吞云吐雾，嬉笑打闹，乌烟瘴气，二叔从不厌烦。二叔与我的兄长是前后院邻居，他是看着侄女长大的。每到集日，二叔骑着"电驴子"到马头营集市帮侄女看摊儿，售卖小百货，找货、吆喝、收钱一丝不苟，俨然一老货郎。

村里婚丧嫁娶离不开二叔，是不二的"大操"（方言，大总管的意思）。遇到喜事了，二叔依乡里乡俗，安排接亲、迎亲、举行仪式、置办酒席、迎来送往，每个环节都安排得妥妥帖帖。遇到谁家老人走了，二叔忙里忙外，张罗着穿衣服，准备殡葬用品，举办入殓仪式，定能让乡亲们安心满意。

二叔的父母，按庄稼辈我叫二爷二奶奶。母亲常到二奶奶家串门，与二奶奶聊天，我也跑过去玩耍。二爷家的四叔年龄与我相当，是我儿时的好伙伴。三叔喜欢与我打闹逗趣，粗壮有力的手掐住我的手腕，我疼痛难忍也就求饶了。

二叔家九口人，弟兄四个，姐妹三个。大集体时期，生产队按工分和人口分配粮食，小孩子多，劳动力少，挣的工分不多，分的口粮不够吃，日子过得紧巴。

二爷二奶奶眼看着老大快三十了，媳妇还没有着落，心里着急呀。70年代的村庄，流行着一种特殊的婚姻方式，就是自家的女儿嫁给对方的男人，对方的女儿嫁过来，这样两家都能娶上媳妇了，肥水不流外人田，这种娶媳妇方式称为"换亲"。

二爷二奶奶为了给儿子说上媳妇，也只能采取换亲的方式了。大女儿已经出嫁了，二女儿小玲比我大一两岁，早早地就辍学了。对方人家的男人比小玲大十来岁，小玲打心眼里不愿意。二奶奶流着眼泪给女儿诉说利害关系："看见咱家的情况没有？吃了上顿没下顿，如果你不同意给你大哥换媳妇，你几个哥哥谁也娶不上媳妇，咱家就断根了。我知道，换媳妇对你不公平，可也只能这样了，妈对不起你了。"

小玲想过反抗，可眼看哥哥就要打光棍了，想想父母的不易，也只好委屈自己了。就这样小玲给大哥换了媳妇，老大的问题就算是解决了。

又过了几年，老二、老三还是没娶上媳妇，眼看老四也到了娶媳妇的年龄，家庭经济状况还是没有根本好转，娶媳妇无望。还好，老四年纪尚小，经人介绍从东北说了媳妇，总算解决了难题。就这样，老二、老三错过了结婚年龄，也就成了光棍汉了。

二叔读完小学三年级就辍学了，参加生产队劳动，不怕苦不怕累，脏活累活抢着干。平时二叔喜欢与大伙儿说说笑笑、打打闹闹，颇有人缘。生产队长发现二叔干活肯出力，勤快机灵，能吃苦，在他十七岁时就安排他学赶马车了。生产队时期，赶大车可是个抢手活儿，多少人都梦想着成为车把式。车把式需要由生产队集体研究决定，与80年代、90年代的国企司机一样吃香。

马车牛车驴车等畜力车是村子里主要的交通运输工具。我们生产一队两辆大马车，五匹马，还有两辆牛车，一辆驴车。农忙季节，拉庄稼、拉土垫圈、送粪、拉柴、拉草等农活都需要畜力车运输。

说起来，赶大车这种活儿也不算轻快。道路是泥土的，路面轧出两道深深的车辙辘渠，坑坑洼洼的，遇到下雨天，稍有不慎就"坞车"了，甚至会翻车出事故，外人看起来赶着马车挺神气的，实际上也不是闹着玩的。赶大车是个俏活儿，也是个苦活儿。出长途拉脚，路上风餐露宿，起早贪黑，住大车店，伺候牲畜，看护马车。一般人干不了，好人也不愿意干。

牛马驴骡是生产队的重要生产资料，由专职饲养员小心喂养。牲畜病了，赶紧去就医，比人病了还着急，说不定还要上升到阶级斗争的高度，怀疑阶级敌人搞破坏。非正常死亡了，属于重大事故，要追究刑事责任的。有一次，生产队的一头驴偷吃了芝麻，一位二大伯抄起棍子打了驴几下，结果没几天驴就死掉了，公安局给二大伯戴上手铐抓走了。70年代电影《青松岭》就讲述了女社员秀梅、大愣等人，在模范饲养员张万山大叔带领下学习赶大车，与破坏大车、牲畜、走资本主义道路的富农分子做斗争的故事，感兴趣的朋友可重温剧情。

二叔的马车，两匹马一头驴。一匹驾辕马，一匹长套马，一头边套驴，这是出长途的高配，在村里拉农活一匹马就够了。辕马承担大车的平衡和转弯进退，辕马前边的叫"长套"，右边的叫"外套"或"边套"。赶马车要准备一长一短两根鞭子。短鞭子鞭杆一米多长，日常在路上赶马使用。长鞭子也称晃鞭，站在车上用的，鞭杆两米多长，加上鞭绳五六米长，站在车上能打到长套和边套马。运输玉米秸秆或者高粱秸秆，车把式要站在车的两个车辕上驾驶，这样就需要长鞭子控制牲畜了。

平时，二叔坐在马车上，"长鞭呀，那个一呀甩呀，啪啪地响哎……要问大车哪里去，沿着社会主义大道奔前方……哎哟喂""驾，驾……""吁，吁……"，赶着生产队大马车，干着大集体的活儿，就像现在开着豪华车那么神气。二叔脸上洋溢着自豪的笑容，好像驾驭着千军万马威武雄壮。

二叔爱马如命，与马处出了感情，不到万不得已，是舍不得用鞭子抽打马的。这就需要摸透每匹马的脾气，急躁的、慢性子的、不用扬鞭自奋蹄的与偷懒耍滑的要区别对待。不分青红皂白一味三鞭子，肯干的马不是累得半死就是"使唤假了"，使唤假的马怎么打也不肯干活了。遇到上坡或者泥泞的坑洼道路，也不能心软，哪个马力气大就抽打哪个，马肯出力才能冲出坑洼路。

二叔赶大车十几年用过三匹辕马，其中一匹马与二叔相处了六七年。这匹马跟二叔走南闯北，产生了深厚的感情和默契。一次拉脚路途休息，解开马缰绳让马放松，马溜溜达达走得远了，同行的人提醒二叔把马追回来，害怕走失了。二叔不紧不慢地说：放心吧，马不会走丢的。二叔吹了两声口哨，"啪啪"甩了几下鞭子，马听到熟悉的声音迅速跑了回来。

一次，拉脚回来的路上，不知什么原因，马突然病了，二叔赶紧送到镇上的兽医站。经兽医诊断，马老了，心肺衰竭，医生说没救了。

二叔不甘心，请求医生打了强心针，仍没有挽留住老马的生命，二叔痛苦万分，向生产队长报告了马的情况，队长说就地掩埋吧，二叔不同意，要求生产队派车把马拉回家厚葬，队长答应了。二叔选了马车出村庄的必经之路，将老马埋葬在路旁。让老马看到常走的路，二叔也能常看到老马。买了炕席将马尸包裹，几人抬着马小心翼翼地放入坑内。放好后，二叔看到马头歪了，执意要将马头摆正，大伙儿都说算了，不就是一头牲畜吗？那么认真干吗？二叔不干，跳入坑内，将马头摆正后才让大家填土埋葬。

农闲时节，每个生产队出一辆马车，到六十公里外的滦县榆山石矿拉石块，送到小河子入海口处修水闸，一辆马车拉两方石头，三天跑一个来回。赶上了从海边拉食盐送到滦县供销社，村庄人把这种拉货行当称为"拉脚儿"，生产队通过拉脚挣运费，算是给生产队创收。

冬闲时节，到滦县拉石头需带足牲畜三天的草料和人吃三天的高粱米和咸菜。凌晨四点出车，晚上十点左右到达滦县长凝公社吃晚饭住宿。次日赶路到青龙山石场装上石头，晚上再赶回乐亭县城附近的大车店住宿。为了赶路，没时间按时吃晚饭，到了大车店，还要排队加工高粱米粥，晚上十点钟左右才能吃上饭。第三天再启程送到海边小河子闸，回到村庄已经是深更半夜了。次日还要早起出发，可见拉脚是多么辛苦的活儿。

寒冬腊月，冰天雪地，起早贪黑，风餐露宿，二叔连一件像样的棉衣棉裤也没有，更别提棉大衣了，寒风刺骨，冻得手脚生疮，实在受不了了，下车跑几步。后来，二叔手冻得拿不起鞭子了，再这样下去就没法出车了。二叔与生产队长商量配一件棉大衣，生产队没有给车把式配棉大衣的规定和经费，经协商采取折中的办法，二叔自己出棉花，生产队出布匹，二叔自己缝制了一件大衣，这才算勉强可以御寒了。

大车店类似于现在的汽车旅馆，停放马车、牲畜及提供人员食宿，是专门用于赶车人和牲畜住宿休息的场所。大车店是当地村镇开办的，配备饮马的辘轳井、喂马的槽子、拴马桩,以及赶车人休息的大土炕。大车店能容纳几十辆马车,百十头牲畜。人住的地方是大通铺或者小房间,能住百十个人。小房间土炕住四五个人,一个人也就一尺多宽的地方,睡觉翻身都困难。大通铺是对面炕,在一个大房间里,面对着两铺大炕,一边睡十几个人。

糟心的是晚上睡不好觉,要与虱群作斗争。大车店人口流动性大,被褥长时间不换洗,跳蚤、虱子横行,睡觉时咬得人奇痒,难以入睡。二叔只好褪下棉衣棉裤抓虱子,或者干脆放到火炉子上烤,听着虱子掉在炉盖上噼里啪啦的爆燃声音感觉过瘾。往往折腾到半夜才能睡觉,实际上休息不了几个小时,早起四点多钟又要赶路了。

大车赶到哪里,人就住到哪里、吃到哪里。一般是中午到达县城北面十多里的丁流河公社吃午饭。饭店的馒头五分钱一个,一大海碗烩饼一角五分,一大碗面条两角,一大盘子炒饼两角,酒八角钱一斤,倒也不贵,但二叔还是舍不得花钱,算计着吃,剩下的钱补贴家用。晚上入住滦县长凝公社大车店。大车店不提供食堂伙食,二叔自己带着高粱米,到大车店加工成高粱米粥。每顿饭每人交一斤半高粱米,煮成粥,大家分着吃。人、骡马、马车住一晚上大车店收1元钱,包括住宿、拴马、饮马等。

赶大车拉脚记10个工分,每天补助2斤粮票、1元钱,在那个年月这是一笔不小的收入。生产队劳动力一等工每天才挣10个工分(一个工),二等工9个工分,三等工8个工分,妇女5.5—7个工分,工分晋升,需要生产队领导班子集体研究决定。每个生产队一等工也就几个人,全能劳动力才有资格评为一等工。外出拉脚赶大车按一等工记工分,还有现金、粮票补助,可见赶大车是个令人羡慕的活计。

备战备荒的年代,大马车每年还要进行两三次"拉练"。拉练本是指部队离开营房进行军事训练,全民皆兵的年代,马车是不可或缺的交通运输工具,遇到战事马车也可以运送军事物资,所以要进行准军事训练。

二叔的马车拉练方式就是利用冬闲时节，上山拉石头。拉练安排一名民兵跟车，起初是选派男民兵。自从电影《青松岭》播放以后，学习青松岭精神，主角女社员秀梅赶大车，成为当代妇女的先进代表，所以跟车拉练也换成女民兵了。

跟车拉练也是个抢手的活儿，通过拉练磨炼自己的革命意志，是青年人积极进步的表现，女民兵争先恐后报名参加，家庭出身好、平时积极要求进步的女青年才能被选中。当然补助和工分也是优厚的。女民兵参与拉练坚持了一段时间，毕竟女青年跟一群大老爷们儿跑长途，吃住不方便，不久就不了了之了。

大马车装载重物需要经验和技巧，关乎马车行驶安全，拉石头跑长途装车更是关键。要求车子前后左右重量均衡，车子走起来稳定性好。如果重心前倾车辕子过重，辕马吃力大，易疲劳。后倾车辕子过轻，辕马会被撅得难受，尤其上坡时使不上劲，严重的辕马会被撅起来悬空，容易伤到车马。

二叔赶大车到滦县拉石头，路过一个叫"娘娘槐"的地方，下山路呈"S"形，三四十度的坡度，靠刹车闸是刹不住的，需要用"滑杠"辅助刹车。下坡，通过车把式操控滑杠摩擦轮毂起到制动作用。二叔用尽浑身力气压着滑杠，还是没有刹住，眼看马车不受控制跑下山坡，到了急拐弯处，马也控制不住车了，连马带车一头栽进路边的沟里。实际上是装车时重心靠前了，下坡辕马压力太大导致马车失控。几个车把式赶紧停下车跑过来，大伙抬起马车，扶起马。还好，仅是马腿受了点伤，回去休养一段时间就好了。如果马窝死了，后果不堪设想。忙乱中，二叔不小心被马踢到了裆部，龇牙咧嘴蹲了半天才起来，算是幸运的。

二叔年轻时有过一次"英雄救美"的经历。

二叔赶着大车拉着几个女社员到海边割草。其间，女社员小娟去厕所方便。所谓海边滩涂的厕所，周围用秫秸围起来，中间挖一个大坑，放两块木板用于踩踏，就是一处简易厕所了。小娟去了好长时间没有回来，二叔觉得不对劲儿，自己又不便去查看，派女社员二丫去看看。二丫走近厕所，被眼前的场景惊呆了。只见小娟下半身陷入厕所茅坑里，浑身沾满粪便，正在挣扎着向外爬。二丫急忙过去，拉住小娟的手，用力把她拽出茅坑，小娟浑身沾满了粪便，臭气熏天。众人围过来，不知如何是好，小娟的衣服是没法穿了，大家也没有多余的衣服。二叔说："就先凑合着穿我的外套吧。"二叔脱下自己的外套给了小娟，小娟和伙伴们找个僻静的地方换上衣服，这才解了尴尬。回到家里，二叔回味着白天救人的场景，一晚上没睡好觉。这段英雄救美的经历，着实让二叔美滋滋了一段时间。

二叔还有过一次艳遇。二叔到滦县拉沙子，送到海边修闸口。拉沙子要到滦河大桥附近，需要给管辖的生产队付费。附近村庄为了集体创收，想尽办法吸引大车去拉自己的沙子。当地生产队长采取了"美人计"，派老娘们儿抢车，根据抢的车多少记工分。生产队派出的大姑娘小媳妇一个比一个泼辣，见大车队来了，冲上前去，抓住头车缰绳，不论你愿意不愿意，就往自己生产队的地面赶。赶车的都是大老爷们儿，也不好意思阻拦，只好听之任之，也乐得与老娘们儿唠嗑逗趣。

一来二去，二叔跟当地一位妇女认识了，每次拉沙子，妇女早早地就在路口等着，不用抢，二叔就把大车赶到她那去，帮着她所在的生产队创收。妇女30多岁，她男人在一次开山凿石、打眼放炮时躲闪不及，让飞起的石头砸伤不治身亡了，女人带着小孩子，因丈夫姓杨，当地人称她为杨二嫂。此人性格开朗，大大咧咧，平时喜欢与大姑娘小媳妇开着荤腥玩笑、图谋不轨想占便宜的都被她骂跑了。自从与二叔认识以后，感觉二叔是一个好人，见到二叔就脸红，动了真情。二叔见到她也是喜上眉梢，聊天拉家常，总觉得有说不完的话。她了解到二叔还是一个人，便关心上了二叔。平时帮着二叔装沙子，拿自己舍不得吃的白面饽饽给二叔吃，还精心缝制了一双鞋垫送给了二叔，二叔心里那个暖啊。

相识半年多了，突然的变故打断了二叔与杨二嫂的温情，二叔现在想起来还感到遗憾。随着80年代初期生产队的解体，包产到户，生产队大车、牲畜作价分到了各家各户，生产队解散了，也不用拉沙子创收了，二人的联系也就中断了。通信不方便，彼此都没啥文化，也不会互相写信，慢慢地也就淡了，这段姻缘就算错过了。二叔始终舍不得使用杨二嫂送的鞋垫，鞋垫到现在还是崭新的，二叔不时拿出来看一眼，回味着当年的温情。这算是二叔一段无疾而终的"姻缘"了。

我小时候喜欢马车，听到鞭子和马蹄声就跑到门口，跟着马车跑一段，但我更希望站在马车上跃马扬鞭。我只有一次长途坐马车的经历，就是这一次给我留下了终生难忘的坐马车的印象。

60年代末，全家从人民公社驻地搬回老家村庄。大伯当时担任生产一队队长，协调五个生产队，每一个生产队出一辆马车帮助搬家，这在那个年代是了不起的事情。一辆马车装了家里的箱子、柜子、瓶瓶罐罐、柴草等，凡是能使用的生活物品都搬回了老家。一辆马车装满了玉米秸秆柴草，马车装得高高的鼓鼓的，上面放着木梯子。母亲先爬上车，伸手把我拉上马车，这一刹那让我记住了爬马车的经历。路上，母亲护着我趴在梯子上，马车晃晃悠悠的，吓得我一路紧紧地抓住梯子。五六十里的路程，从上午走到傍晚才到家，到家后我赶紧爬下车才安心了。当时我并不知道是谁赶的车，后来跟二叔聊起搬家这件事才知道是他赶的车。

马车、骡马、鞭子，寄托了二叔一辈子的情感，承载了二叔前半生美好的记忆，也记录了二叔曾经的辉煌。现如今，村庄马车早已绝迹。农业生产实现了机械化，运输也用上了汽车，再也不用马车了，二叔赶车的技能也没了用场，只有那挂在墙上的鞭子还在诉说着二叔曾经的荣光岁月。

3. 剃头匠

村子里最后一位剃头匠，我称呼为大伯，人送绰号"小大人"。大伯五十多岁，一米五几的个头儿，操着外地口音，村里人还叫他"小侉子"。大伯常戴着有两只耳朵的棉帽子，耳朵上翘，走起路来呼扇呼扇的。穿着肥厚的棉袄和掩裆裤，裤腰带系到了胸部。棉袄前脸锃光瓦亮，能照进人去，瘦削的脸庞常常挂着笑容，说起话来婉转动听逗趣儿，我喜欢听大伯唠嗑。大伯祖籍沧州，50年代被发配到大清河盐场劳动改造，后来在村里娶媳妇落了户。

大伯是村子里法定的剃头匠。年轻时就学会了剃头，从哪里学的手艺已无从考证了。剃头技艺没的说，连村干部都找他剃头，也是父亲的"御用"剃头师。大伯住在后街，从我家后门出去不远处就是大伯家。小时候，我常去看大伯剃头。

天冷时，大伯就在家里过堂屋剃头。天暖时，搬到大街上，边剃头边聊天。大伯剃头招来路人看热闹，边看边起哄，鼓捣大伯这儿多剪一刀，那儿少刮一刀。大伯逗趣迎合众人，这儿多剪一推子，那儿少剪一推子，剪成疤癞头，逗得大家开怀大笑。末了还是要修剪整齐的，总能让乡亲们满意而归。

大伯背剃头刀的动作给我留下了深刻印象。背刀布即磨刀布，实际就是一条一尺多长的驴皮子，黝黑锃亮。大伯一手拿着剃头刀子，一手提着背刀布，剃头刀"唰唰唰"上下翻飞摩擦，动作潇洒流畅，美感十足。

俗语讲"剃头挑子一头热",意思是一厢情愿,而剃头挑子还真的就是一头儿热。大伯的剃头挑子,一头儿是木制红漆箱子,这是凉的一头儿,斑斑驳驳,大部分漆已经脱落了。箱子大致呈塔形,上窄下宽,三层小抽屉,分别装着剃头推子、剃头刀、刮胡子修面刀、软棕毛刷、剪刀、梳子和篦子、挖耳朵勺、小镊子等剃头用具。小箱子既当工具箱,又做剃头板凳。剃头挑子另外一头儿是热的。一个圆柱形的木笼,下边是盛木炭的铁盒,上边放大沿黄铜盆,不管春夏秋冬水都是热的。圆笼上方还伸出旗杆,挂着背刀布、毛巾、围裙等。

大集体时期,正儿八经的壮劳力是不会被安排做剃头匠的。大伯干农活力气不足,又有剃头手艺,大队就安排他做了剃头匠。给村民剃头是不直接收钱的,大队定了工分标准,生产队给记工分。按照理发人的发型记工分,理光头记1分,平头2分,分头3分,小孩儿半分。秋后,按着大伯小本本的记录给理发者扣工分,给大伯加工分。

村里找大伯剃头的都是男人,妇女是不会去剃头的。婶子大妈们也不讲究,你给我剪剪,我给你理理,还能省个毛八儿的。村里的男人们剪个头,仰着脸,眯着眼,修修面,唠着嗑,是件享受的事情。有头有脸的人才会到公社理发店剪头。年轻小伙子为了博得心爱姑娘的注意,偶尔也会去理个平头或者大背头。为了保持发型,防止头发散乱,还不时在手上吐口唾沫整理发型,甚至好几个晚上不敢睡枕头,靠着睡觉,只为吸引心上人的目光。

每次父亲剃头我都跟着去玩耍。大伯老远站在院子里迎接。父亲坐下,大伯用干净的毛巾和温水给父亲洗脸。手拿着油光锃亮的背刀布,剃胡刀磨了又磨,仔细地给父亲刮胡子,修整脸面,轻轻地掏耳朵。然后两手快速摩擦热乎,给父亲搓搓耳朵、揉揉肩、拍拍背,把父亲伺候得舒舒服服的。

大伯给父亲剃胡须,先用小刷子在脸周围抹上泡沫,里边什么成分我也不知道。动作娴熟自然,在父亲的脸上、下巴、脖颈上、耳朵边刮来刮去,不一会儿就刮干净了。过程中还时不时地把刮胡刀在背刀布上蹭两下。我就想，长大后我可不敢去刮胡子，不小心划破我的脸怎么办？

小时候我不愿意剃头。既怕碎头发弄进脖子里痒痒，又怕剃头刀刮破头皮。剃头推子夹住头发，痛得会激灵一下。父亲每次拉着我去剃头，我都不肯就范，给我一块糖我才肯去，赖了吧唧（很不情愿的样子）地把头剃了。小孩子的头比大人的还难剃，小孩儿好动，不小心划破头皮不好向家长交代。给小孩子剃头，大伯小心剪剃，哄着唠着，讲着笑话，不知不觉中就剃完了。

剃头也是个苦活脏活，无论什么样的人、什么样的头都得剃。村庄人长年累月不洗澡，实际上也没有条件洗。身上、头上长满了虱子、虮子，胳膊肘、膝盖、脚脖子长满黑皴。来剪头了你就得剪，乡里乡亲的不好拒绝。大伯给这样的人剪头，水要加热，反复搓揉头发，把虱子、虮子烫死洗掉。洗过头的水成了黑泥汤子，倒进菜园子就是上好的肥料。

进入80年代，大伯继续他的剃头生计，开始了单干。记得简单剃一个头一毛五分钱，理个小平头两毛钱。大伯为人好，平时村民剃头不要现钱，先赊账，每剃一个头，大伯就拿出记账本，在名字下面画一个圈，一个圈代表理一次头，年底一次结账。

村里的二小子，操着京腔儿，梳着小分头，头发整整齐齐油光锃亮的，是典型的村庄级时髦青年。80年代初，二小子在马头营镇上开了发廊，学会了新潮的发型。这时就不能称为"剃头"了，而是理发、美容、美发。人们腰包鼓了，年轻人到镇上去理发了，大伯的生意也就渐渐惨淡下来。

一次暑假回到村庄，我本打算请大伯再剪一次头，但听说大伯已经驾鹤西去了，深感遗憾。剃头匠永远消失在尘埃里，只有那剃头挑子还在述说着剃头匠的过往。

几十年过后，我再次回到老家，到大伯的儿子二哥家聊天，想重温大伯剃头的场景。走进他家过堂屋，屋子一角惊喜地发现大伯的剃头挑子还在，虽满是灰尘，但剃头用的物件基本齐全。二哥早就想扔掉了，但想到这些物件伴随父亲多年，是当年父亲谋生的工具，也舍不得扔掉，就当作念想保留下来。这些物件算不上华美珍贵，却在静静诉说着岁月沧桑，唤起人们对往事、对大伯的怀念。

4. 看医生

60年代初，爷爷已经六十多岁了。平时老是肚子痛，也不知什么原因，发作时，痛得满脸流汗珠子，趴在热炕头上暖暖才稍微减轻疼痛。父亲带着爷爷到马头营公社卫生院检查了几次，也未查出病因。回到家里还是时常阵痛，叔叔从大连寄回镇痛药，爷爷吃了能顶一阵子。过一段时间，镇痛药也不管用了，疼痛难耐，父亲只好带着爷爷到县医院检查。

那年月，去趟县城不是件容易的事。大伯从生产队借了毛驴车，二十多里地的路程，赶着毛驴车走了三四个小时才到达。到了县医院，父亲找到在部队做医护工作的老战友。这时，他已经是县医院的主治医生了。医生给爷爷做了基本检查，询问了病情，也没有查出病因。医生与父亲商量后提出了一个大胆的治疗方案，那就是打开腹腔，查看什么原因，再根据病情采取相应的诊疗措施。父亲与家人商量后，觉得也没有更好的办法就同意了。医生提出："现在咱们县医院条件有限，开刀风险大，你们准备好后事，如遇不测及时应对。你们今天准备好，明天咱就做手术。"于是，父亲连夜找熟人在闫各庄准备了棺材，一大早大马车就把棺材拉到了县医院门口。

医生打开爷爷的腹腔，并未发现恶性病灶，诊断为肠痉挛。经过简单处理缝合了。观察了几天，爷爷就回家了。棺材也没有用上就拉回了家。爷爷经过这次诊治，直到80年代初去世，再也没有患过肚子痛。

80年代初期，村庄的就医环境以及家庭经济条件仍然有限，看病不是件容易的事。母亲平时老是感到头晕目眩，在炕上趴一会儿就扛过去了。我也常劝母亲去县医院检查。可交通不便，去一趟县医院步行到马头营镇再转长途公共汽车，还要花钱，母亲一直拖着不愿去看。80年代中期的一天，母亲头晕摔倒了，处于半昏迷状态，实在没办法了，父亲赶紧把母亲送到了县医院。我也从学校急急忙忙赶到了医院。经检查，母亲患有高血压症，脑出血造成昏迷。经过一段时间的治疗，母亲基本恢复了健康。

实际上，母亲家族有高血压病史。姥爷就是高血压脑出血去世的。受医疗条件、就医观念的局限，平时也不去做检查，直到发生了严重病症，实在扛不过去了才去医院。十多年后，母亲还是因为多次脑出血去世了。

自古以来，医疗就是稀缺资源。俗话说"一病穷三代"，饥饿与病痛始终困扰着村庄人，艰难困苦的年月又何谈看病就医呢？

小时候，我怕看医生，吃药倒还好，主要是怕打药针，听到风声就逃之夭夭了。生长在村庄的孩子是放养的，与大自然浑然一体。身体抵抗病痛能力强，我小时候从未进过医院。有个头疼脑热的，母亲的土方就解决了，或者干脆就扛过去了。少有的几次打药针经历让我印象深刻。

学校组织学生打预防针。同学们在校园排队等候，我怕打针，找个机会从队伍里溜走了，在校园周边转悠。过了一会儿，我趴墙头儿往校园里看，同学们还没有打完呢，我就不敢回学校，找个地方去躲避了。晚上，校长舅舅问我打预防针了没有，我说打了。次日舅舅去查底子，发现没有我的名字。结果舅舅把我抓到学校办公室，这回跑不了了，也只好硬着头皮补打了。

一次我发烧了，烧得迷迷糊糊，母亲的土法实在不能退烧了，找来赤脚医生李大舅给我诊治。听说看医生我心里就打起了鼓，看到李大舅背着药箱子走进院子我就发怵了，待到李大舅从医药箱拿出针筒和针头，我直接就吓蒙了，大声哭喊："我不打针，不打针。"大人们好说歹说我就是不愿打，躲避到炕角，父亲觉得不来硬的不行了，与哥哥们不容分说把我按压在炕上，扒下裤子，李大舅照着我的屁股蛋子麻利儿地就是一针，在我的鬼哭狼嚎声中打完了针。完事后，感觉也不怎么痛，看来是心理作用大于生理疼痛。

看医生不如母亲的土方子，吃碗热汤面捂着被窝睡一觉就好了。日常，我就怕李大舅背着药箱子满村儿转悠，见到他就像老鼠见到猫一样躲得远远的，怕他不知道哪一天给我扎一针。村里小孩子不听话，家长说找赤脚医生去给他扎针，也就乖乖地听话了。

60年代中期，村庄配备一名赤脚医生，论庄稼辈我叫他大舅。大舅被选拔参加了县里的赤脚医生培训班，学习中西医，算是村里"学贯中西"的医生。针灸、拔罐、推拿，跌打损伤、头疼脑热、老年常见病都能对付。大舅常给母亲开药输液。受医疗条件局限，遇到大病、重病，大舅实在解决不了，告知病人及时去县医院诊治。赤脚医生器械简陋，大舅的药箱子放着听诊器，几片常用药，一瓶酒精或碘伏，一支针筒和纱布等简单医疗用品。注射器针头，用完后也不舍得扔掉，放入铝盒，回去后用开水煮过、酒精烧过，下次继续使用。大舅半农半医，日常还要参加生产队劳动挣工分，还担任过一段时间生产队长。大舅坚守医德，治病救人。看病的原则是"能不吃药就不吃药，能吃药就不打针，能打针就不输液"。进药渠道、收费标准严格按规定执行。直到后来自己单干了，还是坚持最低的收费标准，为乡亲们解除病痛，深得乡亲们的信赖。

进入21世纪，就医条件发生了翻天覆地的变化。镇上建起了卫生院，选派了科班出身的医生，配备了基本的医疗器械，一般的病症都能诊治。县医院配备了现代化的医疗设备，医生素质提升，除了疑难杂症，大多数病症都能得到诊治，村民看病就医条件今非昔比。乡亲们加入了"新农合"，大部分就医费用国家负担了，基本解决了村民看病的经济问题，解除了后顾之忧。另外，一个关键问题是现在家家有汽车，到县医院也就十几二十分钟，便捷的交通条件也为就医提供了保障。

村庄人似乎有看病"恐惧症",就是不喜欢看医生,小病忍,大病拖,不到万不得已是不会去医院的。现在看医生经济条件不再是主要问题了,缺少卫生健康意识成了问题。县卫生机构组织到村庄免费为老年人体检,量血压、测血常规、听诊、观诊。一部分婶子大妈、叔叔大爷们就是不愿意参加,口口声声说自己没病,做什么检查,嫌麻烦,躲得远远的,其中就包括哥哥。

哥哥患有高血压,平时吃药也是想起来就吃,想不起就算了,从不当回事。他还得了下肢静脉曲张,两条腿像无数条蚯蚓挤在里边,看起来十分吓人,也不去看医生。说许多人一辈子带着这个病,不去看医生也没事,说啥也不愿意去。在我三番五次催促下,哥哥才不情愿地找邻村私人医生看了一次,医生建议他及时诊治。哥哥听得类似病的村民讲根本治不好,也就不去看了,就这么拖着。我只好买些治疗静脉曲张的药膏送给哥哥,坚持涂抹会有所好转的。他还是有一搭没一搭地应承着。

前几年,大哥大嫂给侄女看孩子到了城市,按道理讲就医条件比村庄好多了,可他就是不愿意去看病。血压、心脏都有问题,时不时发作,我和侄女多次催促他去医院检查,他死活不愿去,找了诊所医生到家里来也不让进门,就是不愿看病,硬扛着,既愚昧又气人。

哥哥们的就医观念在村庄里不是个别现象,反映了村庄人普遍的健康理念。现在缺乏的是健康意识和卫生常识,急需转变卫生观念,做到预防为主,及时就医,防患于未然。

5. 讲古言儿

我是一个故事迷。喜欢听村子里的老爷爷讲天南地北鬼狐怪异的故事。平时，老缠着母亲讲故事猜谜语。

村庄人把讲故事称为"讲古言儿"。讲古言儿离不开传统故事，比如三国演义、水浒传、西厢记、聊斋等等。村庄人还把讲古言儿内涵无限扩大了，凡是讲传统故事或者民间故事、说笑话、猜谜语、顺口溜、谚语等统统纳入讲古言儿的范畴。

三爷是村子里的故事大王，肚子里有讲不完的故事，说不完的笑话。什么刘秀走国、唐王东征、上京赶考，什么聊斋封神、财主公子、鬼狐怪异、荤腥笑话，无所不能。

三爷身材瘦小，走起路来慢慢悠悠的，干不了重体力活，人送外号"三恹子"，意思就是病恹恹的。生产队长把较轻的农活儿派给三爷。有意思的是三爷九十九岁无疾而终，看来这个绰号让他受益匪浅。三爷和三奶奶没有后代，住着两间土坯房，老两口整天笑呵呵的，与邻里关系融洽。三奶奶每次见到我都笑眯眯地问长问短，还关心我的成长，"好好上学，好好学习啊，考上大学给你妈争口气"。三爷平时老龇着大牙，好像抿不上嘴，没开口说话先见到大门牙。讲到兴奋时，三爷嘴边挂着白沫子，还时不时喷出唾沫星子，着急了吐字含糊不清，我们也只好囫囵地听着，增添了讲故事的画面感。

夏季，村庄的夜晚，星星眨着眼睛，微风习习，树影婆娑，渐渐有了凉意。劳累了一天的人们，吃罢晚饭，拿着小板凳或草墩子到大街上歇凉。

歇凉也是分群分类的。德高望重的长辈们、头头脑脑们，代表了主流，他们在大槐树下谈论白天的农事，筹划明天的农活儿。天文地理、逸闻逸事、小道消息也是消遣的话题。记得那年十月关于"四只螃蟹"的小道消息满天飞，大家讲得绘声绘色，好像亲身经历过。这时，你会感觉到村庄好像不那么闭塞了。

女人们三三两两聚在家门口，谈论着谁家的孩子淘气，又惹事了；谁家媳妇跟婆婆吵架了；谁家的姑娘越长越俊（方言读zùn）该嫁人了；谁做的针线活四至（方言，齐全、舒心）；生产队长又去李寡妇家帮忙了……家长里短、叽叽喳喳唠个不停，添油加醋地传播着消息。我喜欢加入三爷讲故事的一堆儿人。有头有脸的人是不会来听三爷扯瞎话的，听三爷讲古言儿的基本是不入流的，还有我们小孩子。故事迷们围坐在三爷家门口，在上风头儿点燃一堆青草熏蚊虫，我喜欢干这事儿。借着朦胧的月光，找些干柴用洋火点燃，从路边搂几把青草盖在干柴堆上，用一根小木棍把青草挑起，顿时浓烟滚滚，呛得人们鼻涕一把眼泪一把，自然把蚊虫熏跑了。

大家围着烟堆儿或蹲或坐，闲扯几句就进入正题了，众人开始撺弄三爷讲古言儿。三爷笑嘻嘻的，故作矜持："叫我讲古言儿中，得叫我一声三爷。"于是我们晚辈们齐喊一声"三爷"。三爷欣然笑纳了，高高兴兴地开始了他海阔天空的"扯瞎话儿"。记忆中三爷讲得比较多的故事就是刘秀走国、唐王征西、上京赶考，还有不知名的民间传说、鬼狐怪异故事。三爷的故事来源于大槐树下的口口相传，自然也免不了张冠李戴、关公战秦琼的事情发生，但这并不影响我们听故事的兴致，谁也不会去考究，一笑了之而已。

言情故事，也离不开男欢女爱。三爷左看看，右望望，见周边没有妇人，就开始讲荤腥笑话，也不避讳我们小孩子，故事是这样的（此处省略五百字）。三爷把大家带入现实虚幻的言情世界。学校没有生理卫生课，我的性启蒙教育，也许就是从三爷的荤腥故事开始的。

只听得大老爷们儿浑身燥热，情绪激昂，不时询问故事的细节，三爷似是而非、模棱两可地搪塞着，满足大家的好奇心。漆黑的夜晚，看不清人们的表情，不然定是汗流浃背、虎目圆睁、垂涎三尺。直到有人说"天不早了，明天起早还得去割草，都回家睡觉吧"，人们才渐渐散去。回到家躺在炕上翻来覆去睡不着，咂摸着故事情节，带着微笑、带着憧憬，伴随着一两声狗吠，迷迷糊糊地进入了梦乡。

　　村子里的四爷爷，与三爷是弟兄两个。四爷爷擅长猜谜儿。大地震后，小学校房屋坍塌，四爷爷看管学校财产，就住在学校。我常去学校溜达，四爷爷喜欢与我聊天，说着唠着就给我猜谜语。还规定一天之内只给我讲三个谜语，次日还要我复述给他听，记住了才给我讲新的。"一间房子里，坐满小兄弟，摸着哪一个，都会生火气"，谜底"洋火儿"。"生在荒郊野外，长得苗条身材（编织用柳条）；一个小伙上前来，将它宽衣解带（剥掉柳条皮）；露出冰清玉骨，将它颠倒安排（编织）；受尽冷热苦寒，提起泪珠不断（使用漏勺）"，谜底"笊篱"，一种用柳条编织的漏勺。谜语形象逼真，大多数我是猜不出的。四爷爷往鞋底子上磕打着烟袋锅，笑眯眯地揭晓谜底。四爷爷还有一个绝活儿，用秫秸做成笛儿吹奏。闲时，四爷爷靠在大槐树下，两手捧着笛子，鼓着腮帮子吹起秧歌、大鼓书、莲花落曲调，各种各样的民间小调，小伙伴们围着四爷爷听他吹奏。笛声婉转，清脆悦耳，宛如田园牧歌，又似世外桃源。美妙的笛声构成了村庄的一道独特风情。

　　母亲闲下来，我就缠着她讲故事、猜谜语。我和母亲盘腿坐在炕上，母亲出谜语，我猜谜底。"一物生得真奇怪，腰里长出胡子来；拔掉胡子剥开看，露出牙齿一排排"打一庄稼。我胡乱说了许多谜底也没有猜着，不时央求母亲告诉我谜底。"苞米儿"，我恍然大悟。母亲教我唱童谣，拉着我的手对坐在炕上，一推一拉，一俯一仰作拉大锯的样子，念叨着"哏儿嘎（gén ér gā）哏儿嘎拉大锯，姥姥家门口唱大戏。接闺女带女婿，外甥外甥女也要去""簸，簸，簸簸箕，簸完粳米，簸糯米，大屯满，小屯流，日子越过越不愁""老扁儿（蚂蚱）老扁儿簸簸箕，你抬手，我过去""下雨咧，冒泡咧，王八戴上草帽咧"，笑得我跟母亲前仰后合，上气不接下气。

流行于村庄的古言儿，有些故事是有历史传承的，比如《三国演义》《水浒传》等。更多的是神话故事、寓言故事，并把村庄里的人融入故事中，成为故事的主角，编撰一个新的故事，蕴含着做人做事的道理，使得故事更加生动可信。比如宝匣子的故事，讲述的是民国年间一位老先生救了受伤的狐狸。日后老先生遇险，狐狸精送给老先生一柄宝剑，老先生关键时刻拿出宝剑斩断蛇精躲过灾难。说明善有善报，救人一命胜造七级浮屠。又比如金元宝的故事，讲述村庄一位老者得了意外之财——金元宝，又因病破财的故事，末了还是两手空空。告诫人们不要贪财，更不能贪意外之财。

传统的孝文化、侠肝义胆、仗义疏财、助人为乐等价值观，以讲故事的方式代代相传，达到教化后代、弘扬传统美德的目的，这是另一种方式的文化传承。娱乐匮乏的年代，讲古言儿是一种难得的休闲娱乐方式。长辈讲给孩子听，老人讲给众人听。晚辈对长辈的记忆往往隐藏在故事里，通过讲故事增进了亲情，传承了孝道。

讲古言儿，流行于乡间村野。古代言情故事也好，民间谜语谚语也罢，形成于村野，来源于乡土，以乡村俚语的形式代代相传。看似或真或假、亦真亦幻的故事，却凝聚了村庄人仁、义、礼、智、孝的智慧，使民俗、民风、礼仪薪火相传。

耕作之余，围坐在田间地头讲一个故事，哈哈一笑，活跃了气氛，干劲更足。夜晚，乡里乡亲们围坐在篝火旁听故事，一天的疲劳也随之而去。嬉笑打闹之余，使乡亲们获得了生活的智慧，给乡亲们带来了生活乐趣，丰富了村庄人的精神世界。

6. 猪倌儿

父亲少小离家参军入伍，复员后长期在基层工作，对农活一知半解。父亲身体瘦弱，干不了重体力活。生产队为了照顾父亲，安排父亲做猪饲养员，比其他农活轻松些。从此，父亲就变成了一位地地道道的猪倌儿，连带着我，也成了一个小小的猪倌儿。由此，我也就跟"二师兄"打上了交道，成了不计报酬的"非法雇用的童工——猪倌儿"。

生产队选择饲养员是要挑挑拣拣的。壮劳力不愿意干，嫌脏，名声也不好。年轻人当了猪倌，搞对象找媳妇，人家听说是喂猪的都会摇头的。这活儿孬人也干不了，多少有点技术含量，是个不太费力但费心的活儿。你得考虑怎么把生产队的猪养大养肥，老母猪怎么怀胎多生猪崽，什么时间打预防针，防止猪得病。

父亲为了贴补家用，在马头营公社集市找了一份收市场管理费的差事。每到集日，天不亮父亲就骑着自行车到集市帮忙去了。哥哥们需要到生产队参加劳动挣工分，也顾不上喂猪。替父亲喂猪的差事常交给我这个"童工"，那时我也就十多岁。

天刚蒙蒙亮，我就被母亲喊起来，揉搓着蒙眬的眼睛，到生产队养猪场给猪准备"早餐"去了。猪圈建在生产队老饲养处，大院东南方向并列着三排猪圈。猪多的时候十几二十头，少的时候十来头。两三头老骒（kè）猪（方言，老母猪），几头壳郎猪，还有一群小猪崽儿，到了开饭点儿，猪崽儿们哼哼唧唧地要饭吃。

猪食以野菜为主，加少量麸糠煮熟。割野菜的任务由妇女儿童完成，一百斤野菜记一个工。马齿苋、蒲公英、酸不溜儿、车轱辘园（车前草）、媳妇愁、苣荬菜等都是猪喜欢吃的野菜。这些野菜人都能吃，何况猪呢？白薯快成熟的季节，生产队派人割白薯秧子喂猪。白薯秧子营养丰富，是上好的猪饲料。

给猪做饭称为"馇（chā）猪食"，"馇"是熬制猪食时边煮边搅拌的意思。我也是严格按照馇猪食的流程操作的，确保猪食均匀煮熟。馇猪食首先就是剁菜，也是喂猪最累的一道工序。一两百斤野菜，需要用大菜刀剁细碎。看着一大堆菜就发愁了，无奈猪还等着吃食呢。我蹲在菜堆旁，左手抓起一把菜，放到菜板上，右手举起大菜刀反复剁下，直到把一大堆菜剁碎为止。过程中，左手还要不停地翻弄菜，将菜剁得细碎均匀，猪吃了好消化。剁菜需要熟练操作，不小心剁到手指就惨了。做一顿猪食，至少需要剁一两个小时的菜，累得手臂发酸。

剁好的菜，用簸箕撮起放入大铁锅，加水没过菜，水烧开了再加几勺麸糠，盖上蒲盖子，烧柴火熬制。过程中，不时用大铁勺子翻弄，好让麸糠和蔬菜均匀受热。烧得咕嘟咕嘟冒泡了，再加一把火，猪食就煮好了。大铁锅口径一米多，又大又深，猪多的时候，需要熬制两大铁锅。小猪崽的猪食还要单独熬制，菜要剁得再细些，多加点谷糠熬成稀汤，便于猪崽消化。

对于怀着猪宝宝和刚产崽不久的老骒猪，还要给予特别照顾，开"猪小灶"，加些"精饲料"给它们。普通猪食再加入豆饼，多加些麸糠，煮得稀烂。

豆饼是大豆榨油后的副产品，养猪的上好蛋白质饲料。作为添加饲料不能放得过多，否则会引起消化不良造成腹泻。豆饼除作猪饲料外，人也可以食用。我趁喂猪的机会，砸下几小块装在兜里，时不时地掏出来啃几口，越嚼越香，当零食吃了。豆饼是生的，吃多了难以消化，会胀肚子的。

猪食熟了，用大铁勺子舀出放到水桶里。父亲用扁担挑着两只桶喂食。我个子小担不起水桶，只好用两手提着一只水桶，水桶放到两腿中间，摇晃着跳着脚提到猪圈旁。将猪食倒入槽子，打开猪圈门放出猪吃食。往往是还没等我倒上猪食，"二师兄"们就等不及了，用腿挠、用嘴拱猪圈门，放开嗓子哼叫。我已经忙活两个多小时了，累得满头大汗，对于乱哼叫的猪，时不时地给它点颜色瞧瞧，叫得越欢的，越晚给它喂食。犯了严重错误的，例如把猪圈门给拱坏了，或者跑出猪圈了，那就少给它喂食，以示惩罚。对于凶巴巴的猪，免不了揍几勺子，严加管教。

老骒猪产前几天，不停地将稻草往边角拱，卧立不安，这是母猪在闹窝，就快下猪崽了。根据母猪的产前预兆，父亲判断出分娩日期和时辰，大多数判断是准确的，母猪的分娩时间大多在三更天。有时判断不准确，半夜三更去接生，结果扑个空，也只好等到天亮了。我常随父亲去接生小猪崽，与父亲做伴兼做接生助理。到了预产期，下半夜父亲就把我从被窝叫起来，我搓揉着惺忪的眼睛，提着马灯跟在父亲后边，走在月光朦胧的街上，到养猪场去接生小猪崽儿。

我和父亲钻进猪圈，将马灯挂在墙上，铺好草垫子，再放些细碎稻草，等待母猪生产。给猪接生，需要两三个小时。小猪崽不急着见天日，生的小猪崽多了，时间会更长些。等猪生产完了，天也就大亮了。

小猪出生，父亲把小猪崽儿的包衣剥掉，剪掉脐带，用毛巾擦拭干净，交给我抱着小心翼翼地放到草垫子上，一一摆开。一只，两只，三只……少则七八只，多则十几只，每出生一只都让人兴奋不已。心想，多产一只，生产队就多增加一头猪，集体多增加一份收入，成就感满满的。

每到春天，给老骒猪找猪公是一件有趣的事儿。打开猪圈门，放出老骒猪，我和父亲赶着猪向村东走去，到邻村王庄子村给猪婆找猪公。等出了村口，猪就不听招呼了，撒丫子直奔约会地点，三里多路，一路狂奔，不见了踪影。我和父亲恐怕猪走失了，连忙追赶，只累得上气不接下气也没追上。等我和父亲到了养跑郎猪（公猪）的人家，猪婆和猪公已经约会上了，正隔着猪圈门，哼哼唧唧地亲热呢。等开了猪圈门，猪婆、猪公耳鬓厮磨，似乎在诉说离别之情，你依我依，亲热了好大一阵子，走的时候还依依不舍。回家路上，老骒猪就不着急了，磨磨蹭蹭，哼哼唧唧，好像是唱着小曲美滋滋地回味着约会的场景。猪公猪婆每年约会一次，我这个小猪倌始终没有搞明白，猪婆是怎么记路的，又是怎么准确找到邻村的猪公的。可见爱的力量不止于人类，动物也是同样有悟性有痴情的。之前我认为猪老笨了，傻吃茶睡，对猪不够客气。自此以后，我改变了对猪的看法，喂猪时客气了许多，多了一分柔情和敬畏。

父亲把生产队的猪喂得又肥又壮。多余的小猪崽拉到集市售卖，出栏的猪交到公社食品站，完成国家收购任务，为集体增加副业收入。为此，父亲多次得到大队、公社的表彰，成为公社的养猪能手和模范饲养员，还颁发了奖状，以资鼓励。

具有讽刺意味的是我家的猪却养得瘦瘦的，怎么喂也不长膘。一年下来，也就长到生产队猪一半的重量，超不过一百斤，达不到130斤的收购标准。家里的猪由母亲负责喂养。母亲喂猪时，习惯性地拿着勺子敲打猪食槽子。一会儿说猪挑肥拣瘦，不爱吃猪食。一会儿骂猪不听话，把猪圈门拱坏了。时不时地还要揍上一勺子，母亲把生活中的种种不如意都发泄到猪身上了。也不知道猪听明白没有，哼哼唧唧地应承着。我估摸着猪也愤愤不平，"自从来到你们家，就没有过上一天安生日子，非打即骂。我也想早早长大长肥，报效养育之恩。你们把我搞得精神压力太大，我仅有的智商都用来对付你们了，还怎么能长肉呢？"

包产到户，生产队的猪也走到了尽头，作价分给了社员，我和父亲的猪倌儿生涯自然而然地结束了。许多年以后，我在梦中还常到生产队的猪圈玩耍。当猪倌儿的经历深深地印在了我童年的记忆里。

7. 老味道

哥哥没有离开过村庄半步。每次回到老家，都充满自信地给我讲，现在村庄人不愁吃不愁穿，吃的是自己种植的粮食和蔬菜，自己养殖的鸡鸭猪羊，自己捕捞的渤海湾野生海鲜。这些食材他们当地人就消耗掉了，供应不到城市去。想吃地道的家乡饭菜就得在村庄。

哥哥说得却有几分道理。吃的蔬菜是自家的院子栽种的，施的是农家肥，不在意产量，不喷洒农药，纯绿色食品。食用的小麦、大米、玉米、大豆，也是自己种植的，纯绿色，无公害。鸡鸭猪羊是自己养的，喂食野草、蔬菜、玉米，肉质结实，味道纯正。吃的是渤海湾和大清河野生的鱼鳖虾蟹。

这确实让哥哥感到骄傲，也让我这个城里人羡慕不已。我琢磨着，哥哥不愿离开村庄，除了老宅子、大槐树、鸡鸭猪羊，也许离不开的还有老味道。离开了大铁锅、柴火灶，离开了自己种植、养殖的食材，离开了飘荡在村庄的老味道，就像断了根儿，没了魂儿。同样，我对家乡的眷恋也大多源于老味道。每次回乡的冲动，多半也是奔着老味道去的。

母亲说我小时候食量大得惊人。升高中时，需要填写出生年月日，也多次问过母亲，我是什么日期什么时辰出生的，母亲也记不清楚了。约莫着吃过晚饭，又过了一会儿，次日是元宵节，我的生辰八字就这么定下来了。产婆接生的，没人在意给孩子准确记录出生年月和时辰。母亲却把我的脐带血保存了下来。母亲说的出生时间应该是在亥时，按照命理学观点，在这个时辰出生的孩子食欲强、饭量大。这就从侧面解释了我的饭量以及我对食物的渴望。

小时候，家里来了客人要招待用餐，每来一拨人，我就跟着吃一顿，直到吃得肚皮圆圆鼓鼓的，母亲常说我是"饭篓子"。赶上饺子、炖肉，吃得腆着肚子打着饱嗝。记得八九岁时到奶奶家吃饺子，我就能吃二十多个大蒸饺。我不但能吃，还食欲旺盛。不论是高粱米、地瓜、玉米，还是地瓜干、萝卜干我都不挑剔，百吃不厌。这些粗粮都是困难时期的吃食，现在村庄人也不吃了，但还是我餐桌上的常客。想必是家乡的老味道，深深地刻在了我的舌尖上，而不会随着岁月的流逝而退化。

猪肉炖粉条

逢年过节，宴请宾客，婚丧嫁娶，猪肉炖粉条都是村庄不二的主打菜。回到老家，哥哥嫂子招待菜还是那道猪肉炖粉条，依然是小时候的味道。品尝过各地的炖肉、红烧肉、坛子肉之后，感觉还是猪肉炖粉条味道鲜美。这不是我的一家之言，吃过的人都这么说。

猪肉炖粉条，大铁锅烧柴火煮炖，糊糊的、香香的、烟熏的味道，带有"锅气"。过年了，大年三十中午饭，一大块肥瘦相间的炖肉塞到嘴里，配上一口红小豆干饭，闭着眼睛，慢慢咀嚼，肉和米饭交融的香醇滋味，浸润着每一根神经，不经意间会让你露出微笑，获得无限的幸福和满足感。如果不在乎吃相，大快朵颐，大口咀嚼，吃得腮帮子鼓鼓的，满嘴流油，那就更带劲了。吃完炖肉，半天舍不得喝水，就怕冲淡了口齿的香味。可以说，达到了吃炖肉销人魂的境界。

依口味，各家各户炖肉做法不同。主食材是猪肉和粉条，加点东北野生松蘑味道也纯正。或者加入几只八爪鱼，肉汁浸入八爪鱼，炖出的肉也更加鲜香。或者放几只鸡腿一起炖，鸡肉味道也油腻香浓。

猪肉炖粉条首选五花肉。猪肉切成四五厘米长，两三厘米宽的大块。块头越大,吃起来越过瘾。白薯粉条是炖肉专用的配料,宽宽的,厚厚的,耐煮,半个小时以上才能煮软,让肉汤的味道充分浸入粉条,吃起来鲜香筋道有嚼头。如今女士不喜欢吃肥肉,更喜欢吃粉条,味道一样香醇肥美。

准备好食材,大铁锅放点油,将猪肉倒入锅内温火煸炒,榨出肥肉多余的油,时间长短取决于口味。想吃得肥腻香浓,煸炒时间短一点;想吃得不太油腻,煸炒时间长点。猪肉炒出焦糊味儿,撇出一部分猪油。肉煸炒好了,加入老抽、生抽、糖上色,再加入葱、姜、八角、料酒煸炒,加水小火慢炖。约半个小时,放入粉条,或者八爪鱼,再炖半个多小时即可收火,大功告成。现在,人们营养过剩了,不太喜欢吃肥肉。每次我做八爪鱼炖肉,刚刚端上桌,八爪鱼就被大家抢着吃了,不抓紧时间抢一个就只剩炖肉了。

村庄习俗,年三十中午是正餐,相当于现代意义的"年夜饭"。半饥半饱的年月,再困难的人家,三十中午的饭也得吃炖肉,甩开腮帮子管够吃,一年就吃这一顿。不能光顾低头吃,还要吃着碗里的,看着锅里的,不然瞬间就被兄弟姐妹们一扫而光了。好像吃一顿肉就要把一年的营养亏欠补回来,让人感觉劳作一年,就是为了吃年三十中午这顿肉。

各家各户集一年的财力准备三十炖肉。早早地就砍好肉(方言,买猪肉称为砍肉),放入大缸冻上,吃的时候从缸里拿出欢上(方言,解冻)。主要用作三十中午炖肉,一部分留作初一包饺子,还要留一部分请客。

大年三十,家家炖肉,满街飘香。母亲做的猪肉炖粉条肥而不腻,瘦而不柴,糊糊的香香的,肥肉比瘦肉更好吃。后来吃过的炖肉总觉得少了点什么,难以还原母亲的手艺了。

三十中午饭吃得越早越吉利,要在十二点以前开饭。如果谁家过了晌午才吃午饭会被人笑话的,家庭主妇也成了懒婆娘。炖肉要一个多小时,吃过早饭主妇们就忙乎上了。有条件的再炒几个菜。母亲还要炸丸子、煮灌肠,配几碟凉菜。酸菜汤是少不了的,三十中午吃了一肚子肥肉,需要喝一碗酸菜汤解油腻。

吃完中午饭,再来一个冻酸梨就更得劲了。酸梨是冀东山区的特产,村庄有吃冻酸梨的习惯,味道酸中带甜,清凉爽口。冻酸梨就像一个黑冰疙瘩,吃的时候放到盆里,用凉水浸泡解冻,梨表面形成一层厚厚的冰壳,敲掉冰壳就可以吃了。冻酸梨表皮是黑色的,果肉还是鲜嫩的白色,轻轻咬一口,汁水满口,冰爽,甜美,吃过大肉之后解渴解腻。

吃完中午饭,人们上街溜达,互相问候着吃了没有,吃了几块肉,吃够了没有,味道怎么样,似乎人们还沉浸在吃炖肉的喜悦中。这时的人们,被炖肉滋润得满面红光,洋溢着憨厚的笑容。

离开村庄多年了,每到过年,猪肉炖粉条仍然是我家年三十中午饭的主打菜,不然就觉得好像没过年。我还请人在院子垒了柴锅灶,过年过节请亲朋好友品尝,大家都觉得味道香浓,吃了还想吃。小外甥已经被我的猪肉炖粉条给拿住了,我也是乐此不疲,满满的成就感。

蒸饺子

村庄人喜欢吃蒸饺子。吃了年三十炖肉,就盼望着吃初一的饺子了。过年了才能吃上肉馅饺子。年初一到初三吃蒸饺,三十晚上才吃一顿煮饺子,这是老祖宗传下来的规矩。

老家的蒸饺别具一格,风味独特。相对于煮饺子,蒸饺子皮薄馅大,大铁锅蒸制保留了饺子的鲜香味道。煮饺子的馅要少得多,饺子过水后,饺子馅的香浓味道总会流失一些。相对于煮饺子我还是习惯吃家乡的大蒸饺。

过年的蒸饺子雷打不动是猪肉白菜馅的。白菜切碎装入专用的菜篓,用蒸笼布蒙上菜篓口,放到板凳上,两个人用杠子碾轧菜篓,把白菜的水分挤出来。猪肉剁成馅,添加少许五香面、葱、姜、盐、酱油,加入猪油就可以搅拌成饺子馅了。放猪油多少就看家庭条件了,放得越多饺子越香。小时候没有见过花生油,少量豆油、棉籽油,日常就是猪大油。

蒸饺子个儿大馅足,相当于四五个煮饺那么大,与村庄人一样显得粗放。包好的饺子,成双成对摆放在平贴儿(高粱秸秆扎制的)上,寓意好事成双。吃的时候也要一对一对儿吃,寓意大吉大利。蒸饺子不好用木质平锅盖,会把饺子压扁的。蒸饺子用的大锅盖俗称"蒲盖子",麦秸和高粱秸秆篾(miè,高粱秆上揭劈下的皮)编织的,穹隆状的,比大铁锅平面高出二三十厘米,适合蒸饺子。蒲盖子容易散水汽,蒸出的饺子干棱、劲道。现在见不到这样的传统蒲盖子了。

蒸熟的饺子,咬上一口,汤汁顺着嘴角流下,水灵灵,香甜甜,从嘴里美到心里。记得小时候,姥姥(姥爷续娶的)家包饺子叫上父亲和我。我享受特殊待遇,其他兄弟姐妹是没有这个口福的。每次到姥姥家吃饺子,都吃到嗓子眼儿,一个饺子还没吃完,又夹上另一个饺子,吃到二十多个大蒸饺方才罢休,撑得腆着肚子走路。姥姥家过年的饺子包得秀气美观,看着就有食欲,关键是舍得放猪肉猪油,吃一口,汤汁外溢,鲜香美味,是我吃到的顶好的饺子了。

经过长时间摸索,我也学会了包家乡的蒸饺子,时不时地吃上一顿,或者招待亲朋好友,大家赞不绝口。年轻时我喜欢吃"一个肉丸的饺子",少许的配菜,咬一口流出油汁。随着年龄增长,肉逐渐减少,菜逐渐增多,但味道亦然,感觉亦然。每每吃上蒸饺子,就好像回到了村庄。

干饹馇

大街上常听到"饹馇(方言读 gē zha),饹馇"的吆喝声。卖饹馇的老汉推着独轮车,箩筐放着一大摞刚出锅的饹馇,母亲会买上几张。饹馇本是半熟食,等不到炒菜我就拿起一张饹馇,撕下几片塞在嘴里,绿豆香味,清香可口。

饹馇是家乡的传统特色美食，过年过节，婚丧嫁娶必不可少的一道菜。饹馇以绿豆为原料制作，圆形薄片状，类似于煎饼。饹馇色泽金黄，富有韧性，清香诱人。据传说饹馇还是慈禧太后赐的名字。

　　母亲买饹馇主要用来熬白菜，过年了才会做饹馇炒肉、炸千子等。记得母亲过年做的炸千子香脆可口，是我回味无穷的美食。猪肉剁成泥加葱、姜、盐、五香面、酱油、味精搅拌成馅。一张饹馇平放在案板上，肉馅均匀地抹在饹馇上，将另一张饹馇盖上，手按压两片饹馇夹紧肉馅。切成菱形小块，放入油锅炸至金黄色用笊篱捞出，沥干油放入盘子，炸千子就做成了。母亲做的炸千子，酥脆香甜，辛香味浓，是一道绝美的过年菜。

　　如今，饹馇可以制作成各种美味菜肴，如醋熘饹馇、炸饹馇盒、炸饹馇千子、糖醋饹馇、韭菜炒饹馇、烩饹馇，等等。家乡有"不吃饹馇宴，不算回老家"的说法。由此可见家乡人对饹馇的厚爱。

　　时至今日，饹馇仍然是我家不可或缺的一道菜。每到过年过节了，网上采购几斤饹馇，或煎或炸或炒，吃出了老味道，吃出了情怀。

黏豆包

　　进入腊月，母亲开始张罗蒸黏豆包，为过年做准备。记得母亲每年做一大锅黏豆包，做好的豆包放入大缸，冻得跟石头蛋子似的。黏豆包是用黏高粱米面或者大黄米面与红小豆制作的。黏高粱米面加温水和面，红小豆煮烂，放入糖精或者红糖搅拌成馅。红糖是珍贵食材，大多是用糖精替代。揉好的黏米面，手捏成片状包进豆馅，团成馒头状即黏豆包了。

　　放在平屉上大火蒸上约半小时，热气腾腾的黏豆包就可以出锅了。母亲做的黏豆包皮大馅足，像个小馒头似的。豆馅不要搅拌成泥，而是自然煮烂的红小豆，这样更能保留红小豆的本来味道，吃起来香甜软糯。从腊八到过年常馏黏豆包吃，就着熬酸菜吃起来美美的。

艾子饽饽

母亲过年做的"艾子饽饽"是一道美食。家乡的艾子饽饽类似于现在的"驴打滚"或者"豆面糕"。原料是黄米面、芝麻、红糖、艾蒿。干艾蒿放到锅里煮水,煮好的水倒入黄米面和成面团,面粉浸入艾蒿味道。揪下一块面团做成窝头状,放到平屉上蒸熟。

黄豆、芝麻炒熟轧成粉面,撒在面板上,蒸好的黄米面窝头沾上豆面、芝麻,趁热擀成片,均匀撒上红糖卷起来,再切成小块,艾子饽饽就做成了。

艾子饽饽呈金黄色,入口绵软,香甜黏糯,带有浓郁的黄豆粉香和芝麻香味儿。母亲做的艾子饽饽与驴打滚不同的是加入了艾蒿和芝麻,增加了饽饽的艾蒿清香和芝麻香味。母亲过年做上一次艾子饽饽,我吃起来没完,母亲不时提醒我"艾子饽饽黏腻,不好消化,别吃多了,撑坏了肚子"。

灌　肠

灌肠是一道过年的菜。年前,买几斤白花花的猪肠子,肠子放到盆里先用双手顺着肠子捋几下,挤出肠子里的油,再将肠子翻过来,在盆中加盐搓洗,搓洗掉油就变成肠衣了。那年月缺油水儿,肠子油也不必清洗得太干净,不像现在的肠衣透明的样子。

灌肠馅要用猪五花肉,肥瘦相间,猪肉与葱姜一起剁成泥,加淀粉、盐、味精、五香粉搅拌成馅。一半淀粉用开水和成烫面,一半直接放入馅搅拌。肠衣一头用线绳扎上,嘴对着肠子另一头把肠衣吹鼓,检查是否通畅,用小勺把馅灌进肠衣,一边灌一边翻动肠衣。不能灌得太满,不然煮的时候容易爆裂。也不能太松了,不然煮熟以后切肠时容易散掉。

灌肠过程中,手掐住肠子一头挤压馅,使馅在肠衣里保持均匀。

灌满一根肠子用线绳扎上，放到平扇上晾晒阴干，同时用针在肠体上扎些孔，透气排水。

阴干几天，灌肠放到锅里蒸熟，带着浓浓年味的灌肠香气扑鼻。过年吃上母亲自制的灌肠，越嚼越香，回味绵长，舍不得咽下去。我自己试做过几次，味道相去甚远，也就作罢了。

拔丝鸡蛋

母亲做的拔丝鸡蛋香甜美味，过年请客时母亲才露一手。拔丝鸡蛋的制作流程较为复杂，食材包括鸡蛋、猪油、白糖、淀粉。使用猪油做出的味道才地道，香甜油腻，是难得一见的美食。

母亲将一个鸡蛋磕入碗中搅匀，加入淀粉调成蛋糊。锅内放少许猪油，再打三个鸡蛋搅拌成蛋液，入锅摊成圆饼，煎至两面金黄色盛出，切成菱形蛋片。锅内再放猪油，油烧热时将蛋块挂上蛋糊，放油中炸至金黄捞出。锅内留少许油，放糖加点清水熬糖稀，拉出糖丝时放入蛋块，沾上糖衣，出锅放在盘内撒上芝麻，吃的时候蘸凉水，防止粘连。拔丝鸡蛋脆脆甜甜的，吃一口美滋滋的。

清水面

小时候，盼望着下雨天，下雨天就意味着母亲要做好吃的。大人们不用出工劳动了，母亲想办法调剂生活，大多是擀面条。母亲将面和得软中带硬，擀成片状，面条切得像小手指那么粗，一尺多长，看起来有些粗糙，吃起来筋道有嚼劲，完全是小麦粉的味道。母亲将清水煮沸，放入切好的面条煮熟。刚出锅的手擀面连同面汤盛到大盆，冒着热气端上桌子，全家人围坐吃一碗手擀面，幸福感油然而生。面条汤带有麦粉的原始味道，喝一碗满满的清甜。这种味道源于小麦本身，为了多出点面粉，舍不得把麦子磨得精细，磨出的面粉带有小麦麸糠颜色，做出的面食妥妥的小麦原本味道。

吃清汤面切几片咸菜疙瘩调味。偶尔有咸菜炒鸡蛋，或者鸡蛋炒西红柿打卤，还要多吃一碗。这种吃面条的习惯一直影响着我，我吃不惯细面条，也不愿意吃挂面，只喜欢吃自己做的清水煮粗面条，再加上一碗清水面汤。做得粗放些反而能保留食物本来的味道。比如吃自己做的馒头、米饭，吃佐餐之前，先吃几口馒头或者米饭，细细咀嚼，体验食材原本的味道，感觉香甜醇厚，不用佐餐也能吃一个馒头或者一碗米饭。食物太过精细了，加入杂七杂八的作料，看起来养眼，味道足够辛辣香浓，但已经吃不出食物原本的馨香味道了。

大白菜熬楞蹦鱼

秋末霜降了，生产队的大白菜也快成熟了。施用农家肥的大白菜个个饱满晶莹。吃一口白菜心，脆甜可口，远非现在的白菜所能比拟。

秋后到上冻前，大清河的鲫鱼、小梭鱼、楞蹦鱼个儿大肥美，或挂或钓总能抓到几斤。这时的大白菜熬楞蹦鱼成了一道美食，鲜灵美味。

大铁锅烧热，加点猪油，融化后加葱花炝锅，放入清洗好的楞蹦鱼，微煎后加水，要多加点水喝鱼汤。水开后加入切碎的大白菜，再加点食盐，等汤汁熬至乳白色即可出锅盛碗。加几块豆腐，汤汁更加鲜美。

大铁锅熬白菜楞蹦鱼，鱼肉鲜香嫩滑，白菜鲜甜，汤汁是乳白色的，喝一碗浓浓的鲜美鱼汤，心里暖暖的。主食大多是玉米窝头，大白菜熬楞蹦鱼的鲜香已经盖过了主食的毛糙。

"熬鱼"是村庄人的传统吃法，基本不放油，只挖两勺酱当作料，咸鲜适度。熬鱼既可做副食佐餐又可当作咸菜，无论吃高粱米粥，还是玉米饼子或者地瓜，都是下饭的一道美味。

随着时代的发展，现在改为"大白菜炖楞蹦鱼"了。"炖鱼"需要加各种作料,多加些油。由"熬"到"炖"的转变,也道出了村庄人饮食的进步,生活水平的提高。

萝卜菜

红萝卜用"礤床儿"擦成条,平贴儿上放抹布(蒸笼布),放上萝卜条,抓一把大豆面撒在萝卜条上,用筷子搅拌均匀,盖上蒲盖子,烧火蒸熟,俗称"豆面菜"或者"豆面疙瘩"。大豆面比较珍贵,大多是用玉米面代替了,也统称为"豆面菜"。吃的时候,加入母亲做的豆瓣酱,鲜咸可口,我能吃上一大碗。

生产队刚分的萝卜,挑出歪七扭八的切片晒干,春天蒸着吃或者做萝卜馅包子吃,虽稍有苦涩,但也算是不错的吃食。没有长成熟的萝卜纽儿,煮熟,晒干,冬春季,小伙伴们装在兜里,不时拿出来咀嚼几口。萝卜干还夹杂着些许甜味,就当作零食吃了。

大 酱

一日三餐,无论是吃高粱米粥还是窝窝头,挖一碗大酱放到桌子上,野菜、大葱、黄瓜蘸酱,一家人吃得倒也香甜。日常,炖菜熬鱼也会加入一勺大酱调味。大酱几乎就是农家人不二的作料。

年头岁尾,母亲开始做大酱。黄豆煮烂捣碎加些苞米粉、少许白面做成酱引子,称为"酱头面子"。母亲把酱头面子捏成球状疙瘩放到篮子里。初春了,酱头面子长满了白毛,拿出刷掉白毛,砸成粉末状。煮好的黄豆放入酱缸加适量盐,再放入酱头面子搅拌均匀,盖上酱篷篓,个把月大酱就做成了。筷子蘸上母亲做的大酱吸吮,咂咂嘴,酸酸的、咸咸的,别有一番滋味。

现如今,采购食品还忘不了买一瓶豆瓣酱,或蘸着吃,或炒菜加一勺,或酱炒鸡蛋。似乎没有了母亲做的大酱味道,权当是一种回味吧。

天下美食在家乡，母亲做的饭菜最可口。不论是单调或者粗糙，还是缺乏食材作料，都浸透着亲情，带着母爱。这种老味道，百吃不厌，历久弥香。

这些年来，走南闯北，品尝了不同地域、不同风味、不同文化的美食。感觉再好再贵的美食仅是品尝而已，不会走上我的日常餐桌。自己在家做饭，必然是村庄版的粗茶淡饭。谈不上色香味俱全，可那就是地地道道的村庄味道。这种老味道已深深地刻在了我的味觉里，改是改不掉了。

科学研究发现，人类在三岁时就有了味觉记忆，七岁时基本形成了自己喜欢吃的味道。舌尖上的味蕾还非常恋旧，离家多年，依然不停地寻找或复制着村庄的味道。品尝到儿时的味道就会无比兴奋。这种味道好像已经浸入我的每一个细胞，流淌在血液里。

如今，享受着山珍海味，天南地北各式菜肴，少有让我印象深刻的。细琢磨，还是缺少了老味道。老味道从来都是与村庄、柴锅灶、母亲紧密联系在一起的，蕴含着母爱的老味道才会留下刻骨铭心的记忆。也许，我们苦苦寻觅的老味道，就是原始的味道，村庄的味道，母亲的味道。

8. 土方儿

儿时，划伤擦伤、皮肤皴裂、跑肚拉稀、伤风感冒，能拖则拖，能扛则扛。实在扛不过去了，母亲的土方儿就派上了用场。

记得五六岁时，我中午睡觉醒了，迷迷糊糊睁开眼从炕上爬起来，一个人也没有见到。揉搓着双眼下炕走到门口还是没有见到人。我害怕了，喊着妈妈大哭大叫，双手捶门、拉门，可无济于事。扒开门缝看到门锁着，怎么也出不去了。不知过了多长时间，母亲回来了，看到我哭得一把鼻涕一把泪，赶紧打开门把我搂在怀里。

原来是母亲趁我睡觉的时间出去办事了，怕我醒了到处玩就把门锁上了。受此惊吓，我老是哭哭啼啼的，神情恍惚，村庄人把这种情况称为"吓着了"，也就是"丢魂儿了"，需要把"魂儿"叫回来才能恢复正常，这称为"叫叫"。母亲搂着我，轻轻地用手从后脑勺向前摩挲，边摩挲边念叨"摩挲摩挲毛儿，吓不着，摩挲摩挲尾儿，吓一会儿。狗儿回来了没有？回来了"。母亲自问自答，连续念叨三遍。随后再拿起我的鞋子，对着鞋子再念叨几遍。这样"魂儿"就算是给叫回来了，慢慢我就恢复正常了。

据考证，这种土办法还有理论依据的。小孩子受到惊吓了叫"丢魂症"，需要进行心理疏导，运用引导、爱抚、安慰和感应等方式进行精神调节，把丢掉的"三魂七魄"给找回来。受惊吓后马上"叫叫"，越亲近的人"叫"越管用。比如母亲叫孩子，母子连心，彼此有生物场感应，效果明显，这种心理疏导还可运用在其他的场景。看来"叫叫"还真有点科学依据。这是记忆中母亲经常使用的土方儿。

上房跳墙，满大街疯跑，手、脚、头常被磕了碰了，磕碰痛了我就哇哇大哭。这时，母亲过来"不哭了，不哭了，妈给你吹吹就好了"。嘴对着我磕碰的地方"噗、噗"吹几口气，安慰几句，我就感觉好多了。母亲对碰我的桌子、橱子、锅台、窗台、砖头瓦块狠狠地拍上两巴掌，大声呵斥"看你还敢不敢碰孩子了"，反复念叨几遍。扭过头来对我说："好了，不哭啦孩子，我打它了，它再不敢碰你了。"也怪了，经母亲这么"一吹""一打"还真的感觉不痛了，高高兴兴地又跑出去玩耍了。

有一次，我和几个小伙伴去村南机耕道边割槐树条。左手抓住树条，右手拿镰刀割树条子，镰刀不够锋利，用力不得当，树条没有割下来，镰刀顺着树条子向上滑动，结果把手背划出一道大口子，血瞬间就流了出来。我赶紧扔下镰刀，掐住手腕，吸了一口血，又从路边抓起干沙土撒在手背上，血流少了，还是止不住，我拿起镰刀、篮子急忙跑回家了。母亲看到我的手在流血，赶紧舀了一瓢凉水给我冲洗。接着，拿出一块墨鱼壳，用小刀刮下粉末，撒到我的伤口处，我感觉手有点刺痛，但立马就止住了血，母亲用旧布条给我包扎上，过了两三天带血的墨鱼粉就干掉了，伤口愈合了。

墨鱼也称为"海兔子"，它的背部顶着一条内壳，也叫"乌贼骨"。两头尖尖、中间微凸，类似于梭子状，这就是墨鱼壳了。卖杂鱼的会夹杂着几只海兔子。买回来墨鱼，肉美餐一顿，取下墨鱼壳晒干备用。墨鱼壳背部摸起来比较坚硬，内部是石灰质的，用指甲盖可以刮下粉末，直接涂在伤口处。直到现在，家里还常备有一两只墨鱼壳，平日擦伤划伤，刮点粉末涂上，止血抗菌。

六七岁的时候，我和哥哥到周家庄村南稻子沟摸鱼。我摸到一个小鱼窝，手伸进去触摸到了硬壳，还以为是螃蟹。手臂全部伸进去之后再仔细摸摸，感觉是一个肉乎乎的东西，吓了我一跳。我手臂不够长，掏不出来，赶紧喊"哥哥过来，这儿有螃蟹，你来掏吧"。结果哥哥掏出了两只小甲鱼，肉乎乎的。拿到家玩了几天，母亲把它宰了。找来几张纸，甲鱼血均匀滴到纸面，放到柜子上阴干，母亲说止血用。划伤了，把带有甲鱼血的纸贴在伤口处包起来，可起到止血抗菌作用。

冬季，冰天雪地、寒风刺骨。手脚、耳朵、脸蛋子常被冻得皴裂了。俗话说"手冻得像豆包似的"，无法正常弯曲，拿筷子、系衣扣、解裤腰带都困难。手冻得裂口子会留下病根，年年容易被冻伤。晚上钻进被窝，手脚暖和了，感觉又痛又痒，还不敢挠，挠破了会化脓的，只好在被窝蹭蹭解痒。

这时，母亲让我和姐姐去后院柳树下捡拾麻雀粪，一粒粒放到碗里。母亲将麻雀粪捣成粉末，加点水搅拌成糊状，涂抹在手背患处，再放到火盆上烤烤洗净，连续涂抹几天冻伤就会有所好转。

那年月，村庄人喝生水、吃剩饭甚至是发霉的食物，苍蝇臭虫满天飞。夏季剩菜剩饭容易发馊，也舍不得倒掉，凑合着吃了。人畜共饮一池井水，也容易滋生病菌。小病小灾不愿去看医生，实际也看不起医生，只好采用土方子解决。

偶感风寒了，不愿意吃饭，母亲通过调节饮食进行调养，常见的就是做白面疙瘩汤。母亲做的疙瘩汤，面疙瘩大，加点猪油和盐。应季时，加些酸菜做成酸汤面，喝一碗热乎乎酸乎乎的汤面，捂上棉被，头上放一块热毛巾，一觉醒来体温就会下降，感觉轻松许多。食物匮乏的年代，想吃疙瘩汤，得是赶上生病了或者身体不舒服了。吃上疙瘩汤的那一刻，感觉幸福满足，心情舒畅了，病也就好了大半。这里边是不是也有情感关怀和精神疗法的因素呢？我是家里的"老儿子"，吃穿方面总会比哥哥姐姐们占点便宜。偶尔母亲给我做疙瘩汤，哥哥们看到了嫉妒，说我装病，想吃疙瘩汤。真应验了那句俗语，"一分病，二分装，三分要吃疙瘩汤"。不管怎么说反正疙瘩汤吃进肚子里了。

母亲根据不同季节就地取材，采取不同方法解决闹肚子问题。比如玉米炒焦碾碎，或者麦面炒焦加温水喝下去；干鱼扔在灶火坑烤糊吃下；大蒜烤熟了吃；烤鸡蛋补肚子；夏秋季马齿苋煮汤空腹喝下去，等等。这些方法治拉肚子效果还真不错，如此折腾两天也就好了。

小时候，不知为什么常在头、脸、脖子、屁股、腰部生疖子，奇痒难耐，不小心抓破了还会流出黄白色毒液。那时村庄和野地里常见草蛇，经常会捡到些蛇蜕去的皮，学名"蛇蜕"。捡到了搓揉玩耍，还拿着在小伙伴面前晃悠吓唬人，玩碎了也就扔掉了。后来母亲说蛇蜕是药材，不能扔了，捡回家备用。母亲把蛇蜕清洗干净，晒干放入抽屉保存。使用时，母亲用炭火把蛇蜕烤煳碾成粉末，加点猪油搅拌成膏状，涂抹在患处，以毒攻毒。

土方子是村庄人与大自然相处中获得的生活智慧和生活常识，用自然生长、信手拈来的天地万物来减轻病痛。以现在观点看根本谈不上"医"，甚至还有点迷信色彩，但又确确实实解除了大部分病痛，体现的是人与天地万物之间的信息能量的交换和依存关系。正如庄子在《齐物论》中所讲的"天地与我并生，万物与我为一"。从这个角度看，土方子又何尝不是"医道"呢？缺医少药的年代，母亲的土方子也是管了大用的，让我们抵御了大部分病痛，才有了后来健康的体魄。

9. 针线活儿

大年初一吃罢早饭，母亲给我穿上新棉衣、棉裤、棉鞋，左摸摸右看看，显得有些臃肿，鞋还有些挤脚，心里却是美滋滋的。还不等母亲把鞋带系好，我就急不可耐地跑出去拜年了。一套外衣裤，一件棉袄，一条棉裤，一双新棉鞋，这就是过年的全部行头了，都是母亲一针一线缝制的。

儿时，没有外套穿。长大了才配外套衣裤。我的外套是蓝色卡其布中山装和制式裤。母亲为了节省一块布，外套做成两个兜的，这已经够神气了，许多小伙伴衣服是没有兜的。四个兜的是干部服，哪个小伙伴穿上四个兜的衣服，少不了走起路来左摇右晃显摆。

我们小孩子也没见过秋衣秋裤，更谈不上卫生衣、卫生裤了。光溜溜地穿上棉袄棉裤，晚上睡觉脱掉衣服就成"光棍一条"了。打怵的是早晨起床，穿上冰凉如铁的棉衣裤，免不了打几个寒战，全靠自身的温度把棉衣裤慢慢暖热。走在大街上，一阵寒风吹来直接钻入棉裤，凉飕飕的。爷爷奶奶们把裤腿子扎上保暖。

棉衣是母亲手工缝制的对襟棉袄，黑色粗布料是母亲与人合伙纺织的。过年前，母亲把旧棉衣拆洗翻新，拆掉老棉花重新絮一遍，再掺杂些新棉花，一针一线地缝制成新棉衣。老式对襟棉袄，衣服扣子是用下脚料做的布纽扣，俗称"蒜疙瘩扣"，一般是五个，纽扣与母扣套在一起，衣服就合上了。新棉衣扣子，个别纽扣与母扣做得大小不一，扣扣子就显得费劲了，这需要磨合期。有一次，穿上母亲做的新棉袄，早上起床急着去上学，跳着脚蹦高儿也没有系上，快急哭了，母亲赶紧过来帮我系上扣子。

母亲在炕上摊开粗布，比量着裁剪。棉裤里子是白色粗布的，裁剪成裤腿样子，一层一层絮上棉花，不时用手按压。轧几道线，把棉花固定在里子上。另一块同样的黑色粗布放到裤腿露棉花的一面，里子和面儿缝合在一起，再轧几道线固定棉花，制成裤腿。肥大的裤裆上方，加上半尺高白布做成裤腰，即缝制成了一条"掩（方言，读niǎn）裆裤"，村庄人戏称为"大裤裆"。

棉裤做好，母亲让我试穿。双腿蹬进裤腿，裤腰左右交叉打褶掩住，系上一条粗布带。穿上棉裤，裤腰到了胸部，感觉整个人被装进了棉裤。穿掩裆裤难看的就是裤裆处，走路或者坐下，裤裆处鼓起一大坨，走起路来既笨拙又不美观。解手时，解下裤腰带耷拉到脖颈上，滑稽可笑。我稍大点了，闹着不愿穿掩裆裤了，倒不仅是为了美观，穿上掩裆裤，感觉整个人被束缚住了，跑起路来棉花团在裤裆处蛄蛹（方言gù yong，意为蠕动、活动）。

棉裤做法不断改进。我十来岁的时候，开始时兴"便服棉裤"。与掩裆裤的主要区别是去掉了大裤腰，裆部也合身了许多，能穿外罩裤。掩裆裤是穿不了外罩裤的。便服棉裤不分前后，为了让棉裤前后磨损保持均匀，前后调换着穿。到了十四五岁，开始兴起"制服裤"。这种棉裤样子就接近现代裤子了。明显的区别是裤子有了"前开口"，方便时不用褪掉裤子了，还增加了裤子"挎兜儿"（口袋），方便装些小物件，抄着兜儿也能暖暖手。

棉衣棉裤穿上就是一个冬季，浑身上下油脂麻花的，也没的更换。冻得鼻涕拉碴，棉衣袖子就当作手绢用了，时不时地用袖子抹一把鼻涕。经过一个冬天，棉衣袖子就变成"铁袖子"了，能当油布使用，还能照进人去。

棉衣裤长期得不到换洗，也就成了虱子、虮子的乐园。每到冬季，虱子就把我的身体当作了"伊甸园"，肆意地进行游玩开垦，浑身上下都是美味佳肴,大快朵颐,还是免费的。一会儿尝尝屁股的味道,一会儿从大腿根上咬一口,一会儿溜达到腋下吃一口嫩肉,我纵然使出浑身解数也赶不走它们,它们似乎就是吃定我了。白天还好,活动分散注意力,感觉不到咬。夜晚睡觉脱掉衣物光溜溜的,关灯了,成群结队的虱子跳蚤开始出动,在我身上东一口,西一口,肆意妄为。早晨起来浑身就成"马蜂窝"了,遍布小红点点。虱子跳蚤酒足饭饱休息去了,等待着我夜晚再送来美味佳肴。

长大点了,母亲开始给我做外罩裤子,棉裤套在里边显得美观利索。裤子是蓝卡其布的,为了节省布料,裤子不做裤兜。在我的恳求下,母亲才做了两个裤兜儿,我时不时地偷偷地两手抄进裤兜臭美。那年月,在大街上两手抄进裤兜走路,被村庄人看见了,会被认为是不正经或者二流子。干部或者有地位的人才可以手抄进裤兜走路。

一个小伙伴,父亲是吃商品粮的,穿着两个兜儿的裤子,外套四个兜儿。一天,小伙伴两手抄进裤兜在大街上晃悠,结果被孩子头儿大平看到了,立马遭到训斥:"谁让你手抄进裤兜走路了?臭美,赶快拿出来,不然我收拾你一顿,以后也不带你玩了。"吓得小伙伴赶紧抽出手,灰溜溜地跑了,再也不敢显摆了。

能够给孩子做得起外衣外罩的,属于过得不错的人家。困难人家孩子衣物就是一条棉衣棉裤,不露棉花套子已经不错了。一年中只有过年做一次新衣服,棉衣棉裤几乎要穿到春暖花开。脱掉棉裤就换成单裤了。每到这个时节,我就闹着早点脱掉笨重的棉衣裤,母亲怕我受凉,让我再等几天,实在热得不行了才允许我脱掉。脱掉棉衣裤就像卸掉了大包袱,到街上跑几圈感觉身轻如燕。脱掉的棉衣裤直接拆掉,棉裤外边的一层打着补丁的旧布料再做成"夹裤(两层布单裤)",穿一个春季。到了夏天,再改做成单裤。一条裤子就是年对年,直到过年时才会"扯布"做新衣服。

棉鞋也是母亲手工缝制的,千层百衲底条绒面乌眼儿棉鞋。入冬前,母亲早早地开始准备做鞋底子的材料。首先就是打袼褙。打袼褙用的破旧布条，俗称"铺衬"（方言，读pú chai）。旧衣物实在破得不能穿了，裁剪成碎布条，打成袼褙做鞋底使用。打袼褙时，用方桌子或者门板子作为工具，先在门板上刷上一层薄薄的糨子（白面糊），实际上就是用手抹均匀，铺上一层旧报纸，手拍打几下粘结实。在报纸上再刷上一层糨子，放一层碎布条，如此反复粘贴五六层，"铺衬"就成了袼褙。一个门板能打一平方米左右的袼褙。打袼褙要找一个好天气，当天就能晾干，晚上从门板上把袼褙揭下来，门板和桌子晚上还要使用呢。

"鞋样儿"是做鞋子使用的模具，包括鞋底样儿和鞋帮样儿。一般用报纸裁剪，比照脚大小估摸着剪裁的。平时母亲把鞋样存放在炕席底下，用的时候掀开炕席拿出来。时间长了也不记得是谁的了，用我的脚比量是否合适再做裁剪。比照鞋样儿，将袼褙裁剪成一片片鞋样大小。裁剪几条白布，每一片包上一圈白布边，用糨糊粘上，称为"嵌边"。七八片袼褙粘在一起，鞋跟部还要再填充几块袼褙。然后找块石头压实，使袼褙充分黏合，就可以纳鞋底子了。

纳鞋底时，先用鞋锥子在底子上扎一个孔，右手中指戴着顶针儿，"大苤子针"带线穿入孔内，一针一针地缝制，每针的距离三四毫米，针眼越密鞋底越耐磨。母亲用鞋锥子扎孔，还时不时地拿锥子在头皮上蹭几下，目的是用头油增加锥子的光滑度，扎孔时省劲儿。普通的纳鞋底是顺着鞋底子一圈圈一针针地排下去。母亲的针线编排花样较多，编排出各种花卉或者吉祥图案，耐看。再经过裁剪鞋帮、压鞋帮（前后两片）、絮棉花、绱鞋（鞋帮与鞋底缝合在一起）、钉鞋鼻子（俗称乌眼儿）、楦鞋（含口水向鞋面喷洒，用浸湿的沙子填充到鞋子里撑起来）等步骤，再买一双黑鞋带，一双飞帮方口乌眼儿棉鞋就做好了。还有一种老头儿鞋和儿童鞋，俗称为"二皮脸儿鞋"，做法与普通棉鞋程序基本相同，不同的是鞋面是由两块相同的鞋帮缝合在一起的，中间缝合部位加上一块皮子显得美观大方。这种窝帮鞋走起路来不跟脚，老人和小孩穿的居多。

小孩子闲不住，整天在外边疯跑，棉鞋穿不了多久鞋帮就破了漏出棉花，或者把鞋底磨穿了，或者鞋尖顶破了漏出脚指头，脚冻得红肿。脚经常出汗，久而久之鞋底就成铁底了，光溜溜，凉飕飕，只好在鞋窝里塞一把稻草取暖。鞋垫肯定是没有的。

由此联想到，电视剧里经常见到的场景，情妹妹送情哥哥走西口闯关东，临别时送一双自己绣制的鞋垫，相思之情浓缩在了鞋垫之中，情哥哥怎么舍得把鞋垫踩在脚下呢？思念情妹妹时，拿在手里端详着发呆，恍惚间看到情妹妹站在村口翘望，等待情哥哥背着钱褡子款款而来。那时的鞋垫是多么饱含深情的信物。

儿时，冬季还穿过草鞋。草鞋是用蒲棒草编制的，从集市上买回后，母亲在草鞋底子垫几层"袼褙"缝起来耐磨，鞋脚尖儿、脚跟儿蒙上一块布，保暖又耐用。鞋窝里再衬上一层粗布防止磨脚，也起到保护鞋帮的作用。草鞋里垫上麦秸，感觉暖暖的。草鞋走路不跟脚，趿拉着走路，适合老人和小孩子穿。要在晴天穿，雨雪天草鞋容易渗水，湿漉漉的就没法穿了。

小伙伴们打闹玩耍，新衣服穿不多久就磨破了。先磨破的是胳膊肘、膝盖、袖口，讲究点的人家给孩子做个套袖，防止磨破袖口和胳膊肘。棉衣棉裤磨破了漏出棉花，来不及打补丁，就像个小叫花子。母亲趁我晚上睡觉时脱下衣服才开始给我缝补，白天脱了衣服没有换的。母亲找一块旧布条，裁剪合适，缝补在棉衣裤上。屁股部位圆圆的两块补丁，耐磨损，一针一线转圈缝上去的，还真有点残缺美。与现在服装故意在胳膊肘打一块补丁类似。区别是现在是时尚，过去是无奈。膝盖上的补丁也是如此，圆圆的包着膝盖。长大点了，知道臭美了，不愿意穿带补丁的衣服，在同学面前感觉没面子。"新三年，旧三年，缝缝补补又三年"，这是那个时代的烙印，是迫不得已的。

购买布料需要布票，没有布票有钱也买不到布。布票国家计划供应，大概是每人每年十四尺布票，做一件上衣需要七尺布，裤子需要六尺布，一身衣服做下来布票就所剩无几了。一家人只能合计着做衣服，衣服破得实在不能穿了，才能添件新衣服。衣服裤子前补丁后补丁的，如果找不到合适颜色的布条，补丁还五颜六色的，宛若老和尚的百衲衣。我的衣服不是百衲衣，膝盖、胳膊肘子、袖口多处也是补丁摞补丁。一件衣服往往是哥哥穿了我穿，直到破得不成形了也不能扔掉。大块的当作补丁，缝补衣服；小块的，打成袼褙做百衲鞋底，继续发挥碎布条的作用。

一位小伙伴，兄弟姐妹七八个，生活艰难困苦。家里孩子就两条像样的裤子，男的一条，女的一条，谁有事出门了就穿上，其他人烂布条子裹着身子遮羞，或者干脆躺在炕上不出门。小时候常到他家玩耍，一大家子住着两间土坯房，家徒四壁，炕上一堆棉花套子，没有完整的被子，窘迫不堪。

读大学时，母亲担心我的冷暖。父亲来信说母亲给我做了露手指头的棉手套、棉鞋、棉袄、棉裤，问我是否需要。我知道在女同学面前臭美了，不愿穿老式棉衣棉裤了，学校有暖气，也用不着穿得太厚了，就回信说不要了，拒绝了母亲的一片心意。如果是现在，我就说需要了，就是不穿，也要留下母亲的爱子之心。

前些年，闲逛大栅栏儿，买了一双千层底布鞋，穿的时间并不多，看着亲切，觉得穿上百衲底布鞋又回到了童年，感受到了母亲的温暖。

10. 家　猫

　　我喜欢与家猫玩耍，我走到哪里它就跟到哪里。我常把它搂在怀里与我一起入眠。抚摸着它那毛茸茸的身躯，痒痒的，暖暖的，让我度过了无数个冰冷的夜晚。家猫是我形影不离的好朋友、好伙伴。

　　家猫个头不大也不小。头和背是黄色的，脖子和肚皮是白色的，圆脸，虎爪，琥珀色的眼睛炯炯有神，温顺可爱。母亲说，我刚出生的时候，家猫就陪我玩耍了。

　　我躺在炕上，家猫用深邃的目光看着我，我也看着它。有时，它"喵喵"叫两声，好像在向我打招呼，我也"嗷嗷"地喊几声，表示回应。我跟家猫差不多大小，它可能把我看成同类了，用它的小爪子轻轻地抚摸我的小手，给我挠痒痒。我也下意识地触摸它的手，毛茸茸的。懵懵懂懂的我并不明白它是不是同类。

　　家猫年轻力壮时，是个捕捉老鼠的能手。那时的老鼠与猫是死对头，老鼠见了猫，就像现在动画片"猫见了老鼠"。老鼠可不敢随便戏猫，一不小心就成了猫的盘中餐。家猫抓老鼠的动作干净利索，只见它匍匐在地，碎步前行，趴在柜子下的老鼠洞边，两眼死盯着老鼠洞。老鼠刚探出头来，它就以迅雷不及掩耳之势冲上去，两只利爪死死按住老鼠。一口咬住老鼠脖子，老鼠也只能束手就擒了。

　　每到夏秋季，夜半三更，家猫便从窗户猫耳洞钻出去，到大坑为我去捉鱼。家猫蹲在池塘边，炯炯有神的眼睛紧盯着水面。等鱼儿游到岸边，瞅准时机，迅速用利爪抓住鱼，用嘴死死咬住，奔跑着叼回家，鱼放到碗里，又跑出去捉鱼了。池塘距离老宅子百十米，一晚上家猫来回跑好几趟，抓四五条鱼，天快亮了才回家休息。早上起来，见碗里放着几条鱼，我就可以吃到猫为我抓的鱼了。

猫儿贪腥，但它知道我没有什么好吃的，所以自己舍不得吃鱼，给我留着，为我增加些营养，好让我快快长大陪它玩耍。与猫争食，实在有点不好意思。可我吃得还不如猫。猫还能抓几只耗子、抓条鱼解馋，我一年到头不见荤腥。平时，猫与我一起吃素食，与我一起过苦日子，不离不弃。我吃了鱼肉，猫只能吃剩下的鱼头鱼刺了，我从内心里感激猫儿。

日常，我趴在炕上，家猫与我玩玻璃球。我把玻璃球滚出去，猫就用爪子挠回来。它用两只爪子捂着，我去抢的时候它会用爪子轻轻打我的手。

有时，家猫会赖在我的身边，让我给它挠痒痒。挠几下它就伸起懒腰，很享受的样子。猫不会说人话，它会用温情的眼神看着我"喵喵"叫几声，算是对我道了声"谢谢"。

家猫是我情绪的调节剂。当我不高兴时，它就依偎在我的身旁，挠挠这儿、舔舔那儿，逗我开心，一会儿我就忘却了烦恼。

家猫和家狗是死对头，一见面就掐。狗虽然比猫身大有力气，但危急时刻，猫就爬上树了，跳上墙了，狗也只能瞪着眼狂吠，无可奈何。

我渐渐长大了，家猫却渐渐苍老了，身子也变得懒惰了。有时看着老鼠在柜子上惬意溜达，也无动于衷，只想钻进被窝与我抱团取暖。母亲不让我老是搂着猫睡觉，那样它就更懒惰了。我会狠心地把它从被窝里赶出去，督促它去履行天职。

突然有一天，早上起来家猫不见了，一连好几天也没有回来。我找遍家里的角角落落，不停地哗儿哗儿（呼猫声）地叫着，嗓子快喊哑了，也没有找到它。为此，我哭着闹着让母亲去找家猫，可找遍了左邻右舍也不见猫的影子。为此我伤心了好些天。

后来，有人说在村庄南面野地里看到过家猫，也有人说在柴火垛旁看到过家猫。

11. 菜园子

越冬的白菜、萝卜由生产队统一种植，统一分配。生产队辟出一块地（机井边，便于浇水）作为菜园子栽种时令蔬菜，如西红柿、茄子、辣椒、黄瓜等，主要是为生产队搞副业增加集体收入，村民吃蔬菜仍需要花钱购买。对村民来讲，蔬菜并不是非吃不可，只有在过年过节、招待客人、婚丧嫁娶等日子才会买些蔬菜食用。

日常食用的蔬菜主要靠自己动手栽种。值得庆幸的是老宅子庭院比较宽敞，家家户户有前后院，这是老祖宗给留下来的遗产。院子边边角角用来栽种蔬菜，做几个畦栽种上黄瓜、茄子、辣椒、西红柿，在篱笆旁栽种豆角，让它借助篱笆攀爬结果。倭瓜、葫芦更是随意栽种在窝棚、柴草垛、墙头、树下，任其攀爬，也能结出丰硕的果实。这些蔬菜不同时节成熟，基本能满足日常蔬菜需求。

搬回老家后，爷爷家后院一多半作为我家菜园子，有三四分地，就在我家老宅子对过儿。菜园是母亲的小天地，也是我的童年乐园。那里有瓜果蔬菜可以饱口福，也可以填饱肚子。

爷爷家的院子南北长八九十米，东西宽十四五米，算是大院套了。爷爷和大伯住在一个院子，三间正房，一间偏房。后院用来种植蔬菜，东面我家种植，西面大伯家种植。菜园子四周用高粱秸秆挟起寨子，几根木棍和秫秸做成栅栏门，母亲还上了一把简易锁。

给我的感觉是菜园子有吃不完的蔬菜瓜果。春季，整修两畦地块种上小白菜，边成长边收割。韭菜吐出嫩芽也可以应季收割了，从春季吃到秋季。清明前后栽种西红柿、豆角、黄瓜、茄子、辣椒、胡萝卜，夏季蔬菜就够用了。深秋了，种上小葱、菠菜，栽上大蒜，早春就可以收割了。园子边边角角栽上爬藤瓜果，如南瓜、葫芦、冬瓜、角瓜、癞瓜等，爬到周边的栅栏上、树上，到了秋后，果实累累，园子周边的向日葵也熟了，一派丰收景象，解决了全家人的吃菜问题。

到了收获的季节，割一捆菠菜或者摘几个茄子、一盆豆角，用大铁锅煮食，舀一大海碗，吃得顺口。赶上三夏大忙或者秋收，需要做重体力活增加些营养，煮菜就放点荤腥。村里来了卖应季鱼虾的，买几斤与菜一起煮，原汁原味的鲜香。吃上两大碗菜，那种蔬菜的饱腹感，能让人感受到莫名的满足。

儿时，常惦记的是菜园子里的黄瓜、西红柿还有茄子，这些瓜果都能生食。不打农药，不施化肥，摘下黄瓜、西红柿在身上蹭两下，狼吞虎咽，吃得满嘴流汁水。或许是因为肚子里缺油水，能吃上一根黄瓜、一个西红柿、一个茄子幸福感满满的。每到黄瓜盛果期，时不时到园子里巡视，眼巴巴地盼着黄瓜快快长大。菜园子就是我的果园，黄瓜、西红柿就是水果零食。

日常，母亲打理菜园子。夏季，母亲戴上酱篷婆，浇水、施肥、除草、松土、搭架、绑蔓。我时常跟着母亲到菜园子玩耍。在母亲的呵护下，菜园子的萝卜花、黄瓜花、喇叭花盛开，彩蝶飞舞，瓜果长得水灵丰盈，味道醇厚。今天蒸茄子，明天炒扁豆、辣椒，后天拌黄瓜、西红柿，秋季挖出洋姜、地梨儿用来腌咸菜。菜园子成了实实在在的菜篮子。

平时，母亲不允许我自己去菜园子，怕我不小心踩了秧苗。黄瓜、西红柿、茄子刚刚结果，怕我忍不住把茄子纽、黄瓜纽给吃了，那样就糟践了。

菜园子太有吸引力了，我总想进去瞧瞧。有一次，我从栅栏偷偷钻进了菜园子。趴在黄瓜架边仔细寻找，结果在黄瓜架中间发现一根又粗又大的黄瓜，足有两三斤重，又惊又喜，觉得别人没有看见，被我撞见了。顺手摘下来蹲在菜地抱着黄瓜啃了起来，不一会儿一根大黄瓜就被我吃掉了，还撑得打着饱嗝。当母亲来到菜园时，发现留的黄瓜种不见了，问是不是我摘的，开始我不承认，母亲让我过来闻闻嘴的味道，结果吃了有一阵子了，嘴里还满是黄瓜香味，无法抵赖了，只有乖乖就范。母亲把我大骂了一顿："小兔崽子，你把黄瓜种给吃了，明年没有黄瓜籽了，咋长黄瓜呀？""我不知道哇，看着长得又粗又大就给摘了。"其实黄瓜纽上已经拴了根红线绳做标记，我也没在意就给摘下吃了。

秋后，西红柿、茄子采摘进入尾声。这时节，我不放过每一个茄子纽儿、每一个半熟不熟的西红柿。到了秋后天气转凉，西红柿、茄子秧还顽强地生长着，似乎是为我多长几个果子。这时的西红柿熟不透了，摘下来放在篮子里用破衣烂衫盖上，过个十天半月西红柿捂熟了，红一个我就吃一个。

菜园子除了种植蔬菜，还有许多野菜可以食用。有一种俗称"小鸡扫帚"的野生植物可以采摘叶子吃。小鸡扫帚学名地肤，长满院子的边边角角。春夏之交，小鸡扫帚掐尖采摘，用开水烫过，挤干水分，撒点盐、香油、酱油、醋、蒜拌着吃，清爽可口。裹上面粉，撒上适量的盐蒸熟，拌上蒜泥调味料，既可做主食也能当菜吃。扫帚苗剁碎加点猪油蒸菜团子是不错的吃食。扫帚苗长成两米左右高，秋季拔下晒干以后扎成扫帚，环保又实用。也许"小鸡扫帚"的俗称就是由此而来吧。

如今在城郊有了自家小院子，朋友从河南农村找来了扫帚苗种子，撒在院里疯长，每到春季也能吃上扫帚苗了。院子里还有苦菜、马齿苋、洋姜、地梨儿等野菜，应季食用，既满足了情感需求，又饱了口福。

秋季，一串串癞瓜（俗称裂瓜）挂在菜园子栅栏上，有黄褐色的，有红色的，像挂了一圈小灯笼，喜庆祥和。母亲采摘癞瓜，用线绳系上挂在屋内墙上做装饰品，增添了丰收的喜庆氛围。癞瓜外表类似苦瓜，布满了疙瘩，凹凸不平的样子，显得粗糙，成熟以后会自然裂开，可以直接食用，皮甜甜的。但我感觉有一股怪味，不太喜欢吃。

地震时，房屋倒塌无法居住了，在菜园子搭起了几个窝棚居住。用苞米秸、树杈子搭成尖状的窝棚，上面用塑料布蒙起来，里边垫上门板，几家人住到了初冬，修建了新的地震棚才搬出了菜园子。大家也无心种菜了，菜园子也就逐步废弃了。

儿时，我对瓜果梨桃的向往到了痴迷的地步，菜园子就是我日思夜想的乐园，我整天盯着菜园子，看着菜园子花开花落，闻着菜园子的芳香，吃一根黄瓜或者一个西红柿成了我无限向往的事情，那种快乐无以言表。

待到参加工作了，租房子买房子，总是想着有块地能种菜那该多好哇。孩子上学租学区房，我们选择租一楼，带一个小院子。栽上南瓜、葫芦、黄瓜，长得有模有样。

自己有能力买房了，选择了带院子的房子，可有了用武之地。每年蔬菜品种轮换着栽种，今年种黄瓜，明年种南瓜、葫芦，后年种西红柿，儿时吃过的见过的蔬菜全部搬到院子种了个遍，着实过了一把瘾，圆了儿时的瓜果蔬菜梦。

经过多年的历练，我种植蔬菜的技术达到了农技师水平。使用农家肥栽种出的黄瓜、西红柿，再现了儿时的味道，远非从市场购买的所能比拟。随摘随吃，管够，没人与我抢，实现了儿时不可能的瓜果蔬菜梦想。盛果期，自家吃不了，送给亲朋好友和邻居，成就感满满的。

我也庆幸吃过见过那个年代的瓜果蔬菜，知道自然生长的蔬菜是什么味道。现在，反季节栽种大棚蔬菜，一年四季能吃上新鲜蔬菜，比如西红柿、黄瓜等，这些蔬菜已经没有了原本的味道了。可惜现在的年轻人，已经不知道蔬菜本来是什么味道了，认为应该就是现在的味道，不禁令人感慨。

12. 大地震

午后，太阳火辣辣的，天气怪异般的闷热，让人喘不过气来。高粱、玉米耷拉着脑袋，地瓜叶子从两边卷向中间，树叶纹丝不动。在冀东沿海这是少有的天气。

狗无缘无故地狂吠，鸡鸭扇动着翅膀往墙头上飞。满大街飞舞着密密麻麻的蜻蜓，贴着地面飞，小伙伴们拿着扫帚满大街追蜻蜓。大坑的鱼跃出水面，像燕子一样飞舞。井水也上涨了，比平日里混浊。傍晚，向村西望去天空红彤彤的，就像火烧云，异常美丽，太阳迟迟不肯落下地平线。正当暑假，小伙伴们挑菜割草，洗澡摸鱼，偷瓜摸枣，享受着暑假的快乐。

吃罢晚饭，左邻右舍的婶子大妈们照常呼扇着蒲扇到大街乘凉，有一搭无一搭地议论着天气的异常以及发生的种种怪象，大家一脸茫然。我搬着小板凳与大人们围坐在一起，点燃一堆柴草熏蚊虫，听三爷讲鬼狐怪异的故事。天气闷热，坐着就流汗，大家聊到夜深了才回家睡觉。躺在炕上，浑身湿热，迷迷糊糊地进入了梦乡。

五更天，睡梦中感觉房子在摇晃，伴随着沉闷的隆隆声，人在炕上滚动，我还以为是在做梦呢。忽然听到柜子上的瓶瓶罐罐碰撞声，房顶开始掉土渣，并不知道发生了什么。我睡在土炕东头，紧挨着东山墙，山墙土坯掉了下来砸在了我的小腿上，感觉到了疼痛，我才从睡梦中惊醒。母亲大声喊"地震了，地震了，快起来"，把我从炕上拽了下来。

这时晃动停止了。慌乱中，母亲扒拉了几件衣服，拉着我和姐姐踩着瓦砾，跟跟跄跄向屋外走去。地上满是残砖乱瓦，到了过堂屋，乌烟瘴气呛鼻子，房门打不开了，被砖头瓦块堵住了。父亲和母亲里应外合才勉强扒开一条门缝，我和母亲、姐姐慌慌张张跑到院子。

当天晚上，父亲住在厢房。发现地震后跑到院子大声喊叫"地震了，快出来"，连续喊了好一阵子也没有回音。慌乱之中，我和母亲没有听到，也没做出任何回应。父亲担心我们的安危，火往上冒，急火攻心，嗓子急得哑了，好几天没有说出话来。这就是震惊中外的1976年7月28日凌晨3时42分唐山大地震。村子距离震中八十多公里。那时我读初中一年级。

一家人跑出房屋走到临街的空地上，天空一片漆黑，下起了小雨。此时我才感觉小腿一侧有些隐痛，手触摸激灵一下。原来是被墙坯砸伤了，破了皮渗出了血。后来留下了一道浅浅的印记，也算是大地震留念吧。

惊恐万状的乡亲们跑到大街上，嘈杂声、呼喊声乱作一团，大家议论着，茫然不知所措。天刚蒙蒙亮，众人站在大街上。裹着被单的，顶着被褥的，穿着短裤光着上半身子的，满大街惊慌的面孔。夏季，人们穿得少，个个"衣不蔽体"。后来听大人们讲，一位给生产队看饲养处的老大爷，平时有光着身子睡觉的习惯。房子晃动得厉害来不及穿衣服，光溜溜地就跑了出来，到了大街上才感觉自己光着身子。天蒙蒙亮了只好用手遮住下体蹲在墙根。邻居从废墟里找了一条小手绢给他系到下体上，总算遮羞了。

天渐渐放亮，下起了小雨，湿热难当，余震不断。人们逐渐从惊慌中回过神来开始自救，从倒塌的房子里扒人。距离我家不远处一户人家，房子老旧屋顶塌陷了，一个五六岁的小妹妹被压在里面，大人们奋力扒开残砖乱瓦，从废墟中抱出小妹妹，小妹妹满脸是血，鼻子、嘴向外淌血，已经奄奄一息了，不久就身亡了。还好，村子距离震中较远，都是平房或者土坯房，倒塌了也无大碍，村民损伤不大。

房屋东倒西歪不敢进去住了。父亲和邻居找到几块塑料布、席子、门板、绳子，借助院子东南角的小树林，垫几块砖头，铺上门板和炕席，搭起了一个窝棚，与邻居三家老小钻进窝棚躲雨。天气闷热，窝棚用塑料布蒙着挡雨，空气流通不畅，湿热难耐，三家十几口人挤在窝棚里，喘气困难，感觉我差点窒息了。之后三四天都在窝棚睡觉。

房屋东倒西歪了，砖垒砌的房子还支撑着框架，土坯房大部分倒塌了。村子东南角的大坑被冒出的黑沙填平，鱼鳖虾蟹翻着白眼躺在水面，被烫得半熟了。再往村西头看，因地势低洼，地面错位塌陷，露出一条条地缝，一堆堆黑沙土包。村庄周边的沟沟坎坎也被黑沙填满了。

一整天，大人们都在商量着如何从屋内取出生活用具。有的说不能进去，恐怕房顶塌下来砸到人。有的说，不进去拿出米面锅碗瓢盆没法做饭。为了生存，大人们冒着危险，从废墟里扒出大铁锅，找出粮食，用砖头支起锅灶，烧着半干半湿的柴草，勉强熬点粥喝。

当天，一直下着小雨，天气依然闷热。刚吃过晚饭，我正在大街上玩耍，突然看到村庄西边天空闪过一道蓝色弧形光芒，把半壁天空映衬得五颜六色。蓝光闪过之后，伴随着轰隆隆的响声，地面上下颠簸，左右晃动，感觉自己像醉汉似的站立不稳。房屋、院墙不停地倒塌，整个村子尘土飞扬，乌烟瘴气，鸡飞狗跳。村子西边蹿起一丈多高的黑水柱，裹挟着泥沙咕嘟咕嘟冒着热气，地面流着黑水。大人小孩哭喊着、吆喝着，扶老携幼从村西边呼啦啦往村东头奔跑，人们惊恐万状，乱作一团。

一位大姐姐是家里唯一的女孩，平时娇生惯养，穿着时尚。被家人拉着向东跑，大姐姐就是不情愿走，哭着闹着要回屋子拿衣服，家人劝不住，她又跑回去了。不一会儿，大姐姐挟着一个包袱跑了出来，应该是找到心爱的衣服了。村东头比村西头地势高，没有出现地面裂缝，也没有蹿黑水。我家住在村子中间，看到村西边的乡亲们向村东跑，也跟着众人顺着大街跑到了大槐树下。这时晃动停止了，大家才镇定下来。

感觉晚上与凌晨震级相当。后来从资料上得知，18点45分震级7.1级，震中在滦县，距离村庄仅60多公里，比唐山更近了，所以震感强烈。本来家里的房子已经东倒西歪了，经过晚上晃动后，房子四周山墙倒塌，只剩几根柱脚支撑着房顶，屋内到处残砖碎瓦。村庄大部分房屋倾斜倒塌，建筑构件七零八落，房屋倒塌激起的尘土弥漫在村庄上空，烽烟四起，一片狼藉。

房子是村民的主要财产，攒了几辈子的钱就为盖间房子，有些还是祖上传下来的，这下全被毁了，家也没有了。邻居大婶坐在门口两手拍打着地失声痛哭，嘴里还不停地叫喊着"老天哪，让我怎么活呀"，痛不欲生，乡亲们纷纷走过去劝阻。

震后不久，县里派来了抗震救灾工作队。工作队长是县武装部干部，队员是县委组织部的青年女干部。他们带领群众抗震救灾，恢复生产，重建家园。

武装部长刚到没几天，就把民兵召集起来开动员大会。民兵们在大槐树下站成两排，武装部长站在队伍前面的土岗上，"稍息，立正，向右看齐，报数，稍息"。"提高警惕，保卫祖国""抗震救灾，重建家园"，大家跟着喊口号。武装部干部用铿锵有力的声音讲道："我宣布，现在进入一级战备状态，民兵同志们从现在起要进入二十四小时战备值班。面临国内外严峻形势，要防止敌人趁机入侵，随时准备打仗。防止国民党特务搞破坏。加强对地富反坏右分子的看管，防止阶级敌人趁机捣乱。做好抗震救灾重建家园工作。"武装斗争、阶级斗争这根弦绷得更紧了。

大槐树下，临时搭建了"抗震救灾指挥部"，两边挂着条幅，民兵在两旁持枪站岗值班。几天后，村子来了医护人员，救治村民。又过了几天，来了军用卡车，把捐赠的救灾物资运到村里，堆到抗震指挥部门前。各地捐赠的被褥、毯子、衣裤、鞋袜、各种食品，等等，分到各家各户。我家分到了几套衣物和塑料凉鞋。我穿上透眼的塑料凉鞋不太合脚，但感觉新奇时髦。

村庄农作物以高粱为主，震后从地下冒出的黑沙把大部分高粱烫死了。远远望去一片片高粱已经枯黄，横七竖八耷拉着脑袋。玉米、大豆、白薯等庄稼由于地面塌陷、喷黑沙也烫得半死不活了，几近绝收。本来村民粮食就不够吃，这样一来日子就更加艰难了。

大人们为一家人的吃食发愁，合计着生活如何继续。而小伙伴们却不知愁苦，地震对于我们来说只是一次经历而已。不用上学了，撒欢玩耍，捉鱼摸虾，偷瓜摸枣，无不快活。河道几乎填平了，只剩下一条小水沟了，河里的鱼被烫得半死不活，河道上白花花漂了一层。小鱼还在挣扎，在水里打转转已无力潜逃，不多时就捡了半篮子。生产队的甜瓜地也顾不上看管了，坐在地头吃个够，摘几个藏在篮子里，留待路上吃。

老房子没法居住了。各家各户就地取材，在院子里、街道上搭起了窝棚。用高粱秸秆、玉米秸秆、木棍等搭建，类似于生产队看瓜的窝棚，用门板做床板，上边用塑料布蒙上。震后，阴雨连绵一个多月。遇到大雨天，外边下大雨，里边下小雨，被褥淋湿了。但余震不断，小小的窝棚也还是安全的，不用担心房屋倒塌了。

天气渐渐转冷，窝棚已难以抵御严寒。救灾指挥部为各家各户发放了油毡檩木，入冬之前盖起了简易抗震棚。

抗震棚四周用砖和土坯垒起，檩子椽木搭起房顶，上方盖上油毡，油毡上面压上砖头瓦块，这就是简易抗震棚了。简易房也就一人多高，伸手能摸到房顶，即便是震塌了也不会伤到人。里边砌上火炕、锅灶做饭烧火。余震不断，政府号召大家不要急于盖新房。直到三年后基本稳定了，大家才陆陆续续拆掉抗震棚盖起了新房。1979年秋天，我家也翻盖了房子。我在灶台上用水泥雕刻了日期"1979年9月"，算是一个纪念吧。

我也观察到，人们应对自然灾害的能力，生存能力，或者说忍受艰难困苦的能力是那么强大。只要有一口饭吃，有一口水喝，有一个窝棚,就能生存下去。自然经济条件下的村庄,人们的物质生活本就简单粗陋,还带有原始的味道,吃不饱穿不暖是常有的事,地震不过是毁了房子而已。当乡亲们从短暂的恐慌中回过神来,该干什么还干什么,日子照常过。平整土地,扶起倒伏的庄稼,搭起窝棚,生活在平平淡淡中继续着。

13. 我的小学

70年代初期，虚岁8岁的我开始上学了。

村庄建有一所五年制小学校。小学校址原是三官庙和观音庙，土改时废除了庙宇，利用庙宇房屋办成了小学校。记得只有三间教室，校门朝西，我的小学时光就是在这里度过的。

校园内有一棵大槐树，重修庙宇时栽种的，百十年树龄。寺庙的功德碑横躺在大槐树下，碑首和碑座不见了，碑身断为两截，表面磨得光滑了，字迹隐约可见。课间操女同学们时常坐在上面玩"欻大把儿"游戏。

据前辈讲，学校还有一口大钟，原是庙宇的晨钟。改作学校后，用作上下课敲的钟，钟声全村都能听得到。50年代初期，学校经费紧张，来自邻村的裴校长就打起了这口大钟的主意。大钟三百多斤重，砸了卖废铁也值点钱。有一天，校长叫了几个学生砸大钟。用了半天时间才把大钟砸碎，送到公社废品收购站卖了几十块钱，补充了学校经费。大钟也随着滚滚历史洪流湮没了。

小学校算上校长舅舅才三名教师，负责五个班级教学。由于教室和老师紧张，一个班级仅有十几二十名学生，我读二年级时与四年级合并在一个教室上课。在学校西南角一间教室，我们二年级靠窗边两排课桌，四年级靠里边。老师先给四年级同学讲课，再给我们讲，其间轮换自习。课桌就是四根棍子支撑着一块不规则的板子。

读一年级时，崔桂芳老师担任班主任兼授课老师，崔老师也是我同学的母亲，四十来岁年纪，个子不高，剪着短发，讲课生动有趣，绘声绘色，声音温柔动听。崔老师对学生要求严格，同学们都怕她。有一次，一位李姓男同学站起来举手请假去厕所，崔老师没有批准。"马上下课了，等一会儿再去吧。"男同学也不敢出去，只好憋着。等到下课同学哭了，崔老师问："你为什么哭啊？""我拉裤子了。""你怎么不早说憋不住了呀，快回家换裤子去吧。"同学们哈哈大笑，后来同学们给他起了个外号叫"屎壳郎"。

记得我们刚入学没几天，崔老师正在教我们读汉语拼音，其他班级的同学已经下课了，对我们刚入学的同学感到新奇，挤在教室外面，扒着窗户看我们上课，七嘴八舌地议论着。看到其他班级同学下课了，同学们着急了，纷纷向窗外张望，盼望着早点下课跑出去玩耍。崔老师说："再找一位声音大的同学，读一遍拼音字母就下课。"同学们踊跃举手，崔老师点了我的名字。我站起来，捧着书本大声朗读："b、p、m、f、d、t、n、l……"读完崔老师说："声音洪亮，发音清晰，继续努力，下课吧。"我瞥了一眼窗外的同学，脸上露出自豪的表情。

有一次，我也内急了。下课钟声响了，我急忙跑向厕所，可怎么也解不开棉裤扣子了，急得我直冒汗。我们入学是在年后春季，而不是现在的秋季。刚入学，母亲给我做了背带式的新棉裤。背带上的扣子与棉裤母扣扣在一起，新棉裤母扣比较紧，越着急越解不开。学校距离家也就百十米，我憋着肚子急忙跑回家，进了院子大喊："妈，扣子解不开了，我要撒尿。"母亲赶紧过来给我解开棉裤扣子，这才解决了内急。

二年级末，我首批光荣地加入了"红小兵"。崔老师给我们几位同学戴上了红领巾，我心中油然升起一股自豪感。在加入红小兵的宣誓仪式上，崔老师告诉我们，红领巾是无数先烈用鲜血换来的，是五星红旗的一角，加入红小兵是每个同学的光荣。我们要继承革命传统，向英雄人物学习，向雷锋叔叔学习。尊老爱幼，热爱集体，捡拾东西要交给老师，与坏人坏事做斗争。

当崔老师给我戴上红领巾的那一刻，看着鲜红的红领巾在我胸前飘荡，我感觉自己成为一名光荣的少先队员了。立志向放羊娃海娃、潘东子、刘文学、草原小姐妹等少年英雄学习，做一名又红又专的革命事业接班人。

读三年级时，我们才有了独立教室。大队部坐落在大槐树北面，原是"南澍裕堂"家族的老宅，土改后改作大队部使用。校区教室不够用，大队部腾出三间房子作为教室，实际上就是民房打通了作为临时教室使用。

王瑞全老师五十岁左右年纪，担任我们三年级的班主任，主讲语文课程。王老师家住九沟村，平时老看见他骑着自行车，车把上挂着一个黑皮包来上课。王老师是一位教学经验丰富的老师，讲课认真负责，在当时的教育环境下，是位难得的好老师。王老师面相和蔼，对人温和，总是面带微笑。

同学们软的欺、硬的怕，遇到厉害的老师就收敛点，遇到脾气好的老师就放肆得多。上课时，王老师在前边讲课，同学们在下边说笑。只要不过分，王老师也不会太在意。我在班级年龄较小，还算听话的，贪玩，也没有心思学习。有几个年龄稍大的同学，坐在教室后面，上课就捣乱。不是捅咕周边的同学，就是交头接耳，有时还大声喧哗，影响其他同学听课。有一次，王老师实在看不下去了，大声说："你们几个不愿听课，都给我滚出去。"气得王老师浑身发抖，脸色发青，拿起课本就扔向了那几个同学，这是王老师少有的发脾气了。

尽管如此，王老师还是认真负责地教学，苦口婆心地教育我们好好听课，好好学习，增长知识，长大有出息。记得其他老师也是认真负责地讲课，期望我们学到更多的文化知识。每次上课前，全体同学都要起立，齐声喊"好好学习，天天向上"。在大的教育环境下，老师也无能为力，实际上只是喊喊而已。教室黑板上方也贴着这八个大字，看看而已，学习的事儿早就忘到九霄云外去了。

王老师把班上认真学习的几位同学安排在教室前排听课。不认真听讲的、调皮捣蛋的同学坐在后排，减少对其他同学的干扰。我坐在教室中间，属于不捣乱也没有认真听课的那种，经常与邻桌同学偷看小人书，讨论小人书人物、情节。有时，假装看书本，实际上脑子压根就没在书本上，早就跑到大清河去了。那时学习成绩好的同学总是有点家庭背景的，比如教师、会计的孩子，地富反坏右的孩子，等等。

"白卷英雄"是我们学习的榜样，期中期末考试都是开卷。允许看书，但不允许同学之间交头接耳、互相抄写。每次考试我总是想办法与学习好的同学坐在同位，或者坐前后桌，递纸条抄卷子方便，老师也是睁一只眼闭一只眼。

一位同学学习成绩排在班级前几名，坐在前排，人长得高挑瘦弱。有一次，我的数学作业没有完成，实际上也不会做，打算找他借作业本抄写，好说歹说也不借给我，我们俩拌嘴，我急了抢他的作业本并推搡了他，同学就抹眼泪了。这事儿被王老师知道了，下课后把我叫到面前，严肃地批评了我，还告诉了校长舅舅。舅舅把我批了一顿，我差一点挨揍。舅舅脾气不好，那可是经常揍调皮捣蛋学生的，我算是侥幸逃过一劫。

还有一次，我跟一位男同学吵架了，互相打嘴仗觉得不过瘾，我拿起他的铅笔盒摔在地上给踩烂了，他也抢去我的铅笔盒给踩了，我们俩都气哭了。铅笔盒可是重要的学习用具，谁要是有一个漂亮的铅笔盒同学们都羡慕不已，平时小心翼翼地收藏着。经过这次吵架我俩的铅笔盒都毁了。

我和一个外号叫"小疤癞人"的男同学坐在同位，我俩是好伙伴，常在一起挑菜割草。有一次，下课了，我发坏琢磨着逗他。夏季，男同学穿的是短裤，当他站起来的刹那间，趁他不注意，冷不丁我把他的短裤给撸下来了，周围同学看到了，哄堂大笑，他提起裤子追着我打闹。

新学期，王老师开始教我们写作文了，这也是我发愁的。作文不好抄别人的，只好自己写。我平时读文章少，肚里没词，不知从何下笔。王老师告诉我们，按照三段论去写，开始讲全国形势一片大好，在这大好形势下歌颂伟大祖国欣欣向荣的大好局面。接下来以批林批孔批宋江为主要内容，揭露他们的罪行，这些内容报纸上都能找到。末了喊口号，歌颂大好形势。我也没太理解王老师的讲解，憋得抓耳挠腮，肚子里没词儿怎么也写不出来，只能是搜肠刮肚，语句不通，文不对题，不成文章。我的作文水平始终没有提升，平时也不交作文作业，到考试了实在没办法才硬拼凑一篇应付了事。

三年级时，我荣幸地被王老师委派为"炉长"，与另一名同学负责生炉子。取暖的煤炉子是用砖头瓦块垒砌的，竖起烟筒通到教室外，依靠炉体和烟筒散热取暖。点燃炉子的过程烟雾缭绕，需要在上课之前把炉子生着，好让烟雾散出去，同学们就可以来上课了。每天我比其他同学早半个小时到达教室。教室备有燃煤和苞米穰子，我还需要从家里拿些高粱叶子或麦秸、木棍、树墩子等引燃煤块。我上学背着书包，手提一把大斧子，怀抱着引燃煤炉子的柴草或木墩子，一副时代少年打扮。到了教室，将木棍、树墩子劈开，用于引燃炉子。我生炉子的经验不足，每次点火都弄得教室浓烟滚滚，呛得我我泪流满面，不停地咳嗽，实在坚持不住了我就捂着眼睛憋着气跑出教室，呼吸几口新鲜空气，再跑回教室添柴添煤，折腾好大一阵子才能点燃炉子。后来好长一段时间，遇到烟雾就流眼泪，我怀疑是生炉子给呛的后遗症，也未可知。课间休息我还要负责加些煤炭，确保炉子持续燃烧取暖。

烧炉子也是个技术活儿，既要把炉子烧旺又要节省煤。先点燃引柴，再放煤块，烧旺了，压上煤泥。细碎的煤粉要加水和成煤泥才好燃烧，不干不湿，太湿了会把炉子压灭，太干了会浪费煤。炉子加入煤泥，将煤泥中间捅个窟窿，上下通气，炉子才能烧旺。王老师多次表扬我炉子生得好。我当时想，王老师能把生炉子的光荣任务交给我，是喜欢我、信任我，不是随便哪个同学都可以生炉子的，多少还有点技术在里边。虽然辛苦点，但我乐此不疲，感到快乐满足。

村庄只有五年制小学校，初中需要到邻村下洼村中学就读。五年级升初一，懵懵懂懂之中，我自作主张主动留级了，老师和舅舅也同意了，我就没有去邻村读初中。之所以说主动留级，而不是被动留级，因为"蹲班"是件丢人的事情，只有学习成绩差、调皮捣蛋的同学才会被留级，每个班级都会有几个留级生，我不属于这种情况。留级这事儿，事先我也没有跟父母商量，回家讲了留级的原因父母也就同意了。大致理由是：我的学习成绩不太好，想蹲班补补课，可能学习成绩就会好点。还有一个隐晦的原因，当时我年龄小、个子小、学习成绩平平，在班级里没有地位，想要表现自己、突出自己，留级是个好办法。当然我的小心思，没有给父母以及老师讲。

到了新的班级，课程我学过一遍，成绩稍有提升，排名在前三分之一，这个班级算上我一共十七名同学。在上一年级我属于年纪比较小的，蹲一班我跟同学们同龄了。我是蹲班生，自然而然成了新班级的孩子头儿。这个班级同学比较活跃，在学校是出了名的。特别是女孩子喜欢打打闹闹、说说笑笑，班级女同学还比其他班级同学长得好看。我就曾到他们四年级教室察看过，课间休息，男女同学互相追逐打闹，上课铃响了也不停止。

到了这个班级，老师觉得我是蹲班生，个子高大，有把子力气，有威慑力，班主任李奎文老师就让我当了体育委员兼劳动委员。我就是这个班级的"老大"了，还帮助老师维持课堂秩序。对于不听话的同学，采取简单粗暴的办法，下课了推推搡搡的，就拧着胳膊教训一顿。似乎并没有起多大作用，没过多长时间，我也加入了打闹的行列。

蹲班对我来讲还是有积极作用的，毕竟重新学习一年，成绩有所提升，更重要的是有了一点点学习意识。顺着原班级走，估计我早就回家"撸锄把子"了。这也许就是冥冥之中的事情。

四五年级时，学校开展勤工俭学活动，实行"开门办学"，"学工、学农、学军"，每周安排半天劳动课进行集体勤工俭学，周末、假期个人勤工俭学。一个学期学费1.5元，书费1元，学校开展勤工俭学活动增加收入，抵扣学费。校园内盖起了猪圈、羊圈、兔子窝，养一头老母猪，几只羊，十几只兔子。同时，学生利用课余时间捡拾废塑料、麻绳头、碎玻璃、废旧报纸、知了壳、槐米，到海边捡拾海兔子、海马，交到学校集中统一卖到供销社收购站换取现金。另外，还组织学生割草、捡拾麦穗，这也会增加一些收入。

放学了，同学们背着筐子、挎着篮子，拿着二尺钩子，满村转悠捡拾废旧物资。见到垃圾堆，抡起二尺钩子不停翻找，运气好还会翻到碎玻璃、废塑料、麻绳头儿。同学们把村庄的各个角落翻遍了，难以找到废旧物资了，只好在自家院子翻找。翻找旧塑料、废旧瓶子、麻绳头、废旧报纸交到学校充任务。蝉蜕、螳螂子也是我们寻找的对象，交到采购站做药材使用。

割草是重要的勤工俭学活动。记得秋假学校号召全体同学割草。一大早，约上几个同学，背上筐子就去割草了。我一天能割一百四五十斤草，分上下午两次交到学校，老师称重排名，我能排前一二名。村庄周边野草资源丰富，也不是什么草都割，要寻找牛马驴喜欢吃的芦根儿、片草、马牙子等野草。割的草在校园内晒干，拉到马头营集市买卖，一百斤草能卖到1—2元。芦根儿草卖给供销社搞骡马运输。马绊子草卖到捞鱼尖渔业社做成根子绳，绳子经海水浸泡更加结实耐用，下网捕鱼使用。

校园靠西墙垒砌了一排兔子窝，就在我们教室前面，养着十几只兔子。老师将每窝兔子分到各个班级，班级再分到组轮流饲养，四五个人一组，一周轮换一次。领头的同学叫兔长，由个子高、力气大的男同学担任，我当然是小组长。同学们利用课余时间去野外割草喂兔子。班级之间比赛谁喂的兔子长得大、长得壮实，谁就能得到老师的表扬。上课时，我老惦记着兔子，想出去喂草或者摸摸它，也好让它快快长大。学校还养了几只羊，拴在校园东墙边。课间广播体操，老师吹着哨子，羊"咩咩"叫着，配合得像煞有介事。上课时，我时常能听到羊的叫声，也就没有心思上课了。

学校号召同学们学雷锋做好事，成立了学雷锋小组，唱着《学习雷锋好榜样》歌曲为烈军属、五保户担水劈柴，清扫院子。有一次，快过年了，天降大雪，大街上、院子里积满了雪。平时我们抓耳挠腮找不到题材，这次可逮住机会了，小组的同学们聚在一起，帮助村西头五保户李奶奶清扫院子担水。五六个同学拿着扫帚、铁锹、耙子、筐子，铲除积雪，送到院子外边，把李奶奶的院子清扫得一干二净。我们年纪尚小，一个人挑不动一担水，需要两人抬一桶水。雪后井台湿滑，同学们不敢去井台打水。我们等着挑水的叔叔大爷们来了，让他们帮着打一桶水。两个同学小心翼翼地抬着一桶水送到李奶奶家，跑了几个来回，将李奶奶家的水缸装满了。活儿干完了，同学们个个浑身冒着热气，气喘吁吁的。离开时，李奶奶感激地对我们说："可得谢谢你们了，不然我就没水吃了，你们都是好孩子！""奶奶，不用谢，这是我们应该做的！"我们异口同声地回答，自豪感满满的。这事被老师知道后，在班级里表扬了我们，号召同学们向我们小组学习。

　　那年月，在村庄人的认知里，孩子读书是没有用的，只要能认识几个字，会书写自己的名字就行了。村庄人祖祖辈辈面朝黄土背朝天，孩子长大后自然也是种地的。父母也较少过问孩子的学习，任由我们野蛮生长，撒欢儿玩耍。

　　学校对门是我们生产一队的老队部。生产队搞副业做豆腐、面条、粉条的作坊就在里边，豆腐坊是几间朝南的平房。下课或者放学了，同学们常去看做豆腐的，目的是蹭豆皮吃。豆腐坊一进门是磨盘，小驴蒙着脸拉磨研磨豆浆。靠东墙两口大锅熬豆浆、点豆腐。靠北墙是一排盛豆腐的盒子，豆腐脑倒入盒子压上石头成型。

　　大人们看到我们小孩子进去了，围在豆腐坊里，眼巴巴地看着熬豆浆做豆腐，会给我们一块热豆皮，苦中带甜，感觉就是人间美味了。豆浆快熬熟了，表层形成一层豆皮，这层豆皮可以认定是做豆腐的副产品，不会去卖的。从财产属性角度看，豆皮是介于集体财产和非集体财产之间的灰色地带，熬豆浆的大爷是有权处置的，也是默许可以现场吃掉的，所以我们才有机会吃到豆皮。豆腐脑和豆腐是正经的产成品，属于集体财产，是不可以随便吃的，大爷也不敢给我们，吃了就是侵吞集体财产了。

读小学时，正值动荡年代，上学没有出路，就是读完高中还是回家务农。有句俗语叫"书读得再多再好，还不是回家撸锄把子"。意思就是书读多了也没啥用，还得当农民种地，到生产队参加劳动挣工分。所以，有些家长早早地就不让孩子上学了，帮大人干活挣工分。我读完小学时，已经有五六个同学相继辍学了。

我的小学生活，就这样懵懵懂懂地过去了。

14. 我的中学

初 中

我的初中生活是在村子里度过的。不知为什么，读初中时我朦朦胧胧有点学习意识了。

学校组织学生读红宝书，学习毛选五卷。父亲的一大摞红宝书摆满了柜子上的小书架，其中有一本单行本《矛盾论》，白色书皮，红底映衬"矛盾论"三个大字，我常拿出来翻看。读了《矛盾论》后，我受到了启发，对矛盾的普遍性和特殊性、主要矛盾和次要矛盾、内因和外因的辩证关系产生了浓厚兴趣，并结合我自己的实际进行了懵懵懂懂的思考。时常背着小手在院子里溜达，思考着如何把矛盾论的观点和方法运用到我的学习和生活中，提升我的学习成绩。我想，要解决我的学习问题，认真听老师讲课是外因，主要靠自己努力是内因，外因通过内因而起作用，只有自己刻苦努力学习才能提高成绩。感觉自己掌握了矛盾论的精髓，还能活学活用，觉得自己成熟了许多，像个小大人似的，心满意足，沾沾自喜。

父亲高小毕业，也算半个文化人。父亲当基层干部多年，受运动冲击回老家当了生产队的饲养员。父亲的日记详细而认真，字写得潇洒飘逸。平时，也听父亲讲村庄外的事情，什么国际国内形势啊，国家大事呀，小道消息呀。父亲还自费订阅《参考消息》，关注国内国际动态。我虽然看不懂报纸的内容，但耳濡目染使我对外部的世界产生了好奇，也对我的学习和认知产生了潜移默化的影响。

1977年底，正值我读初中。这时，恢复了普通高等学校招生全国统一考试。数学老师李林亭考取了山海关桥梁学校中专生，对我触动较大。我想我也要通过考试，成为老师那样的人，考上大学成为城里人，吃商品粮。我可不想一辈子窝在村里，于是我暗下决心好好学习。

李老师十七八岁年纪，中等个子，五官端正，满面红光，穿着笔挺的中山装或绿军装，脚蹬高帮运动鞋，帅气阳光，以现在的眼光看也是个时尚青年。走起路来挺胸抬头，目不斜视，大步流星，虎虎生风。我感觉这种走路姿势潇洒帅气，令我羡慕不已，就偷偷跟在老师后边学他走路，还自己在院子里琢磨练习，上演了现代版的"邯郸学步"。后来我走路的姿势大步疾行，身子前倾，说不定就是受到了老师的影响呢！

初中与邻近的下洼村联合办学，需要到下洼村中学就读，两个村加起来有30多名学生。下洼村的学生普遍比我们村的学习成绩好，这个村延续着重视教育的传统。早年间，其他村还只有私塾时，下洼村就兴办了两所新式小学校。历来读书人多，村子里做教师的也多。

我的学习成绩算是中等偏上，与下洼村学习好的同学差距较大。印象深刻的是教数学的刘凤华老师，下课了还给我开小灶，补习功课，解答我的疑难问题。日常还不断鼓励我好好学习，教育我学本领将来会有出息的。在老师的鼓励下，我也开始重视学习，数学成绩提升较快。初中一年级上学期就这样在不知不觉中度过了，七月份就放暑假了。

一场惊天动地的大地震，打断了我的中学学业。村庄距离震中较远，地动山摇之后，学校的教室还是震塌了，校园到处残垣断壁。下洼中学建在废弃的小河道旁。学校边就是一个大池塘，到了夏秋季，芦苇婆娑，虫叫蛙鸣，布谷鸟报晓。学校处于低洼地带，地震翻起的黑沙淤泥把教室埋了半截，课桌板凳埋在了泥沙里。震后几天，学校组织学生挖课桌和板凳。我和同学们冒着危险，钻进歪歪扭扭的教室，伸手几乎能摸到房顶，摸索着找到自己课桌的位置。课桌只露出桌面，凳子被泥沙掩埋了。我拿着铁锹慢慢往下挖，不一会儿就看到了凳子面。我双手拉住凳子，慢慢往上晃动，不断扒拉周围的黑沙，费了好大劲才把凳子拽出来，拿到沟边冲洗干净。我们的凳子都是自带的，我扛着凳子就回家了，中学生涯暂时告一段落。

震后，我们中学生也加入了抗震救灾的行列，隔三岔五到学校收拾残砖乱瓦，轮流值班护校，保护学校财产。眼看到了开学的日子，教室还没有着落，余震不断，也没法上课了。后来，学校老师想出了办法，隔三岔五组织同学们到野地里上课。同学们扛着小板凳背着书包，老师用独轮车推着黑板，来到农田机耕道边。找个开阔的地方，老师把黑板挂在小树杈上，同学们围着小树坐下，拿出书本用膝盖当课桌上课。此时正值秋收季节，生产队忙着收割庄稼播种小麦，人欢马叫。收秋的马车路过，我们还得让路，车过去以后才能坐下继续上课，老师和同学们无法集中精力。坚持了一段时间，天渐渐冷了，也就没法去野外上课了。

为了恢复教学，大队在小学校原址上盖起了几间抗震棚，算是我们的临时教室。用砖头瓦块垒起来做墙，周边糊上泥巴，顶棚用几根木棍做椽子檩子，秫秸铺在上面做顶棚，再铺一层油毡防雨，中间一根柱子做整体支撑，屋子比人略高，这就是我们的教室了，实际就是一个窝棚。村子里的木匠清理出教室的课桌进行了修整，四根木棍支撑着一块木板，屋子也就十几平方米，摆放三四张课桌。屋子里的火炕供老师居住，煤炉子取暖，显得拥挤不堪。

这时，教室容不下两个村的学生上课了，于是各回各村分开上课，老师轮流到两个村讲课。空间小，老师站在窝棚一隅讲课，小黑板挂在门背面，写不了几个字就满了，老师只好随写随擦。十七八个同学局促在狭小的房间。上课时，女生们围坐在炕上，靠在被褥上，男生们坐在课桌边听课，总之比在野外上课强多了。

上课前，同学们在炕上炕下打闹，一片欢声笑语。记得一位女同学小蕊性格泼辣，为了抢篮球我们俩吵起来了。她坐在炕上，我拿起篮球朝她扔过去，正好砸在她头上，把她砸哭了。老师来上课了她还在哭哭啼啼，老师问明原因，狠狠地批评了我。转过年来，我们村建起了新的教室，两个村的学生又合在一起上课了，直到高中入学考试。

我们的学制是五、二、二，即小学五年，初、高中各两年。因地震耽误了半年学业，初中延长了半年，读了两年半。入学升级时间也由春季调整到了秋季，与现在的入学时间接轨了。

为了让我好好学习，当校长的舅舅把我安排在学校住宿，与教语文的张德斌老师、教体育的孙志军老师住在一起。后来又把邻村的孩子头儿四喜儿安排过来住宿，四个人住在一张大床板上。四喜儿用独轮车推着行李欢天喜地地来学校住宿了，我帮他安顿行李，表示欢迎。我们两个分别是村里同学的孩子头儿，代表了两个村同学的利益，经常吵架斗气，不长时间他就搬回家了。

印象深刻的是初中一年级语文老师——张德斌老师。张老师对人和蔼，面带微笑，语文课程讲得生动活泼，同学们都喜欢听他讲课。张老师家住贾滩上村，距离学校七八里路，我与张老师住在一张大通铺上。平时，张老师给我补课开小灶，也关照我的生活，我们师生结下了深厚的友谊。张老师腿脚不便，走起路来有点跛。张老师教了我们一个学期。一次，偶然听舅舅讲，张老师要调走了，没有说具体时间。礼拜天，我正在街上玩耍，偶然看到张老师用自行车驮着行李，一跛一跛地向村外走去，我知道他确实是调走了，瞬间我的眼泪就下来了。我想去打招呼，又感觉不好意思。只好抹着眼泪，偷偷跟在老师后边走了一段路，直到张老师骑上自行车走出村庄。

初中二年级，我光荣地加入了中国共产主义青年团，成为年级首批共青团员，感到骄傲和自豪。在学习、劳动、遵守纪律等方面，我以一个共青团员的标准严格要求自己，对我的学习和成长起到了促进作用。

读初中时，我喜欢上了体育运动，只要是体育项目我都感兴趣，这奠定了我后来的体育爱好基础。我属于发育较早的，十二三岁就长到了一米七左右，排队出操老是站在队伍前列。无论是摔跤，还是掰腕子，一般大的小伙伴都不是我的对手。我从小学五年级就开始参加各项体育锻炼，比赛成绩名列前茅。

公社所属中学举办春秋两届运动会。学校重视体育教学，每周安排两节体育课，称为"军体课"。上军体课就不用圈在教室里上文化课了，我们从周一就开始盼啊盼啊，对我们而言不亚于过节。轮到上体育课了，同学们手舞足蹈地跑向操场。我是体育委员，协助孙老师组织同学们开展体育锻炼。首先是站队跑步，边跑边喊口号"发展体育运动，增强人民体质""锻炼身体，保卫祖国"。接着进行基本队形队列训练，专项体育项目训练，如跳远、跳高、跨栏、铅球等，末了集体活动。同学们不喜欢练基本功，比如练习打篮球的基本动作，更喜欢集体篮球比赛。

初中一年级，学校成立了篮球队，我是篮球队队长。平时与周边学校进行友谊赛，参加公社组织的篮球比赛，这让我整个学生生涯都热爱篮球。对于打篮球，我到了痴迷的程度，不论是体育课还是业余时间，整天混在球场，那儿成了我魂牵梦萦的地方。

村子里的年轻人也喜欢打篮球，各村之间常组织篮球比赛，男女老少呐喊助威，当然少不了小伙伴们。观看大人们潇洒地运球、投篮、上篮、过人，观察每个人的优点，记在心里，反复模仿练习。村子里的农民球员，未经过正规训练，只是利用农闲时节练球比赛，动作五花八门，各显神通。一位邻村的大叔，投篮不是从正面投，而是一只手托着篮球从头顶上甩过去投篮，跟杂耍类似，这种投篮姿势较难防范，投得还挺准，也成了我模仿的对象。但这种不规范、不雅观的投篮动作，不久就被孙老师纠正了。

每天球场上都挤满了人，一个篮球要十几二十个人抢投，没点本事半天你也抢不到一个球，只能站在球场干瞪眼。课间休息十分钟，同学们也不放过，这时就显出我的优势了。学校就一个篮球，由体育老师孙志军掌管。我是篮球队队长，面子大，每到课间休息时间同学们就簇拥着我去借篮球，孙老师一般会借给我，别的同学去借球是借不来的。同学们拿到球，呼啦啦跑向球场，玩个几分钟，听到上课铃声，把球还给孙老师，再气喘吁吁地跑回教室。

为了练习单手空中抓住篮球，需要练腕力和握力。于是我想出了一个土办法，夜间睡觉时，把手臂成九十度角窝在腋下，时间久了，增加了手的柔韧性，手腕可以自然弯曲到九十度，练就了单手空中抓球、握球的本领。这种睡觉姿势我保持了许多年，也算是奇葩的睡姿了。

进入中学，我的体育成绩突出的是标枪和铁饼。投掷标枪要靠技巧，也需要爆发力。标枪就是一根细竹竿套上铁枪头，用手指夹着竹竿助跑投掷，这种原始的投掷方法会影响投掷距离。因竹竿较细，也不便手握投掷。投掷铁饼也不会使用旋转方式，预摆几下向前滑两步投掷。中学时期，春季和秋季参加公社运动会，我崭露头角，标枪、铁饼、铅球都能挤进前三名，得了许多奖状，成为班级和学校的体育骨干。我在中学时的标枪成绩一直是冠亚军，大学一年级学校运动会还能获得前三名。

参加公社运动会还有意外的惊喜，学校给同学们每人发两个白面饽饽，这是学生勤工俭学捡拾的麦穗磨成的面做的，在半饥半饱的年月里也算是不小的奖励了。

孙志军老师是我的体育启蒙老师和教练。孙老师比我们大七八岁，论庄稼辈我称呼为三哥，当时是学校的民办体育老师。三哥中等个子，瘦削精干，体育项目样样精通，篮球、高低栏、跳远、标枪、铅球、铁饼都拿得出手，是我崇拜的偶像。三哥看我长得高大，又喜欢体育运动，觉得我有潜力，下大力气培养我。除了上体育课，课余时间还给我开小灶。记得从小学五年级开始，孙老师就教我各类体育竞技项目，以篮球、低栏和"三铁"为主，以至在后来中学、大学期间参加体育比赛，这些项目我都能拿到奖项。突出的是篮球，从中学到大学我都是校篮球队员。大学一年级代表校队参加了河北省大学生三好杯篮球比赛（天津市）。比赛成绩平平，狗不理包子却给我留下了深刻的印象。

　　孙老师住在学校，我也住校。课余时间，他在校园里摆上几个底栏，教我跨栏技术。练习高抬腿跑步、单腿边角跨栏、整体跨栏训练。基本的技术要领都掌握了，但我的速度不够快，成绩平平。主要是训练标枪、铁饼、铅球等投掷技术，手把手教我投掷要领、投掷技巧，告诉我注意事项。在校园里练习铅球投掷，在野地里练习标枪、铁饼投掷。在孙老师的精心指导下，我的投掷技术和成绩进步很快。

　　比起文化课，体育比赛才值得我骄傲。比赛奖励是一纸奖状，上面写着："×××同学，在曹庄子人民公社××年春季运动会中荣获男子标枪第×名，特发此证，以资鼓励，×年×月×日。"山墙上挂满了历年的奖状。缺少的是三好学生奖状，因为我的学习成绩并不怎么好。

　　中学时代的体育锻炼，培养了我的体育爱好，锻炼了我的健康体魄。虽然工作以后锻炼较少，但在单位组织的体育比赛中"三铁"还是能拿到成绩的。刚毕业那几年还代表单位参加过省直单位篮球比赛，基础还是扎实的。现如今，只能在梦里打篮球扣篮了，也算是对我体育生涯的一个注解吧。

　　读初中时，还发生了一件"桃色事件"，我是故事里的男主角之一。我们班级生产一队五位同学，两男三女，成立了一个马列学习小组，利用课余时间学习红宝书。学习地点各家轮流，一般是去男同学大山家和女同学胖云家。学习内容是节选几篇文章进行朗读，编写学习心得。我们年纪尚小，也难以理解著作的精髓，大部分抄写原著，权作心得体会了。大山同学的二姐是学习红宝书的典范，笔记写了好几大本，得到老师的表扬，我们借过来抄写。说是学习，实际上大部分时间说说笑笑，打打闹闹。

　　有一位女同学小芳，我们两家住得比较近。在学习和交往中我对她产生了好感，喜欢与她说话聊天，自然两人交往就多了。也仅仅是多看了一眼，多说了几句话，距离情啊爱啊相差十万八千里。大山同学是我儿时的好伙伴，我们俩人整天混在一起挑菜割草，他比我更喜欢小芳，相当于我俩同时喜欢上一个女孩。大山同学看我们走得近了，认为我们要好了，他有了危机感，于是给小芳同学写了一封信。也说不上是信，就是一张纸条。信中提到我的名字，劝小芳不应该跟我好，如果跟大山好，将来他会给她幸福生活的。也没有讲什么情啊爱啊的话。大山同学把信交给小芳说了一声，顺便把纸条夹在了她的书本里，小芳同学并没有在意。结果上课时，纸条无意中从课本滑落，掉在了课桌下，让另外一个女同学捡到了。那个女同学看到纸条内容，觉得"事关重大"，就交给老师了。这可不得了啦，成了学校的"桃色新闻"，在全校甚至全村闹得沸沸扬扬。老师找大山同学谈话询问此事："你小小年纪怎么能谈恋爱呢，会影响学习的，在村里也影响不好，以后要注意啊。"老师也没怎么批评他，学校这一关就算过去了。

这个事件却给我带来了负面影响，老师同学们认为我搞对象了，不小心还成了"第三者"。我认为是大山同学给我造成的负面影响，从此我俩闹翻了。在我的怂恿下，他成了同学们取笑的对象，给他和小芳造成了不小的心理压力。那个年代，男女之情是不能外露的，怎么能接受小小年纪就"谈情说爱"呢？受此事件的影响，我和大山与小芳同学的交往戛然而止了，见面都躲着对方，再也没有说过一句话。

二十年后，当我们三人再次见面时，已经是不惑之年，已为人夫、为人妇。看得出小芳在农村生活得幸福美满。我们聊得开心快乐，都没有提起当年那段懵懂的情感。事后，我的"情敌"同学还给我写了一封长信，讲述他的心路历程，讲述我们之间的情谊，还向我表达了歉意，希望还能成为好朋友。我当时工作忙乱，也没有及时回复，现在想起来觉得歉疚。

又过了二十年，我的职业生涯结束了，空余时间多了，再次回到村庄，找到老同学，这次是我向他道歉。当时我不该推波助澜嘲笑他，并且未及时回复他的诚意。聊着天，回忆着小时候的趣事都笑出了眼泪，好像又回到了童年。到了这个年龄我们心态平和了，小时候"过家家"的事情，少年时的趣事，谁也不会在意的，我们又和好如初了。

临近高中入学考试，我逐渐懂得了应该集中精力学习，不应该考虑其他事情，懵懂的情感也就渐渐褪色了。后来，我考上了高中，又上了大学。小芳同学读完初中就务农了。大山同学复课打算考取县一中，几次考试都未能达到录取分数线，也就回家种地了。

我们是首届恢复高中入学考试的年级，提前半年就发了通知，此前是推荐读高中。推荐上学，家庭出身好，贫下中农的孩子才有资格读高中。许多同学家长认为读高中没用，耽误挣工分，还不如早点参加劳动，也就不让孩子上高中了。末了一届（我的上一届）村子里推荐读高中的同学也只有四个。

读不了高中，意味着没机会参加高考，也没可能考上学了，只能回生产队参加劳动挣工分。母亲常念叨"不好好读书，考不上高中就回家撸锄把子（方言，意为干农活儿）吧，拾大粪去，当庄稼佬儿（当时对农民的贬称）"。母亲用这种激将法鼓励我好好学习，天天向上。母亲也常说"只要你愿意读书，就是砸锅卖铁也供你上学"。

我也懵懵懂懂地思考，我们家不应该是这样的处境啊，我们家应该是干部家庭，我长大以后应该去城里当工人，吃商品粮的。这也促使我思考如何改变身份，如何变成城里人。思来想去，只有通过考学这条路，也只有这一条路，我开始认真对待学习了。

经过半年多的努力，算是勉强考上了马头营公社中学，班级两位学习好的同学考上了县二中。高中入学考试有四门课程，我只考了一百三十多分，可见学习成绩有多差。村里这一届十七个同学也只有我们三个读了高中，其余同学回家务农了。

高　中

我们这届高中四个班级，按考试成绩我居然排到高三班第一名，也算说得过去，学习成绩好的同学集中到一班了。班主任老师安排我当了团支部书记，由此也开启了我学生时代的团支书生涯，在复课班直到大学我还是班团支书，后来荣升系团总支副书记。参加社会活动多了，锻炼了我的为人处世能力、组织协调能力，对后来的职业生涯还是有益的。

高一班是尖子班，学校教学资源向其倾斜。一年级期末，学校根据考试成绩调整班级，将其他三个班学习成绩好的同学调整到一班。一班学习跟不上的，淘汰到其他班，学校倾力培养一班同学参加高考。期末考试结束后，物理老师告诉我，我的总成绩差几分就可以调整到一班，她给我调整了物理成绩，这样就勉强达到了分数线，调整到了一班。

小学初中学习成绩差，导致我基础知识不扎实，总感觉浮在表面，深入不下去。物理化学试题看起来会做，原理没掌握，似懂非懂导致失分。到了尖子班，老师授课面向成绩好的同学，讲课节奏快，基础知识一带而过，对于我来说比较吃力，物理化学始终不得要领。就这样稀里糊涂地参加了普通高等学校招生考试，结果可想而知。

准备复课了，我对高中两年的学习情况进行了分析。物理、化学注重逻辑思维，学了两年，我还是浮在表面，通俗讲就是怎么也学不进去。分析原因：一是下的功夫不够；二是学习基础不扎实；三是对物理化学提不起兴趣来。总之，我的学习基础不扎实是关键因素，再这样学下去成绩难以提升，我要考学需要寻找其他路径。我想，化学物理不行，历史地理主要靠记忆和理解总该行吧，我就是再笨，经过努力总能记住一部分吧。一年不行就两年，两年不行就三年。同时，我对数学感兴趣，成绩还不错，这对于学文科有一定优势，就这样我转到了文科班复读。

学了一段时间，发现我对历史地理兴趣浓厚，地理成绩更为突出，文科总成绩提升较快。经过一年的努力，考试成绩刚刚超过中专分数线五分，第一志愿报考了警官学校，我想当一名警察，实现当兵的愿望。觉得超过录取分数线，在家等录取通知就可以了。可是左等右等，到了9月初还没来通知。我多次到学校问询毫无结果，老师让我再等等。到了10月初也没等来入学通知书，这才死心了，知道一定是落榜了。家人和乡亲们等着我考上大学的好消息，结果却是令众人失望，我觉得丢了面子，好些日子都不愿意见人，只好又准备复课了。村庄消息闭塞，老师家长对考试入学情况知之甚少。实际上大中专院校9月初就开学了，到了10月份还在傻等通知，简直是愚昧至极。那时的村庄就是这样封闭。

一次，我的好伙伴铁军到我家里玩耍，两个人躺在炕上，脚蹬着山墙聊天，谈起我高考受挫的情况，谈起我们的理想抱负。铁军说他可以去当兵或者被父亲安排当工人。我分析了自己的情况，要么放弃考学立马种地去，要么继续考大学。我慷慨激昂地向同学表明了我的心迹，就是遇到再大的困难我也不放弃，不给自己留任何退路，玩命也要考上大学。

两次高考失利，我并没有气馁，而是越挫越勇。我找到在城里工作的小姨，讲了我考学的困惑，小姨分析了我的情况，觉得我还是换一家中学复读为好。小姨曾经在新寨中学教书，比马头营中学教学水平高，于是把我介绍到了新寨中学复读。我回家准备了行李，先到城里小姨家，小姨又骑着自行车把我送到新寨中学。到了学校已经10月中旬了，其他同学早已开学一个多月了。办理了简单的入学手续，老师带着我安排教室和住宿。

学生宿舍是大通铺，一排通铺睡十五六个同学，铺盖卷一个挨着一个，拥挤不堪，基本没床位给我安排住宿了。老师硬是在两个同学的床铺之间给我挤出一点空隙，就是一个人平躺着那么大的地方。右边的同学是一个校霸，靠西墙边把床铺用稻草垫得老高，我这里床板是个洼地，左边的同学也不肯让出半点地方，我睡觉就像陷进去一样，比两边同学矮了一截，睡觉腿脚无法弯曲，翻身都困难，只能直挺挺地睡。这种睡觉姿势，也给我留下了后遗症。

我始终认为我是一个智商不高的人，但也笨不到哪儿去。基础知识不扎实，根基不牢，始终是我提高学习成绩的绊脚石。但我坚信，这些经过自己的刻苦努力是可以弥补的。我明白，在这种自身条件下，要想考取大学就得下苦功夫、笨功夫，要想改变自己的命运就得忍受常人难以忍受的艰辛，甚至痛苦和磨难。我既然选定了人生目标，只有靠自我奋斗才可能实现。我不想一辈子窝在村庄里，我向往比村庄更广阔的外部世界。读初中时，我就有了离开村庄去看外部的世界的想法，而去看外部世界的唯一途径就是考学。

我从先贤身处逆境励志的故事中寻找精神偶像激发自己的斗志。时常在心中默念"司马迁遭宫刑而作史记""屈原放逐而赋离骚""曹雪芹举家食粥而作《红楼梦》""韩信受胯下之辱而后统兵百万"。先贤这种义无反顾地为理想为事业自我奋斗的精神，坚韧不拔和无所畏惧的品质，时刻在激励着我。我还用"为实现四个现代化而奋斗"的时代精神激发自己的斗志。"攻城不怕坚，攻书莫畏难。科学有险阻，苦战能过关"是叶帅的《攻关》诗歌，为1978年全国科学大会而作。当时，在全国掀起了学科学、爱科学热潮，华罗庚、陈景润勇攀科学高峰的壮举被树立为时代的精神图腾。号召广大青年向他们学习，为实现四个现代化而贡献自己的力量。叶帅的诗以及时代精神给了我莫大的鼓舞。我告诫自己：作为一名时代青年，我也应该刻苦努力学习，学好本领，将来为国家多做贡献，为实现四个现代化贡献自己的力量，这也是父亲常教育我的。于是我起早贪黑苦读，实在困得不行了，就找个没人的地方大声背诵或者在教室里默诵叶帅的《攻关》诗歌，以激励自己的斗志，坚持再坚持，不能瞌睡。为了表达我的决心，回到家我和了一盆泥巴，抹在大水缸边的墙上，用菜刀刻出了两个碗大的字"攻关"，以表明自己的心志，时刻激励自己。虽然没有"头悬梁，锥刺股"，也是"战严寒，斗酷暑"。

暑假，我住在哥哥家。哥哥家的房子就在大坑边，蚊虫泛滥，狂飞乱舞。晚上学习时，蚊子欢快的叫声环绕在耳边，时不时地落在我的身上吸食着营养，我竟浑然不觉。不知怎的，蚊子叮咬我，身体竟然没有多大的反应，从不起包，只是落下个小红点，不知是蚊子对我的眷顾,还是我有抗蚊虫叮咬的本领。我也尝试过几次,打一桶水放到桌子底下,腿脚放到水桶里防止蚊虫叮咬,几个小时下来,腿脚泡得发白,看来也不是一个好办法,也就作罢了。

寒假了,哥哥家的土炕是虱子、跳蚤的天下。它们白天或栖息在被褥、炕席炕角儿,或钻进被窝养精蓄锐,到晚上就进到被子里肆意吸食着营养。早晨起床,掀起被褥、炕席,一层跳蚤黑压压蹦蹦跳跳,吃饱喝足了,就欢快地找个地方藏起来了,好像在与我捉迷藏,等到晚上再出来陪伴我。我也习惯接受它们了,虱子跳蚤也奈何不了我,俗话说"虱子多了不咬",不就是留下几个红点点吗?继续我的读书。

住校期间,学校控制早晚自习时间,为保证学生睡眠,到点儿强制熄灯。早上七点自习,晚上九点关教室灯,十点熄灯睡觉。为此,我准备了几根蜡烛,天还不亮,教室门锁着,我就从窗户钻入教室,点燃蜡烛晨读。晚上教室熄灯后,点上蜡烛偷偷留在教室再学一会儿。睡觉了躺在床上,再把白天学的知识"过一遍电影",增强记忆。学校有一间闲置的教室,里边堆满了横七竖八的桌椅板凳,门是锁着的。下午自习,为了避免干扰,我从窗子钻进闲置教室,自己在里边安静地复习功课。

两次高考的失利让我产生了不小的心理压力,总会有些风言风语甚至是嘲讽。为了避免不必要的压力和负面影响,我选择了逃避。复课的那段时间我不愿见人,走路遇见人绕着走,甚至过年也不去拜年了,而是攒足了劲儿猫在家里复习功课,哪怕是大年初一也不例外。

镇上的中学教学资源有限,很大程度上要靠自学提升成绩。谁手中有一本县一中或者城市中学油印的复习资料,谁就占得了先机。我的同桌是一位从东北的城市来复课的同学,大我两三岁,我们关系处得好,他能搞到复习资料。县一中的、东北的城市中学的应有尽有,复习资料的内容在我们镇中学是见不到的,平时他也不会给其他同学看。他的复习资料总结得简洁易懂,试题类型多而齐全,这位同学经常借给我看,我抓紧时间抄下一部分,反复阅读练习。普通高等学校招生全国统一考试需要提前两个月预选，预选合格了才有资格参加高考，结果这位同学预选未通过，临走时把复习资料送给了我。我万分感激，如获至宝，这对我提高学习成绩起到了关键作用。

读高中时，一个月费用是十元钱，九元钱伙食费，一元钱学费。我每天筹划着吃饭节省钱，算计准了就不用借饭票了。礼拜天正赶上月底，我准备回家取钱交下个月的学费餐费。夜间下了一场暴雪，平地雪没到膝盖深，后来再也没有见过那样的大雪了。没法骑自行车了，只好步行回家。如果不及时回家取钱，下个月就没有饭吃了，学校伙食费是不能拖欠的。学校距离村庄十三四公里，天还下着小雪，我吃过早饭，装了几本书背上书包，踏着没膝盖深的大雪，顶着刺骨的寒风，深一脚浅一脚地向村庄方向走去。土路被大雪覆盖了，看不见路面，不知雪深浅，一不小心就会踏进雪窝里滑倒，爬起来继续走。大地一片银白，看不清参照物了，结果中间走错了路口，多走了四五里路才绕到正路上。从吃完早饭出发，一直走到下午才到家，棉鞋湿透了，又饿又累，已经筋疲力尽。

吃过晚饭，跟母亲说了交下个月费用的事情，母亲翻遍了家里存钱的地方，零零整整只凑了两元钱。母亲让我到大哥家问问，我只好硬着头皮去到大哥家。大哥结婚成家，也不宽裕，我给哥嫂说明了情况，他们痛快地答应了，拿出十块钱给了我。我手拿着钱，站在柜子旁，扭过头去，瞬间眼泪就下来了，说了一句"考上学了，我一定还你们的"，扭头就冲出了房门。此时我的内心五味杂陈，这里边有感动，更多的是委屈，想起家里的处境，想起我两次高考失利，围着大坑转了好几圈，大哭一场。经过这个晚上，我知道我没有别的选择了，没有退路了。我暗下决心，再艰难也要坚持。唯有读书考上大学，才能改变命运，改变家庭困境。

经过半年多的复读，我通过了高考预选。预选过后，一个应届班加上复课班只剩下二十多人了。历经两个多月的强化训练，我顺利参加了高考。考试前两天，我驮上行李来到县一中。不知为什么，我们在镇中学读书，学籍却转到了县一中，这样就需要到县一中参加考试。

高考结束，我对考试成绩进行了估算，历次估算分数差不了几分，参考当年的录取分数线，感觉考上大学还是有希望的。到了公布成绩的那天，心里还是忐忑不安。高中已经读了四年了，三次参加高考，再考不上，无颜见江东父老。连续几年高强度的学习考试，还有那些期待的眼神，给我带来了较大的思想压力，留下了考试后遗症。后来的许多年，还时不时地在梦中认为自己没有考上大学，还在苦苦挣扎。或者是已经上大学了，还要再参加一次考试。从心理学的角度讲，这应该是经过艰苦考试而积聚的巨大心理压力造成的创伤。

一大早，我和邻村的杨同学骑自行车到县一中查看成绩。到了学校，报上名字，老师帮着查找。当老师告诉我成绩的一刹那我就蒙了，满脑子空白。稍微平静之后，感觉到的不是喜悦，而是几年来憋在内心的情绪瞬间爆发了。"我考上大学了吗，我考上大学了吗"，内心无数次在呐喊着咆哮着，自己都不敢相信，心情与"范进中举"无二，想在空旷的野地里裸奔，直到筋疲力尽。心中默念我不是农民了，我是城里人了，吃商品粮了，一辈子不用跟土疙瘩打交道了。

接下来就是填报志愿。老师问我填报什么学校，喜欢什么职业，我根本不懂，老师帮我查了可以报考的学校和录取名额，给我提供了参考意见。老师说："财贸学院分数够了，农村金融专业毕业以后还可能回到农村工作，这个不能报。地质学院倒不错，听说搞地质的游山玩水，就报它吧。"于是我听老师的话，报考了地质院校。

回家的路上，兴奋劲儿还没有过去，与同学边走边说笑，憧憬着美好的未来。同学比我考的分数高，报考了政法大学。俩人美得骑着自行车在公路上撒开手把。真是"春风得意马蹄疾，一日看尽长安花"，得意忘形，一不小心，自行车骑到了公路边的沟渠里，摔得浑身是泥土，车把也歪了，链子也掉了。杨同学赶紧帮我把自行车从沟里拉出来，正了一下车把，还好没有摔坏，还能骑，与同学晃晃悠悠骑车回家了。

岁月就像飞快的自行车轮,把我带进了大学,带进了我向往的世界,开启了新的人生。那一届新寨中学文科班只考取了我一个大学生,另外一位女同学考取了大专生。读大学后,我得到了老师和同学们的祝福,班主任董宗仁老师写信鼓励我努力学习,处理好同学关系,将来成为有用的人才。多少年以后,学弟学妹讲,老师还以我为榜样,教育后来的同学刻苦努力学习。一位大姐,孩子不愿意学习时,就添油加醋地讲述我考学的故事,激励儿女好好学习。对于我这个历经三次高考才上大学的人来说,着实感觉有些惭愧。

有人说"贫困是一所好大学"。艰难困苦给了我无穷的动力,让我实现了梦想,也让我懂得了经受的苦难才是人生最大的财富。历经考试的磨难和艰辛,历练了我应对困难的能力,也磨炼了我的耐力和意志。人生旅途中,我会坦然地面对生活和工作中遇到的困难和挫折。一旦经历过后,我甚至怀念那段艰苦的岁月,没有了困难和挫折,反而感觉生活平淡无奇了,似乎失去了前进的动力。也许我更适合在逆境中生活和成长。

致敬老师

一路走来,从小学到中学,得益于老师们的教育和培养,我才茁壮成长。在我成长和求学的道路上,各位老师教我学知识、长见识,教我做人做事的道理,鼓励我努力学习文化知识、增强体质,每一位老师都是我人生中不可或缺的精神导师。他们或者离开了我们,或者仍健在,我都始终心存感激。

岁月匆匆,脚步匆匆,转瞬已届花甲。在纷乱的职业生涯中,只是偶尔忆起小学、中学生活的点点滴滴,显得支离破碎,总也没有能找到机会去造访老师。当我结束职业生涯时间充足了,再次回到村庄时,与许多老师已是阴阳两隔,空留遗憾。还好,仍然健在的老师一一拜访,聊起学生时代的种种,师生相谈甚欢。时间久远,许多老师名字记不起来了，敬请老师谅解。我衷心地向培养我、教育我、关心我成长的老师们致敬！

　　小学老师：孙和春、崔桂芳、张梅茹、王瑞全、李魁文、罗成筑。

　　初中老师：孙志军、孙宝华、张德斌、李林亭、刘素兰、李素荣、刘凤华、刘尚慧、张志忠、罗贵茹、赵瑞芳、李其珍。

　　高中老师：王跃明、安大华、董宗仁、杨德善、刘继宝。

第四章

村野童趣

1. 打弹弓

儿时，看到邻居大哥哥打弹弓，我羡慕得不得了。大哥哥从大街上找了块小石子，两手撑起弹弓，朝着一棵小树打去，"啪"的一声，一条干柳枝子被打掉了，大哥哥神气地在一群小孩子面前炫耀："看见没，我的弹弓厉害吧？"由此，我对弹弓产生了浓厚的兴趣，做梦都想拥有一把自己的弹弓。

回到家，缠着哥哥给我做了一个弹弓，我如获至宝，整天拿着弹弓满大街转悠。平时在墙头上放一块砖头，或者在墙上画一个圈圈作为靶子，不时拿着弹弓练习射击，没过多久，我就能打得八九不离十了。

长大点了，我试着自己制作弹弓。8号铁丝做弹弓架，用毛线绳把弹弓架缠绑起来，既美观又起到固定作用，防止使用时滑脱手。从废旧自行车内胎剪下两条，做弹射皮筋，中间用一小块皮子做弹弓兜，简易弹弓就做成了。

一副好的弹弓，弹射皮筋是关键。废旧自行车内胎使用较长时间了，实在不能用了大人们才换下，弹力下降，稍微用力就会断掉。大马车内胎较厚，得用力拉动，但弹力不足，集市上就有售卖的。谁要是用听诊器上的两根橡胶管做皮筋，那就神气了。橡胶管弹射力强、耐用，弹丸射得远，能打更大的鸟。要想找到橡胶管，得有在城里做事的亲戚朋友才行。一位小伙伴父亲在城里工作，给他做了一个橡胶管弹弓，我们只能看看摸摸，舍不得让我们打，怕我们给他拉断了。

弹弓使用的弹子是泥球。是用一种沿海碱性黏土搓制的，类似于胶泥。和成泥反复摔打，增加密度和韧性，再搓成玻璃球大小的泥球，晒干后圆滑坚硬，是上好的弹子。随手捡起的小石头、砖头瓦块也是可以用的。这些弹子形状不规则，射出后准头儿远不如圆形的泥球。

我自从有了自己制作的弹弓，上学装在书包里，挎兜装泥球。放学后拿着弹弓，仰着头满村子转悠寻找鸟。看到鸟了，拿起弹弓就射过去，追得小鸟满村子跑。我的弹弓弹射力不够，射的高度和力度不足，打弹弓的技术不够娴熟，转悠半天也打不下一只鸟，就当是玩耍了。一种小鸟俗称"瞎柳（方言读niu）儿"，学名柳莺。这种鸟淡绿色的羽毛，个头小，喜欢栖息在低矮的柳树枝上，靠近了它也不飞，误打误撞，还真能打下一只半只，算是"瞎猫碰着死耗子了"。

一次，我看到一只咕咕鸟（猫头鹰）趴在枯柳树杈上。我悄悄靠近柳树，找准位置，瞄准后发射了几个泥球，都没有打到它，猫头鹰还纹丝不动地趴在那里，瞪着双眼茫然地观察着，又好像在盯着我。我急了，爬上树杈，靠近猫头鹰打过去，可能是惊到它了，猫头鹰扑扇着翅膀飞跑了。猫头鹰是夜视动物，白天是看不清物体的，不知飞到了哪里，又落到哪里去了，我在周边树上巡视了半天也没有找到它。

一种羽毛五颜六色的鸟，飞起来拖着长长的尾巴，我们称它为"长尾巴颠颠儿"。这种鸟飞得低，穿梭在低矮的小树上，在宅院之间飞来飞去。它警觉度高，离得老远就飞跑了。傍晚，我在后院转悠发现了一只，靠着寨子悄悄接近，等到了合适距离给它一弹弓，结果没有打着，又飞到邻居家去了。我急忙钻过寨子追赶，遇到不太高的一堵墙，爬上墙头跳了下去，落地时两脚感觉地面软软的，往脚下看，落到了邻居家积肥的粪坑里。两脚陷进去，顿觉臭气熏天。急忙拔腿爬出坑，跺脚抖掉布鞋上的粪便。但鞋上还是残留着臭味，只好跑到大坑边，脱下鞋清洗。鞋湿了没法穿了，只好光着脚丫子提着鞋回家了。

弹弓也是个惹是生非的玩具，拿着弹弓心里就痒痒。还幻想着成为"小兵张嘎"式的英雄人物，一弹弓打到坏蛋头上，把坏蛋打趴下。现在没有坏蛋可打了，只能随便对着墙头树杈打两下，过过瘾。

夏季，来到池塘边，低头弓腰，偷偷靠近露出头的青蛙，一弹弓打过去，打到青蛙身上，青蛙肚子立马鼓起来，再打一弹弓青蛙就半死不活了，捉到青蛙用柳条穿起来玩耍。

一次，不知因何事我与小伙伴闹矛盾了。拿起弹弓就朝他身上打去，结果打到了肋骨上，他立马就哭了，与我争吵了几句就回了家。不大一会儿，他母亲找到我家来告状了，说打到他们家孩子肋骨了，多危险啊。母亲赶紧向人家道歉。

村北面一户人家，每次我去附近打鸟，他家的狗就嗷嗷冲我叫。我正在寻找鸟，狗又从他家门口蹿出来了，我用石子照着狗打过去，结果正好打中狗腿，狗"嗷"一声瘸着一条腿跑回了家。过后几天，路过他家门口，看到这条狗还瘸着一条腿走路我就赶紧离开了，害怕它家主人找到我，再告我状就麻烦了。

前些年，我心血来潮，想体验儿时玩弹弓的乐趣，从网上买了几把弹弓，这时的弹弓已今非昔比。弹弓把手使用红木或者塑钢制作，弹弓架是不锈钢的，还有瞄准器，皮筋弹性也大，弹丸是胶泥或铁珠子，威力大。平时，在墙上画几个圈，或者找根竹竿，打几弹弓过过弹弓瘾。听说打弹弓还是一项体育运动，每年弹弓爱好者还举办弹弓比赛。弹弓又焕发了青春。

2. 碰捶儿

一条腿金鸡独立，一只手扳着另一条腿的脚脖子，抬到膝盖以上平端着。一蹦一跳猛冲撞对方，攻击对方腿部、膝盖或胸腹部，若对方站立不稳双脚着地，或者把对方碰倒了就算赢了，这个游戏在村庄称为"碰捶儿"，有的地方称为"斗鸡"或"撞拐"。是冬季男孩常玩的一种游戏。

碰捶儿游戏分为单挑、一对多、群斗、对垒赛等多种玩法。单挑，即一对一比赛，对方双脚着地或者撞倒对方者为胜。一对多比赛规则是一人挑战多人，几个人轮流上阵，把所有人都战胜了，就挑战成功。群斗，就是两组人互相撞击，逮着谁就撞谁，直到把对方全部斗败为止。对垒赛就是两组人分别一对一对比赛，赢得多的一方为胜。对垒赛势均力敌才有意思，谁也不愿与体弱的小伙伴分在一组，这时就需要"剪子包袱锤"裁定。

碰捶儿成了同学们的课余活动，泼辣的女生也参与其中。下课钟声响起，同学们撒欢似的跑出教室，三五成群摆开战场。课间休息十分钟，也来不及讲规则了，随意"捉对厮杀"，斗得"你死我活"。同学们呐喊助威，欢声笑语满校园。

我比同龄的小伙伴高出半头，仗着"人高马大"，胜多输少。经过多次实战，我掌握了一套碰捶儿的策略和技巧。分组比赛时，先把对方的弱者击败，再对付后边强硬的对手。遇到个子比我高大、比我壮实的对手，硬碰硬不行，要智取。开始时尽量把身子和膝盖放低，试探性碰撞。寻找时机，将自己弯曲的膝盖部位，插入对方大腿下或大腿根部，猛抬腿把对方掀个仰面朝天。遇到比自己身材矮小的对手，把弯曲的膝盖部抬高，朝着对方胸前就是一捶，使对方双脚落地或摔倒。对于旗鼓相当的对手，只能硬碰硬了，膝腿相碰，谁的力量大谁就能击倒对方。这时，要距离对方远一点，靠惯性猛扑向对方，利用冲击力将对方击倒。对于高手，要摆出硬拼的架势。对方气势汹汹猛扑过来时，快速躲闪，对方已来不及收招，瞬间扑空栽倒。这是避实就虚战术。

二蛋子一条腿走路不便，另一条腿又粗又壮，"金鸡独立"稳如泰山，是村子里碰捶儿的高手，大家都争着与他合伙。谁都不愿意跟他碰捶儿，不然肯定会被撞得惨不忍睹。二蛋子擅长抓着一只脚推向对方胸前，这一招儿谁也抵挡不住。需要在比赛前讲好规则，要求二蛋子不能用脚推对方前胸，这样他就失去了优势。他平衡性好，站得稳，仍然是赢多输少。

在雪地里碰捶儿滑稽有趣。雪地湿滑，稍不留神就摔倒了。战术就是以静制动。两个人拉开架势，先用小步轻微碰撞对方，用力过猛自己会滑倒的。等对方撞过来，弓着腰身体稍微前倾，利用腰劲和腿劲把对方顶回去。对方就像撞到了一堵墙，弹射回去必然摔倒，浑身沾满了雪。如果对方有功力，一只脚擦出老远也不会摔倒，这是少有的高手，二蛋子就能做到。雪地碰捶儿消耗体力大，要不停地在雪地上蹦跶才能维持平衡，老站着不动自己就会滑倒了。

放学了，约上几个小伙伴玩碰捶儿。游戏开始，我坐庄一对多比赛，朝着对方腿部、胸前、股部猛撞，不多时对方就被我撞得东倒西歪了。轮到小串儿上阵了，蹦来跳去转圈逃避，躲着我的撞击。我瞄准机会，照着他的股部就是一捶，他向前栽倒了，头正好撞在了墙角上。小串儿撒手捂着头龇牙咧嘴，不好，脑门子上鼓起了大包，这下可惹祸了。我只好把他送回家，向他母亲二嫂道了歉。我俩是好伙伴，整天混在一起，二嫂也没有埋怨我，摸着小串儿头上的包揉了揉："以后你们玩碰捶儿可要注意着点，不能太用力了啊。"说了几句就算没事了。

礼拜天组织了一场村庄级碰捶儿对垒赛。以大槐树为界，村东边和村西边小伙伴各一伙儿，一方十几个人参与，我和二蛋子属于村西头的，是碰捶儿的主力，总体实力我们村西头占了优势。

比赛前讲好了条件，哪一方输了，要从赢的一方胯下钻过去，以示惩罚。这个惩罚带有趣味性和羞辱性，谁也不愿输，个个摩拳擦掌，想办法战胜对方。我是村西的领队。村东挑头的叫大军，这小子长得生龙活虎，个头高大，有把子力气，是有名的嘎小子。双方讲好规则，三打两胜。先是一对一单斗。然后双方各选两个人坐庄，一对多进行挑战赛。第三轮群斗，两队十几人全部上场乱斗。

比赛开始，双方一对一，使出吃奶的劲儿相互撞击，各自加油助威，握着拳头大喊："加油，加油，使劲，使劲，撞他大腿根。"蹦跳着不停地挥舞拳头指挥。赛场上的两人在加油声、呐喊声的鼓噪下越战越勇。经过激烈厮杀，首轮比赛我们村西头失败了。虽然有我和二蛋子两个主力，但我们整体实力不如村东头，在一对一比赛中不占优势。

休息片刻，各自商量战术。接着是一对多比赛，双方选择两个实力强的小伙伴坐庄，谁连续战胜对方的人数多就算胜一局。村东头的领队大军首先坐庄挑战。我选择几个力气大的队友与大军缠斗。大军一口气击倒了四五个。轮到村西头二蛋子坐庄了，凭着他有力的一条腿和平时练就的碰捶儿功夫，上下翻飞，左突右冲，村东头的小伙伴纷纷倒下，连续战胜了五六个人。这一局我们村西头战胜了。一对多要讲战术，先派较强的小伙伴上阵，消耗对方体力，等到对方疲惫了，再派实力弱的给他一击，就能战胜对方了。

第三轮群斗开始了，村西头的队伍在我和二蛋子的带领下"英勇杀敌"，占据了优势。村东头小伙伴个个"丢盔弃甲"，乱了阵脚，败下阵去，我们赢了第三局。

三局比赛结束，村西头以二比一战绩胜出，村东头的小伙伴彻底被我们征服了，个个耷拉着脑袋。我们得意扬扬地叉开双腿，准备享受对手从胯下钻过去的惬意。不承想，村东头小伙伴们要赖，谁也不愿意受辱，一哄而散全跑回家了。

3. 挤油油儿

小伙伴们三五成群，贴着墙边排成一队，喊着口号，朝着一个方向挤压，边挤边喊"挤油油儿，撼油油儿，挤到姥姥家炕头头儿"，努力把前边的小伙伴挤出队伍，谁能挤到前边谁就是胜利者。这就是儿时的"挤油油儿"游戏，也称为挤暖暖、挤摞摞。挤油油儿是形象的比喻，大概意思是通过互相挤压取暖逗趣儿的意思。

小时候的村庄天寒地冻。小伙伴们似乎不惧严寒，整天不着家跑出去玩耍，聚在一起常玩的游戏就是挤油油儿。

挤油油儿有多种玩法。一种是选择拐角墙，向一个方向挤。另一种玩法是两队人靠墙向中间挤，努力把对方的人挤出队伍。挤油油儿游戏人数不定，两三人、多人玩耍均可。

拐角墙作为支撑，玩一边倒的挤油油儿游戏。小伙伴们争先恐后占据墙角位置，不容易被挤出去。玩这个游戏你得壮实抗挤压，不然就有苦吃了。大家喊着口号用尽浑身力气，使出各种招数前拥后挤。不能用手推搡或拉人，用身体的力量把对方挤出去才行。紧贴着墙，一只手推着另一只握拳头的手，肘部呈拱形，努力将胳膊肘插到前一个小伙伴靠墙的一面，用巧劲把他撬出去，让自己前进一个位置。同时，自己要紧贴墙壁，防止被后边的人给挤出去。站在墙角的就惨了，所有力量挤向他，被挤得龇牙咧嘴、哭爹喊娘也无可奈何。谁能坚持挤到墙拐角处，把其他人全部挤出去了，谁就是胜利者。往往是乱作一团，难分胜负。

课间操同学们集体参与挤油油儿游戏,这时的校园沸腾了。寒冬腊月,生煤炉子取暖,教室四面漏风仍感觉冷飕飕的,部分同学手脚冻红肿了,跟小面包似的,勉强拿笔写字。同学们盼望着早点下课,玩挤油油儿游戏,抱团取暖,驱赶寒气。参加挤油油儿的同学分成两组,泼辣的女同学也参与其中。同学们靠墙站一排,一声令下,两组同学使出吃奶的劲向对方挤去。我力量大、抗挤压,站在队伍最前边"将帅"位置。大家一齐喊"开始",同学们猫腰、弓腿、蹬脚地使出吃奶的劲。有的同学用力过猛,互相推搡,刺啦一声把衣服扯出口子,脚用力过大鞋帮挤破了,也顾不得了,直到把对方挤出队伍才肯罢休。看热闹的同学们齐声呐喊"加油、加油"。谁被挤出去了,迅速跑到队伍尾部继续参与挤,也不讲规则了,来个循环挤。有时,一组同学互相商量着发坏,正在对方用力挤的同时,一起松劲跑出队伍,另一组同学猝不及防,呼啦一下倒地上摔倒一片,引起同学们的哄堂大笑。"丁零零"上课铃声响起,同学们气喘吁吁地拍打着身上的尘土跑回教室。挤得浑身暖烘烘的,脑袋瓜儿直冒热气,胜负倒不是关键了。

儿时积累的挤油油儿经验,为我后来外出买车票、学校排队打饭、抢购股票提供了宝贵经验。80年代,经常性地需要排队购物购票,经济短缺时代人们的自觉性不高,大家乱作一团拥挤是常态。购买车票的场面更是壮观,谁挤到窗口,谁就能买到票。这时,我的挤油油儿经验就派上了用场,我知道如何站队、站在什么地方有利,怎样才能挤到前边去,把手伸进窗口递上钱买到车票。没想到儿时挤油油儿的经验,不经意间成了我抢票的优势,这倒是件蛮有意思的事情。

4. 青瓜裂枣

俗语讲"青瓜裂枣，人人都咬"。旧时，家乡有个习俗，外出干农活走到瓜棚歇脚，看瓜人会主动摘瓜给你吃。吃多少都可以，但不能带走，那样性质就变了。其他的瓜果也是如此。

夏秋季，去野外挑菜割草，太阳火辣辣的，口渴难耐，路过瓜棚，看瓜大爷会摘瓜给我们吃。也有不好说话的、吝啬的。遇到这样的大爷就难缠了，在他瓜棚坐上半天也不搭理你。只好采取不守规矩的办法解馋了。

"青瓜裂枣不算偷"是家乡的一句谚语，也是一种民俗和乡土文化。意思就是你偷吃个青瓜裂枣不算作小偷行为，当然这指的是小伙伴们，大人们是不可以的。"偷"字总觉得不雅，大家把偷瓜委婉地称为"摸瓜"。

紧靠大清河东岸是王庄子村的一片瓜地，小伙伴们早就惦记上了，一直没有找到合适机会下手。甜瓜太有吸引力了，甜甜的，绵绵的，吃上一个能顶一顿饭。

一天下午，雨过天晴，我约了小串儿和大山去挑菜。挑菜是其次，主要是谋划摸瓜。我们边走边商量采取什么办法摸瓜才能成功，商量来商量去，还是采取老办法"声东击西"。小串儿长得矮胖，腆着个大肚子也不够灵活。我们让小串儿装作挑菜在瓜地周边活动，分散大爷的注意力，同时"看堆儿"，意思是让他看着篮子和梢瓜，我们两个去摸瓜，摸来的瓜三个人平分。

瓜地北面紧挨着一片高粱地，青纱帐便于潜伏。我们两个人从高粱地一头钻进去，沿着高粱垄偷偷接近瓜地。开始是小跑，距离瓜地十几米了猫腰潜行，接近瓜地了开始爬行。瓜地套种大豆，我俩拔下大豆秧子卷成一个圈儿，学着电影里八路军的样子戴在头上作为掩护，脱下上衣包裹摘下的瓜。光着膀子爬到瓜地寻找瓜，一个、两个、三个……不一会儿就摘了一包，缩回高粱地顺原路送到小串儿处看管。数数觉得瓜还不够，决定再去摸一次。

我俩爬回瓜地刚刚摘几个瓜，仰头看见一个七八岁的小朋友正在瓜地玩耍，他也看到我们了，小朋友惊慌失措，大喊："姥爷，有人偷瓜了，姥爷，偷瓜了，快来看呀。"我俩知道大事不好，被发现了，也顾不得隐蔽了，站起身来抱着瓜拔腿就跑，到了小串儿处拿起篮子就朝大清河方向狂奔。这时，老大爷也看到了，手握棍子从半路斜插过来，想截住我们。我们使出吃奶的劲朝大清河奔跑，毕竟是老大爷，怎么能追得上呢？跑到河边，老大爷距离我们不远了，无路可逃，"咕咚"一声跳入湍急的大清河，朝对岸奋力游去。

天刚下过暴雨，河水猛涨，水流湍急，五六十米宽的河道，没肩膀深的水，前行吃力，况且手里还拿着篮子和瓜。手脚并用急匆匆朝对岸游去，当我爬上岸，被河水冲得偏离对岸跳水点几十米了。回头看，大山在河中间艰难游动，小串儿还在离河岸十多米的地方双手乱抓，正在与激流搏斗，还不时用含混的声音呼叫："救命啊，救命啊，快来救我呀！"大事不好，我放下篮子，咕咚一声，再次跳进河里，迎着激流，朝对岸游去。待我靠近小串儿，一只手抓住他的衣服，另一只手划水，拉着他朝岸边游去。当我俩到达岸边时，大山也才刚刚上岸。小串儿趴在地上掐着嗓子吐了好几口水，还骂我不及时救他。"你还骂我，我要是不去救你，你早就喂王八了。"

老大爷站在河对岸大骂："小兔崽子，再来偷瓜，我把你抓起来扭送大队关起来，我认识你们啦，找你家长去。"其实他根本没有看清楚我们的面孔，吓唬而已。我们在对岸做鬼脸取笑他，还大喊"青瓜裂枣不算偷，爱咋的就咋的吧"。老大爷无可奈何，骂了一会儿也就回瓜棚了。多年以后，我和两个小伙伴见面聊天，说起小时候摸瓜的经历，小串儿还感谢我救了他一命，不然我们就没有见面的机会了，也未可知。

食物匮乏的年代，瓜果是稀罕物。到了瓜熟蒂落的时节，生产队长提前几天就放出分瓜消息，人们望眼欲穿，盼着生产队早点分瓜解馋。

我们生产一队栽种的大部分是梢瓜，少有甜瓜。到了分瓜那一天，小伙伴们奔走相告。拉瓜的车还没有到达打谷场，人们就早早地挎着篮子排队等候，生怕去晚了分不到好瓜。生产队会计在地上画个圈，说就在此排队等候分瓜。等拉瓜的车到了，生产队长说换个地方分，大家呼啦啦又跑到另一个地方重新排队，都被会计忽悠了。

远远地看着拉瓜的大马车赶过来，大家不约而同围上去，看看瓜长得大不大，感觉马上就要吃到嘴了。胶皮大车围上插包装满瓜，一车能装两三百斤。生产队的瓜是按人平均分配的，每次每人能分到五六斤，采瓜季节要分两三次。大小、孬好搭配，不然会出矛盾的。个别社员抱怨给他分的不好，吵吵闹闹是常有的事。

梢瓜，长条形的，类似于瓠瓜，大的有三四斤重。熟透的即可生食，吃起来软绵绵的，酸甜可口。半熟的瓜，切片或者擦成条用香油酱醋蒜拌着吃。每次生产队分梢瓜，我都站在窗台下，一根接一根吃到肚子鼓鼓的，到实在吃不下去为止，饭也不吃了，混个"瓜饱儿"。

村子西边住着一位老奶奶，孤寡一人，后院几棵大枣树枝繁叶茂，每到秋季都挂满了枣子。枣树容易长"麻蚝子"，学名"黄刺蛾"，毒性大，碰到身上立马就会引起强烈的酸麻和刺痛感。一天，我到老奶奶家后院溜达，见周围没人，偷偷爬到墙头上，拿根木棍去打枣，枣子掉在地上。我正在仰着头寻找枣，突然一只黄刺蛾掉在了我的右眼皮上，顺着脸颊滚落下去。顿感一阵刺痛，马上从墙头上跳下来，也顾不得捡枣了，捂着眼向家跑去。没敢给母亲说是偷枣被蜇的，只说是玩耍不小心碰到了，母亲赶紧给我敷上凉毛巾，抹了药水。不一会儿，眼睛周围还是鼓起了大包，只有一条缝隙能看见东西，好长时间才消退。偷鸡不成蚀把米，从此我再也不敢去老奶奶家偷枣子了。

大坑东边二大伯家，院子里有一棵大枣树，长在靠近院南门的猪圈旁，枝叶覆盖了猪圈还伸到了土墙外边，看样子枣树有年头了，这是我常转悠的地方，看到院子里没人，溜进去摘几颗枣就跑。实在不能进院子了，站在院墙外边，拿起土疙瘩或者砖头瓦块，朝着枣树扔上去，也能砸下几颗枣子，捡起枣子赶快跑了。遇到刮大风了，枣子被风刮落到地面。风过后，跑到院墙外，寻找掉在地上的枣子，总会有一些收获的。

二大伯院墙外还有几棵桑葚树，宅子废弃了，算是无主的野树。白色的桑葚酸甜可口，还没到成熟季节就被我惦记上了。桑葚树长得不够粗壮，爬上去就会被压趴了，只好用树枝子敲打采摘，半熟不熟大部分就被吃掉了，等到成熟时已经所剩无几了。桑葚成熟的季节被风刮落在树下，我有事没事围着树转悠，期望能找到几颗桑葚，每找到一颗吃到嘴里，酸酸甜甜的，好像吃到了仙果一样幸福满足。桑葚成熟的季节我会光顾无数次，直到一颗桑葚也找不到了为止。

在"青瓜裂枣不算偷"的谚语庇护下，我常干偷瓜摸枣的事儿。偷青次数再多，看瓜的老大爷也只是"偷瓜摸枣，赶跑拉倒"，没拿小伙伴们当小偷对待，这就是乡土文化。如果偷拿别人家的物件，性质就不一样了，你就是拿了人家的一针一线也算是不光彩的事，那就是品行问题了。

小时候，身体处于成长期，食量大。食物短缺，往往是吃个"菜饱、水饱"，营养缺乏，夏秋季的各种瓜果成了儿时向往的美食。每到季节，生产队的瓜菜地，各家各户房前屋后的果树就成了"偷青"的对象。大人们看见了，象征性地骂几句了事。儿时的偷瓜摸枣除了对食物的向往，也带有游戏玩耍的性质。那年月，没有干过偷瓜摸枣的事儿，你就不算在村庄待过。

5. 扇啪唧

围着几张纸牌用力摔，想尽办法把对方的纸牌掀翻，摔纸牌发出"啪唧"的声音，这种游戏被形象地称为"扇啪唧"，也称为摔元宝、摔方宝，这是小伙伴们常玩的游戏。为了表述方便，暂且称这种玩具为"元宝"吧。

元宝，用牛皮纸、旧书纸、烟盒、报纸叠制。不同纸叠的元宝，厚薄、硬度、大小不一样，摔起来不在一个重量级上。牛皮纸做的去摔打旧书纸做的，牛皮纸的肯定赢。这需要在比赛之前讲好规则，大家要使用同一类元宝比赛。

一张纸只能叠三角形的元宝，两张纸能叠成四方形的。我到处寻找厚薄适中的硬纸叠元宝，这样的纸做的元宝既美观又好用，不容易被扇翻，比赛时赢多输少。家里柜台上有一本账簿，账簿纸又薄又硬又滑，适合叠元宝。我偷偷撕下几张空白的纸叠成了元宝，还在小伙伴面前炫耀了一番。一次，我用这种元宝比赛，经过几个回合，小伙伴们的元宝就输光了，兜里装满了赢来的元宝。后来，父亲发现账本少了几页，问我是不是撕掉叠啪唧了，事情败露，我也只好承认了，结果被狠狠地批了一顿。旧宣传画叠的元宝美观耐用，这种纸较难找到。大多数还是用旧书、旧牛皮纸或旧报纸叠的。我的元宝放在柜子一角，一大摞几十张，我不时摆弄玩耍，像宝贝一样守护着。

扇啪唧，基本是两个人或两个以上的人玩，找个平整地儿放好元宝，紧贴地面，四角不能有空隙，这样不容易被掀翻。以"剪子包袱锤"决定谁先摔对方的元宝。

扇啪唧是有技巧的。对于厚实的元宝，从上往下砸，让元宝弹起来就翻过来了。对于薄的元宝，要从元宝与地面接触的缝隙入手，让自己的元宝从对方的元宝下面穿过去，元宝就被掀翻了。拿元宝的手尽量缩进袖子，借助袖子扇起的风和元宝的铲力将对方掀翻。还要想办法把对方的元宝扇到坑洼不平的地方，让它翘起一角，一呼扇就掀翻了。

小伙伴二生是吃商品粮的，家庭条件优越。他的元宝既漂亮又硬实，是用旧画报纸、年画纸叠的，大家都惦记他的元宝，琢磨着如何赢过来几张，当然也包括我。放学了我约二生摔元宝，他痛快地答应了。我的元宝是用旧书本纸或牛皮纸叠的，显得粗陋、不规则，远不如他的好看好用。怎奈他技巧不如我，劲儿不如我大。几个回合下来我赢了五六张，他输得毛了，脸涨红，仍表现出不在意的样子。我安慰他说："今天是我运气好，下次你就会赢了，我们就不玩了吧。""没事的，接着来。"他又从书包掏出几张元宝，拉开架势再战。我笑嘻嘻地说："来就来，输了你可不能怪我。你输了，你先来。"见我俩斗宝，小伙伴们围拢过来看热闹。他握紧手里的元宝，使出吃奶的力气，高高扬起手臂，狠狠砸在我的元宝上，"啪"的一声元宝微微弹跳，并没有翻过来，直愣愣地杵在那儿。我心中大喜，吐了一口唾沫搓了搓手摔上去，不小心手指尖触碰地面了，戳得生痛。只见他的元宝翻了个，屁股朝天，我又赢了一张。小伙伴们大声欢呼"好"，我越战越勇。之后，二生的几张元宝又被我赢过来了。他不在意地说了句："我有好多元宝，这几张就算送给你了。"好像我不是靠本事赢的，是他故意送给我的，这让我赢得索然无味。管他呢，元宝到了我的手里才是王道。晚上回到家，我摩挲着赢的十几张元宝，爱不释手，放到柜子上，长时间也舍不得使用。从此以后，二生再不跟我单独玩儿摔元宝了。

冬季地面上冻了，玩儿摔元宝用力过猛，不小心往往中指会戳到地面，手指戳麻了，疼得直甩手。长此以往，我的右手中指指甲戳得变形了，留下了摔元宝的印记。

6. 逮鱼摸虾

小时候，渤海渔业资源丰富，梭鱼、黄花鱼、带鱼、鲅鱼、鲈鱼、镜鱼、楞蹦鱼、面条鱼、虾蟹等种类繁多，滩涂生长着海螺、毛蚶、蛤蜊、文蛤、海呲儿等各种贝类。每到秋季，生产队集体到渤海捕捞鱼虾，捕捞的螃蟹、海螺、蛤蜊等分给社员。螃蟹大到一斤一只，海螺挖掉肉能做号角，蛤蜊有半斤重，而且都是应季捕捞的海鲜，味道鲜美。

秋后，渤海螃蟹膏多味美，每家每户分的螃蟹一顿吃不完，放到小缸里，敲碎螃蟹壳，放入适量盐巴腌制成螃蟹酱，过些日子就可以当"盐精"（方言，咸菜）吃了。螃蟹酱可直接生吃，咸鲜可口。吃不惯螃蟹的腥味，加豆腐炖或者加黄豆蒸熟，也是一道佐餐美味。在我的记忆中，这是生产队时期少有的集体福利了。

开春儿，大槐树下常有卖小杂鱼的。大水管自行车驮着两个大筐，起早到海边上货，上午赶到村庄售卖，不耽误中午食用。乡亲们拿着大碗小盆，买一斤两斤，回到家里稍微过水，熬酱或者清水煮，还带着海水的余味，不用加任何作料就能体味到鱼虾本身的鲜美味道。不知名的小杂鱼掺杂着小虾，经过一冬的蓄积，脂肪把肚皮撑得油亮。典型的就是海银鱼，老家称之为"面条鱼"，只有开春二十多天的捕捞期。面条鱼无鳞无刺，通体绵软细腻，无论清煮、包饺子还是炒鸡蛋，口感都滑嫩鲜美。相比之下，我喜欢吃家乡的春季小杂鱼，味足、鲜嫩、品种多，而不太喜欢吃太大的鱼。春季各种贝类是不可或缺的美味，文蛤味鲜咸，青蛤味鲜嫩，海螺味甜润。

由此，我也想到一个有趣的问题。每到春天青黄不接时，生产队怎么不去组织社员打鱼摸虾呢？深海捕捞需要渔船等捕捞工具，不容易做到，海边、海滩、河沟总会有些鱼鳖虾蟹的，也容易捕捞。这个问题我还真没琢磨透，感兴趣的朋友可探究一番。

儿时，我就喜欢上了逮鱼摸虾，常跟着哥哥们到周边的池塘，或者大大小小的河沟去抓鱼。长大点了，我能自己去捕鱼了，摸鱼、挂鱼、钓鱼、抢鱼、哨鱼，等等，无所不能。我是一个捕鱼爱好者。俗语讲"吃鱼不乐，打鱼乐"，可以说捕鱼活动伴随我度过了童年、少年。

在大清河、海汊子、盐汪子摸鱼，水不能太深，没过膝盖为好。水深了，手触不到河底，当然就摸不到鱼了。

渤海浅滩或者两和水儿（海水与淡水交界处）河道里，有一种鱼俗称为"油光鱼"或者"楞蹦鱼"，学名"矛尾虾虎鱼"。这种鱼栖息在河底或者近海，是容易捕捉到的一种鱼。还有一种小鱼，四五厘米长，肥肥的，圆滚滚的，眼睛已经退化，人们形象地称之为"肥嘟噜儿"，不知学名称呼什么，这种鱼生长在两和水儿，也容易捕捉到。大大小小的池塘里还能捉到鲫鱼、草鱼、鲤鱼、鲇鱼、鳝鱼等淡水鱼类。

小伙伴们到村南小河沟摸鱼。在水里来回跑动，抡起胳膊把水搅浑，鱼看不清了，到处乱撞，鱼因缺氧露出头来，顺手抓捕，这叫"浑水摸鱼"。

在大清河河道里摸鱼，猫着腰，两手从水面轻轻插入水中，触到河底泥沙，从周边向中间摸索，手触到鱼了，快速抓住鱼头按到河底，待抓稳了再放入网兜儿。楞蹦鱼喜欢做窝，摸到鱼窝会抓到四五条，多则七八条。夏秋之交，鱼还没有长大，用芦苇把楞蹦鱼从腮部穿成一串，搭在肩上回家，走在路上得意扬扬，成就感满满的。

徒手摸鱼的高手要数二小子。二小子腿长胳膊长，摸鱼的本事了得。每次提着一串鱼走在大街上，都让我羡慕不已。二小子嘴里叼着一根芦苇，快速蹚水，在河道里寻找。感觉有鱼了，放慢脚步，缩头弓腰，两脚轻轻入水蹚过去，伸出两只猿臂手，从两边向中间慢慢摸索，准能抓到一条鱼。二小子徒手抓鱼的动作娴熟，潇洒流畅，应该属于原始美学范畴。似乎他与鱼之间有个约定，就等着他来抓。小伙伴们判断不准哪里有鱼，蹲在河里地毯式搜索，二小子是找到有鱼的地方才下手。眼看二小子的芦苇条快穿满了，我们还是空空如也，干着急。问他摸鱼的诀窍，他笑而不答，估计是怕"教会徒弟，饿死师父"。

到海边盐汪子摸鱼是我的拿手好戏。去的次数多了，我知道哪里有鱼窝，隔多长时间去捉。盐汪子四周围绕着一条小沟，伸手勉强摸到底，汪子中间平坦，水仅没到腿肚子。楞蹦鱼秋后做窝越冬。浅滩上，长期淤泥沉积，盐汪子表层是黄沙，往下就是黑泥沙。楞蹦鱼做窝把滩涂的黑泥沙掏出放到鱼窝附近，老远就能看到黑乎乎的一片，肯定是鱼窝了。蹑手蹑脚走到鱼窝旁，一只手堵住鱼窝的气眼，另一只手伸进鱼窝捉鱼。楞蹦鱼浑身黏滑，与泥鳅差不多，抓住鱼头，才不会滑脱。一条，两条，三条……塞到网兜里。不要破坏鱼窝，每隔一两周其他鱼又钻进窝，就又能抓到一窝鱼了。

深秋，天气渐渐冷了，每隔一个礼拜，我骑自行车到海边的盐汪子抓一次楞蹦鱼，这是我的捕鱼秘密。初冬，盐汪子冻了一层冰碴子，我挽起裤腿，走在盐汪子里感到冰凉刺骨，但这也挡不住我捉鱼的热情。一次，我正在汪子里寻找，老远就看到一个鱼窝，在盐汪子水沟旁。走到近前，海水没过膝盖，我伸胳膊去掏鱼，上衣都浸湿了，一阵寒战，手已经触摸到鱼了，舍不得放弃，坚持着把几条鱼掏了出来。胳膊、臂膀被冰冷的海水泡得麻木了，回到家臂膀酸疼了好些日子。

小学五年级，每到礼拜天我都心情激动。早早地骑上自行车到海边钓鱼去了，不放过任何一次钓鱼的机会。周四下午老师们参加政治学习，上半天课。中午，我紧赶慢赶吃几口饭就跑去海边钓鱼了。班主任李魁文老师对我的钓鱼活动很感兴趣，每次在街上遇见都会问我：

"昨天去钓鱼了吧？钓了多少鱼，都是什么鱼呀？"我每每都不好意思地回答他。

村庄距离海边也就十多里的路程，不一会儿就到了。鱼栖息在海沟汊、送水路、盐汪子。我常到一个叫"三节汪子"的地方钓鱼。大汪子呈三角形，东西长一两千米，底边也有一两百米。常去钓鱼，也就知道汪子什么地方鱼多。

钓鱼的工具是排钩。一条二十米左右长的尼龙绳，每隔一米左右拴一个鱼钩，总共拴十几个鱼钩，缠在一块竹板上。到钓鱼地点，从竹板上解下鱼钩，平摊在滩涂上。从瓶子里拿出蚯蚓，揪一截挂到鱼钩上。每次钓鱼前一天，要到野地挖蚯蚓，装到罐头瓶子里，准备次日使用。排钩顶端拴上小石头，另一头拴在竹片上，把竹片插到岸边滩涂固定。使出吃奶的劲儿，把排钩扔到汪子里，每隔十多米扔一排。每次带十几把排钩，总共百十个鱼钩。

常用排钩钓鱼，我也掌握了投掷和使用排钩的技巧。投掷不得当，鱼钩容易钩到衣服、胳膊、手臂甚至耳朵。要顺风扔钩，顶风扔不远，容易被风刮回来，大概率鱼钩会钩到衣服上。没有顺风，就站在上风头扔。排钩扔出去呈弧形，不会因风的作用刮回来。要防止前边的鱼钩钩到胳膊或者手臂。距离顶端的坠儿一米左右不绑鱼钩，否则扔的时候容易被钩到。我刚开始扔鱼钩经验不足，一次，风大浪急，鱼钩扔出去，却被一阵风刮了回来，吓得我弓腰缩脖子，鱼钩还是钩到了我的衣背上。钩到头皮或者手臂就惨了。

鱼钩扔下去，就走在岸边巡视每一排鱼钩的动静。尼龙绳一松一紧晃动，说明鱼上钩了，这时不要急于拉鱼钩，上钩的鱼跑不了，还会有更多的鱼上钩。每隔一个小时左右，起一次鱼钩，摘下鱼，换上鱼食再扔进去。拉鱼钩要用力适度，拉猛了，鱼容易脱钩。遇到障碍物，不小心还会把尼龙绳拉断。拉鱼钩是激动人心的时刻，看着一排鱼钩，钓到五六条鱼，感觉就是"吃鱼不乐，打鱼乐"。十多排鱼钩起一遍，需要个把小时。好的时候，一个轮次能钓到五六斤鱼，一天可以钓到三四十斤鱼。

秋后的一个礼拜四，上半天课。下课后，急急忙忙跑回家，母亲还没有做好午饭，我就等不及了，没来得及吃饭，骑上自行车就去海边钓鱼了。钓鱼的汪子距离村子十几里路。

鱼钩放到水里，鱼就咬钩了，一个接一个停不下来，半个下午就钓了十几斤鱼。约莫五点钟，我感觉有些饿了，收拾渔具和鱼筐回家，骑上自行车往家里赶。走了一段路，感觉两腿酸软，身体发飘，浑身无力。咬牙坚持着，骑了几公里下了公路，距离家还有三里土路，此时我两眼冒金星，腿脚也不听使唤了，再也骑不动了，只好推着自行车缓慢前行。下了公路不远，就是邻村的大白菜地。眼望着绿油油的大白菜，很想冲过去抱住一棵大白菜猛啃几口。可左思右想还是不敢去，恐怕被纠察队员当作偷盗集体财产的坏人抓起来，那可就丢大人了。我又盼望着遇到村里人，给家里捎个信儿送点吃的来，等了半天连个人影儿也没有。

我推着自行车晃晃悠悠地走到大清河边，看到路边一片白薯地，生产队早就把白薯刨走了，乡亲们也翻刨了几遍。可我觉得还会有漏网的白薯，这是我仅存的希望了。车子扔到路边，我两眼眩晕，站立不稳，跟跟跄跄走了几步，一头栽进白薯地。意识还是清醒的，匍匐在白薯地，双手扒土，寻找白薯。扒了好长时间也没有找到半块白薯，只找到了几根小手指头粗的白薯根须。也顾不得了，搓掉泥土，在身上蹭蹭，急忙塞到嘴里大口咀嚼。吃了几根以后，又坐了一会儿，感觉体力稍加恢复，慢慢站起来，拍打一下身上的泥土，推着自行车回家了。

晚上母亲烙的大饼，我急忙大口吃起来，喝着菜汤，饱餐了一顿。路上饿晕的事，也没敢向母亲提起。一来怕父母担心，二来怕今后不让我自己去钓鱼了。

大集体时期，海里的鱼虾也姓公，属于集体财产，大规模的捕鱼活动必须由生产队统一组织。如果大人们私自到海边捕鱼，被公社纠察队抓到了,轻则没收渔网和自行车,重则游街批斗。再说了,大人们也没有空儿,生产队出工实行军事化管理,没有正当理由是不允许旷工的。相反,小孩子们到海边打鱼是默许的,没有人管束。

海边湿地,水天一色。海鸟或在空中盘旋,或在水草中觅食。钓鱼的间隙,躲在土岗子后边观察海鸟。有的鸟长长的腿,脖子一伸一缩走在海滩上觅食;有的小鸟追逐玩耍,抢夺小鱼;有的在水里游逛,悠闲自在,嬉戏玩耍;有的吃饱喝足了展翅飞翔,继续征程,一幅美丽的海边湿地风光。我有时搞怪,突然跃起朝海鸟奔去,鸟受到惊吓,呼啦一下飞向天空,我恨自己没有长上翅膀,跟它们一起飞翔。

入冬了,大清河结了厚厚的一层冰,自然没法摸鱼了,这也难不倒我们,拿上网抄子、网兜,扛着尖镐就去哨鱼了。选择河道坑洼的地带,用尖镐砸开冰窟窿,小网抄子捞出表层的碎冰碴。大网抄子伸进冰窟窿,用力旋转网抄子,让冰窟窿里的水跟着旋转起来,越快越好,鱼被裹挟进旋转的水流中,突然回转网抄子,鱼就进入网兜了,俗称为"哨鱼"。哨鱼是讲究技巧的,首先,要找到河道的坑洼,冬天鱼喜欢栖息在水深的坑洼里。透过冰层大致能判断水的深浅。其次,抄网旋转速度要快。抄网的木柄略呈弓形,左手抓住抄网木柄中间位置,右手握住木柄上端快速旋转。网抄子旋转几分钟后,快速反方向回转,让漩涡里的鱼来不及躲避而进入网抄子。冬天的鱼活动能力较差,容易捕获,我会捕到一些鲫鱼还有肥嘟噜、小白鱼等不知名的小鱼虾。酱焖鲫鱼或者大白菜清炖鲫鱼都是佐餐的美味。

记得,我仅有一次卖鱼的经历。

说到卖鱼,我是一百个不愿意去,感到不好意思。做买卖的是能说会道之人,边卖边吆喝边聊天,才能卖出好价钱,我嘴笨,脸皮薄,不太适合干这事。晚上睡觉翻来覆去做着思想斗争,克服了许多心理障碍才决定去卖鱼的。要卖的鱼是我当天下午钓的楞蹦鱼,次日清晨,趁着鱼新鲜去卖掉,换些零花钱。天刚蒙蒙亮,我就骑着自行车到马头营去卖鱼了。鱼筐绑在自行车后座上,装着二十几斤楞蹦鱼。卖鱼要赶早儿,家家户户准备早饭,买了鱼用大酱熬煮当作咸菜吃。

骑车到了马头营村,不好意思去大街上卖,那里人太多,感觉难为情,我骑车到了小街道拐弯处,找个僻静的地方,把车子靠在小树旁。俗话说"十分买卖,七分吆喝",否则人家也不知道你是干什么的,怎么来买鱼呀?我鼓足了勇气,想好了词儿,想吆喝一声"新鲜油光鱼喽……"可使了半天劲儿,脸都憋红了,愣是一句没喊出来。又一想,干脆不吆喝了,等着人来买吧。

我停靠车子的地方,正对着一户人家。大妈出来倒泔水,看到门口拐角处站着卖鱼的我,凑过来问价钱。我本来打算卖五毛钱一斤,等大妈问价的时候,心想赶紧卖完算了,报价四毛五一斤。大妈一再讨价还价,四毛钱一斤她才肯买,我想开张买卖干脆卖给她吧,给她称了两斤。一位大爷路过,又买了三斤。等了好长时间,再也没见人来买鱼了,推着车子顺着街道换了一个地方,还是没人来买。我想卖不了就算了,自己留着吃吧,挣钱的愿望也实现不了啦,骑上自行车回家了。卖鱼是需要技巧的,不是随随便便就能卖出去的,看来我也不是这块料儿,以失败而告终。

打鱼摸虾的经历,让我与江河湖海产生了自然的亲近感,也感谢大自然给了我快乐的渔歌似的童年。多少年来,那种捕鱼场景,那种打鱼的快乐,不时浮现在眼前,出现在梦中。偶尔,与朋友喝美了,我也吹吹牛。我曾经是一位"小老渔民",现在变成"老小渔民"了。

7. 套知了

放学了就算是放羊了。小伙伴们三五成群相约挑菜、割草、戏水。捉虫虫也是小伙伴们必不可少的娱乐项目。蛐蛐、蜻蜓、蝈蝈、天牛、知了、蚂蚱、螳螂、蝴蝶、蚱蜢等昆虫都是我们捕捉的对象。儿时不懂得什么是益虫害虫，抓到了都装在瓶子或笼子里观察玩耍。众多捉昆虫游戏中，我更喜欢捉知了。

盛夏，知了叫个不停。不知道它是在抒发情怀歌唱，还是展示自己的才艺吸引起同伴。从天亮叫到夕阳西下，比挥汗如雨的村庄人还勤劳，好像整个村庄淹没在此起彼伏的知了交响乐里。按照鸣叫声和长相将知了分为三种，冠以不同的名称。

"知了……知了……"此起彼伏叫声的，就称为"知了"，学名"蒙古寒蝉"，体形中等，长着长长的淡绿色的翅膀，轻盈飘逸，叫声优美动听。

"叽……叽……"一个音调叫声的，称为"叽叽儿"，也叫"臭四儿"（方言），学名"蟪蛄"，它的叫声小，长着棕白色翅膀，体形也较小。

"哇……哇……"大"嗓门"鸣叫的，也是知了家族中体形最大的，称为"老哇哇儿"（方言），学名"黑蚱蝉"，通体黑色。未蜕掉壳的幼虫称为"知了猴"，也就是某些地区喜欢吃的"炸金蝉"了。

我在长期的捉知了游戏中，积累了丰富的经验。根据知了不同的生活习性采取不同的捕捉方法。其中被称为"知了"的在村庄里较为少见，估计不过几十只。知了趴在高高细细的树枝上，离老远听到动静它就不叫了，走近点就飞了，很难捉到它，是知了家族最精明的。叽叽儿大多趴在较矮的树干上，悄悄走到树边，慢慢靠近，举起手突然将其捂住。当然，可靠的办法是粘叽叽儿。一根两三米长的秫秸，铁丝做一个圆圈，插在高粱秸秆顶部，用细绳绑结实，找到三五个蜘蛛网，旋转铁圈把蜘蛛丝缠绕在铁丝圈上，就成了一张粘网。找到趴在树上的叽叽儿，对准拍上去就捉到了。

捉老哇哇儿，准确讲是套老哇哇儿是最有趣的。一根长长的秫秸，削一根细树枝插在秫秸顶部。从生产队的饲养处，或者干脆在大街车轱辘渠寻找几根马尾巴丝，手拉感觉结实为好。一根马尾巴丝，一头儿打个结，另一头儿穿进去，形成"圈套"，将马尾巴绑在一截细树梢上，这样就做好了一个套老哇哇儿的工具。

放学了，拿着套杆满村子转悠。盛夏的阳光透过树叶缝隙散落下来，有点刺眼，仰着脸，眼睛半睁半闭地寻找树上的老哇哇儿。老哇哇儿喜欢栖息在柳树、榆树、刺槐等老树皮上，光滑的白杨树、椿树上就比较少了，容易被发现，这也是它的生存技能吧。

循着叫声，寻找趴在树上的老哇哇儿，慢慢靠近，感觉有动静它就停止鸣叫了。站在树下，从下往上慢慢将马尾巴圈套伸向它的头部，它感觉有异物触碰，会用爪子抓挠，不一会儿身子就钻进了马尾巴圈套。这时突然提拉，圈套收缩，老哇哇儿就被套住了。它感觉上当了，无奈进了圈套，扑扇着翅膀挣扎也无济于事。

老哇哇儿不甘被捉，会自我保护，正当你仰着脸向上张望时，一股尿从它屁股喷射而出，正好洒落在脸上。那也不能放过它，抹一把脸，解下马尾巴套将其收入瓶中。回到家，用细线绳绑在老哇哇儿身上，手牵着线绳看它漫天飞舞。剪掉一截翅膀，它就飞不起来了，看它在地上飞速打旋儿。

我用套老哇哇儿的工具搞过一场恶作剧。有一次，我到村子西边套知了，一无所获，闲着无聊在街上转悠。看到一个五六岁的小兄弟，光着身子在街上玩耍,心里发坏,突发奇想,老哇哇儿没有套着,何不套他的"小鸡鸡"逗他玩玩呢?拿着知了套对准他的"小鸡鸡",小兄弟也没有动,没几下就套上了。稍微一拉小兄弟感觉到了疼痛,转头就往家里跑,这一跑不要紧,马尾巴勒得更紧了,小兄弟立马大哭起来。这时,我也害怕了,赶紧跑过去,慢慢把马尾套解开。小兄弟哭着跑回家,我知道这次惹祸了,拿起知了套撒腿就跑了,我怕他哥哥出来揍我一顿。过了一会儿,他母亲领着小兄弟找到了我家,论辈分我叫她大婶。见大婶走进院子我就知道不好了,肯定是来告状的,赶紧躲到后院。大婶向母亲告状,"你家小子也太淘气了,用知了套把我儿子的'小鸡鸡'套肿了,不信你看看,哪有这么淘气的孩子?嫂子你得管管了。"母亲赶紧向大婶赔礼道歉,说回头一定好好管教。大婶走后,母亲把我"狠哆"(方言,训斥的意思)一顿了事。

雨后,知了从松软的树根周围钻出来爬到树上。这时,它还没有蜕掉外壳,正是抓捕的好时机。手电筒属稀罕物件,就是家里有也不允许小孩子拿去玩耍。没有手电筒,只能退而求其次,家里的旧马灯还能凑合着使用,晚上提着马灯,到小树林儿寻找知了猴,一晚上能抓到十几二十只。有时,干脆借着微弱的月光,双手在树干上乱摸索,也能捉到几只。

挖知了猴是小伙伴们的拿手好戏。当然是在白天,也不用照明了。雨后土质松软,大树周围寻找知了猴洞洞。知了猴洞口小,里面大,表面有一层翘起的土,这肯定是知了猴的洞穴了。找一根细树枝子,轻轻地把洞口表层的土挑开,看见知了猴正在用力地向上爬。把树枝子轻轻伸进洞里,知了猴就会抓住小树枝。这时,慢慢把小树枝提起来,知了猴趴在树枝子上就被带出洞了。个别知了猴狡猾就是不上当,只好用小铲子将其挖出来了。

知了壳学名"蝉蜕",是一味上好的中药材,具体能治什么病我也不清楚,我当时只知道换成钱可以买冰棍吃。知了蜕壳羽化,壳留在树干半人高的地方,找到了小心翼翼地拿下来装入兜里,不能压碎了,碎了就不值钱了。蝉蜕比较轻，一大包也没有多重，整个夏季能找到百十个就不错了，记得大概是二分钱一个。晒干以后，交到供销社采购站还能换一块多钱呢，这可是一笔不小的收入。

村庄人没有吃知了猴的习俗，抓到了就是玩耍。知了猴在某些地方还是一道美味，名曰"炸金蝉"。不记得从哪年开始我也学会食用炸金蝉了。有一次同事聚会，我看到餐桌上摆放着"炸金蝉"很是惊讶，听说还是一道美味。心想这不就是老哇哇儿吗，这玩意儿也能吃？在同事们的怂恿下，我鼓足了勇气放到嘴边还是没敢吃下去。

爱人吃各种昆虫的本领了得，打小练就的，比如知了猴、蝎子、蚂蚱、蚕蛹、豆虫无所不能，吃得美滋滋的。为了让我陪她吃知了猴，开始教唆我吃知了猴头部，我捏着鼻子品尝了一个，感觉味道还不错，吃过几次之后就敢吃整个知了猴了，慢慢地还就吃上瘾了，而且一发不可收拾，之后聚会这成为餐桌上的必点菜。知了猴含有丰富的蛋白质，营养丰富，吃起来香酥可口，着实是一道不错的美食。

前些年，为了吃到野外生长的知了猴，我加入了寻找知了猴的大军。居住的小区旁边就是小公园，每到夏季6月末7月初，雨过天晴，晚上知了猴钻出地面爬到树上，正是逮知了猴的好时机。我置办了多个手电筒，算是弥补了儿时的缺憾。我提着塑料袋、矿泉水瓶满公园转悠，逮着一棵树，上下寻觅，发现知了猴，立马拿下装入塑料瓶。公园里不乏捉知了猴的大爷大妈，看到人家一晚上能逮几十只上百只，很是羡慕。我逮十只八只就不错了，连续逮了几天，凑够一盘了，与家人分享了"炸金蝉"。吃到自己亲手捉的知了猴，味道还真是不一样。捉知了猴，过了一把童年的瘾，但咂摸起来还是觉得不雅，后来也就再没有捉知了猴了。

一转身，一眨眼，捉知了猴就变成了故事。儿时与昆虫为伍，让我认识了昆虫的世界，在记忆深处留下了快乐与美好。儿子在城里长大，而立之年了，家里进入一只蟑螂还大呼小叫，见到蚂蚁也要躲避三分，喊我这老爸去处理。哪还谈得上到田地里、野树上、柴草堆去捉昆虫呢？

当下的村庄，孩子们进城读书了，少数居住在村庄的孩子也是精养，家长舍不得让孩子去捉昆虫，怕孩子吓着，磕了碰了，业已成为温室里的鲜花，少了几分野性和童趣。

此时的村庄倒也和谐了。年轻的村民和孩子搬进了城里，村庄留给了知了和它的虫虫伙伴们，它们可以自由自在地撒欢儿了，再也没有孩子打扰它们。多年不见的长虫、狐狸、黄鼠狼、刺猬又回到了村庄，与虫虫们狂欢乱舞。村庄快要变成动物乐园了。

夏季的村庄，树上的知了、庄稼地里的蝈蝈、池塘里的蜻蜓、柴草垛里的蛐蛐，还有那些知名不知名的小昆虫，在短暂的生命里使出浑身解数展示各自的才艺。有的轻歌曼舞，有的低声吟唱，管乐齐鸣，演奏着村庄版的昆虫交响曲。

村庄的人们似乎也不甘于只做观众、听众，也想融入其中成为虫虫乐队的一员，与它们共舞、歌唱，而不再为柴米油盐奔波，不再为人情世故烦恼。

喧嚣的村庄里，各有各的领地，各有各的生存之道，各有各的娱乐方式，共享一片蓝天，共耕一方土地，共饮一池清泉，互相依存，互相守望，共同构建了自然和谐的村庄生态系统。

8. 学自行车

记不清从几岁开始，我迷上了学骑自行车。看到父亲的自行车停在院子里，我趁大人们不备，瞅准机会推着车子就跑了，玩儿自行车去了。

70年代，自行车是家庭的重要财产。家里仅有一辆二手自行车，哪舍得让我练习骑自行车呢？谁家要是有一辆新的自行车，特别是永久牌、飞鸽牌自行车，老有面子了。

陈大伯日子过得还算宽裕。60年代用家里所有的积蓄，买了一辆天津产飞鸽牌自行车，花了170多元巨款。在当时的村庄，自行车属于不折不扣的稀罕物件，引得全村人来围观，令村民羡慕忌妒恨。陈大伯平时舍不得骑，用两根绳子把自行车吊在房梁上，盖上线毯防灰尘，每天睡觉前看一眼才安心，过一段时间就拿下来擦拭，十多年过去了，还跟新车一样，实际上就没有骑几次。陈大伯已经不把自行车当作交通工具了，而是当作情感需求和精神寄托。一次，邻居来借自行车，想试试新鲜，陈大伯露出为难的表情："平时我舍不得骑，出去办事不到万不得已我都是走路去，你要非得借自行车骑，干脆你就骑我算了。"直到陈大伯80年代初去世，自行车基本还是新的，又传给了儿子。那年月自行车比现在的家庭汽车还珍贵，怎能舍得借给外人？

记得父亲有一辆带电灯的自行车，晚上骑自行车灯就自动亮了，什么牌子的我不记得了。回到老家后，经济困难，父亲把自行车卖掉换成高粱米了。大妈讲，父亲年轻时，骑着自行车老威风了。身背盒子枪,腰扎武装带,车把上挂着公文包。无论啥时候回家,大妈都得准备饭菜伺候着,有头有脸的人也都过来打个照面儿。

卖掉老自行车后,父亲花三十多元钱又买了一辆二手自行车,看起来也就三四成新,铃铛、前后护盖、瓦盖、车叉都没有了,外手脚蹬只剩下光杆了,除了铃铛不响,哪里都响。因为车叉没有了,存放时只能停靠在墙边或者树边。这辆自行车,骑上去,稍不小心链子上的机油就会蹭到裤腿上,需要挽起裤腿,或者两腿向外用力撇着腿骑行,样子看起来挺滑稽的。就这样,父亲对自行车也是呵护有加。日常父亲赶集或外出办事才舍得使用。怕摔坏了,不允许我练习骑自行车。

学骑自行车难免摔倒。车链条松了、脚蹬掉了、车把摔得东歪西扭是常事。每次偷骑自行车,怕被大人看见喊回家,都找一条偏僻的小路练习,这样大人们不太容易找到我,我好多学一会儿。

我刚刚学骑自行车时,个子矮小,骑到座位上或者大梁上够不到脚蹬。只好从车梁下伸出右脚,踩另一只脚蹬,只能蹬半圈,咯噔咯噔地驱动自行车前行,戏称"掏裆法"。这样也掌握不好平衡,时常摔倒。自己磕了碰了倒不在意,担心的是自行车是否碰坏了。车把摔歪了、脚蹬扭曲了也不敢说,推回家偷偷放到墙边。被发现了就只好老实交代,不问也就蒙混过关了。

稍微长大了点,就可以骑在自行车大梁上踩脚蹬。车子停靠在树边,扒着树骑到大梁上,右手用力推树,借力就骑走了。这种骑车姿势,骑不了多长时间,屁股沟子和裆部就会被磨肿。冬季穿着棉裤,裤裆处的棉花磨没了,棉花套子一块一块地跑到了裤腿上,裤裆处也只剩两片布了。冻得打"嘚嘚",但手脚冻肿了也不愿回家。我就这样在跌跌撞撞中学会了骑自行车。

70年代末,我读高中时,距离镇中学五里地,有时中午带饭,有时回家吃午饭,每天骑自行车来回跑。父亲的自行车太陈旧了,上学需要每天骑两个来回,这样骑估计就会散架了。为了我上学,大哥家把新买的一台二手自行车借给我骑,七八成新,我感觉美滋滋的。放学了，同学们炫车技，一只手握把，一只手抄到裤兜里，吹着口哨拐着弯骑行。来情绪了，几个同学骑自行车比赛，撒开两手，松开车把狂奔。坑洼不平的土路，自行车颠簸得厉害，对车子损害较大，没过多久车子就让我骑得叮当响了。

天津自行车厂生产的"双燕牌"自行车，专门用于运货。车架子用无缝钢管制造，俗称"大水管"。大水管自行车，比普通自行车车体要长，轮盘比普通自行车小一圈，没有链条挡板，没铃铛，车梁粗长，辐条也比普通自行车粗。后座支撑架是实心铁棍的，自行车整体较重。骑起来却非常轻巧，稳定性强，能载重物。刹车需要用"脚刹"，即脚踩在轮胎上摩擦刹车。大水管自行车是当时村庄人驮货的主要运输工具，多用于"跑海"，从鱼码头采购海货到村庄贩卖。车子两边各放一个大筐装载海货，两三百斤不在话下。大水管自行车太笨重，不适宜孩子骑行，更不能作为学骑自行车使用，摔倒了就扶不起来了。

后来，自行车被电动车、摩托车取代，摩托车又被小轿车取代，村子里就见不到自行车了。小伙伴们晃晃悠悠学骑自行车的身影，也消失在了村庄的视野里。

9. 甩猴儿

村庄小伙伴把陀螺称为"猴儿",抽陀螺称为"甩猴儿",大概意思就是抽陀螺跟耍猴一样好玩。我们不知道啥叫陀螺,外地的小伙伴可能也不明白"甩猴儿"是啥意思。抽陀螺各地称呼五花八门,诸如赶驴儿、磨轮虫儿、抽冰尜(gá)、打老牛、转溜子、来磨儿,等等,不一而足。有趣的是旧时还把抽陀螺称为"抽汉奸",用以表达对汉奸卖国贼的仇恨。抽陀螺是一种古老的游戏,据考证早在明代就在孩童之间流行,历经清代民国,到了20世纪七八十年代还在民间流行,是小伙伴们喜欢的游戏之一。

陀螺是自己动手制作的。供销社商店也有卖陀螺的,木工机器车制的,鼓腹、总体呈锥形,上部收口两道凹槽。车制的陀螺做得规则,上部涂两圈红绿色道道,旋转起来显得美观。这对我们来说是可遇不可求的。一分钱掰两半花的年月,家长是舍不得给买陀螺的,只好自己动手制作了。

制作陀螺并不是难事。首先是选材。陀螺既不能太重也不能太轻。枣木、桃木硬度大,没有锋利的工具,刻不动木头,难以制作。杨树木质疏松,容易制作,又太轻飘了,稳定性较差,旋转速度慢,旋转时长短。随处可见的柳树棍子是不错的制作陀螺的材料,轻重适度。粗细合适的柳木棍子锯下一小截,大致修理成陀螺状,用小刀仔细雕琢,前后左右对称,美观好用。用砂纸反复打磨,底部挖一小洞,钉上一个滚珠,陀螺基本就做成了。讲究点的,用蜡笔在顶端染上几道颜色，旋转起来出现彩色的圆圈，炫目漂亮。尽管做得不太规则，但实用性强，随手可得。

小伙伴们都有几个陀螺，高的矮的胖的瘦的，根据材料和自己的喜好制作。大的陀螺一斤多重，需要用皮鞭子抽打才能旋转，适合大点的孩子玩耍。小的陀螺大拇指大小，用线绳就能抽动，小巧可爱。

好玩的是一种被称为"飞猴儿"的陀螺。飞猴儿巴掌长短不等，下半部稍微鼓肚，上半部直挺，顶部削两道浅浅的凹槽，类似于细长的棒槌形，这就是所谓的"飞猴儿"了。这种"猴儿"细长轻巧，从中间部位抽它，被鞭鞘带起来飞翔。近则飞三四米远一两米高，力气足够大会飞得更远更高。

抽陀螺的鞭子用麻绳制作。一根两尺左右长的木棍，搓一条麻绳系在木棍顶端，麻绳粗细依据陀螺的大小而定。也可使用布条、线绳等抽小点的陀螺，但用不了多长时间就抽断了。一条粗细合适的尼龙绳可以直接作为鞭子使用，但不易找到。

发陀螺，称为"发猴儿"。鞭绳缠在陀螺顶部的凹槽，左手扶着放到地面上，右手握住鞭杆用力向后抽拉，陀螺就旋转起来了。水平高的小伙伴站立着发陀螺。手拿缠好的陀螺，左手松开，右手甩鞭子，陀螺落在地上即可旋转。笨的办法是用土堆把陀螺埋上半截，立在地面上，照着陀螺猛抽，陀螺脱离土堆也能旋转起来。简单的方法是放在地面上用两手旋转陀螺，立马用鞭子抽打，陀螺即可旋转。这种发猴儿方式需要在光滑的打麦场或者篮球场才行。我还会一种发猴儿绝招，直接把陀螺放到地上，不停用鞭子抽打，它居然也能立起来旋转，这是我练就的独门绝技。

发出的陀螺，及时抽打让它快速旋转，待到陀螺东倒西歪了，再接着抽打，陀螺不停地旋转，嗡嗡作响。要抽打陀螺上半部分，抽打部位不准，陀螺就会翻个儿，或者停止旋转了，只好不断地发陀螺，那就麻烦了。同时抽打两个陀螺，需要技术和体力。抽完这个，再跑去抽那个，忙得不亦乐乎，一会儿就汗流浃背了。

冬季，大坑冻上厚厚的冰层，我常在冰面上"抽冰猴儿"。冰面光滑，稍微抽打，陀螺就会快速旋转，抽一下陀螺能旋转好一阵子。看到陀螺快要倒了，急忙跑过去抽打，稍不留神就会摔个四脚朝天，陀螺还在那儿如醉如痴地旋转着，好像是在嘲笑着主人的冰上技能，引得小伙伴们哄堂大笑。

斗陀螺有多种玩法。一种玩法是比赛谁的陀螺抽一鞭子旋转的时间长，谁的陀螺先倒下了谁就输了。地面坑洼不平，要想让陀螺持续旋转是不容易的，不小心陀螺落到土堆上、柴草垛上，或者车轱辘渠就会倒下。小伙伴们选择一块平整的地面，喊"开始"，照着陀螺抽上一鞭子，陀螺飞速旋转，谁的陀螺转的时间长，谁就是赢家。眼见陀螺快倒了，急得趴在边上用手扇风，希望它多转几圈。另一种"飞猴儿"，谁的陀螺飞得高飞得远，谁就赢了。这需要在宽阔的打谷场或者篮球场玩耍。两脚叉开站稳，使出吃奶的力气抽打，陀螺飞出老远，目测远近论输赢，谁也不会去丈量。意见不一致了，你说你的远，我说我的远，也就不了了之了。

跑来跑去抽陀螺，小脸蛋红扑扑的。三九天，手冻僵了，脸上冻得起"蹦瓷儿"了（方言，脸冻皲裂了）也不在乎。擦把鼻涕，提提裤子，继续玩耍。

冬春季农闲时节玩耍抽陀螺游戏。农忙时节，小伙伴们割草、挑菜、拾柴，帮助家里做力所能及的农活。大家都忙着出工干活，你去大街上玩耍抽陀螺，左邻右舍看到了会笑掉大牙，家长也不会允许的。

当下，村庄见不到抽陀螺的孩子了。民俗体育比赛将"抽陀螺"列入其中。虽不像过去那么普及了，也算传承有序，不至于失传了。

10. 藏猫猫

　　大人们加班夜战打麦子，继续着"三夏战斗"，忙到半夜三更，甚至通宵达旦，这么热闹的场面怎么能少了小伙伴们呢？围着打谷场，麦秸堆得像小山，这是一年才能遇到一次的玩耍场所。

　　吃过晚饭，小伙伴们不约而同地来到打谷场，围着打谷场跑来跑去看热闹。一会儿爬到麦垛上，一会儿打洞钻进麦垛，一会儿抱起麦秸互相抛撒取乐，弄得浑身都是麦秸。钻进麦垛玩儿"来猫儿"（方言，捉迷藏）游戏是必不可少的。

　　三五个小伙伴凑在一起，一个人负责捉，其他人藏。石头剪刀布决定谁先藏谁先捉。赢的先藏，最后输的负责捉。大家都想当藏的角色，而不愿去捉。捉迷藏开始，负责捉的转过身去，用双手捂上眼睛，还不时透过手指缝偷偷看。藏的跑向麦垛，扒开麦秸，像泥鳅一样钻进麦垛深处，直到外边看不到了为止。藏好了，大喊一声"唔熟了"（方言，藏好了）。捉的小伙伴奔向麦垛寻找。

　　小伙伴们事先打通了麦垛。模仿地道战，在麦垛里挖了许多"地道"，互相连通。沿着地道的方向寻找，爬进麦垛抓人，准能捉到。但麦垛松软，一不小心就会塌陷的，长时间找不到，藏的小伙伴等不及了就发出信号喊几声"我在这呢"。听到声音，不知道具体藏在哪里，还是得钻进麦垛寻找。从后边抓到脚或者触摸到人就算捉到了，开始玩下一轮。要是时间长了，在麦垛里迷失方向，怎么挠饬也钻不出来，还是有些恐惧的。等钻出来了，身上头上沾满了草屑，成了"稻草人"。

打麦场上人们忙得热火朝天，汗流浃背，也招来了成群结队的麻雀觅食。夜晚，麻雀栖息在麦垛里，这为捉麻雀提供了绝佳机会。手电筒照到麻雀，麻雀就会原地不动，两只眼睛茫然地盯着手电筒，网抄子捂上去，一抓一个准儿。动静大了，麻雀也会跌跌撞撞地飞跑。

农闲时节的集体捉迷藏游戏分成两拨人，一拨人藏，一拨人捉。大家先商量好藏猫猫的界线，超出界线藏就算犯规了。双方领头的讲好谁先藏谁先捉，还要选择一个相对封闭的地方作为"老家儿"。游戏开始，捉的一伙儿人先在老家儿等着，藏的一方寻找茅厕窖、柴火垛、墙旮旯藏好，领头的小伙伴大喊一声"唔熟了"，捉的一方开始四处寻找。"藏"的人被发现了，快速向老家儿跑去，捉的人赶紧追，抱住了或者用手触碰到了，捉的一方就算赢了。没有捉到，藏的人跑回老家儿受到保护就算赢了。下一局角色互换，一晚上要玩耍好几局。个个跑得满身大汗，直到大人们喊回家才不情愿地结束。

夏日的一个晚上，我玩儿了个危险的捉迷藏游戏。吃过晚饭，几个小伙伴玩了好几局了，天色渐晚，有的提出回家睡觉，回去晚了怕挨揍，我提议再玩儿一局，大家就同意了。讲好以大槐树、老井、篮球场周边为界线，分头找地方藏匿。我在篮球场周边跑了一圈觉得不够隐蔽。球场的东面是土戏台子，大哥哥大姐姐们演戏就在这里。台子下面是用几根水泥管子连接搭起来的，这是个藏身的好地方。水泥管子的孔径刚好容下一个人，我就把整个身体钻了进去。我想，藏到这里肯定是发现不了。藏好了，对方小伙伴开始找人。我在水泥管子里还能听到说话声和脚步声，但他们就是没有发现我。还使用攻心术："我看到你了，快出来吧。"这都是老一套了，我怎么会上当呢？我暗自得意，心想"你们怎么也想不到我会藏在水泥管子里，恐怕也没这个胆儿"。

过了好一阵子，听不到说话声了。可能是长时间找不到我散了回家了，我就打算爬出来。当我向外爬时，感觉费劲了。钻进去时，用胳膊撑着脚蹬着向前爬，可退出来时手脚使不上劲了，挠了好半天也没有向后退半步。水泥管子黑漆漆的，伸手不见五指，这时我害怕了，浑身急出了冷汗。我想这下完蛋了，出不去了，内心充满了恐惧感。我喊了几声"来人哪，你们在哪里，快来把我拉出去呀"，半天也没人回应。人在水泥管子里，怎么喊外边也是听不到的。村庄人睡得早，这时已经是晚上八九点钟了。

我慢慢冷静下来，心想只能靠自己了。我慢慢地向外蚰蜓，两只脚钩挠管壁，手和胳膊慢慢向后退，一寸一寸地向外移动，感觉脚露在管壁外边了，这样脚可以钩住管壁向后退，脚触到地面就容易得多了，好大一阵子才爬了出来。我连急带累满头大汗，心有余悸，坐在管子旁定了定神才起身回家了。

次日，我找到捉迷藏的小伙伴们，把他们臭骂了一顿。问他们为什么不去找我，为啥把我丢下就回家了，我差点出不来了。"围着操场找了好长时间也没有找到你，以为你跑回家了呢。""我提议的再玩一局，怎么能自己先跑回家呢？分明是你们没本事找到我。"吵了半天也没有结果。这次捉迷藏的经历太令人恐惧了。

记不清从几岁开始学会玩儿捉迷藏了。墙角旮旯、柴草垛、碾盘底、白菜窖、茅厮窖都留下了小伙伴们的身影。玩捉迷藏游戏，对方找不到我时，满满的成就感。找到了，互相拉扯着，乐得前仰后合。捉迷藏游戏斗智斗勇，既锻炼了身体，又锻炼了智力。每每回忆起来，总会让人泛起童真无邪的喜悦与快乐。

11. 嚼甜秆儿

农家人舍不得花钱给孩子买糖果，过年了才能吃上几块。小孩子对糖果或者甜食的渴望超过了任何食物。甜瓜含糖量高，应季才能吃上几次。不记得吃过西瓜，甘蔗更是没有见过。这也难不住我们，许多农作物的秸秆含有糖分，比如玉米秸秆、高粱秸秆，咀嚼起来甜滋滋的。这些植物不用花钱，于是成为猎取的对象。村庄人把咀嚼玉米秸秆、高粱秸秆等称为"嚼甜秆儿"。

秋高气爽，玉米成熟了，生产队已收割入库。玉米秸秆脆脆的甜甜的，是小伙伴们梦寐以求的甜秆儿。生产队割玉米秸秆，留下一尺多长的玉米茬子，部分含有糖分，咀嚼起来类似于甘蔗。生产队将玉米茬子分到各家各户自行收割。小伙伴们帮助大人们刨茬子，实际干不了多少活，偷懒找甜秆儿才是正事儿。

这时，大部分玉米秸秆已经干枯脱水，总有一部分还是可以咀嚼的。顺着自家分到的玉米茬子垄沟寻找，边边角角或者一小块碱地周边的玉米成熟得比较晚，总能找到几根青里透红的玉米茬子，这样的茬子水分大、甜度高，割下来，剥掉秸秆皮，大口咀嚼里边的瓤子，挤出汁水，咂摸吸吮，甘甜可口。嚼甜秆也得小心，不注意会把嘴或者手划出口子，但这也不妨碍小伙伴们对甜秆的渴望。

"多穗儿"高粱秸秆是甜的。高粱快成熟的季节，大部分高粱秸秆已经干枯，不是咀嚼的好时机了。半成熟的季节，高粱秸秆含糖量高而且甜润。几个小伙伴实在馋不住了，钻进生产队的高粱地，轻轻割下几棵高粱，蹲在高粱地咀嚼。正在咀嚼起劲儿的时候，听到不远处有人说话，吓得我们赶紧蹲下，甜秆瓢子还含在嘴里，也不敢咀嚼了，侧耳倾听。只听得有人说："今年高粱长得穗大颗粒饱满，收成肯定不错，你们民兵要加强巡逻，保护好集体财产。"好家伙，是队长领着纠察队员巡逻来了。听到这儿，吓得我们浑身直打哆嗦冒冷汗。随着高粱穗晃动，队长和巡逻队员朝着另外的方向走了，脚步声越来越远，直到说话声慢慢消失，我们这才放下心来，拐起篮子，顺着高粱垄，弓着腰钻出高粱地。为了不被发现，将高粱穗放到篮子里用菜盖上。咀嚼后的高粱瓢子用土埋起来。偷偷溜到河边，找个没人的地方，挖了一个两头通气的坑，找来干草点燃，把青高粱穗烤着吃了，味道倒也不错。

这在当时可是不得了的事情。高粱还没有完全成熟，割下来就浪费了，被"看青"的纠察队员抓到了，那就惹大祸了。重则受到批斗，轻则通报学校和家长，连带家长也要在生产队做检讨。这次，我们几个侥幸逃脱，躲过了一劫。

杂交高粱地也会冒出几棵长得又粗又大的高粱，不知是变异了还是什么原因，秸秆比普通高粱粗壮而且高出一截，老远就能看到。这种高粱结穗但没有颗粒，高粱秆是甜的，可以割掉嚼甜秆。

有一种高粱，结穗小，茎秆的水分、糖分却很高，称为"甜高粱"。甜高粱秆长得细长，咀嚼脆甜，与甘蔗差不多。大人们在自留地或者房前屋后种几垄，供孩子们咀嚼，权当嚼甘蔗了。母亲曾在村东的自留地种植了几垄甜高粱。

春暖花开，大清河边的芦苇渐渐冒出头儿。用镰刀挖出芦苇根，在河沟里冲洗一下，嚼出汁水甜甜的。芦苇长出穗了，抽出芦苇穗咀嚼也甜滋滋的。

据科学研究，人类爱吃甜食是身体本能反应。人在吃糖之后，身体中的血糖含量会增高，胰岛素将其转化为身体能量，产生一种快乐的感觉。这就不难理解小伙伴们为什么喜欢嚼甜秆儿、吃甜食了。

12. 玩儿打仗

冬闲时节，民兵进行冬训，练习队列、打靶、拉练、捉特务，苦练杀敌本领，时刻准备着军事斗争。民兵虽不像正规军威武雄壮，但仍然是小伙伴们羡慕和模仿的对象。小伙伴们梦想着有朝一日像大哥哥大姐姐们一样，身背钢枪，摸爬滚打，保家卫国。在这种社会环境下成长，自然而然地受到影响，玩儿打仗也就成了顺应时代潮流的游戏。

冬闲时节，不用下地挑菜、割草了，跟大人们一样也算是猫儿冬了。小伙伴们聚在一起常玩儿打仗游戏。

玩儿打仗自然是假的，但基本的阵势和角色还是有的。学着电影里的场景，一拨人扮演正面角色，一拨人扮演反面角色。孩子头儿大平和他喜欢的一伙人往往是扮演好人，弱势的一群小伙伴扮演坏蛋，没办法，不干就不带你玩了。

分配了角色，开始装扮，就像演戏化装。扮演正面角色的，正正帽子，勒紧腰带，周身收拾利索，显得威武神气、英雄气概，在气势上要压倒敌方。扮演反面角色的，歪戴着帽子，斜楞着眼儿，歪着嘴，勾肩搭背东摇西摆，装扮得贼眉鼠眼、狼狈不堪的样子。玩儿打仗也像当时电影里的角色脸谱化了。

仿效军事编制，大平开始任命各级"军官"。大平自任司令，其余的按照喜好安排"官职"。平时与他交好的任命为军长、师长、旅长、团长，年龄较小的安排为连长、排长，他不待见的就安排为小喽啰兵了。参与的人多了，还要指派尖刀连长、侦察排长之类的角色。扮演正面角色的精神抖擞，个个都像英雄人物。扮演坏蛋的也进入了角色，晃着膀子手脚比画着，歪戴着帽子撇着嘴说话。

我在一群小伙伴中属于年龄小的，也就是封个排长、连长的干干。小伙伴们常为"军衔"争得脸红脖子粗，都想当大官。当官是有条件的，一是年龄大的孩子，有力气，占优势。二是你得有好的"装备"，比如木制的短枪、长枪、军装、皮带、五角星，等等，除自己使用之外，多余的还可以与小伙伴们分享，才有资格当更大的官。谁要是有一套绿军装军帽，或者一条牛皮带扎在腰间，肯定能混个师长旅长的干干。如果上衣是四个兜的，说话腰杆就更硬了。

二楔子平时咋咋呼呼的，多嘴多舌，嘴大本事不大，蓬头垢面长相邋遢，不用化装就像个坏蛋，常被分派扮演《智取威虎山》中的土匪栾平。分配完角色大家各自准备，二楔子老是扮演坏蛋闹情绪了，雄赳赳气昂昂地挽起袖子，一股劲跑到碾盘子上，学着电影里的台词，来了个英雄独立，大喊一声"我是中国人民解放军"。话音刚落，大平看到了，冲上去一把将他从碾盘子上拽下来，"你就是当坏蛋的角色，不配当好人，滚蛋！"二楔子乖乖地当他的坏蛋去了，不然会被赶出队伍。

玩儿打仗的道具是木头枪。短的是"王八盒子"，用木板制作，有条件的还刷上黑漆，形状就像一支手枪，别在腰间，东倒西歪迈着方步走路。长的是三八大盖，找几块木板拼凑在一起，做成一杆枪的样子。神气的是用铝浇铸的盒子炮，我就有一把这样的枪，是哥哥铸造的。自从有了这支枪，玩儿打仗时，我的"军衔"噌噌地往上升，起码能混个营长团长的干干。要是什么"装备"也没有，就只好当大头兵了。

玩儿打仗模仿的场景具有鲜明的时代特色。八个样板戏和《奇袭》《地道战》《地雷战》《小兵张嘎》《英雄儿女》《南征北战》《渡江侦察记》等电影里的人物、对话、场景是主要的模仿对象。首先要摆阵仗，选在田地或者河滩开阔的地方，便于展开阵势。两伙人各占领一个壕沟埋伏起来，相隔十几二十米。

战斗开始，首先投掷土疙瘩相互攻击，相当于手榴弹。司令一声令下，土疙瘩像雨点一样飞向敌方，躲闪不及砸在头上会砸出个大包的。敌我双方手握木枪瞄准对方，司令、军长、师长配有木制短枪，大头兵是木制长枪，或者用一根木棍当枪使。闭着一只眼朝敌方射击，嘴里配合着发出"啪啪啪""突突突"的枪声。玩了一阵子隔空打斗，觉得不过瘾，决战时刻到了，领头的小伙伴站起身，挥动手臂大喊一声"冲啊！"众人一起跟着呐喊，呼啦一下越出壕沟，向敌方阵地冲去。顿时尘土飞扬，喊声震天。手持"刀枪棍棒"各摆阵式，各显其能。打中了就假装"牺牲了"，负伤的还要假装救护，被"打死"的倒在地上，等到战斗结束了才可以爬起来。混战中，受点擦伤、摔伤也不在乎。进入"肉搏战"阶段，摔跤、撕扯、推搡互相攻击。力气大的就占了便宜，摔倒对方按在地上摩擦，直到他哭喊着投降为止。经过激烈的战斗，打扫战场，哪一方"牺牲"的人数少，哪一方就赢了。正面角色总是取得胜利的一方，敌方"活着"的小伙伴成了俘虏，被"我军"押送回大本营。

打仗结束了，小伙伴们个个满头大汗像个泥猴儿，浑身上下、满脸满头都是灰尘。有的棉衣棉裤扯出了口子，有的跑掉了鞋底子，狼狈不堪。

小伙伴们课文背不下来，电影里的经典台词却背得滚瓜烂熟，打仗时模仿电影台词对话。模仿正面人物时，义正词严、慷慨激昂；模仿坏蛋时，歪戴帽子，扮着鬼脸。根据不同的场景，套用时髦的经典台词。比如摸不透敌方的情况，就说"高，高，实在是高！"（《地道战》）；冲锋时大喊"为了新中国！前进！"（《董存瑞》）；挖陷阱埋地雷就讲"不见鬼子不挂弦"（《地雷战》）；对方撤了以后就喊"我胡汉三又回来了"（《闪闪的红星》）；掉入陷阱大喊"为了胜利，向我开炮！"（《英雄儿女》）；被对方按倒在地求饶"张军长，请你看在党国的分儿上，你就伸出手来，拉兄弟一把吧！"（《南征北战》）；扮演翻译官"甭说吃你几个破西瓜，老子在城里吃馆子都不掏钱！""别看你今天闹得欢，小心将来拉清单"（《小兵张嘎》）；抓了俘虏就说"我代表人民、代表党枪毙了你。"（《平原游击队》）；遇到危机时呼叫"长江长江我是黄河"（《渡江侦察记》）；骂人的时候就说"巴嘎丫路，死了死了的！"

邻村小朋友之间就不是玩儿打仗了，而是真的打仗，打群架。少则十几个人，多则几十个人，在冬春季农闲时节交战。打群架大多是因为某个小伙伴受欺负了，找来同村小伙伴复仇。与邻村孩子头儿约好时间地点，摆开阵势打群架。我们村与另外两个村庄隔大清河相望，我们在河西，另外两个村在河东北方向，且不属于一个人民公社，与这两个村庄的小伙伴时常发生冲突，甚至"火并"。挑菜、割草，人少的时候是不敢靠近这两个村庄的。

一次，小串儿与邻村小伙伴在大清河滩涂因捡拾柴草发生了冲突，被揍了，小串儿回到村里撺掇孩子头儿大平给他讨回公道。自家小朋友被打了，做大哥的哪能咽下这口气？大平纠集全村小伙伴找邻村的孩子理论。大平让小串儿通知众人到大清河岸边集合，一传十，十传百，不大会儿全村的小伙伴就都得到了通知。听说要打仗了，个个摩拳擦掌，三三两两来到村庄西北方向大清河岸边摆开战场。主力是十五六岁的大孩子，我们十多岁的小孩子只能跟着凑热闹和助威。

大平先派出两个小伙伴到邻村叫阵，让他们出来应战。邻村小伙伴们也不含糊，召集几十个人朝着大清河方向气势汹汹杀来。冬季，大清河结了厚厚一层冰，邻村小伙伴越过大清河来到约定地点。离得老远，双方就开始敌视，摩拳擦掌，进入阵地，等靠近了先来"文的"。孩子头儿带领几个小喽啰兵站到近前，双方开始理论。"我们村的小串儿被你们村的人打了。谁打的你们交出来，我们也得打他一顿。""他不该到我们村的地里拾柴，那是我们的柴草，他捡拾走了我们烧什么，还打轻了呢。"各说各的理，谁也说服不了谁，道理讲不通了就开始"骂仗"。双方找几个善于骂人说脏话的小伙伴走到阵前，什么话脏就骂什么。一阵较量之后，还是难分胜负，骂得也累了，互相被对方的脏话激怒了，再骂下去也没意思了，开始上演"武行"。小伙伴们已经急不可耐了，开始用土疙瘩互相投掷攻击。两队人马越凑越近，土疙瘩不顶用了，开始互相推搡拉扯。这时，大平大喊一声"给我打"，小伙伴们冲入"敌群"混战。大孩子们冲锋在前"火并"，肉搏战。我们小孩子手捧着一把沙土，借着风势，扬起尘土撒向对方人群，放烟幕弹迷对方的眼睛，其他人迅速冲入对方人群，赤手空拳群殴。拳脚相加，使出十八般武艺厮杀。尘土飞扬，叫喊连天，鬼哭狼嚎，那阵势不亚于一场真的肉搏战，双方小伙伴都想把对方打服了，大孩子们冲到前边混战，我们小孩子跟在后边，见双方扭打在一起，瞧准机会朝对方小伙伴踹上一脚、打上一拳，抱住对方大腿向后拉扯，帮助大哥哥把对方摔倒，算是配合作战。

说是在打仗，其实谁也不敢使用棍棒砖头等工具，也怕把对方打伤了不好交代。即便是赤手空拳，摔跤、拳打脚踢，一场战斗过后，也会造成个别小伙伴跌打损伤。这次战斗，邻村小伙伴们被打得"丢盔弃甲"，逐渐丧失了战斗力，孩子头儿见大事不好，吹起口哨，大喊一声"撤"，一众人跟在他屁股后边丢盔弃甲地撤出阵地，算是战败了，灰溜溜地跑回村庄。我们村小伙伴大获全胜。

与邻村小伙伴打仗持续了许多年，一直到我读完高中还有零星冲突。历次打仗，各有胜负，关键是看动员的小伙伴多少，参战人员年龄大小和战斗力。这次战斗我们村小伙伴是有备而来，"同仇敌忾"，士气高涨。而对方是临时应战，先找事也不占理，人也不如我们多，必然战败了。不知为什么，我们与邻村小伙伴互相看着不顺眼，见面就打架，所以独自一人不敢经过邻村，被抓到了少不了一顿胖揍。

地震后一段时间没法上课了。一天，我和几个小伙伴正在大清河边玩耍，老远看到一个人挎着篮子在河道边抓鱼边玩耍。走近看，喜出望外，原来是邻村外号叫"汤司令"的小头目，一个人耍单了，被我们逮个正着。"汤司令"个头不高，十三四岁，因人长得酷似《地雷战》刘江老师扮演的汤司令而得名。汤司令是个"嘎古"小子，平时老欺负我们村的小伙伴，大家说起汤司令都"恨之入骨"，也都惧怕他，不知为什么这次竟然鬼使神差地要单送上门来了。

  我们走在河道边假装不在意，悄悄靠近他，待走近了，大喊一声："汤司令，这回我们可逮着你了。平时你老欺负我们，看你哪里跑。"从四面八方围上去，他无路可逃，只好乖乖就范，成了"俘虏"，开始了一系列的"游戏"。我们边驱赶着他在河道里走，边抓起河里的泥巴向他身上扔过去，走了两三百米，再看"汤司令"已成了泥人了，浑身上下、篮子里全是烂泥巴了。渐渐靠近他，时不时推搡他，拧着他的耳朵历数他的"罪过"，还让他喊爷爷羞辱他。见到一处狭窄河道，水流湍急，齐腰深，让他来回在河道里走动取乐。末了把一泡屎放在他篮子才放他走了。我们这次为小伙伴们出了气，也知道自己惹了祸。在此之后的一年半载都不敢一个人路过邻村，被"汤司令"撞见了估计得被揍扁了。

  秋后的一天，与邻村小朋友打群架，双方各有二三十个人，这次是我作为孩子头儿带领小伙伴们"作战"。还是老一套，先是隔空对骂，然后是"武行"。双方隔着西河沟子，各自埋伏在壕沟旁，互相投掷土疙瘩，在气势上我们压过了对方。过了一阵子我觉得不过瘾，跳出壕沟大喊一声"冲啊"，小伙伴们跟着我一起冲向对方。我冲在前面，边跑边扔土疙瘩。对方看这阵势，呼啦啦掉头向自己村庄的方向跑去。我们追出了一两百米，大孩子跑得快不好追上，一个小孩子落在了队伍后边，十岁八岁的样子。跑到近前，从身后把他推搡了一个"狗吃屎"，小孩子趴在地上哇哇大哭起来。正在这时，我突然看到校长舅舅骑着自行车从路边经过，心想不好，大喊一声"撤"，我们呼啦啦跑回了村子。但还是被舅舅看到了，次日上学，舅舅把我叫到办公室，我立正低头站好。他问我昨天咋回事，为什么跟人家打仗，要是把人家打坏了怎么办，那就麻烦大了。把我狠狠地训斥了一顿。我只好承认错误，向舅舅保证今后不再去打仗了。

13. 滑冰车

　　三九天，大清河结了厚厚的冰。枯黄的芦苇，在西北风的肆虐下倒向一边，波浪起伏，吹起的芦苇花在空旷的河道上空飞舞。远远望去像一条玉龙在狂风中舞动。

　　"一九二九不出手，三九四九冰上走……"小时候体感异常冰冷。三九天，棉衣棉裤穿了大半个冬天。小孩子们好动，棉衣裤里的棉花滚动脱落，单薄的两片布夹杂着滚动的棉团，一块一块的，难以抵御风寒。手脚冻得红肿，脸蛋起蹦瓷儿，嘴唇泛青，缩着脖子抄着袖子浑身打战。大人们躲在屋里闲唠嗑，有时也蹲在墙根晒太阳。小伙伴们整天泡在冰天雪地里，背起冰车，一溜烟儿朝着大清河奔去，跑得浑身冒着热气，寒冬里增添了丝丝暖意。

　　玩冰车时要想滑得快，滑得稳，冰车是关键。整体结构设计合理、结实耐用，不然滑着滑着就散架了。冰车与冰面接触的钢筋要磨得光滑，降低摩擦系数，能在高低不平的冰面上滑行。车闸要管用，遇到危险能及时刹住车，不然就有掉进冰窟窿的危险。

　　我们玩的冰车是自己动手制作的，简陋实用。几块厚实的木板作为冰车板面，几根木棍纵向固定。边缘两根木棍底部钉上两根粗钢筋，作为轨道与冰面摩擦。冰车面板前端挖一个小洞，一根钢筋弯曲固定在小洞里，手拉钢筋摩擦冰面就算作车闸，一辆简易冰车就做好了。滑冰还需要冰钎子，找两根一米多长的木棍，木棍长短粗细根据自己身材高矮选定。冰钎子一头儿嵌入一截粗钢筋，磨尖，牢牢扎在冰面上。手持冰钎子不断向后戳冰面，驱动冰车快速滑行。

冬季，大坑结了一尺多厚的冰，是绝好的戏冰场所。放学了，戴上棉手套、棉帽子，扛上冰车就去滑冰了。

到了大坑，迫不及待地放下冰车，先慢慢滑几圈，热热身，试试冰车。冰车滑行正常，加大力气朝前滑去，快到岸边了，身体向内侧倾斜，来个一百八十度大转弯。冰车摩擦冰面，冰碴儿四溅，再奋力滑回去，几圈下来浑身就热气腾腾了。

常玩儿的滑冰游戏是比赛速度和碰冰车。约定好比赛起终点，齐喊一声"开始"。身体前倾，冰钎子夹在两臂间，两手紧握猛戳冰面，使出吃奶的劲儿奋力朝前滑去。捣蛋的故意碰撞其他小伙伴的冰车，把冰车撞跑偏，趁机超过去，大家也不在意规则了，互相喊骂，嬉笑打闹。

"碰冰车"游戏激烈刺激。两人相距一段距离，约好一起喊"开始"，两人快速滑着冰车朝对方撞去。谁的冰车速度快、冲击力大，就会把对方的冰车撞倒，人仰马翻。不结实的冰车，还可能被撞得散架，也只能认栽了。胜利的一方得意扬扬，哈哈大笑，失败的爬起来，拍拍屁股上的冰碴子，坐上冰车接着再战。

大清河距离村庄一两百米，平时大人们怕有危险不让小孩子去河道。我们总是趁大人们不注意，偷偷拿起冰车就跑了。河道结了厚厚的冰层，两岸是干枯的芦苇，中间是一条水道可以滑冰。从北河到东河几百米长，冰车施展得开，足可以撒欢儿地滑冰。坐在冰车上，在干枯的芦苇荡左右穿行，沙沙的芦苇声从耳边掠过，偶尔有候鸟受惊飞起，感觉不亚于开冰上摩托。

到吃饭点了，也玩儿累了，就扛起冰车回家。棉衣棉裤里边被汗水浸湿，棉鞋也湿透了，冻得鼻涕拉碴，不时用袖子抹几下鼻涕。

滑冰车也有出"事故"的时候。一天下午，我和小串儿叫上两个小伙伴去大清河滑冰。河道里为捉鱼虾砸出许多冰窟窿，还没有冻结实，经过太阳照射，冰面酥脆了。小串儿玩命滑着冰车，看见前面有个冰窟窿急忙刹冰车，但已经来不及了，小串儿连人带冰车都掉入了冰窟窿。还好河道不深，小伙伴们跑过去七手八脚地把小串儿从冰窟窿下拉上来，他棉裤都湿透了，连冻带吓，他上牙磕打着下牙，话也说不利落了，不停地打战。小伙伴们也不滑冰了，提起冰车把小串儿送回家，大家怕小串儿回家挨揍，一起跟他回家给他说情。小串儿母亲赶紧给他脱了棉衣棉裤，放到炕头上烘烤。次日，我们几个去找小串儿玩耍，他还光溜溜地躺在被窝里，小伙伴们哄堂大笑。小串儿就一套棉衣棉裤，没有可换洗的衣服。

14. 爬 树

我与村庄里的树结下了不解之缘。

村子里家家户户都有树，歪歪扭扭地长在猪圈、茅厕、篱笆墙边，大部分是野生野长的，不用浇灌和修剪，任其野蛮生长，成不了大材，生命力却旺盛，个个长得枝繁叶茂，粗粗壮壮。不禁联想到，生活在村庄的人们，就像大槐树一样生命力顽强，耄耋老人比比皆是，好像有一股无形的力量在护佑着他们。

给我留下深刻印象的是村庄的两棵大槐树。一棵长在村子中间的老井旁，树冠有网球场那么大，一百多岁了，是村民纳凉休闲的好去处。另一棵在三官庙里，也就是后来的小学校，比老井旁的大槐树岁数小点，课间休息时同学们常围着大槐树玩耍。

母亲说我走路不稳的时候就喜欢爬树了，抱着一棵树，不论粗细、大小手脚并用愣往上爬。自然是爬不上去了，就当是启蒙训练了。也许我身上多了点猿猴的基因，及至长大点了，爬树如履平地。好像我的上肢比下肢还发达，两只手抓住树杈，身体挂在树上，攀上爬下，与身手敏捷的猴子有得一拼。

校园的大槐树，树干高五六米，粗壮得一个人抱不过来，攀爬对我来说是不小的挑战，我爬了几次都失败了。一次，在小伙伴们的起哄下，我对大槐树发起了挑战。往手上吐了两口吐沫，搓了搓。手臂抱住树干，两腿试图夹住，树干太粗，尝试了几次，爬不了多高就溜下来了，胳膊腿蹭破了皮也未能爬上去。这时，我想如果能站得高一些,摸到上边的树瘤子说不定能爬上去。一位又高又壮的小伙伴帮助我,我两脚踩在他的肩膀上,他把我托起来,两个人加在一起,到了大槐树一半多的高度。我两手抓住树瘤子,手脚并用,一气呵成,没几下就爬到树杈上了,这次挑战终于成功了。我蹲在大槐树树杈上向小伙伴们招手,着实炫耀了一会儿,然后用双手抓住树枝子,悬在半空,一跃而下,平稳落地。

机耕道上成排的柳树,我也经常攀爬玩耍。春暖花开的一天,我和一个小伙伴一起去挑菜。柳条抽出了嫩芽,我准备采几根做柳哨儿。柳条皮儿做成的柳哨儿吹起来清脆悠扬,伴着鸟声,能吹出春天的绿意。我俩先后爬上树杈,刚刚掰了几根树枝扔在地上,还在寻找更好的柳条,不知何时邻村看青的大叔悄悄溜到树下,我们在树上也没有注意。只听得他在树下大喊一声"树上是谁呀,赶紧给我下来,集体的柳条怎么能随便掰呢?"吓了我一哆嗦,差点从树上掉下来,我定了定神,战战兢兢地从树上爬下来,低着头怯懦地站在树下。柳树是邻村下洼村的,看青大叔也不认识。"告诉我,你们是哪个村的,哪个生产队的,你父亲叫啥名字。"我不敢说出父亲的名字,否则父亲知道了脸上无光,只好默默地低着头不吱声。"不告诉我,就把你们绑起来送到大队去。"听说要绑起来,还要扭送到大队部,我俩害怕了,只好乖乖就范,说出了父亲的名字。看青大叔教训我们说:"这次就饶了你们,以后不准再采柳条了,集体的树不能破坏,否则告诉你们父亲你们会挨揍的,还得抓到大队关起来。"实际上看青的大叔就是吓唬我们,教训一顿就放我们走了。我们挎起篮子撒腿就跑。此后,总结经验、接受教训,采柳条时,一个人站岗放哨,一个人爬树采摘,再也没有被抓到了。

生长在河沟的"水柳树",柳条细长柔软,是编织花篮箩筐的好材料。礼拜天我和几个小伙伴到村东采柳条,已经采了一大把了,觉得都不理想。柳条要粗细均匀,又细又长没有分叉的才好用。穿梭在密密麻麻的柳林中,我突然发现了一根近两米长的柳条,我大喊一声:

"这里有一根好柳条，又细又长，快来看呀。"就低头拿着镰刀就去割柳条。刚一低头，眼部触碰到了柳树叶，被麻蚝子（学名黄刺蛾）刺到了眼部，我立马感觉像针扎一样疼痛，大叫一声跑出柳林。从沟里捧起水冲洗眼部，还是疼痛，挎起篮子就跑回了家。母亲赶紧给我用清水清洗，涂抹了药水。不一会儿，我左眼就肿成了一条缝，都不好意思上街了。

小学三年级，响应国家号召"植树造林，绿化祖国"。我们三年级的教室是大队部的三间平房，就我们一个班单独在此上课。教室与磨米厂之间有一块空地，赤脚医生大舅在四周栽种了枸杞，里边还栽种了几种不知名的药材。班主任王瑞全老师带领我们植树造林，准备在教室前边栽一排树，要求班上的男同学每人栽一棵，并负责日后的浇灌和管理，王老师说看谁栽的树长得又快又高就表扬谁。

一大早，同学们从家里拿了铁锹，在王老师的带领下，到村西南"西河沟子"挖野树苗。树苗都是野生的，刺槐、柳树、榆树应有尽有，同学们按照王老师的要求挑选健壮的树苗，每人挖了两三棵带回了学校。

教室前面十多米宽，能栽七八棵树。十来个男同学每人栽一棵树地方不够用，王老师考虑到后续的担水浇灌问题，安排高大的男同学一人栽一棵，矮小的同学两人一棵，我属于不高不矮的，也被允许自己栽一棵，正对着教室门口的位置。我栽的树是"刺槐"，也叫"洋槐"，一米多高，比筷子粗一点。

栽上小树，我常提着小桶浇水护理，不久就发出了新芽。在我的精心护理下，小树一天天长大，初中毕业后它竟长到了七八米高，树干碗口粗，枝繁叶茂。我逢人便讲这是我栽的树，为此感到骄傲自豪。几十年过去了，再回到村庄，去看小时候栽的树，只有我栽的一棵树还顽强地活着，而且长成了参天大树，其他的树不知什么原因在何时消失了，一股成就感油然而生，不得不感叹"前人栽树，后人乘凉"。这是我栽的最有成就感的一棵树了。

要说我喜欢的树，莫过于村子里的各种果树。在食不果腹的年月，果树是村子的宝贝，谁家里有一棵果树，这家人就牛气了。给我印象深刻的是枣树、桑葚、樱桃树、桃树，也包括榆钱树。每到收获季节，放学了我就围着那几棵树转悠。

姑姥姥家住在邻近的达子营村，吸引我的就是她家后院篱笆墙边的一排樱桃树，有十几棵之多。每到樱桃成熟季节，我老缠着母亲去姑姥姥家采摘樱桃。樱桃是原始品种，果实小且有些酸涩，我吃起来却是甜美的。邻居家后院也有几棵樱桃树，到了樱桃成熟的季节，红的、白的樱桃挂满枝头，一串串晶莹剔透，娇艳欲滴，让我垂涎三尺。我不时将寨子扒开一条缝隙朝里边张望，我想摘几颗樱桃，又够不着，只好瞪着眼咽唾沫，想象着，我们家要是有几棵樱桃树那该多好哇！

前些年回到老家，邻居后院的樱桃树还在，人们已经不去管理了，任其野蛮生长。篱笆墙早已残破荒废，站在杂草丛生的院子，几棵歪扭的樱桃树让人无限感慨。俯身观看，树下有小樱桃树刚刚抽出枝条，于是，我挖了几棵夹带着泥土带回了城里，栽种在院子里。又是几年过去了，小樱桃树长成了大树。春天了，樱花绽放，果实累累，感觉还是那么亲切、温暖。如今结的果子已经不去吃了，却寄托了儿时的樱桃情怀。

老宅子有一棵碗口粗的野生椿树。震后家家户户搭起抗震棚。地震棚住不下，哥哥们在椿树下又搭了一个窝棚，四周用木棍做支撑，用高粱秸秆围上，外边抹上草泥防风保暖，秫秸栅栏做成门，用砖头和木板搭了一张床。我对这个窝棚兴趣浓厚，主动要求搬到窝棚里居住，母亲就同意了。避震的两三年时间里，很长一段时间我都住在窝棚里。夏秋季，听闻着夹杂土腥味的风雨，听着蛐蛐叫，感觉与大自然融为一体了。冬春季，铺上鸡毛褥子，盖上棉被蒙上头，外边的寒风也奈何不了我，有一种躲避、安逸的感觉。闲暇时，我还在树上刻下了我的名字和年月。几十年过去了，椿树长成了大树，夏季一家人在树下乘凉聊天。直到前两年，椿树枯萎了，结束了它的生命，我深感遗憾。老宅子的椿树、窝棚与我结下了不解之缘。直到现在，我看到窝棚依然倍感亲切，就想往里钻。看来这个愿望也难以实现了。

村里的野树上有各种各样的宝物，马蜂窝、蝉蜕、螳螂籽、树瘤子等可以做药材。老师号召勤工俭学，同学们想方设法寻找药材，捅马蜂窝、爬树抠螳螂籽、找蝉蜕，刺激而有趣。

夏日的一天中午，我在家里闲来无聊，忽然一个小伙伴跑过来神神秘秘地告诉我，发现了一个大马蜂窝，比向日葵还大，能值不少钱呢，交到学校老师肯定表扬我们。他自己不敢去捅，叫我一起去。我的神经立马兴奋起来。马蜂窝在孙二爷后院。老两口过日子，后院长期无人打理，杂草丛生，遍地枯枝烂叶，院子里生长着各种高矮灌木，平日里少有人来，正是马蜂栖息的好场所。

走近看，马蜂窝夹在一棵大柳树的树杈中间，比向日葵还大，足有上百只马蜂围着蜂窝嗡嗡叫。我从乱树丛中找了一根长长的枯树枝，两人商量好，我去捅马蜂窝，捅完我们朝两个方向跑，分散马蜂的注意力。我俩悄悄地溜到树下，举起树枝子，朝着马蜂窝捅了两下，没敢仔细看是否捅掉了，捂着头拔腿就跑。这时，马蜂被惊着了，成群的马蜂飞离马蜂窝，迅速朝我们两个飞来，结果我跑得快，成功脱逃，马蜂没有蜇到我。可惨了小伙伴，刚跑出几步被树枝子绊倒了，栽了个狗吃屎，爬起来时，马蜂群已经飞到身边，几十只马蜂朝着他一阵猛刺，痛得他两手乱抓嗷嗷直叫。再看小伙伴满脸都是红点点，像化了妆一样，也顾不上捅马蜂窝了，跑回家找妈妈去了。之后好几天他脸都肿得像个馒头似的，成了小伙伴们取笑的对象。

螳螂籽是一味上好的中药材，需要爬到树枝上才能采集到。秋后，螳螂籽附着在又高又细的枯树枝上，爬到树上用手抠下来，或者掰下树枝，发挥了我爬树的特长。没几天采集几十个螳螂籽，交到供销社采购站换钱买冰棍了。大人们将螳螂籽烧着吃，听说助消化还滋阴壮阳，我也试着吃过，味道怪怪的，也就作罢了。

大集体时期，生产生活处处离不开箩筐。生产队集体劳动使用粪筐、柞子、篮子，平整土地使用牛拉排，大胶皮车使用插包运输，这些都是用紫穗槐编制的。生产队找一块边角地，或者路边沟旁栽种紫穗槐。紫穗槐枝条柔韧细长，是编制筝筐的好材料。

紫穗槐秋后收割，晾晒到半干不干就可以编制筝筐了。大的筝筐，用整根槐条直接编制，比如粪筐、抬大挡用的筝筐等。小的篮子、粪箕子等，需要把一根紫穗槐破碎成三条编制，槐树条长一米五到两米的样子。一只牛角，顶部磨成三刃锥形，中间磨出尖头，制成破碎紫穗槐条的牛角刀。牛角刀插在槐条根部的截面上，顺着槐条向下刺啦一划，一根槐条就破成三瓣儿，相当于得到三根槐条。这是我喜欢干的活儿，觉得有趣儿。编制筝筐是个技术活儿，需要手脚并用，勒紧槐条。我手劲儿不足，只能编制小的篮子。

小时候，我住在滦河边上的周家庄村，河套里生长着成片的野柳树，柳条适合编制，许多滦河周边的村庄以编制簸箕、筝筐、笸箩为生，历史悠久。我就跟母亲也学会了编制花篮。编花篮的关键是起头儿、编花篮边和篮子提手。编好的小花篮系一根绳子挂在屋顶下，装好吃的零食，或者放到炕上装针头线脑。

村子里的树，伴我度过了懵懂的童年。栽种、浇灌、修剪、攀爬，我与它们朝夕相处。我熟悉村子里的每一棵树，知道哪棵树喜欢落什么鸟，哪棵树住着螳螂，哪棵树有知了，哪棵树长着好吃的果子。有了树，才有了儿时攀爬玩耍的对象，满足了童真无邪的乐趣。有了树，才使我感知不到童年的岁月沧桑，留下了童年的美好记忆。至今，回忆起村子里绿树成荫、槐花扑香、果实累累的树，回忆着爬树玩耍的场景，仍令我陶醉，令我向往。

15. 凫 水

每到雨季，大清河河水暴涨，水流湍急，淹没了桥梁，河滩里的庄稼地积水齐腰深。村庄周边沟满壕平。大坑水外溢，淹没了周边的道路。住在大坑边的哥哥，只好从村庄西面一条路绕道回家。马车走过村庄，轧出两条深深的车辙辘渠，雨水长时间渗不到地下，地面积满了水，道路泥泞湿滑，只好跳着脚走路。雨季，给人们出行带来了不便，却是小伙伴们期待的好季节，利用挑菜、割草的机会，一个夏季都泡在河沟池塘戏水玩耍。

村庄人习惯把游泳称为"洗澡"或者"凫水"。我是怎么学会凫水的，多大学会的，连我自己也不知道，也许是人类的本能被激发出来了，天天泡在池塘里自然而然也就学会了。谈不上游泳，就是戏水而已。姿势千奇百怪，怎么顺水怎么舒服怎么游，全是野路子。

暴雨过后，大坑积满了雨水，浮沿儿浮沿儿的（方言，水满将要溢出的样子）。放学后，约上几个小伙伴直奔大坑，脱掉衣服，扑通一声跳入水里，就像鱼儿遇到水，悠闲自在地戏水玩耍。爬到池塘边的大柳树上，找个树杈站在上面，双手合十，纵身跃入水中，一个猛子游出十几米远，实在憋不住了才露出头换口气，在小伙伴们的欢呼雀跃声中，再次下潜，比赛谁潜游的时间长、游得远。

我开始学游泳趴在水里就下沉。学着小伙伴们的样子，褪下裤子，将裤子两头扎起来猛地扣在水面，裤腿进去空气就鼓起来了，相当于自做的"游泳圈"，趴在上面还真能扑腾一阵子。我学着狗刨，两手在水里扑腾，两腿交替拍打水面，"扑通扑通"水花四溅。狗刨仅能把人浮起来，速度慢，游不远，就这也没少喝水。长大了学会了蛙泳、仰泳、蝶泳、立泳，动作似是而非，看着别人的动作自己琢磨的，却也实用，游刃有余。一位关外走亲戚的大哥哥，自由泳动作流畅，速度飞快，应该是受过训练的，成了我崇拜模仿的偶像，我经常去大坑偷偷学他游泳。

我拿手的应该是仰泳，算是我速度快而且轻松的一种游泳姿势。当然不是标准姿势的仰泳，而是我自己摸索出的一套动作，手脚并用，奋力向后划水，速度还说得过去。我的独门绝技就是躺在水面上"睡觉"，四肢基本不动，还不下沉，这是我常玩的戏水姿势。关键技术是身体要躺平，水要没过耳朵，半张脸露出水面，就能漂起来了，凫水累的时候用于缓冲休息。

值得我骄傲的是所谓的"立泅"，基本是以站立姿势在水里游走，或者原地不动，两手作业，这种动作是在捕鱼过程中学会的。在深水海沟里捕鱼，需要边游泳边撒网，靠两条腿划水和身体晃动向前游动。起网时，两只手把网收起或者从渔网上摘下鱼。立泅游泳轻松自如，我能在水里待上一两个小时不下沉。

小时候，大清河直通渤海，河水随潮水涨涨落落，岸边被海水冲蚀。落潮时，两岸露出滩涂，小鱼小虾栖息在岸边。夏秋季，小伙伴们光溜溜地趴在岸边，两手寻找坑洼捉小鱼。手触到鱼先按住，再快速抓起扔向岸边。

村庄北面是新庄子的一片耕地，地势低洼，每到雨季就积满雨水，田里种植苘麻。苘麻耐寒抗涝，生产队选择低洼地带的薄地种植。苘麻皮用于做麻绳、麻袋、麻刷等。苘麻果实圆圆的，状如饽饽，俗称"麻饽饽"（má bō bo），呈半球形，未成熟时，籽可食用，稍微有点涩，咀嚼起来香香甜甜的。暴雨过后，苘麻地水深齐腰，小伙伴们像青蛙一样游走在苘麻地，采摘麻饽饽，边采边吃。选几根粗壮的苘麻，做成长短"枪"玩耍。游走在苘麻地不知深浅，不小心两脚就会陷入淤泥，走到没人的地方还感觉有点恐惧，赶紧游回地头儿。

　　放学了去挑猪菜，实则是借着挑菜的机会跑出去戏水。直接说玩水，大人们怕有危险就不让去了。走在偏僻的小路上，车辄辘渠长时间积水，生长出许多不知名的小鱼小虾。两头用泥巴堵上，双手撩出车辄辘渠的水，差不多淘干了，小鱼露出头，抓几条捧在手里观察玩耍。这就是所谓的"涸辙之鲋"吧。

　　大坑就是村子的游泳池兼澡堂子。一个冬春季没有清洗身体的乡亲们，就指望夏天到大坑洗澡。傍晚，劳累一天的男人们脱光衣服跳进大坑，围绕大坑游几圈，然后站在岸边搓澡，洗去身体的污垢。男人们光溜溜地洗澡，淳朴原始。偶有小媳妇从大坑边经过，捣蛋的小叔子们逗趣："二旺嫂子，过来一块儿洗澡吧，可凉快了，快过来吧。""去你个二流子，那么舒服，咋不叫你媳妇来洗澡呀？"也有大胆的站在大坑边喊话："你敢站起来让我看看，我就去洗。"男人们吓得赶紧缩进水。小媳妇抓起一块泥巴，扔向洗澡的男人，咕咚咕咚溅起水花。说说笑笑打打闹闹中洗去了一天的疲劳。

　　小伙伴们玩儿手掌推水，溅起的水花打在对方的身上，两手向小伙伴脸上撩水，让小伙伴睁不开眼。冷不防一个猛子扎入水底抓一把淤泥，突然从小伙伴身边钻出来，将淤泥抹在小伙伴头上，待小伙伴回过神来，立马又扎入水中。你抹我一头，我抹你一脸，嬉笑打闹，直到夕阳西下才肯回家。

16. 下散海儿

渤海湿地滩涂一望无际。退潮后的沙滩上，坑坑洼洼的海汊子里，栖息着众多小鱼小虾，小螃蟹、海螺、蛤蛎。春秋季节是"下散海儿"（指不乘船打鱼摸虾）的好时机。这时的海贝，经过冬藏夏收积聚了丰富的营养，味道鲜美。

下散海儿要掌握涨潮落潮的时间。老渔民总结的顺口溜"初一、十五赶晌午，初八、二十四赶两头"。也就是说在这个时间段，潮水落到低点，露出海滩，适合下散海儿。赶上大潮汐，会露出大片海滩。穿过岸边海沟，走到近海的沙岗子上捡拾海螺、抢螃蟹、掏八爪鱼。这需要准确掌握潮起潮落的时间，还要关注特殊天气，涨潮之前往回赶，不能恋海贪多。海沟水没到胸部时就危险了。

下海的日子，小伙伴们斜背着网兜，手拿二齿钩子，走到十多里外的海滩下散海儿。眼看快要到海滩了，心情激动，跑步冲过去。迫不及待地挽起裤腿，光着脚丫儿蹦跳着跃入海滩，寻找各种贝类。不管是否能挖到，抡起二齿钩子就是一阵挠饬。海滩上洞眼密布，栖息着文蛤、青蛤、麻蛤、海蛏子等贝类。它们的栖息方式不同，窝眼的形状也各有特点，不练就一双慧眼是很难挖到海贝的。刚开始下海，不认识窝眼，看到窝眼就胡乱挠饬，大多数是白费劲的。在大哥大姐们的指教下，用不了半天就学会看窝眼儿了。窝眼，大致呈椭圆形的是文蛤，一耙子下去准能挠出一只。扁长的窝眼是海刺儿，圆圆的小窝眼是麻蛤。

海蛏子洞口大致呈八字形，紧挨着两个小孔，一个是气孔，一个是窝眼，顺着窝眼把柳条伸进去，慢慢触碰海蛏子，它会用两片蚌壳夹住柳条。慢慢提起柳条，海蛏子就跟着出窝了，可以多带几根细长的柳条备用。这种方法显得原始，小伙伴们玩耍而已，费时费力半天也钓不了几只。捉海蛏子的大哥大姐们，用铁条钩海蛏子，动作麻利，一天能钩几十斤呢。

有一次，我和哥哥去赶海儿。正赶上退潮，离海岸不远的海沟水没到膝盖深，栖息着大量"海呲儿"（hǎi cīr），类似于象拔蚌，体形较小，味道却鲜美。海呲儿长着长长的触须，两扇薄而脆的壳，贝壳边缘锯齿很锋利，一不小心，容易捏碎划破手指。海呲儿栖息在巴掌深的淤泥里，一个一个地掏海呲儿，容易划破手，还费时费力。干脆把淤泥掀起一层，海呲儿露出来，用手触摸就抓到了。选一块地方，趴在水里扒一道小沟，顺着沟将手臂插入淤泥，一块块把淤泥掀起，海呲儿就暴露出来了。掀起几平方米的淤泥就能捞到二三十斤，感觉就是密密麻麻的一层。两个多小时，海水涨上来了，收获几十斤海呲儿，高高兴兴地回家了。回到家，细看两手和胳膊上划出许多小口子，倒也无大碍，过几天就自然愈合了。

村庄距离海滩十多里路，下海挖蛤需要哥哥们带着去，小孩子自己去下海，大人们不放心。约上几个小伙伴，到海边湿地、海汊子抓小鱼是被允许的。挎上篮子，背上网兜就出发了。湿地到处是芦苇荡和杂草，沟汊纵横。脱得光溜溜的，脖子上套个小网兜，趴在水沟里抓鱼摸虾。抓到小鱼虾顺手放进网兜，用不了多长时间就能抓半个网兜儿。

我十二三岁时，自己骑自行车到海边打鱼。周末拿上几张挂子网早早地就出发了。挂子网是常用的一种捕鱼工具，一张挂子网三四十米长，幅宽一米左右，村庄人称为"挂子"，有的地方也称为"粘网"，分为沉网和浮网。铅坠（网礁）比较重的是沉网，放网后会沉到水底，主要捕获栖息在水底的鱼类，如楞蹦鱼、鲈鱼、小梭鱼等。浮网，铅坠稍轻，撒网以后漂浮在水面，主要抓捕生活在中上层的鱼类，如刺鱼、梭鱼、青条等。大清河盐场的送水路连通大海，向盐汪子送水。水路两旁布满了晒盐的汪子，把海水抽到汪子晒盐。汪子就是我们挂鱼的地方。不敢到大海里挂鱼，涨潮落潮有危险，海水波浪大，挂网来回游动也不太容易挂到鱼。

挂网两端系着两个木橛子，将挂网一头的木橛子插在岸边，防止挂网被海水冲走。挂网横向呈一条线撒在送水路。水没到大腿根儿或者齐腰深的地方好下网。水深没过身体的地方，要一边游泳，一边撒网，这时就需要"立氽"了。立氽，两腿夹水，脚踩水，身体稍微晃动就不会下沉，也可前行。一手拿着挂子网，一手撒网，撒完网再游回岸边。

一两个小时以后开始摘鱼。提起网，查看有无鱼上网，见到鱼摘下放入网兜。这需要点耐力和立氽游泳的技能，个把小时也是需要的，我还是能应付自如的。

挂子网是细尼龙丝编织的，容易被鱼钻破，或者被海沟里的杂物刮破，需要自己修补。十多岁的时候，我就学会像模像样地织渔网和补渔网了。准备好尼龙网线、竹制梭子、一块竹制准子（织板）、一捆细尼龙丝线。先用一条粗点的绳子两头固定，用梭子上的线头系在绳上起头儿（根据网的宽度确定网眼个数）。左手拿准子右手拿梭子，将丝线从准子下部绕到上面来，梭子穿进线圈里绕出来，与准子上面的丝线打一个结，这就编织成了一个网眼（单扣）。接着继续从左往右编织，一层一层就编织成网了。穿上纲线、浮漂和网礁，一张挂网就织成了。补渔网稍微复杂。先用剪刀把网衣破损处的断绳头剪掉，用梭子顺着网扣上下穿针引线编织，与织渔网的方法相同，不大会儿工夫就把渔网修补好了。

一次，我一个人骑自行车驮着挂网到海边去挂鱼。去的时候风平浪静，没有发现天气异常。我带了三四张挂网，挂网下到送水路不久，突然天空暗下来。瞬间乌云密布，狂风大作，掀起阵阵海浪，挂子网被海浪冲得歪歪扭扭，感觉黑压压翻滚的乌云就压在头顶，几十米外都看不清了。这时不能下水取网了，不然有被海水卷走的危险。只好站在岸边，拉住挂子网一头儿往岸边拽。风急浪高，挂子网拧成了一股绳，也顾不得整理了，卷作一团放入筐子，推起自行车就向公路跑去。

这时，狂风夹杂着暴雨，骑上自行车没有走多远，差点被大风吹到海沟里。狂风暴雨越来越猛，只好推着自行车跑步了。走了一会儿，我看到路边有一间废弃的变电站，急忙把自行车靠到变电站旁，跑进去躲雨。我浑身衣服已经湿透了，直打寒战。还好，过了个把小时暴风雨过去了，天渐渐放晴。我从屋里走出来，惊魂未定，也没心思再去挂鱼了，骑上自行车就跑回家了。

我跟三楔子是儿时的好伙伴儿，经常合伙去打鱼。打鱼的工具是"拉网"，这种网需要两个人操作才能使用。拉网十五六米长，网幅一米左右。网鱼时，两人分别拖着渔网的一端，弓着腰轻轻地向岸边拖网。一般选择沟渠或者小河道横向拖网，从此岸拖到彼岸，渔网呈合围之势，将鱼拉入网中。有一次，我们两个拖到一条大鲈鱼，能感觉到撞渔网，眼看就要到岸边了，鲈鱼一个"鲤鱼打挺"蹿出了拖网，好半天都感到惋惜。我们小孩子的技术不高，拖不到很大的鱼，也就是小鲈鱼、小虾蟹等。

海边滩涂栖息着众多的小螃蟹，俗称"驴粪球儿"或"驴粪蛋子"，夜晚成群结队跑出来觅食。小螃蟹大约一元硬币大，吐着泡泡，在滩涂上忙碌地爬行。我们手提水桶，打着手电筒寻找，螃蟹见到光亮就不走动了。捡起小螃蟹放入水桶，不大会儿工夫就抓到半桶。这种螃蟹煎炸或者腌成咸菜味道不错。

捉鱼摸虾的间隙，我喜欢趴在水草里观察海鸟。湿地成群结队的海鸟在觅食、嬉戏。有的跑来跑去追逐小鱼；有的等待小鱼游过来突然袭击，用长长的喙捉住小鱼；有的把喙伸进淤泥觅食。我只认识几种，如海鸥、灰鹤等，大多数叫不上名字。有一种鸟，长长的脖子，一米多高，看起来笨重，两腿助跑划水才能起飞，感觉快要追上了它才飞起来。

蔚蓝的大海、湿地、海滩，赶海、观鸟、戏水，给童年带来了无尽的乐趣，留下了太多美好的回忆。

如今，大海正张开它宽广的胸怀，迎接来自五湖四海的建设者。湿地、滩涂少见了，港口、厂房拔地而起，大海正以另一种姿态迎接着我们。人类与万物是同一生命体，开发利用的同时，也应该善待它们，维护好我们共生共存的家园。

17. 小人书

小时候，我做梦都想拥有一本小人书。

村庄仅有的娱乐活动是县剧团派来的说唱大鼓书的，小伙伴们也听不懂，凑凑热闹；每年也只能看上一两场电影。这些远不能满足我们的娱乐需求。能够给小伙伴们带来快乐，而又生动有趣的也只有小人书了。

小人书也是不易获取的娱乐品。尽管几分钱到一两角一册，大人们还是舍不得花钱给我们购买。肚子都填不饱的年月，哪还顾得上小孩子的娱乐生活。日子过得宽裕的人家才会给孩子买几本小人书。偶尔，城里的亲戚朋友回老家探亲，会送给我们几本小人书，我们高兴得一晚上睡不着觉。

如果哪个小伙伴有了一本新的小人书，会揣在兜里得意扬扬地走路，还不时拿出来炫耀。屁股后边跟着一群人，小伙伴们乞求着想看一眼。好说歹说同意了，几个人蹲在墙角，小脑袋凑在一块，小人书主人小心翼翼地，一页一页地翻着看。边看边七嘴八舌地议论，揣度着小人书的情节。主人舍不得让别人翻看，怕翻坏了弄脏了。看不上眼的还不让看呢。

小伙伴二生的小人书摆放在几个抽屉，足有几十本。到他家里玩耍，他曾打开抽屉给我们看。我从来没有见过那么多小人书，还是没看过的，这令我羡慕不已。他是小伙伴们崇拜的偶像，有"至高无上"的地位，我们都喜欢与他玩耍，目的是套近乎蹭小人书看。

小人书是连环画的俗称，可以理解为小孩子看的书。小人书图文并茂，生动形象，通俗易懂，是小伙伴们喜爱的课外读物。小人书大多是64开本的，黑白绘画，少数有彩色的。彩色版的比较贵，大人们更舍不得买了，如高尔基的《我的大学》和八个样板戏等。电影版的小人书，截取电影图片，配上文字解说。可惜画面不太清晰，感觉不如手绘连环画看起来过瘾。手绘连环画人物形象夸张，画面感强，正反派人物特点鲜明，人物勾勒得栩栩如生，从穿着、动作、眼神就可以分辨出谁是好人，谁是坏蛋。对话框文字寥寥数语，读起来浅显易懂，与图画相得益彰。文字认不全不要紧，看图即可理解画面的意思。

70年代的小人书，大多是反映战争、捉特务、斗地主、社会主义建设、批林批孔批宋江等题材。如《地道战》《地雷战》《刘胡兰》《智取威虎山》《红灯记》《沙家浜》《海港》《敌后武工队》《暴风骤雨》《林海雪原》，等等。少量的历史题材，如《岳飞传》《杨家将》《水浒传》，这些都是成套的，一套几十本，更买不起了。另外，就是苏联的小人书，如《钢铁是怎样炼成的》《我的大学》《第八个是铜像》《瓦尔特保卫萨拉热窝》等。小伙伴们喜欢看的还是儿童题材，容易理解并进入角色，比如《鸡毛信》《小兵张嘎》《刘文学》《半夜鸡叫》《小英雄雨来》《闪闪的红星》《童年》《消息树》等。

我的小人书不过十几本，都是单行本，没有大部头的连环画。我对仅有的几本小人书爱不释手，时间长了小人书被翻得皱皱巴巴、缺角少页了，还是当宝贝珍藏着。手里有小人书，就可以与小伙伴们交换着看。

小人书里的八路军战士、小英雄、敌军军官、特务或者地主等坏分子画得出神入化，这些形象深深地印在了我们的脑海里，成为我们崇拜或者模仿的对象。幻想着像鸡毛信里的海娃，手持红缨枪站岗放哨，为八路军传送情报。也想当个刘文学式的小英雄，抓特务或者坏蛋什么的，与坏人坏事作斗争。希望长大当八路军战士，手持钢枪杀敌，那该多威武啊。小人书里的反面人物也是我们模仿的对象，玩打仗游戏时模仿得有模有样。

小人书看多了，模仿画小人书里的人物，铅笔素描，一笔一画倒也认真。我天生不具备绘画的细胞，照葫芦画瓢，照猫画虎，画出的人物也不是那么回事。小同学二生绘画本领了得，无论是英雄人物还是反面人物都临摹得有模有样，栩栩如生。

　　有一次我拥有了一本新的小人书，上学时装在书包里，不时偷偷看几页，揣摩着小人书里的人物和场景。为了躲避老师的视线，我把小人书夹在课本里，将书本竖起来挡着看，看得入神了，老师站在身旁也没发现。那肯定是被没收了，软磨硬泡，写个保证书，好几天才跟老师要回小人书。

　　放学了，掏出小人书，三五个小伙伴凑在一起，走走停停。不时翻看几页，比画着小人书里英雄人物或者坏蛋的动作。个别文字不认识，看着图画，连蒙带猜地理解图画的含义，懵懵懂懂中被小人书中精美的图画和故事所吸引而进入角色。

　　当下，娱乐方式多种多样，孩子们看小人书的不多了。小人书反而成了收藏品，20世纪五六十年代的小人书，个别版本炒到天价了。小人书不是我的专门收藏，我收藏书籍时，偶尔遇到也会买上几本，重温儿时的美好回忆。

　　一次周末，我去一个县级市收藏品市场寻找古书，在旧书店里见到一编织袋小人书，店主要两百元钱，我觉得不贵，顺便就买了下来。回家整理出《三侠五义》《岳飞传》《三国演义》《水浒传》，等等，倒也齐全。不是什么珍品，大部分是八九十年代的。后来买过几套再版小人书，权当是满足了儿时的小人书情怀。

　　正是因为我的小人书情节，我的这本书也请画家画成了连环画。连环画可以直观地表现出当时村庄的生产生活场景，图画与对话简洁明了，也便于感兴趣的朋友阅读理解，留住一代人的美好记忆。这是文字替代不了的。

　　现如今，小人书逐渐退出了历史舞台。手机、电视、多媒体、游戏等娱乐方式丰富多彩，满足了孩子们的好奇心和精神世界。但是，有些孩子沉迷于打游戏、玩手机，把握不好，会对少年儿童的身心健康带来负面影响。因此，我在羡慕的同时，也增添了些许忧虑。

18. 杂耍儿

这里要讲的"杂耍儿"不是指杂技、曲艺、魔术，而是小时候玩过的各种各样的小游戏小制作，如滚铁环、扔锡壳子、滚钱儿、打玻璃球、看万花筒、打沙包，等等。那个年代，家长没有余钱给孩子买玩具，但这并不能阻碍小伙伴们玩耍的天性。就地取材，自己动手制作各种各样的玩具，如洋火枪、鸟笼、铁夹子、柳哨、沙包等。这些小玩具虽然看起来简单粗陋，但玩起来其乐无穷。玩出了五颜六色的童年。

推轱辘圈儿

木桶箍大小的一个铁环，弓着身子用铁钩子推着跑，滚出各种各样的曲线，这就是"推轱辘圈儿"（滚铁环）游戏了。我的轱辘圈儿是一个废弃的水筲箍和一把两尺多长的铁钩子。

放学了，小伙伴们推着铁环满大街跑。我们站成排，推着铁环奔跑，看谁跑得快，且铁圈不倒下，谁就是高手。你追我赶，推着铁圈满大街奔跑。道路坑洼不平，要想让铁环不脱钩倒下是需要技巧的。跑的速度要足够快，保持铁环与人体的平衡。我推铁环的技术还算不错，铁环还能脱离铁钩滚一会儿，离拉歪斜了，救起来继续推着跑。我推着铁环转圈圈、拐弯、上土岗子，展示自己的技艺，迎来小伙伴们的一阵喝彩。

一辆大马车经过门口，我正在大街上推着铁环玩耍，没有控制住，铁环滚到了马车下边，急得我直跺脚，大喊"别辗轧了我的铁圈"，马车并没有停下，再看我的铁圈被压扁了，心疼得不得了。我只好拿回家用锤子敲敲打打修正，但怎么也敲不圆了，不是原来的样子了，也只好凑合着玩了。

简简单单的一个铁环玩得不亦乐乎。推着铁环奔跑，听着铁环"哗啦哗啦"的滚动声，也滚出了我无忧无虑的童年。

发滚儿

一块平整光滑的地面上，用一块砖倾斜四十五度角作为滑道，铜钱顺着砖面自然滚落，看谁的铜钱滚得远，谁就是赢家，这就是"发滚儿"游戏，也称为"滚钱儿"。村庄人把铜钱称为"大钱儿"，谁家都能找到几枚。没有大钱儿，用一分、二分或五分硬币亦可。硬币轻，滚得不如铜钱远。事先讲好规则，谁输掉了大钱就归谁，拉钩上吊不准耍赖。

玩发滚儿游戏也是讲究技巧的。拇指和食指捏住铜钱，铜钱与砖面成九十度角，砖与地面的角度根据经验调整，一只手护着砖，一只手用拇指和食指捏着铜钱静止放到砖面上，闭上一只眼瞄准前方，迅速松开手指，铜钱顺着砖面滚落下去，能滚出一米左右。铜钱与砖角度偏了，铜钱就滚不起来了，贴着砖面径直滑下去紧挨着砖落下，肯定是输了。另一种玩法就是手拿着铜钱向砖面上轻轻滑去，做出向前推送的动作，让铜钱快速滚落。这需要事先讲好规则，不然就犯规了。铜钱滚出后，大家都期望滚得远点，不停地喊着"快快滚，快快滚"。

发滚儿游戏主要是半大小子们玩耍，输赢金额也不算大。小孩子兜里没有几个钱，大人们也没有余钱给我们，游戏结束了，谁输了钱，还要还回去，主要是体验发滚儿的乐趣。

弹玻璃球

小伙伴们兜里揣着一大把玻璃球玩耍。玻璃球直径一厘米左右，大部分是透明有些许颜色的，且颜色也不尽相同，我更喜欢青绿色的。

少数玻璃球内部是彩色的，布满五颜六色的花瓣儿。

玻璃球的玩法有弹玻璃球、打玻璃球、滚玻璃球，等等。一只玻璃球放到地上，蹲在距离玻璃球一米左右的地方，用拇指和食指夹住玻璃球，闭着左眼，用右眼瞄准，朝着另一个玻璃球弹射出去，这就是"弹玻璃球"。砸到玻璃球就赢了，这个球就归小伙伴了。没砸中，就轮到另一个小伙伴砸球了。砸中了，一阵喝彩，得意扬扬。输的唉声叹气。输多了球还是很心疼的，玻璃球是花钱买的，一毛钱买五六个。长时间玩耍，玻璃球相互碰撞，有的直接碰碎了，有的缺块肉或者出现裂痕是常事，伤痕累累了也舍不得扔掉。

还有一种玩法是用脚踢打玻璃球。一只玻璃球放到五六米远的地方，一个小伙伴脚下踩着一只玻璃球，朝着另一个小伙伴的球打过去，打中了就算赢了，这就是"打玻璃球"。没有打中，另一个小伙伴接着踢打。这时，不论两只玻璃球距离多远或多近，或者在犄角旮旯，也不能动了，只能任其打。这样互相交替着打球，直到打中了一个球为一局。我打球的技术平平，没少输球。小伙伴陆山儿打玻璃球技术了得，距离十米八米也大多能打中，跟他打玻璃球事先讲好玩几个球的，输掉了就不玩了。不然的话，一兜玻璃球不大会儿工夫就全输给他了，小伙伴们都不敢找他玩儿。

我的几十个玻璃球装在母亲给我缝制的小布口袋，不时拿出来自己摆弄玩耍。听着玻璃球在口袋里"哗啦哗啦"的碰撞声，满心欢喜。手捏着一个彩色玻璃球，借着阳光观察，不同的角度观看，呈现出不同的图案，感觉新奇好玩。

拍皮球

小皮球拳头大小，有白色的，也有红黄绿花瓣纹的。这种小皮球不用充气，弹力随着天气的变化而变化。天气暖了，皮球鼓胀，弹跳力大，砸在地上弹出老高。天冷了，皮球软塌塌的甚至瘪了，不容易弹起。平时，把皮球揣在兜里找小伙伴们拍球玩。

小皮球玩法随意。单手拍着皮球跑步、两手左右拍打、墙上画圈投掷。小伙伴们比赛谁拍打的个数多，边拍打边数数，一二三……拍几十个不在话下。左右手拍不容易接住，坚持不了多久皮球就脱手了。几个小伙伴凑在一起围成一个圆圈，互相投掷传递皮球，接不着的就算输了，一个小伙伴要站在圆圈中间。小伙伴们手拿皮球扔来扔去，还故意擦着头顶扔过去戏弄中间的小伙伴。皮球被中间的小伙伴抓到了，再回到队伍里，以此类推。这种小皮球现在少见了，幼儿园的孩子们也换成大皮球玩儿了。

打扑克

农闲时节，大人们围坐在炕上唠家常，小伙伴们凑在一起玩纸牌。要看参与人数多少和大家兴趣，商定玩哪一种游戏，无外乎抓娘娘、抓大点、抽王八、打升级等。游戏开始了，小伙伴们也不按规矩老老实实围坐在炕上，各自拉开架势提升气场。有的蹲在炕上，有的站在炕下，有的单脚踩在炕沿上，都想在气势上压倒对方。只剩几张牌时，站起身来把纸牌摔在炕上，那气势就是想把对方砸趴下。赢了，蹦高儿庆祝；输了，唉声叹气。有的不守规矩，出牌了，感觉不好又迅速拿回去，其他小伙伴想办法抢回来，你抢我夺，争得面红耳赤。

抓娘娘。3—5人均可玩儿，一副纸牌依次发完。单出牌或者成对出，三带一、三连对、顺子也可，需要事先讲好规则。开局谁摸到红桃4谁先出牌，之后，就是谁进贡（输家把手里最大的牌给赢家）谁先出牌。先出完纸牌的人就是"皇上"，末了手里剩纸牌的人就是被抓住的"娘娘"。每一局结束"娘娘"要给"皇上"进贡，获得出牌权。"皇上"还一张无用的小牌。"娘娘"摸到了"双王"，这叫"抗贡"了，就不用进贡了，"皇上"获得优先出牌权。这就是"抓娘娘"游戏了。

抓大点。以21为最高点数，牌面2—10的牌按数字计点，A算为

1，带人物的牌也算1点，不使用大小王。几张牌的点数加起来，谁的点数大谁就赢了，超过21点就爆了，自然是输了。点数相同，先摸牌的赢。这种纸牌玩法称为"抓大点"。

游戏开始，摸的首张牌是"暗牌"，要扣起来不能让对方看到。接着发一张"明牌"，这时要根据自己牌的点数确定是否停牌或者要牌。抓大点可以是两个人玩，也可以是多人玩。需要斗智斗勇，真真假假。底牌点数大，摸两张牌到了15、16点了，要决定是否停牌。要牌了，可能超过21点；不要牌，可能点数低，让对方赢了。需要心理战，坚定地说不要了，脸上表现出自信，迷惑对方，不能让对方看出破绽。

玩21点要靠运气和智慧，总会有输赢的。事先讲好，输了的被弹几个脑瓜崩，认赌服输。抓大点输赢速度快，小伙伴们输急了，等到自己赢的时候就要报复。用拇指崩住中指，放到嘴边哈口气，使劲朝小伙伴脑瓜弹上去。被弹的，龇牙咧嘴；赢的，得意扬扬。

抽王八。一副纸牌随意拿出一张牌倒扣上（谁也不能看），剩下的牌大家分别抓取，开始玩"抽王八"游戏。摸牌过程中，遇到结成对子的牌随时丢出去，直到手中的牌不能结成对子为止。接着互相抽对方手里的牌，与自己手里的牌组对子，组成对子就丢掉了。只剩一张单牌落到谁的手里，谁就是"王八"了。

剩几张牌，不好组对子了，伸手摸对方的牌，抽抽这个，摸摸那个，迟迟不敢下手，犹豫再三才抽出一张牌，握在手里都不敢看了，慢慢捻开纸牌一角，露出花色偷偷看。组成对子了，大喊一声甩出纸牌；不是对子，龇牙咧嘴表情失望。谁也不愿当"王八"，玩得还是够刺激的。

万花筒

万花筒是一种光学玩具，透过小孔一只眼看上去五颜六色，转动万花筒就变换一种图案，每一种图案不尽相同，五颜六色，五彩缤纷，无穷无尽，我们形象地称之为"万花筒"。

万花筒由两个小圆柱组成，手刚好握住。里边装着三块玻璃小镜子，放置细碎的不规则的玻璃碎片。外表由一层彩色图画纸包裹，常见图案有站岗放哨、丰收景象、知识青年上山下乡、胖娃娃等。拥有一只万花筒是小伙伴们的梦想，一般家庭没有余钱给孩子买万花筒。

我有一只老旧的万花筒，是哥哥们玩儿剩下的，拿在手里如获至宝，秘不示人，到我家里来玩的小伙伴才会给看一眼，大多数时间自己偷偷地观赏。白天在光线明亮的地方观看，晚上对着电灯闭着一只眼观察。不时转动万花筒，听着万花筒转动细微的"咔嚓"声，紧盯着万花筒里的彩色图案，直到眼睛累得发酸了也不肯放下。生活少有色彩，而万花筒展示出五彩缤纷的图案，就好像看到了浩瀚的宇宙，对我有无穷的吸引力。

扎鸟笼

春暖花开，各种鸟从南方向北方迁徙，体形较小的鸟路过村庄，在树杈上停留休息。这时节是小伙伴们捕捉鸟的大好时机。儿时缺少动物保护意识，除了用弹弓打雀儿（方言，雀读qiǎo，鸟类统称"雀儿"），还用滚笼诱捕鸟，用铁夹子捕鸟。

进入春季，早早地开始扎制一种被称为"滚笼"的鸟笼子。找来竹板子，劈成细条状，修理光滑。劈几根小手指头粗的竹劈子，用老木匠手工钻，钻成均匀的小孔，做成鸟笼子的框架结构，插入细竹条进行编制。里边安放一个鸟食罐，用两根木棍儿做鸟架，粗铁丝做挂钩，一个简单的鸟笼就做成了。扎制鸟笼子是个细活，需要几天时间才能扎制好。记得我编制过三四个鸟笼子，开始技术不过关，竹条扎制得不结实容易脱落，鸟就飞跑了。

一种称为"黄雀"（又名黄莺）的鸟叫声动听，麻雀大小，背部长着淡绿色羽毛，腹部嫩黄，捕捉这种鸟需要滚笼。滚笼里放养一只会哨的黄雀（雄鸟），看到同类来了会大声急促鸣叫，急着与它们相会，这样就把同类鸟吸引过来了。鸟笼子里滚动的踏板上放上几缕谷子穗，鸟飞过看到吃的，急着跳到踏板上去吃食，就上当了，踩上踏板滚到了笼子里，成了笼中鸟。

滚笼容易逮住的是一种俗称"嘎儿二楞"的鸟，每到春季，这种鸟成群结队路过村庄，一群少则几十只，多则上百只。雄鸟哨声动听，会把路过的鸟吸引到滚笼边，鸟见到谷穗，纷纷跳入滚笼踏板吃谷粒，一只只跌落到滚笼里，一天会滚到几只甚至几十只，自然它们就成了盘中美餐。

编笊篱

我喜欢自己动手制作各种玩具、用具，比如编笊篱、铸勺子、编花篮、织渔网，等等，不仅是制作工具使用，更是觉得好玩，看着自己的劳动成果，成就感满满的。闲暇时，拿着一把锤子、钳子到处敲敲打打，什么都想自己动手制作，母亲常说我们家整天叮叮当当的就像"铁匠铺"。

笊篱是传统的炊具，做饭用来捞取食物，每个家庭都少不了。我学会了编制铁丝笊篱。编笊篱需要各种型号的铁丝，一根约一尺长的木棒做手柄。8号铁丝做边框架，小一号的铁丝做骨架，细的铁丝织网。将做骨架的铁丝截成三十厘米左右，呈放射状摆放，一般需要八根铁丝。然后用细铁丝从中间部位缠绕几圈，这样骨架就固定住了。从中间位置逐步向外缠绕，做成蜘蛛网形状。再用8号铁丝做成一个圆圈，依次把骨架铁丝用钳子缠绕在框架铁丝上加固，笊篱基本就成型了。编好的笊篱固定在手柄上，一把笊篱就做成了。看起来过程简单，实际做起来需要一天的时间。做笊篱除剪断铁丝及锁边时需要用到钳子外，其他全凭手上功夫。笊篱编好以后，母亲用它做饭捞取食物，简洁实用。

如今少有人手工编织笊篱了。笊篱淡出了我们的生活，换成了不锈钢漏勺，与笊篱一般大小，布满小孔，使用起来不如铁丝笊篱干净利索。比如铁丝笊篱捞饺子手起汤尽，漏勺则哩哩啦啦地拖泥带水。捞出的饺子由于带的汤汁多，不及时吃就坨了。

铸勺子

冬季，家里生起煤炉子，不时拿着炉钩子，一会儿加点煤，一会儿捅咕几下炉箅子，一会儿填点苞米骨头，这样才觉得有意思。铝和锡的熔点低，小时候常用来铸造勺子、碗、筷子。我的最大成就是铸造了一把手枪。

废旧铝材，如废弃的旧铝锅、铝壶、铝盆等，用锤子砸碎，放入大铁勺子。煤炉子火烧旺，将铁勺子放到炉膛里，盖上盖，不多时铝就熔化了。

沙子用细箩子过滤出杂质，洒点水搅拌均匀，放入一个长方体形的模具（脱坯用的模具即可）里按压结实，放下一个勺子大小为宜。用一个规矩的勺子作为"模"具，放到装满沙子的模具上，填充结实，撒一层干沙子。再用一个同样大小的模具扣在上面，装上搅拌好的沙子，等于是两个"范"扣合在一起，用一根小木棍捅一个小孔，底端要接触到勺体。围绕着小孔做成漏斗状，便于浇铸铝溶液。然后慢慢拔出木棍，将上边的"范"提起来放到一边。一定要小心，不能让沙子散了或者变形。轻轻把模（勺子）取出来，再把两个"范"扣在一起，这样就做成了铸造勺子的"范"，里边形成了勺子模具的腔体。

用铁钳子把装着铝溶液的铁勺子从炉子取出，顺着小孔迅速倒入"模范"腔体，不一会儿铝溶液就凝固了，勺子就成型了，这就是所谓的"模范铸造"。取出勺子放入水里进行淬火，勺子会更加坚实耐用。沙子模范还不够光滑细腻，做好的勺子需要用砂纸打磨抛光。

如果铝溶液的温度和倒入的时间掌握不好，溶液没有全部流进腔体，流到半截就冷凝了，只好回炉再来；或者铝溶液度量不准确，只铸造了大半个勺子，也只好回炉了。我铸的勺子还不够精致，也谈不上美观，只能凑合着使用，母亲用来喂猪、喂鸡，这同样让我有了成就感和乐趣。我还用铝铸造过饭碗、筷子、盒子炮等，铸造方法与铸勺子相同。玩耍着自己铸造的盒子炮，可神气了。

我曾想过，如果考不上学，就去集市卖铸造的勺子吧。躺在炕上自己默默算账，"一把勺子卖五角钱，十把五块，一百把五十块"，应该能赚不少钱，比种地强多了。想到了赚钱的买卖，得到了些许安慰。

做铁夹子

我的铁夹子也是自己制作的，各种型号的都能做，用于捕捉鸟。一般用8号铁丝作为夹子架，一小段钢丝做成弹簧。将8号铁丝做成两个半圆形，钢丝缠绕在铁丝上。用一截柳梢和一条线绳做成"梢梢"，一个铁夹子就做成了。我做的铁夹子美观大方，作为礼物送给小伙伴们。有的小伙伴到如今还保留着我做的铁夹子。

有一种捕鸟工具被形象地称为"拍捂儿"，顾名思义就是把鸟拍住、捂住的意思。铁夹子做成半个长方形，固定在一块长方形的木板上，夹子蒙上一块尼龙网，夹子扣下时，鸟就被蒙在网里了。这样捉的鸟是活的，只能用来捉较小的鸟。

用夹子打雀儿需要技巧，一般是早晨或者上午，此时鸟正在觅食。打雀儿用的诱饵是虫子，这种又白又胖的虫子栖息在玉米秸秆里。找到玉米秸秆上的虫眼，劈开秸秆捉到虫子，放入小瓶子备用。走到野地里，在距离鸟几十米远的地方下夹子。夹子梢锁住虫子尾部，整个夹子用土虚掩，只露出蠕动的虫子。虫子一定是活的，虫子蠕动鸟就发现了。绕个大圈跑到鸟背后，弓着腰，轻轻地朝着鸟的方向吹口哨，慢慢驱赶鸟。不同的鸟要吹不同节奏的口哨，动静不能大了，鸟警觉了就飞掉。等鸟走近夹子，发现虫子了，吃虫子触动了机关，夹子突然合拢，鸟就被扣住了。

扔锡锞子

在地上挖两个锥形的小洞，称为"锅"，两个"锅"距离十米八米，锅后边画一道起始线，三五个小伙伴站在起始线后面，对准"锅"扔出锡锞子。谁的锡锞子距离锅底近谁就赢了，这种游戏称为"扔锡锞子"或者"扔坑儿"。

锡锞子自然是用锡浇铸的，圆形的，直径三四厘米不等，厚度半厘米左右，扔起来旋转砸向锅底。一只手将线绳按在锅底，另一只手扯着线绳，贴近锡锞子靠近锅的一侧测量距离，即可分辨距离锅底远近。明显区别出远近就不用测量了，直接论输赢。

这种游戏在农闲时节玩耍。每一局需要小伙伴们下注，每次三五分钱不等，假如谁赢了（只有一个赢家），其他小伙伴的钱就输给赢家。十个八个人参加游戏，前两三名都可以是赢家，讲好第一名至第三名各赢多少钱，其他人输多少钱，这样输赢就比较大了。这种游戏大多是半大小子们玩耍，大人们上瘾了也扔几下。

揰皇上

"揰皇上"是个隐喻的称呼，实际就是扔沙包儿，不知何时何故跟皇上联系起来了。这种游戏在其他地区称为"打沙包"，更容易理解。

参加打沙包的小伙伴分成两组，一组三五个人。一组选出两人，画两道线，相距十多米，两个人站在线外。另一组人全部站在两人中间位置，两人用沙包扔来扔去，击打站在中间的一组人，这组人来回蹦跳躲避沙包。打中了其中一人，这个人就被淘汰出局了。接住一个沙包，就算救活"一条命"，出局的人还可以再进入队伍。一个人也没有被打中，其间又接住了一个沙包，就记下"一条命"，等有人被淘汰了再"抵命"。全都被打中了，另一组就赢了，两队交换开始下一轮游戏。

做沙包需要布料和填充物。找几块碎布料，剪裁成四块大小相同的布料，用不同颜色的显得美观，将布料缝合起来，放入填充物即成沙包。小伙伴们的沙包是用薏苡仁（亦称草珠子）填充的，薏苡仁做的沙包扔起来哗哗作响，形象地把薏苡仁称为"吵吵"。薏苡果实坚硬，摔打不破，光泽平滑，轻重适度，扔起来有力量。这种沙包打在人的脸上或者手上还是有些痛感的。沙包也可以用高粱、小米、沙子等物填充，更柔软一些。

打沙包游戏有多种玩法，如夹沙包、背沙包、踢沙包、顶沙包、跳格子、丢沙包、踢毽子，等等，大多是女孩子们玩耍。课间操，女孩儿们头上扎着两条辫子，穿着补丁摞补丁的花衣服，嬉笑蹦跳着玩耍沙包游戏，叽叽喳喳，好不热闹。

分线儿

母亲常带我玩"分线儿"游戏。这种游戏有的地方称为翻架架、挑单单、挑线儿、翻线儿，等等，称呼不一。

一根两三尺长的花花绿绿的毛线绳，两个线头儿系在一起，成为一个闭环线圈。双手四指并拢，将线圈在手掌上各绕一圈撑起来，用右手中指从左手线圈中由下往上挑过去。左手中指重复同样动作，两手撑着的线圈呈现出交叉的六根线。另一人用双手拇指和食指捏住六根线的对称部位，或上或下或两边翻掏，把这六根线架撑到自己的双手上，呈现出新的线状图案，这就是分线儿游戏。

捏的部位与掏的方向不同，六根线会在手上变换出几十种线状图案。依据图案的形状冠以日常生活用具、动物、植物、食物等名称，如面条、斗、簸箕、牛槽、枣核、蝴蝶、花被子、乌龟、蚊子、金鱼、喇叭、秋千，等等。

女孩子手指灵活，更适合玩分线儿游戏。几个小女孩聚在一起轮流坐庄挑线，看谁翻出的花样多又好看。看似简单，要翻出好看的图案需要充分发挥想象力，每次变换不同的挑线方式，自己都不知道会变换成什么样子的图案。出现新的图案就大呼小叫蹦蹦跳跳，在小伙伴面前展示，好长时间舍不得毁掉。

摔瓦瓦斗儿

"摔瓦瓦斗儿"也称为"摔泥泡"或者"摔窟"，是夏季常玩的游戏。随便挖点泥土，加水和成泥，反复摔打，干湿适度，泥炮才摔得响。小伙伴们每人分得相同大小的泥块。揪一块拳头大小的泥做成钵盂状，把中间部位按压薄，举起来往地上摔打，伴随着砰的一声响，泥炮崩开一个窟窿，就算成功了。另一个小伙伴就得用他的泥，拍成饼状把窟窿给补上，窟窿越大，赢的泥就越多。谁摔得泥泡大，赢的泥多，谁就是最后赢家。

摔泥泡的技巧在于做泥泡和摔打的寸劲。泥泡中间部位越薄越好，不能有漏洞，摔之前是要互相检查的。摔泥泡不能用蛮力，需把握好摔打的角度和力度，使泥泡边缘同时着地，挤压内部的空气，才能摔得更响，泡口也大。否则，泥泡向下摔的过程中，发生变形或者角度不对，泥泡的一侧先着地，就会摔成牛粪堆，成"哑炮"了，惹得小伙伴一阵哄笑。

摔泥泡要找到一块平整的地儿。右手握泥泡，叉开双脚，照着泥泡内部吹口气，再吐口唾沫涂抹，稍微弯腰高举泥泡，攒足力量往地上摔打。泥泡接触地面的一瞬间，洞口内的空气被挤压，冲破薄泥层发出砰的一声，飞出的碎泥渣，崩得满脸满身都是泥点，玩几局小伙伴们就成泥猴了。

洋火枪

小兵张嘎是小伙伴们崇拜的偶像。大家都希望也像小兵张嘎，用木头枪缴获汉奸的一支真枪，该有多威武啊。小伙伴们对"枪"的喜爱到了无所不及的程度，就地取材制作玩具枪，常见的是制作各种木枪。也用青高粱秸秆或蓖麻秆编制各种长短枪，模仿着打枪的各种动作，配合着"嗒嗒嗒"的枪声，互相"扫射"玩耍。

我喜欢用自行车链条制作洋火枪。洋火枪能发射，还有响声和烟雾，有那么点枪的感觉，越打越有瘾。当然不能对着人开火，打出的火柴梗能穿进书本，还能发射一定距离。"洋火枪"顾名思义就是用洋火作为"弹药"的玩具枪。制作洋火枪需要自行车链条、铁丝和皮筋。一根8号铁丝和一截细铁丝，10节左右链条扣，还需要两根弹射皮筋。用自行车气门芯做弹射皮筋，气门芯是橡胶管的，弹力大。自行车内胎割成的细条也可以，但弹力较小。洋火枪零件还真不少，包括枪架、挂钩、枪栓、扳机、枪膛和弹射皮筋。先用8号铁丝做成枪架、枪栓、扳机和挂钩，用细铁丝固定结实枪架，枪架前端穿入链条扣。链条扣两个孔，上边的孔作为枪膛，前端的链条扣，打入一个自行车辐条顶端的铆钉，留出一根火柴棍大小的孔。链条扣和枪栓分别用皮筋箍好，一个洋火枪就做成了。

打枪时，掰开前端的链扣，将火柴棒塞入铆钉孔，扣动扳机，枪栓高速撞击火柴头，火柴头燃烧产生动能把火柴棒喷射出去。

洋火是花钱买的，大人们也不允许浪费。我每次都偷偷地打开洋火盒，拿出几根，不能全部拿走，否则母亲就察觉到了，下次会管得更严了。

玩耍洋火枪是有一定危险的，一般是在墙上画个圆圈作为靶子，或者面对一棵树瞄准发射。小孩子也要躲得远一点，不然走火了容易伤到人。

滚倭瓜

冬季，村庄多刮东北风。感觉那时的风，比现在的风大而且冷，刮得漫天黄土飞扬，刮得人经常眯着眼。小伙伴们一个个冻得鼻涕拉碴、脸蛋儿紫青，仍跑出去玩耍。在大街（方言，读gāi）上或者野地里，放几个秫秸做的"大倭瓜"，在东北风的吹拂下，顺着风的方向滚动。"倭瓜"遇到坑洼不平还会弹跳着飞起来，小伙伴们追逐嬉笑。一阵狂风刮来，追不上了，倭瓜滚得无影无踪。"倭瓜"做得不够结实，滚着滚着就可能解体了。

村庄盛产高粱，粗的细的、长的短的秫秸品种繁多，"倭瓜"就是用秫秸做的。选几节干燥的秫秸，用小刀把秫秸皮剥下，劈成均匀的细篾儿（xì mier），靠近中间"节骨"部位留一小截圪档瓤子（秫秸的瓤儿），其余的瓤子切下。以中间的"节骨"为轴心，将两端的细篾儿弯向中间插入秫秸瓤子，这样就形成了一个倭瓜形状，再用长点的细篾儿在中间沿圆周把秫秸皮申接起来，这样更牢固，就做成了"大倭瓜"。一节秫秸有长有短，劈成的细篾儿也就有长有短，这就决定了"倭瓜"的大小。小点的倭瓜结实，大点的容易滚散架。

吹柳哨

清明过后，乡间的春风吹过，柳丝抽出嫩芽。小伙伴们仰着脖子满村寻找合适的柳枝做柳哨。俗语说"听见柳哨响起，就要脱棉衣了"。脱去厚厚的棉衣棉裤，感觉身子轻快得要飞起来了。

大坑边的柳条垂到了水面。折下几根，撸掉柳芽，得到一根带皮的柳条。截掉一头，选择笔直光滑的一小截，用小刀转圈割断柳皮，捏住柳皮轻轻揉搓拧动，慢慢剥下柳皮，拧下一小截柳皮管。将柳皮管两端切齐，拇指和食指捏扁柳皮管的一端呈鸭嘴状，轻轻刮去青皮，露出鹅黄的肌肤，一个柳哨儿就这样做好了。

轻轻捏着柳哨，剥掉青皮的一端贴在唇边，轻轻吹气，柳哨便发出清脆悠扬的哨声。轻轻地，抑扬顿挫，有节奏地吹，奏出不同的音律曲调，委婉动听。几个小伙伴坐在池塘边，哨音悠扬，曲调婉转，吹出了无忧无虑的童年，吹出了春天的勃勃生机。

做槐球

深秋，大槐树槐米成熟了，到了做槐球的好时节。在瑟瑟秋风的吹拂下，槐米纷纷从大槐树上脱落下来。小伙伴们三五成群来到大槐树下捡槐米，做成槐球。

这时的槐米半干不干的，黏性强，正适合做槐米球。刚从树上采摘的槐米，黏性不够，还要晾晒几天，脱水后才好用。抓一把槐米放到小石板上，用石块将槐米捣成泥，搓成球状，乒乓球大小为好。线绳一端置入球心包起来，继续搓，待搓成圆球后，拿槐球在草木灰上滚几遍，再搓一会儿，这样做出的槐球黝黑油亮。

做好的槐球，软中带硬，不时拿着槐球敲击自己的脑袋，试试槐球的硬度，不小心用力大了敲得脑袋嗡嗡响。一只手缠着线绳，悠起槐球，"嗖"的一声抛向空中，不知落到哪里，赶紧抱着头躲起来，掉下来砸在头上可不是好玩的。不小心槐球挂在了高大的树杈上，那就只好重新做了。

欻大把儿

"欻（方言读chuǎ）大把儿"是方言土语，东北地区称为"欻嘎拉哈"，源自满语，是一种古老的玩具。"欻"在这里是象声词，表示把嘎拉哈撒开的声音和动作。是女同学们课间休息、闲暇时常玩儿的游戏。看到女孩子们玩欻大把儿，男孩子偶尔也试着扔两下，但手指不够灵活，也就放弃了。

嘎拉哈是羊、猪等动物后腿踝骨中间活动的关节，羊骨节小巧可爱，比较难找。过年了才杀猪，羊就更少了，一头猪或羊只有两个骨节，积攒嘎拉哈并不容易。女孩们偶尔得到几只爱不释手，为了美观染成五颜六色等。根据嘎拉哈四个面形态不同，取了形象的名字。正面像人的肚脐眼儿叫"坑儿"，背面像人的肚皮叫"肚儿"，侧面像人的耳朵叫"红儿",还有一面什么都不像就叫"白儿"。嘎拉哈四个为一副,玩耍时还要配一个小布口袋,称为"毽儿"。

玩欻大把儿游戏场地不限,炕上、地上、桌子上、石板上均可,玩法众多,常见小丫头们在炕上玩耍。玩法是:右手抓起四个嘎啦哈抛撒在炕上。将毽儿抛向空中,在其尚未落地时,将炕上的一个嘎拉哈翻成红儿,依次将其余三个也翻成红儿。撒出去已经是红的就不用翻了。熟练的,一次抛毽儿可以翻两三个嘎啦哈。随后,把四个嘎啦哈抓在手里,同时接住落下的毽儿,就算一个回合。之后,依次翻成白儿、坑儿、肚儿,重复同样动作,也就是把嘎拉哈都改过四个面才算一轮。其间,每次毽儿落下时都能接住了,才算完成了一个回合。毽儿没能接住,落到炕上了,这一轮就算"坏了",转到下家玩。翻、抓四个嘎啦哈过程中,谁抛毽儿的次数少,谁就是赢家。翻动一个,手指也不能碰到其他的,否则就犯规了。

玩欻大把儿游戏要手疾眼快,毽儿抛得足够高,给手指翻动嘎拉哈留出时间。抓、翻嘎拉哈的过程要快,用较少的次数完成全过程。同时,还要唱着歌谣,与欻大把儿的节奏配合起来才好玩。

第五章

流淌的村庄

离开村庄几十年，记忆有些模糊了，甚至一些生活情节已经淡忘了。但萦绕在内心的那份乡情乡思乡愁却越来越浓，越来越烈，以至浓得我日思夜想，魂牵梦萦，恨不得马上回到故乡，回到故乡的村庄，去重温那份生命起始的感动和美好。

我不清楚居住的大城市是否可以称为"故乡"，或者说故乡的"乡"字含义是否特指乡村。如果有人说我的故乡在某某一线城市、某某大城市，听起来会觉得怪怪的。传统意义上的故乡应该是与村庄、河流、老井、老碾子、大槐树，以及乡音、乡党、乡尊联系在一起的，没有了这些乡土元素还能称之为故乡吗？对于我这个喝着滦河水长大，从高粱地里走出来的孩子，不论生活在哪座城市，居住多长时间，总感觉自己是外乡人，客居他乡。

故乡的村庄并不遥远，位于渤海西岸，古滦河三角洲，大清河河畔，一个小小的行政村——套里孙庄，隶属于乐亭县马头营镇管辖。

古老的大清河从村庄西北奔流而来，绕过村北，突然转向南，再向东南环绕而过，逶迤入海。弯弯曲曲的河道，像极了一条游动的玉猪龙镶嵌在村庄周围，护佑着村庄。得益于大清河的眷顾，自明初以来，先人逐水而居，渔樵耕读，安居乐业，世代繁衍已逾600年。

这就是我魂牵梦萦的"村庄"了。

1. 拓荒耕耘　繁衍生息

遥远而又荒凉的年代，村庄一带河海交融，水草连天，河清海碧。用现代的眼光看应该称为"滨海湿地"，属于古滦河三角洲冲积扇区域。

漫长的历史变迁中，古滦河泥沙沉积形成海退，造就了一片扇形区域，这就是古滦河冲积扇。小时候，在大清河河道里玩耍，还时常能捡到古贝壳。大清河下游流经马头营西南，在龙王庙村村北分出一条支流，从郭庄子和贾滩上两村中间穿过，向南、东南延伸，又汇入大清河，人们习惯性地把大清河与支流围起来的一片区域称为"套里"，也就是大清河河套里的意思。村庄就坐落在套里一片沙坨地制高点上，大清河三面环绕，距离河道百十米不等，占据了优越的地理位置。

明初，乐亭县全境人口也不过三万余人，沿海更是荒无人烟。朝廷迁移山西、山东、江南等地百姓到乐亭开荒耕种，减免税赋，休养生息。据老辈人口口相传，先人是在明朝初年从洪洞县大槐树下被官府赶过来的。这似乎可从村庄人小脚趾指甲分两瓣得到某些佐证。

起初，李姓先人越过大清河，来到河套一片蛮荒之地。在官府圈定的范围内几经寻找，发现了一片凸出平地一丈多高的自然沙坨地，于是族人决定在此建庄立户，落地生根。居住在一片高地上，避免海水侵蚀，享受充足的阳光，和煦的春风，是一片适合繁衍生息、传宗接代的风水宝地。先人们在这片荒无人烟、杂草丛生、兔狐出没之地开疆拓土、垦荒耕种，取名"李家铺"，县志记载建庄时间为明代。经过祖祖辈辈面朝黄土背朝天的辛勤劳作，在村庄周围开垦出了错落有致像鱼鳞一样分布的耕地，俗称"鱼鳞地"。土地不算肥沃，也适合农桑，垦荒耕种，倒也可以温饱，经过几代人的努力站稳了脚跟。但李家老弱病残全部人口加起来不过几十口人，周边村庄看到李家人单势孤，大事小情欺负李家。

大清河套里生长着成片的芦苇，每到收割季节，附近的村民都来抢收，每每发生肢体或器械冲突，李家吃了不少亏。开垦的荒地，也被周边村民无理侵占，成熟的庄稼遭到偷盗。因灌溉收割等农事，李家也常与周边村庄发生冲突。于是，李家急于寻求外援，应对外来侵扰。于是，邀请马头营镇老孙家来村庄定居。

马头营镇坐落在大清河畔，自古即为漕运码头和海防重地。据史料记载，晋代县域内设置"乐安亭"和"新安亭"，新安亭就是现在的马头营镇所在地。自秦汉始，即把"亭"作为行政单位管理，"亭"直接由县管辖，具有治安、驿站、防御等职能。换句话说，先有了"乐安亭"和"新安亭"，后才有了乐亭县。

据《金史》记载"乐亭，镇一（新桥）"。时滦州辖四县二镇，新桥镇即为其中之一，新桥镇即为现在的马头营镇，主要功能是军事防御及河海运输。官府在新桥镇修建了城池，设立军事机构派驻军队把守。元代河（滦河）海（渤海）联运，商贸发达，永平府及周边地区官府物资以及民用商品，经滦河及渤海运输到辽东和山东。滦河入海口码头就设在新桥镇（驻地马头营），官府设立巡检司进行管理。明初既设立新桥海口营，沿海设有墩台十四处，防倭寇侵扰，与昌黎赤洋、抚宁牛头崖并称海口三营。据乐亭光绪县志记载，"清河口讯把总署"设在马头营镇，并建有官府粮仓。"光绪二十一年，军门申道发、闪电奎驻兵新桥镇各海口及附城一带。"朝廷派重兵把守，主要是应对来自海上的威胁。明清两代设立"吴家林社"进行地方行政管理，治所也在马头营镇。马头营镇成为历史上的海口军事重镇和行政治所。

孙家就居住在大清河畔的马头营镇。据老辈人讲，孙家祖上有一位族人在宫中做太监,人称"孙老公"。孙老公在宫中积攒了些人脉和威望,地方官员敬重有加,算是"有权势"的家族。老李家与老孙家本就交好,再加上老孙家的势力,李家盛情邀请老孙家搬到李家铺居住,一同开荒耕种,壮大村庄力量。并对孙家承诺:"我们这里有许多荒地适合开垦耕种,你们来了以后随便开垦,随便种地,不愁吃穿,一定会过上好日子的。"

李家铺与马头营镇隔大清河相望。孙家考虑到李家铺有发展前景。于是,老孙家一支由马头营镇迁移到了李家铺。同时,老孙家也提出了迁移条件:"我们搬过来可以,村庄以后再叫李家铺就不合适了,应该考虑到我们老孙家入住的实际情况。同时,考虑到这块地方是你们老李家先开垦的,长期在此拓荒耕种,实属不易,村庄名称就把咱两家姓氏都挂上吧,就叫'孙李家铺'吧,这样我们两家都有面子。"老李家觉得,村庄名称把老孙家放到前边,李家放后边,自己处于下风,反而更没面子。同时,又考虑到老孙家孙老公的权势,还不如送人情送到底。李家为了村庄安宁,抱团取暖,提出:"干脆就叫'孙家套'吧,我们就不挂名了,只要你们搬来居住就行。"孙家也不再谦让,受纳了。于是,李家与孙家达成协议,从此村庄名称由"李家铺"改为"孙家套"了。具体迁移时间已无文字记载。从繁衍的后代人数判断,大概是在明末清初。

那时的孙家套不过几十户人家,一个小小自然村而已,并不是行政村庄。村子东高西低,李家人多居住在村东部,先入为主,占据了有利地形,孙家族人居住在村庄中西部。后来又有一支李姓族人,由附近小尹庄村迁移到村庄,也居住在村西部,称为"大老李",村东边居住的称为"小老李",两个家族人如何区分大小的已不得而知。这样村庄族群大致分布是:东西两面分别是小老李和大老李家族,而孙姓家族人大多居住在村庄的中间位置。从各族群居住的地理位置也隐约显现出村庄的形成及发展脉络。

据光绪三年(1877年)县志记载"套里,分陈家、孙家、新庄子、达子营、下洼、西地等村",俗称为"套里十仨庄"。从现在的行政建制看,包括套里西地(含自然村西地、东庄窠、龙王庙、小陈庄)、套里孙庄、南新庄子、西李庄、达子营、郭庄子、曹庄子(包括曹庄子、小尹庄)、下洼等十三个村庄。光绪年间,县以下设置社(相当于乡镇)、庄或屯(移民行政村)、自然村,可见"套里"只是作为"片庄"的行政建制存在,即视同为一个行政村庄,按明清建制惯例,片庄一般包括十三个自然村庄。此时的"孙家"即"孙家套"还是一个自然村而不是行政村庄。明万历、清乾隆县志并未见"李家铺、孙家套或孙庄"的任何文字记载,"孙庄"建制称谓应该是在民国年间的事情了。从民国时期地图看,"套里"标注在孙庄的位置,从另一个侧面说明孙庄就是附近几个村庄的行政中心,应该算是较早建立并具有一定影响力的村庄。

《乐亭县志稿译编》记载,民国十八年(1929年)秋村庄名称为"南孙庄",为第七区马头营辖属之第五十四大乡"南孙庄乡",乡公所坐落在"南孙庄",辖10村,1359户,包括南孙庄(149户)、贾滩上、张庄子、尹庄子、安家海、树林子、清河村、郭庄子、曹庄子、九沟等,并设立"南孙庄派出所"。

《乐亭县事情调查》记载,民国二十八年(1939年)村庄名称为"套里孙庄",为第四区闫各庄镇辖属第三十六乡"套里孙庄乡",乡公所设在"套里孙庄",乡长孙荫秋,副乡长李遇文,这时已经称为"套里孙庄"了。

50年代初期,套里孙庄村属乐亭县第三区闫各庄区管辖,1953年6月至1956年7月套里孙庄仍为大乡所在地,这时名称已经改为九沟大乡了。1956年合并乡镇后,取消了九沟大乡建制,改为"连村大队"(包括周边的孙庄、下洼、九沟、红房子、树行子、田家房子、安家海、碱铺、陈家铺等自然村),名称为九沟大队,队部仍设在套里孙庄。1958年人民公社化运动后,套里孙庄大队属闫各庄人民公社管辖。1961年曹庄子人民公社成立,孙庄大队划转至该公社管辖,同时取消了连村大队建制。1984年撤销曹庄子人民公社改为曹庄子乡，辖套里孙庄村。1997撤销曹庄子乡建制，套里孙庄村划转至马头营镇管辖至今。可见，自清代以来，乃至民国、50年代，相当长的历史时期内"套里孙庄"都是"乡、村"治所所在地。

村庄早期的居民是李姓家族，后引入孙姓家族，之后几百年间陆续从周边村庄迁入陈、高、王、张、刘、安、赵、郭、宋、邸、徐、郗等姓氏人家。据《乐亭县地名志》记载：2004年全村290户，户籍人口849人，李姓占43.5%，孙姓占24.7%。这应该是人口高峰期的数据，随着近年人口迁移和死亡，村庄人口锐减，目前户籍人口七百余人。年轻人去城里打工赚钱，孩子到城里上学，常住人口仅有一半了，且多为老弱病残。

近些年，大力推进美丽乡村建设，提升乡村人居环境，乡亲们的居住条件也有了质的变化，比如修建了柏油马路、安装了路灯、垃圾集中处理、用上了液化气、安装自来水管，等等。但这也留不住年轻人，在城镇化大潮的裹挟下，面对村庄人逐渐老去的现实，可预见的将来，人口将会进一步减少。

套里孙庄村占据的地理位置相对优越，经过历代先人的辛勤劳作，开垦出一片片良田，且土质较为优良，除了灾荒年景，基本能够满足温饱。50年代初期，村庄四百余人，拥有两千余亩优质土地，人均五亩左右，产地粮食富富有余。套里孙庄大乡（后改为九沟连村大队）所辖的几个村庄靠近沿海，多为低洼盐碱地，好年景可以种些高粱，亩产不过百十斤，不足半年口粮。居住着用"蓿蕨疙瘩"搭建的低矮草房，吃苦咸水，生活条件极其艰苦。50年代初期，孙庄所产粮食无偿供给沿海的几个村庄，供应的还是上好的粮食。为了兼顾周边村庄的粮食生产和群众生活，经乡村政府多方协调，无偿划拨了500余亩土地给周边的几个村庄，包括九沟、安家海、红房子、陈家铺等，留下的1523亩土地由孙庄耕种，一直延续至今。

2. 营桑农商　耕读传家

村庄的发展历程中,"澍裕堂"孙氏家族是远近闻名的望族,村庄里也只有他们一家立了堂号。清光绪年间,兄弟两人分家各立门户,分为"南澍裕堂"和"北澍裕堂"。

自清中期以降,澍裕堂家族祖上多有下关东做买卖的,在东北沈阳等地经营杂货铺,后又在县城开办杂货生意。买卖做得不大不小,赚得不少银两,置地建房成为一方富户。

光绪年间建造的北澍裕堂是一座典型的冀东民居院落,坐落在村庄中间北面,独门独院,坐北朝南,南面隔街紧邻南澍裕堂。宅院呈长方形,前后两进合院。围墙和房屋使用青条石做底,青砖到顶的硬山式平顶房,防碱耐蚀,美观显贵。院落分前后院、门房、正房、东西厢房、耳房、围房、外宅等。

大门前,左右有两个大卷毛石狮子守护,威武霸气。左右两块方石,为上马石,配有四根拴马桩。台阶为五级青石板铺就。上了台阶即为月台和五间门房,正中一间为南大门,黑漆油面双扇大门,门楣上悬挂状元翁同龢题写的"澍裕堂"匾额。门房还建有左右偏门。进门即大门庭,进深四五米,遮风挡雨。据说,大门槛有半米高,小孩子进门需要爬进去。

进了大门顺甬道直通二门。左侧栽植金银藤树,寓意有金有银,多财多福。右侧栽种刺玫子花,寓意安定祥和,温暖富贵。二门为脊瓦式建筑,两侧为雕刻吉祥图案的围墙。二门内为东西两间耳房,各建有五间厢房。紧挨着厢房北面为"前出一廊"的三大间正房，磨砖对缝，青砖墁地。过堂屋左右各建有两大间房，火炕相通，炕中间用格子屏风隔开，实则相当于五间正房。正房前左边一棵金银藤树，右边一棵丁香树，花香四溢。后院各建有三间东西厢房，厢房山墙与砖墙相连，后门通往围房。围房为长工、仆人居住，同时用作仓储、柴房等。靠西围墙建有碾棚、猪圈。东跨院建有牛马棚、场院等。

据前辈讲，后院碾棚北侧有一棵大槐树，树冠遮盖了半个院子，七八个小孩才能合围，为先人们始迁居村庄时所植，有三四百年树龄了。据说，当年附近村民下海捕鱼，走迷路了，抬头观看套里孙庄的大槐树在哪里，朝着大槐树方向走，就能安全上岸了。而村庄距离海边有十几二十多里路程。50年代，树干东侧已现空洞，小孩子常躲进去玩耍。传说里边还住着老仙家，不知何故"大跃进"年代被砍伐掉了。

后院建有围墙，紧靠围墙内有一座土山。据老人讲北澍裕堂欲建造大宅院，一夜之间在宅基地后面冒出了一座土山，压住了妖魔鬼怪，给主人带来吉祥，此后土山还逐年增高。这当然是传说。实则为孙家请乡民取周边沙土堆起来的一座大土堆，起到遮风镇宅之作用。

建造北澍裕堂宅院时还留下了一段佳话。话说光绪年间，北澍裕堂建造大宅院，孙盛春大舅的太爷爷担任营造总管，负责总体设计和组织施工。建筑风格为四合围院，属于典型的冀东平原传统民居建筑风格。

开工了，宅院建设一切顺利，不久主体建筑就竣工了。按照总体设计，正房前面要建廊庭遮风避雨，俗称"前出一廊"。这也就是大户人家，一般人家是建不起廊庭的。建廊庭需要四根明柱做支撑，顶棚与正房相连。为此，北澍裕堂主特意从南方购买了几根红木柱子，费尽千辛万苦租用商船从南方运来，花费了许多银两。按照设计尺寸，柱子需要截掉一小部分。木匠带着徒弟拉起大锯，截木料。把四根柱子立起来傻眼了，不知哪里出了差错，发现一根柱子比其他三根柱子短了四寸，顿时吓出一身冷汗，捅了大娄子了，这可怎么办呢？众木匠赶紧去向大总管禀告，说明缘由，磕头作揖请求原谅。大总管也知道出大错了，这么珍贵的木料短时间也没地方去找啊。事已至此，责骂木匠也没用了，只能将错就错了。大总管不慌不忙地说："咱们给东家演一出戏吧，把这事给圆过去，也只能这样了。晚上我去找东家聊天，你们就如此这般，按我说的去准备吧。"

晚上，大总管找到老东家聊着宅子营造的进展情况，说着闲话。突然，木匠带着徒弟撩门帘来到屋里，扑通一声，朝大总管跪下。"你们这是为哪般呢？还给我下跪，有啥事就说吧。"木匠声泪俱下："我们犯了大错了，尺寸没有量好，将一根立柱多锯了四寸，请您处罚。"大总管听后，笑着说道："原来是这事啊，赶紧起来说话。"继续说道："你们不说，我也要告诉你们，这个尺寸是对的，你们没有锯错。你们回去再把其他三根柱子也都锯掉四寸找齐了，把锯掉的这一部分刻成莲花宝座，将立柱座到莲花宝座上，这样既美观也稳重，你们抓紧去做吧。"东家蒙在鼓里，心想"原来设计没有考虑莲花宝座呀，怎么冒整出这么一出？"细琢磨，大总管的设计确实美观又稳重，也就不再追问了，应声道："这样做好，廊庭立柱加一个莲花底座更加稳固，寓意吉祥，你们就按大总管说的去做吧。"

廊庭建好，乡亲们来参观，都说莲花宝座美观大方，寓意吉祥。老东家也赞扬大总管和木匠的精巧设计，施工手艺高超，对于整个建筑是点睛之笔。大总管急中生智，将错就错这么一改动，木匠也出彩了，事也圆过去了，坏事反而变好事了。

传说，宅院建好后，居住着众多老仙家。夜晚土山上的草蛇如蚂蚁一般出动，爬到房檐、炕上。狐、蛇乱舞，鬼火点点，一般人是压不住的。若外人来居住，一觉醒来，莫名其妙地就躺在了院子里。被老仙家从被窝里拽出来扔出去了，居住者却浑然不知，早上醒来才发现自己躺在了院子里。

土改时，分给贫下中农谁也不敢居住，村委会只好安排另一户李姓地主居住。李老先生神仙附体，曾开堂子给人看癔症，有降服妖魔鬼怪之法。入住后鬼神再无光顾，相安无事，也就居住了下来。村庄还有个神人孙大胡子，也能镇住妖魔鬼怪，搬进去做邻居了。

土改后，北澍裕堂部分房屋曾用作村公所，除了用于大队办公，还兼做磨米厂、缝纫组、发电厂等。50年代中后期，拆毁了五间正房，木料砖瓦运到马头营镇盖了百货商店，台阶上的大石板、围墙基石连同石碑等拉到县城北修建跃进水闸了。其他房屋也在五六十年代逐步被村委会拆毁卖掉了或者挪作他用，宅院消失得无影无踪了。

澍裕堂家族也是村庄里有权有势有威望的家族。光绪县志记载，孙家套孙尚哲侄子孙魁五为千户（五品武官），其子孙德观为庠生（即秀才），所以有"式、尚、魁、德"等辈分用字后代不可用之说。可见，澍裕堂祖上多有读书习武做官之人。据说，县官上任都要到孙府拜访。族人多与县内望族联姻，如县域内庙上崔佑文崔八斯的妹妹、大港史家大小姐等均嫁到澍裕堂，崔家、史家属于县域内四大家族，能与之联姻，可见澍裕堂的名声和实力。及至大先生孙辈孙碧岑，曾在傅作义部队服役，后参加起义，解甲归田，教书育人。其妻李天申，为国民党少将李英夫之女。李英夫后随傅作义部队起义，担任北京市和全国政协委员。李天申作为文艺兵曾参加解放战争淮海战役，享受退伍老兵待遇。"文革"期间孙碧岑被下放到原籍，李天申义无反顾地带着两个孩子随丈夫到农村生活，相夫教子，直到九十三岁去世再没有离开过村庄。曾经的国民党高官家庭的大小姐，从都城来到农村生活是需要极大勇气的，特别是在计划经济时代，城乡差别大，农村生活极其艰苦，可见其贤良淑德。论庄稼辈我称呼二嫂，就住在大哥家隔壁，不论什么时候见到，二嫂都梳妆整齐，干净利索。操着一口京腔京调，与人说笑，乐观豁达。

民国年间，澍裕堂堂主孙荫秋，人们尊称为"大先生"。大先生的爷爷在清代当过"粮务官"，为地方官府督办粮草，虽是芝麻小官，在村庄里也算是个大人物了。大先生的母亲即为新寨大港史家人。到了大先生这一代家道中落，地不过百余亩，日子过得还算殷实。三四十年代，大先生孙荫秋担任闫各庄区套里孙庄大乡乡长。"凡被推为乡长者，多为地方德高望重之士。"此时的乡村政权实为"两面政权，两面乡长"，白天应付日伪军，夜间为八路军游击队做事，保村庄父老乡亲平安。大先生心地善良，扶危济困，遇到灾荒之年，施粥接济村民。对待长工友善，给的工钱也高于其他富户，受到村民的尊敬。大先生创办私塾，除了自家子弟读书，还招纳村庄子弟就读，让后代有读书识字的机会。大先生孙辈孙碧岑少时在北京读书，50年代在北京从事教学工作。60年代下放到村庄，落实政策后在公社中学教授英语。孙碧岑教学经验丰富，敬业爱岗，1985年获省级"园丁奖"。

　　自乾隆丁丑邑人李国梁考取武状元后，乐亭县内练武之风盛行，乾隆以降县域内近百人考取了武举人和武进士。李国梁居住在距离村庄几里路的徐各庄。相传，大先生的爷爷常到徐各庄拜师学艺，勤学苦练，成为远近闻名的练武之人，一口大刀神出鬼没，功夫了得。村庄向北到大清河之间的一片土地都是澍裕堂跑马练武的场地，称为"马趟子地儿"。一年，大先生的爷爷经过乡试考取了武举人，到京城参加会试入围了武进士。按照科举制度，皇帝需进行殿试。只要参加了殿试是不会被刷掉的，皇帝只是钦点状元、解元和探花，钦定进士排名而已。待到大先生爷爷下场表演武艺，想在皇帝面前好好露一手，引起皇上注意，考取更好的功名。武举人周身收拾利索，立马横刀上了考场表演"镫里藏身"。武举人急于表现自己，见到皇上心里紧张，慌里慌张从马肚子翻上来，身子背对马头了，方向反了，闹了个大笑话。皇上和众考官乐得前仰后合，等冷静下来皇上说道："这个武举人如此慌慌张张，将来怎能带兵打仗，不可录用，取消一切功名。"得，皇上不高兴了，武进士没考上还被取消了一切功名，卷铺盖回家了。

　　澍裕堂家族还出过一位进士。据老辈人讲，孙国桢是套里孙庄澍裕堂家族人。村庄仍有九旬老人清晰记得在澍裕堂二进门楼上悬挂着蓝底金字的"进士及第"牌匾。

　　孙国桢，字辅臣，号愚轩。咸丰十年（1860年）20岁中秀才。同治十二年（1873年）35岁参加拔贡考试，被国子监录取，以拔贡中举人。光绪九年（1883年）癸未科进士。同年五月签发山东任知县，开始了二十多年的县官生涯。先后代理或实任了山东乐安县、蒲台县、滋阳县、曲阜县、范县、临邑县等知县。直到年老体衰，精力不济，恐怕贻误政务才抱病归乡。翌年病逝，终年六十九岁。孙国桢为官勤政清廉，施政公平，断案合理，所任之处，颇有声望。任职所在县史志多有记载。

光绪二十六年（1900年）孙国桢代理范县知县，任期不满一年，却得到当地百姓的赞誉。《续修范县县志》记载："孙国桢，乐亭进士，二十六年任。仁慈朴茂。岁旱，祈雨月余，唯食汤饼一盅。"短短几句话已经道出了孙国桢的品行及执政为民的理念。天大旱，孙国桢记挂的是百姓的饭碗，率领百姓祈雨一个多月，每天只食用一碗汤面，此时孙国桢已年过六旬，却与百姓一起面对自然灾害，风雨同舟，与大自然抗争。孙国桢面对的是一个风雨飘摇的腐败王朝，百姓艰难困苦。在这种社会环境下能够坚守初心，不忘本色，是值得我们后人尊敬的。

光绪十三年（1887年），孙国桢代理蒲台知县，与当地百姓关系和睦。孙国祯对蒲台县颇有感情，曾留下数首诗歌，读来意味深长。《巡堤》："为恐鸿流浪骇鲸，河干几度驻行旌。沿河村落经行惯，鸡犬相逢也不惊。"《巡夜》："深宵巡警半戎装，笼烛烧残惨不光。底是敝裘寒似铁，双肩加重夜凝霜。"《公堂判事》："案牍纷披日未斜，堂皇坐对禁无哗。群黎环集观如堵，争道官民是一家。"

光绪二十年（1894年）孙国桢代理惠民知县，断案公平公开公正。每次判案，都让当地百姓听审，在乡间传为美谈。每遇到有知县判案，百姓们都互相打听："能赶上孙瘸子吗？"因为孙国桢有腿疾，蒲台、惠民百姓都以"孙瘸子"称呼他。孙国桢曾在知县二堂撰写了一副对联："做事无才休护短，与人为善勉从长。"

光绪二十四年（1898年）代理曲阜知县，任职两年。光绪《曲阜县志》只记载了四位清代知县官吏业绩，其中就有孙国桢，可见孙国桢在当地百姓心目中的地位。《曲阜县志》记述几件事情，颇能说明孙国桢的政绩、职业操守和为官之道。第一，肯定了孙国桢优异的才能，公平正直而不迎合权贵，并列举了两件事说明。某人在孔府当差，因犯案被控告，心虚不敢到堂听审。孙国桢大怒，派衙役将当差的拘捕到案审理。又有一位孔府管家携带孔府的请贴，穿戴整齐来拜见邀请孙国桢，孙国桢拒而不见，一点也不给孔家面子。在朝廷尊孔的大环境下，孔府世袭爵位，不少后裔被封为六到三品官职，享受朝廷俸禄，孙国桢的地位、官职无可比拟。而且曲阜知县从唐代开始孔家世袭了600多年，直到乾隆二十一年才改为流官担任。也就是说曲阜是孔家的地盘，孙国桢一个小小县官算得了什么。说明孙国桢性格耿直，两袖清风，内心坦然，再大的权贵也不去逢迎，犯了案子就要秉公执法。也说明孙国桢不长于人情世故和官场潜规则，这也导致他干了二十多年县官而没有得到提拔。第二，孙国桢尤其提倡文风，重视治下教育，培养可造就之才。每每遇到县学增添新的生员，都要亲自去参加开学典礼，传授为学之道。发现可造就人才，自己出钱资助其完成学业，在所不惜。县学考试，亲自参与评定试卷。时值戊戌变法维新运动，废除八股文，朝廷用对策与议论文作为科举考试题目，孙国桢自己出资印刷成册，分赠给学子们研习。第三，在曲阜短短两年任职时间内，主持修缮了魁星楼、文昌祠。费时、费力、费钱的事，一两年就离任了，一般县官是不会做的。这说明孙国桢勤于职守、尽职尽责的职业操守。第四，闲暇时，县内名儒召集达官贵人饮酒赋诗，非常惋惜孙国桢没有参加。说明孙国桢不屑附庸风雅，不去凑热闹，保持一颗纯净、清静、本源心境。第五，离任曲阜时，县内士绅、大儒、同僚纷纷赋诗饯别，犹如珠玉一般纷飞，一时盛况空前。这足以说明孙国桢在曲阜任内得到当地百姓和士绅的赞赏和钦佩。为官一任，造福一方，孙国桢做到了。

孙国桢实任滋阳知县，颇得百姓爱戴。"每遇盗案必亲自驰骑搜捕归案，民间啧啧称奇。""清理疑案，人莫能测。又因其一足稍跛，故常人戏弄其以"神仙"呼之，由是神仙之名大噪。"调离时，百姓上书官府请求孙国桢继续留任，但没有被批准。于是，百姓立"去思碑（亦称"德政碑"。旧时官吏离任时，地方士绅颂扬其"德政"，著文勒碑，表示去后留思之意）"表达对孙国桢的敬意和爱戴。

在官场黑暗的清末孙国桢就是一股清流。《中华文献大辞典》文学卷评价孙国桢的《愚轩诗文集》体现了"忧患国家大事，有感于报国无门，凡有所触动，皆寓于文章，纵横开阖，雄辩滔滔，富于爱国激情，风格深沉悲壮。"可惜的是怀揣治国之才，却做了二十多年的七品芝麻官，而且只有滋阳知县是实任，其余都是代理知县。悲呼！

孙国祯学识渊博，于诗、辞、赋造诣颇深。撰有《愚轩诗文集》《毛诗论文》《愚轩诗钞》等著作。孙国桢是史梦兰晚年的弟子。史梦兰乃"京东第一才子"，晚年的几部著作均由孙国桢作序，这足以说明孙国桢的学识。孙国桢回家丁母忧期间，因清正廉洁，少有积蓄，为维持生计，仍在县内学馆教授学生，维持生活费用。曾从教于乐亭井坨宋氏学馆，门生达百余人。授业的学生多有考取功名的，如刘成诵、葛毓芝考取进士，李锡庚、张廷荫、宋卓元亦成县内名儒。

村子里还流传着孙国桢的几段故事。孙国桢为官清廉，少有积蓄，也顾不上照顾老家人。族人生活艰难困苦，实在过不下去了，就派族人孙老爷子去山东找孙国桢想想办法。孙老爷子一路晓行夜宿走到山东曲阜。到了曲阜已是衣衫褴褛，像个叫花子。孙老爷子来到县衙门口，说要见孙国桢。衙役看到老头儿这打扮，怎么说也不让进去。孙老爷子哀求到：我是孙国桢的族叔，从乐亭赶过来的，有事找他。衙役这才进去通报，说：乐亭有个孙老爷子要求见您。孙国桢听闻老家来人了，顾不得穿鞋，光着脚丫子跑出去迎接，把孙老爷子请进县衙。孙老爷子说明来意："家里遇上大旱年景，庄稼颗粒无收，咱们家人都快饿死了，实在没办法了就派我来找你想想办法。"孙国桢听后很是焦急和担忧，但又没有多少积蓄，只好从自己的奉银里支取部分救济族人。孙国桢立即差人把银两寄回老家。对孙老爷子说"你就放心住些日子吧，到处走走看看，并差遣大夫人伺候着。"孙老爷子闻听犯愁了，心想：我在这住着倒是衣食无忧，但家里人挨饿还不知死活，我哪有心思转悠啊。哎，孙国桢这是不管我们了。于是委婉说道"我得赶紧回家去了，家人挨饿受冻，还不知死活呢。"孙国桢明白了孙老爷子的意思，说到："那我就不留您了，择日就回去吧。你不用担心，你还没到家钱就到家了。"原来孙国桢怕老爷子自带银两，路上遇到劫匪图财害命，担心老爷子的人身安全，早早地就安排下人把银两汇兑回老家了。孙老爷子这才高高兴兴地打道回府了。

　　村儿里有一条窄窄的胡同，两侧高墙林立，夜晚行人路过，常见一披头散发的黑影在眼前晃动，似人非人，若隐若现，吐舌头眨眯眼，吓得路人扭头就跑，都说撞见鬼了，夜晚谁也不敢走这条胡同了。十多岁的孙国桢虎头虎脑，不信邪，说道：我去看看能不能见到鬼。一天晚上，月黑风高，孙国桢来到胡同。走到半截路，突然闪出一个背影，披头散发，手舞足蹈。孙国桢定了定神，壮着胆子走到近前。只见那黑影突然转过身来面对孙国桢，鬼头鬼脸，吐着长舌，两眼冒着红光，晃着身子乱舞。黑影见孙国桢走过来，停下来定睛观看：只见小孩子昂着头，双手叉腰，两眼死死地盯着自己，毫无胆怯之意。那黑影"嗷"的一声蹦了老高，翻墙逃之夭夭了。乡里都赞叹孙国桢小小年纪胆大勇敢，驱赶了鬼神，将来必成大器。此后，人们路过胡同再也没有见到鬼了。

　　话说"澍裕堂"名称和牌匾大有来头。一次，大先生孙荫秋到城北刘石各庄赌钱。刘石各庄是刘氏庄园所在地，刘家是清末民国乐亭县四大家族之首，被誉为"京东第一家"。大先生与刘家少爷等一帮富家子弟耍钱，大先生赌赢了，刘家少爷钱不够了也不敢向家里要，说"我找人给你写块牌匾抵债吧"，大先生就欣然同意了。后刘家人请光绪皇帝的老师状元翁同龢写了"澍裕堂"三个字，并刻成牌匾送给大先生。大先生拿回家后，悬挂堂前，无上荣耀。世事沧桑，物是人非。土改时，澍裕堂家族大院分给了乡亲们居住。牌匾自然也被充公了，拿到生产队用反面当面板做挂面使用了。后不知所终。

3. 勇闯关东　回馈乡里

旧时，村庄比较富裕的"澍裕堂"家族也就百十亩地，雇用了四个长工。富农五十余亩地，雇用一个长工。一半多土地分散在村民手中。据老辈人讲，大部分村民还是能够解决温饱的，可以维持基本的生活需求。

历代先人们，不满足于眼前的温饱和一亩三分地，而是追随着乡党的足迹"下关东，走边外"（家乡人到东北谋生习惯称为"下关东"而非"闯关东"），或做学徒工当伙计"住地方"，或开荒耕种、采山珍谋生计，或经商做买卖发家致富，村庄人追求美好生活的脚步从未停止过。

自晚清东北开禁以来，至民国百十年间，村庄人或单枪匹马，或三五好友下关东走边外投亲靠友，形成了一股到东北经商做买卖的潮流，清末民初达到顶峰。村庄人下关东主要聚在长春、沈阳、哈尔滨等大城市群，辐射周边市县。

三爷爷、四爷爷民国年间下关东，落脚哈尔滨做些小生意，挣了些钱汇回老家，盖起了大宅院，令村庄人羡慕不已。大舅40年代闯关东，十五岁扒火车流落到沈阳，靠捡煤核、扛大包为生。后来在老乡的帮助下，谋了一个沈阳铁厂学徒工，落脚在了大城市，成了城里人。大姑也是在40年代跟随着老乡，步行半个多月走到了沈阳，蜗居在一个叫"老呔儿窝"的地方（小西门里），在街道作坊打零工谋生。记得70年代初期，最后下关东的是我同学一家，生活困难，实在维持不下去了，到东北投亲靠友，开垦了几十亩地，解决了温饱问题。70年代中后期，大哥投奔姑舅到了大兴安岭林区。这时，已不再是过去意义上的下关东了，而是投亲靠友找工作脱离农村，也想在东北混个职业赚点钱。半年过去了，也没找到合适的工作，大哥就跑回家了。后来姐姐又去了东北大兴安岭安家落户。下关东的习俗自清代以来世代相传，一直延续到20世纪70年代。

这些仅仅是我们家族下关东的情况。村子里家家户户都有下关东的亲朋好友，有据可考、有名有姓下关东的，或者有下关东经历的达两百余人（绝大部分是男子），相当于多半个村庄人下关东了或者有下关东的经历，他们中大部分人扎根在了黑土地，在村庄外又形成了另外一个村庄。

据考证，清末民初乐亭县下关东经商做买卖的人数达十万之众（当时县域人口30余万人）。形成了"东北三个省，无商不乐亭"的百年经商传奇，也印证了村庄的这段历史。旧时，下关东艰难而危险。农耕时代，能够走出家门闯荡世界本就不是件容易的事情，社会动荡不安，这需要勇气和冒险精神。那年月，交通不便，通信困难，兵荒马乱，路途凶险，许多人都是靠步行走到东北腹地的。有几位前辈下关东以后再也没有了音信，生死两茫茫，路途的艰辛和凶险可想而知。

村庄人投亲靠友下关东习商经商，少有成为豪商巨贾，但也不乏大大小小的成功人士。他们开始从底层的学徒工做起，慢慢熬成掌柜，混迹职场；或经营小本生意，买卖家乡特产，赚点辛苦钱；或到工厂打工，当制铁、纺织、鞋帽工人混口饭吃。他们独闯天下在外打拼赚得一金半银，汇回老家盖大宅院、置办田地，光宗耀祖。村子里能盖得起大宅子的，也都是在东北经商做买卖的，或者是当掌柜的，仅靠土地所得是过不上富裕日子的。下关东的前辈们，致富不忘根本，他们接济乡民、扶危济困、赈灾义捐、兴办义学，回馈家乡父老。

在众多下关东人群中，有一位李姓族人做到了黑龙江省某个城市的商会会长，人们尊称"二掌柜的"。二掌柜的对家乡人关照有加，许多族亲和村庄人投奔他去谋生，谁家有个大事小情定会倾囊相助。村子里流传着二掌柜的赎回李家妹妹的故事。

民国年间，村庄有一位李家妹妹，跟随兄长到了哈尔滨谋生。过了几年老大不小了，由兄长做主嫁给了当地黄姓男子为妻。男人家境不错，在一店铺当学徒工。起初几年结婚生子，日子过得倒也安稳。随着男主人慢慢当了掌柜的，与不三不四的人混在一起，染上了抽大烟的恶习。出入烟馆吞云吐雾，不久把家里的钱败光了，能变现的财产也都典当了，还欠了大烟馆一屁股烟膏钱。一次，烟馆把他抓去逼他还钱，他实在没有钱还，被狠揍了一顿，言明三天不还钱剁他一只手。黄姓男子琢磨着不还钱恐小命不保。于是，想出了一个损招，把自己的老婆卖到窑子里，来换点钱。男人偷偷与老鸨商议，谈好一百块大洋把老婆典卖了。李家妹妹被抓到妓院受尽折磨，度日如年。二掌柜的通过老乡得知这件事情后，二话没说，准备了钱，次日就让老乡带着到妓院把李家妹妹赎了出来。黄姓男人卖老婆还了欠的大烟钱，剩余的钱没多久也抽光了，不久就在贫病交加中见阎王爷去了。

民国年间，村子里还出了一位下关东的李姓孝子，诨号"冰溜子"。冰溜子小时候整天鼻涕拉碴的，两条大鼻涕常挂在嘴唇上，鼻涕冻在嘴唇上也不去擦掉，得了个诨号"冰溜子"。他三四岁时，父亲得重病去世了，撇下孤儿寡母过日子。娘俩吃了上顿没下顿，靠亲友接济勉强度日。眼看冰溜子十四五岁了，母亲发愁儿子的婚事。家里仅有几亩薄田勉强度日，哪有钱娶媳妇呢，谁家姑娘愿意嫁给穷小子？

冰溜子有一位远房舅舅，早年间下关东去了长春附近的一个镇上，学会了木匠活，靠给人打家具、做些小农具维持生计，后来娶上了媳妇，也算安家落户了。

母亲与儿子商量："儿啊，你现在长大了，咱家里这个情况你也知道，是说不起媳妇的。我听说你二舅在东北过得不错，你就去投奔他吧，将来混口饭吃，娶个媳妇，再来接娘。""娘，我不离开你，就是再穷我也给您养老送终。我走了留下您一个人咋过呀。媳妇我也不要，我不去东北。""傻儿子,你不去东北,娶不上媳妇,咱家就断了根,怎么对得起你死去的爹,你要是这样娘也不活了。"

见此情景,感觉娘是下了狠心的,非逼着他走不可。冰溜子是个孝子,也不好违背母命,择了个吉日,背起行李卷,给母亲磕了三个响头,与村庄人搭伴下关东了。

到东北找到了二舅,二舅念及亲情收留了他。平时二舅做木匠活,冰溜子打下手。搬木头拉大锯,不怕苦不怕累,深得二舅赏识。二舅传授冰溜子木匠手艺,一教就会,没几年木匠活样样拿得起,俨然就是一个小木匠了。

冰溜子平时为人和气,嘴甜,会来事,镇里的居民有个木匠活都愿意交给他去做,生意越做越红火,也有了自己的收入。日常,挣的钱留下一部分生活费,其余的汇给了母亲,日子渐渐好起来。一晃几年过去,冰溜子已经是二十多岁的小伙子了,膀大腰圆,有把子力气,又有手艺。附近村民常给他介绍对象,冰溜子都婉言谢绝了。"人生大事父母做主,母亲不在身边,我定不了这个事,等母亲来了再说吧。"在二舅的劝导下,冰溜子收起手上的活儿,背起钱褡子踏上了回家的路途。

冰溜子迈进门槛的一刹那,悲喜交加。母亲满头白发,面容沧桑,步履蹒跚。他赶紧过去给母亲磕头,娘俩相拥而泣。走的这些年,母亲日日夜夜思念儿子,担心儿子的安危,不时流下伤心的眼泪。日积月累,身体每况愈下。

儿子讲述了这些年在东北的情况,母亲也就放心了。母亲问儿子这次回来是不是就不走了。"我回来是接您去东北的。"述说了定亲娶媳妇的想法。母亲听了觉得也有道理,就答应了。择了吉日,母子俩踏上了去东北的路途。

到了长春,距离小镇还有二十几里路程。正赶上天降大雪,没有脚力车了,娘俩只好步行向小镇走去。母亲一双小脚,走起路来本就吃力,大雪纷飞,路途艰难。于是冰溜子背起母亲,踏着大雪窝,一步一步艰难前行。早晨走的，快天黑了才到了小镇。

二舅见到家乡的老姐姐来了，热情招待，介绍了冰溜子这几年的情况，母亲千恩万谢。俩人唠嗑说起冰溜子的婚事，二舅说这孩子懂事孝顺，谁介绍媳妇也不答应，就等她来商定了。

母亲到了小镇以后，水土不服，大病了一场，冰溜子小心伺候。稍微好点了，二舅就张罗着给冰溜子定亲的事。找镇上的熟人介绍了一户人家，姑娘长得俊俏，愿意嫁给冰溜子。择了吉日，两家就定亲了，也商定了拜堂的日期。

眼看日子一天天过去，母亲的病情反反复复，不见好转。冰溜子担心母亲出意外，抓紧准备婚礼。也顾不得传统礼仪了，将未进门的媳妇叫到母亲身边。母亲看见儿媳妇，心里踏实了，流着眼泪拉着媳妇和儿子的手说：娘可能看不到你们成亲了。你们好好过日子我就放心了。说完闭上了眼睛。冰溜子痛不欲生，遗憾母亲没有赶上拜堂，觉得不该叫母亲来东北。冰溜子按照传统礼仪风风光光安葬了母亲。

许多年过去了，冰溜子娶妻生子，靠着木匠手艺，一家人日子过得越来越红火。日子也安稳了，他想起了母亲，觉得应该让母亲叶落归根。于是起出母亲的遗骨，背在身上送回了老家，与父亲合葬了。

4. 同仇敌忾　保家卫国

1939年，日本鬼子侵占了乐亭县城，在马头营、大清河红房子建立据点，还组建了伪警备队，掠夺沿海盐业资源，侵扰周边百姓，残杀革命志士和无辜群众。红房子村西北面有一条壕沟，就是掩埋被害志士的"万人坑"，堆满了累累白骨。70年代，我读小学时，学校组织进行革命传统教育，我还去参观过"万人坑"。

为了抗击日寇打击汉奸，八路军在乐亭县境内建立起了敌后武装，成立了冀东游击队，活跃在冀东村庄以及沿海广袤的土地上。日常，组织群众开展救亡活动，打击日伪军。村庄先后有几十人参加了八路军游击队。

村庄成立了抗日儿童团，广泛发动少年儿童参加救亡运动。孙盛春老人是首任男儿童团长，当时也就十一二岁。"北澍裕堂"家族的孙玉淑担任女儿童团长（后到沈阳谋生）。孙盛春老人94岁高龄了，论辈分我叫他大舅，一直生活在村庄。大舅耳聪目明，思维清晰，身体还算硬朗。当我与大舅聊天时，听说我要了解村庄的故事，大舅开口就给我讲了几个儿童团的故事。

由于战乱，村里的小学校无法正常上课了，儿童闲在家，有更多的时间参加救亡活动。儿童团分男女两个队，各四五十人。儿童团成立后，组织进行基本的军事训练，儿童扛着木棍做的枪练习站队、走操、队形等准军事训练。日常，在村头路口站岗放哨，验路条盘查过路行人，防奸防特，送"鸡毛信"传递情报，组织文艺演出唱抗战儿歌，宣传抗日救亡思想。参与拥军优属、减租减息、禁烟禁毒等活动。

挖交通沟

抗战期间，昌乐联合县政府推行"村政委员会制度"，扩大根据地，在群众基础较好的村庄建立村委会。阻止日伪军"清乡"，发动当地群众挖交通沟，也叫"跑反沟"。交通沟将各个村庄连接起来，传递情报，发现敌情或者日伪军清乡，顺着交通沟掩护群众转移。另外，利用交通沟阻断交通，迟滞日伪军的清乡扫荡。乡亲们在地方党组织和游击队的领导下，积极参与挖掘交通沟。通往较大的村西李庄，挖两米左右深，三米左右宽，窄的地方也有两米。可以行人也能通行马车，每隔百十米挖一个大转盘用于错开车马。在乡亲们以及儿童团员的参与下，套里孙庄的交通沟很快就延伸到下洼、李庄、新庄子、九沟等周边村庄，做到了村村相通，沟沟相连。交通沟多次在跑敌情、传递情报、打击日伪军等方面发挥了关键作用。说到挖交通沟，大舅讲述了一个亲眼所见的惊险故事。

日伪军驻扎在马头营镇，门口有狼狗和岗哨，一般百姓不敢从门口经过。一次，驻扎马头营的伪军得到情报，说套里孙庄一众人马正在挖交通沟（孙庄通往李庄），于是鬼子派伪军来抓捕挖交通沟的干部群众。伪军来到村西，把正在挖交通沟的群众堵在沟里，大舅带着儿童团员也参与了挖沟。伪军队长问挖沟的群众："谁是你们的头儿，谁带领你们挖的？赶快说出来，不然把你们都活埋了。"村民们并没有说出是谁。这时，村正副（民国政府村庄负责人称呼，相当于现在的村主任）孙玉堂站出来："是我带着大家挖的，你们活埋我吧。"带头的伪军说："好，你唆使老百姓挖交通沟，与皇军作对，活埋。"于是，几个伪军把孙玉堂五花大绑扔到交通沟里，开始填土活埋。伪军扔一锹土，孙玉堂就抖几下，始终也没有把他埋上。伪军思虑着，这人神通广大，有法术，不该死，也就作罢了。伪军队长说："已经把村正副活埋了，撤。"伪军撤回马头营向鬼子邀功请赏去了，孙玉堂也得以存活。后来孙玉堂仍担任村负责人，直到土改。

送鸡毛信

一天傍晚，八路军游击队员来到村庄活动，有重要情报需要送到石碑村。为了躲避敌人盘查，确保安全，送信的工作需要由儿童团员完成。大人去送信，目标大太，容易遭到敌人盘查而暴露。抗战时期条件艰苦，也没有书写用纸，游击队员撕一块窗户纸写上有关情报内容，折叠好，写上转送的村名和收信人，派儿童团员传递。

石碑村距离套里孙庄七八里路，儿童团安排小豆子和二宝去送信。小豆子比二宝大两岁，也就十一二岁，人也机灵，多次圆满完成送情报任务，二宝做伴儿同行。临走时，游击队员千叮咛万嘱咐，如果遇到敌人盘问如何应对，不要慌张；等等。信送给谁以及接头暗号都告诉了小豆子。交代完毕，游击队员把信折叠好，缝到了小豆子的衣角里，二人趁着夜色出发了。

深秋的夜晚，伸手不见五指。二人走到了大清河边，脱掉鞋，挽起裤腿，蹚水过了大清河，到了对岸穿上鞋，继续摸黑前行。路两旁青纱帐沙沙作响，树影婆娑，不时传来怪异的叫声，二宝没走过夜路，心里恐惧，吓得边走边哭。不时地给小豆子说："豆子哥，我害怕不敢走了，咱俩回去吧。"小豆子说："咱们送的是八路军游击队的重要情报，不按时送到，会造成重大损失的，咋能说回就回去呢？我在前边走，你在后边跟着就行了。"

路上，俩人并没有遇到盘查，一个多小时到了石碑村头，当地游击队员前来接应，小豆子对上了暗号，撕开衣服将鸡毛信取出递给了游击队员。送完情报，俩人扭头急匆匆往回赶，一路上二宝还是哭哭啼啼的。回到家以后，第二天二宝就病了，发烧说胡话，滴水不进，没过三天就去世了。据老人讲，二宝受惊吓过度，加上发烧不退，又得不到及时救治，被惊吓致死了，算是为抗战献出了幼小的生命。

唱儿歌

"四点五点钟，太阳一东升，儿童团来放哨，检查行路人；远看山前山，近看路途中；东张张，西望望，没有一个人。瞧见那边里，来了一个人，穿军服挎洋枪，威武是英雄；上前我问他，同志你哪部分，从哪来到哪去，工作什么事情。"这是当时儿童团员的放哨歌。日常，儿童团员们唱着《快去把兵当》《统一战线歌》《十二个月》《滦河谣》《妇女四季歌》等歌曲宣传抗战。

八十多年过去了，当大舅唱起抗战儿歌时，依然能让人强烈地感受到当年抗战的烽火岁月。儿歌使用方言土语，不太顺口也不押韵，但字字句句饱含着村庄人参加抗战的热情。儿童团员用自己力所能及的方式参与抗战。儿童团长大舅还曾经组织儿童团员到大清河边，朝着日本鬼子驻扎的红房子方向，咒骂日本鬼子，骂得天昏地暗，难以入耳，以表达对日本鬼子的憎恨。

跑敌情

女儿童团员小英子，家住村庄东北角，往北不远处就是大清河。大年三十中午，家家户户准备了过年的饭菜。小英子的娘早早地就准备了猪肉炖粉条、秫米干饭，全家人正准备吃饭时，小英子说："我得去趟厕所。"当来到后院厕所时，刚准备解手，突然发现村东北方向来了一队日伪军，骑着高头大马，正从河沿儿往村庄方向走来。小英子一看不好，也顾不得上厕所了，拔腿就向屋里跑，边跑边喊："日本鬼子来了，鬼子快要进村了。"家人听到了小英子的喊声，也顾不上吃饭了，一家人向村东南交通沟方向跑去，边跑边喊"鬼子来了，鬼子来了"。村民们听到喊声，撂下饭碗，纷纷跑出村庄，顺着交通沟朝下洼村方向跑去，一直跑到了郭庄子村才停下来。全村人躲过了日伪军的扫荡。一年到头盼望的年夜饭也让日本鬼子搅黄了，年也没有过成。幸亏儿童团员小英子偶然发现了日本鬼子，才让全村人及时撤走，幸免于难。

接收日伪物资

得到鬼子投降的消息，人们从四面八方涌向大槐树，敲锣打鼓，燃放鞭炮庆祝，"胜利了！胜利了！"政府安排各个村庄派大马车去红房子鬼子驻地接收日伪物资。鬼子在沿海盘踞多年，掠夺盐业资源，进行残酷统治，在海边建了80多间房子作为据点，这些房子全部用红砖砌成，所以就称为"红房子"。盘踞在红房子的日军守备队80余人，伪警备队100余人，还有十七八个特务。抗战胜利后，县域内的日本鬼子投降了，伪军作鸟兽散，盘踞在红房子的鬼子也从海上逃跑了。军用物资大部分没有带走，包括枪支弹药、被服、粮草、盐等。

套里孙庄村也派出了一辆大马车接收物资，半大小子大舅和族人二哥也跟着去接收物资。提前一天下午就出发了，晚上住在了距离红房子村较近的安家海村一户人家。由于人员较多，大家就在当院（方言，院子）棚子里蜷缩了一晚。二人想到接收战利品激动不已，也没怎么睡觉，天刚蒙蒙亮就跑去红房子鬼子据点了。

到了红房子，看到日本鬼子排着队朝海边港口撤走了。大人们忙着寻找物资，有的找粮食，有的找被服，有的找枪支弹药，大舅和二哥觉得新鲜，到处走走看看。在鬼子据点的西北侧，发现一排房子，走近一看，里边有一排排垒砌的"鸽子笼"，每个"鸽子笼"也就一米见方，人在里边只能蹲着，不能躺也不能站。这是日本鬼子修建的关押革命志士和无辜百姓的牢笼。

二人钻进武器仓库，看到枪支弹药堆满了屋子，一阵惊讶。平时，他们只见到八路军游击队员扛着枪神气的样子，从未见过这么多武器，还都是新的。二人商量："咱俩也拿几件吧，说不定啥时候用得上。拿枪支容易被大人们发现，肯定被没收，不如咱俩就拿几颗手榴弹吧。"于是，每人摸了五颗手榴弹，揣在兜里、裹在腰间，混乱场面大人们也没有顾得上，俩人拿着战利品，蹦蹦跳跳地跑回家了。

回到村里，俩人琢磨，不能拿回家，大人们知道了肯定没收甚至会挨揍，干脆咱俩藏起来吧。藏到哪里呢？两人商量了半天，藏到树上，怕被发现。埋起来怕不小心引爆了，那就惹大祸了。商量来商量去俩人决定藏在大伯家门口的厕所里，外人应该看不见。大伯与大舅是邻居，院子南边街道边有一间厕所。俩人把手榴弹放到厕所一侧，用柴草盖上就回家了。

过了几天，相安无事。一天，大伯去厕所，无意间搬动柴草，突然发现几颗手榴弹，顿时吓出一身冷汗。大伯突然想起，前几天大舅和二哥去了红房子接收鬼子战利品，是不是他们拿回来的？大伯找到大舅问起此事，大舅无法抵赖了，只好老实交代了。

大伯收起手榴弹，小心放到院子里。过了几天，八路军游击队来到村里，大伯讲了经过，游击队员说："手榴弹他们是偷来的，但那是战利品，就交给我们吧，将来打仗用得上。两个儿童团员嘛就不要批评了，还应该表扬他们呢。"大伯带着游击队员找到大舅和二哥，给他们说明了利害关系。游击队员说："这次你们把手榴弹拿回家多危险啊，没有造成伤亡是万幸，以后可不能这样干了。对于这次事件，我代表八路军游击队还要对你们提出表扬，也算你们为抗战作出了小小贡献。"

为了表扬大舅和二哥，游击队员从接收的鬼子的战利品中，拿出两件军用帆布奖励给了大舅和二哥，两个人美滋滋地抱回家了。后来，帆布使用了许多年，就算是参加儿童团抗战的纪念品吧。

5. 秉承传统　情满乡土

　　村庄虽小，却是地域文化的一个源点，社会发展的缩影。起初，先人们来到渤海湾这片蛮荒之地，面对的是未知的、恶劣的自然环境，不畏艰难，开疆拓土，辛勤劳作，繁衍生息，凝聚了一种敢于探索、不畏艰难、自强不息的开拓精神。及至后来下关东、走天下，更彰显了一种勇敢、坚韧、勤奋的创业精神。这种精神遗产也潜移默化地影响着村庄的子孙后代。

　　每个人的成长，除了家庭教育因素以及后天的学养，或多或少都会打上地域文化的烙印，形成带有地域文化特征的集体人格。我生在村庄，长在村庄，喝着老井的水，吃着五谷杂粮长大，流淌的是带有村庄印记的血液。这种血脉流传是先天的、无形的，自觉不自觉、自知不自知地影响着我的性格、行为和认知，有些会成为你成功或者归于平庸的决定性因素。离开村庄，不论你走多远，走到哪里，也不论你做什么，做出多大成就，都离不开村庄文化的滋养和传承。历代村庄人把这种精神以神话故事或者真实故事的方式记录和传承下来，教化村民以及子孙后代，达到传承传统乡土文化的目的。小时候我对真善美的认知，也大多来源于母亲讲的神话故事。

　　流传下来的许多真实故事与神话传说，用虚拟、简短、生动、通俗的语言说明做人做事的道理。以神话故事为载体，以柔和的方式达到了寓教于乐的目的。这些故事的突出特点是把村庄里真实的人和事编入神话故事，或者把真实的故事夸张、神化了，显得更加生动有趣。

每一个故事都包含了一个通俗的道理，或教人积德行善，或不贪意外之财，或尊老爱幼、孝敬长辈，或扶危济困、弃恶从善。这些故事是村庄人精神和智慧的结晶，说笑中潜移默化地起到了规范村民道德行为、传播乡规乡俗的目的。代代相传，传递的是村庄人真善美的精神追求。

金元宝

有一位孙老头，勤劳朴实，每天大清早就去拾粪，半个冬天捡拾了一大堆粪便，为来年庄稼积攒下了肥料。

天刚蒙蒙亮，孙老头背着粪箕子出去拾粪。走到村庄东北角一片池塘，池塘边是一眼枯井，废弃多年了，孙老头在枯井旁转悠，寻找猪狗粪便。

恍惚中孙老头看见一只老母鸡带着一群小鸡在路上行走觅食。孙老头就琢磨，"不对劲儿呀，今天是起太早了，还是我花眼了，大清早哪来的鸡呀？"于是，孙老头试探着把粪叉子朝鸡群方向扔了过去，不巧砸在一只小鸡身上，小鸡扑腾着翅膀死了。老母鸡带着其他小鸡逃走了。

孙老头走到近前观察，打死的小鸡不见了，却见一只大元宝闪烁着金光躺在地上。孙老头简直不敢相信，揉揉眼睛，仔细观察，确实是个大元宝。他喜出望外，心想这下可发财了，赶紧弯腰去捡拾。捡拾元宝的刹那，大母鸡突然出现在面前，啄了一下他的手，瞬间又不见了。孙老头也没有太在意，只是手背被啄破了点皮，拾起元宝就回家了。

没过几天，手背从老母鸡啄的地方开始慢慢溃烂，越溃烂越大，孙老头难以忍受，只好去就医。结果手慢慢治好了，元宝钱也花光了。

宝匣子

从前，村庄有位李老先生，早年间去往东北讷池河"驻地方"。老先生心地善良，谁要是有个急事难事，都会伸出援手给予帮助。

寒冬腊月，大雪封门。李老先生早早地起来准备清扫院子。推开房门刚一抬头，突然看见一只狐狸趴在雪地里，老先生吓了一跳。定睛一看，狐狸眼睛微眯着，身体懒散，好像是受伤了。老先生赶紧把它抱进屋，用盐水清洗了伤口，敷了创伤药，精心喂养了几日。过了些日子，狐狸伤病痊愈，老先生对狐狸说："眼下你的伤病基本好了，可以回家了。"狐狸点头千恩万谢，一步一回头地告别了老先生。时间久了，老先生也就把这事儿淡忘了。

一日，老先生正在店面当班，突然进来了一个小伙子，青衣长褂，眉清目秀。"您是李老先生吗？""是我。""我们老东家让我来接您来了。""你们东家是谁呀？""到了你就知道了，跟我坐车走吧。"老先生也没再推辞，跟着小伙子上车就走了。

也不知走了多久多远，过了多长时间，天快黑了，来到一处地方。抬头看，眼前是一座巨大的宫殿。一进门，四梁八柱，金碧辉煌，不像是在人间，好像是玉皇大帝的天宫。老先生并不知道，这儿的主人就是他救助过的狐狸，已经修炼成"狐狸精"了。狐狸精见到恩公，赶忙两手作揖："救命的恩公来了，快里边请。请后宫娘娘和妃子们出来拜见恩公。"老先生顿时惊呆了。定了定神，揉了揉眼睛仔细观看，个个长得如仙女，在人间从未见过如此美貌的女子。这时，宫女迈着轻盈的步伐走过来，给老先生沏了一杯茶，老先生看到茶水浓黑，也就没有敢喝。宫女又给老先生端来山珍海味，让老先生品尝，老先生也没敢吃。

狐狸精见此情形，暗自思量："恩公在我这儿可能是感到拘谨了，不太适应，看这架势也待不下去呀。"于是，狐狸精便对恩公说："恩公在我这里不吃不喝，是不是待在这儿不习惯啊？"老先生说："我是初来乍到，感到陌生，没啥不习惯的。"狐狸精闻听知是客套，于是说："如果恩公觉得待在我这不习惯，不如就先回去吧，不能让恩公受委屈不是。"说着，吩咐宫女双手捧过来一个包裹。"恩公，我送给你一份礼物吧。"打开包裹，里面是一个精致的木匣子。狐狸精说："这是我送给您的宝匣子，可作防身之用，不到万不得已不要打开，恩公千万要牢记啊。"老先生说："我记住了，谢谢老仙家。"

恍恍惚惚中，李老先生回到了讷池河，感觉自己就出去了半天。但这时众人已寻找老先生半个多月了。老先生既然回来了，众人也就为他接风洗尘。老先生也没有给大家讲述这次经历，而是向东家提出了辞职。"我年纪大了，也不中用了，打算回老家颐养天年。"东家觉得老先生掌柜多年，把买卖打理得井然有序，生意兴隆，也舍不得。但考虑到老先生年岁确实大了，要求回家养老也在情理之中，也就答应了。给老先生打理好盘缠，送老先生回老家了。

老先生回到村子，休整几日，觉得没有意思，就在家里立了一间堂子，摆上香案供桌，备好笔墨纸砚，"开堂子"给人看癔症，俗称"跳大神的"。

话说，石碑村有一大户人家，家里的老太太被长虫精迷上了，经常自言自语，说着家人听不懂的话，好像是在与老仙家对话，家里人急得不得了。

老先生看癔症远近闻名，一看一个准儿，石碑村大户人家闻听老先生看病了得，差使仆人把老先生请来。老先生擅长画符，到了这户人家，摆上香案，取来黄纸，准备好笔墨纸砚，一挥而就画成咒符，喷上法水，口念咒语，施展法术将长虫精传到眼前。老先生训斥道："你这妖精赶紧走吧，别在这儿祸害老太太了。"长虫精知道老先生法术了得，不敢恋战，点了三个头，乖乖地溜走了。

这时，老太太言行渐渐恢复正常，与家人说说笑笑，对家人说："赶紧准备饭菜吧，咱可得好好谢谢老先生。"等饭做好了，正准备吃饭时，老先生突然站起身来说："可了不得啦，长虫精朝我家方向跑了，祸害我们家人去了。"老先生也顾不上吃饭了，坐上马车就往家里赶。马车走到石碑河，长虫精正在岸边翘首等着老先生呢，准备报复老先生。老先生大喊一声不好，赶紧"画符"免灾。画一道符咒，把长虫精斩为两截，长虫精立马又接上了，继续跟老先生缠斗。老先生急了，一次画三道符咒，把长虫精斩为四截，长虫精还是能快速恢复。

情急之下，他想起了老仙家送给自己的宝匣子。打开宝匣子，只见一把明晃晃的宝剑闪着寒光。老先生拿起宝剑挥舞，将长虫精头颅斩下，长虫精再也没有能够复原，见阎王爷去了。斩下长虫精头颅，宝剑也被老仙家收走了。自此以后，老先生失去了仙气和灵性，不再开堂子了，也就颐养天年了。

贞洁烈妇孙媳妇

李姓人家是个大户人家，一天正在出殡，边走边哭喊着："娘啊，你死得好惨啊，你走了可让孩儿怎么活呀！"哭得撕心裂肺，悲痛欲绝。原来这一年，发生了一场大瘟疫，百余天的时间，李姓人家几十口人相继死去，只剩下六十多岁的爷公公和二十岁刚出头的孙子媳妇。孙媳妇不到两岁的儿子也在这次疫情中死去了。

孙媳妇是大户人家出身，从小读书识字，知书达理。决意不再改嫁，节孝守寡，照顾年迈的爷公公。日子就这么一天天过去了，到了秋收，爷公公和孙媳妇收谷子，爷孙俩打完场将谷子装入口袋。爷公公说："孙媳妇，你帮我把口袋放到我肩上，我扛回家去。"孙媳妇看到口袋装了足有一石谷子，说道："您老这么大岁数了，这么重就不要扛了，用车拉回去吧。"爷公公说："没几步路，不用拉了，你帮我放到肩上就行了。"于是孙媳妇帮着把米袋子放到爷公公肩上，爷公公一路小碎步把米袋扛回了家。如此来回几趟，不大会儿工夫就把剩余几袋米都扛回家了。

孙媳妇是个开明之人。这时她就想，爷公公还能扛起一口袋谷子，身体还算结实，何不给爷公公再娶一房媳妇呢？说不定还能给老李家留下后代呢。孙媳妇把这个想法给爷公公说了，爷公公听后坚决不同意，说："我都土埋半截的人了，还说啥媳妇，让人家笑话。"孙媳妇说:"你身体还好,老李家就我们爷孙俩了,以后这么大家业谁来继承啊?如果您能找个老伴儿,说不定还能留下一儿半女呢。"经过孙媳妇劝说,爷公公也就默认了。于是孙媳妇张罗着给爷公公说媳妇。经媒婆说合,选了一位四十岁上下的妇女给爷公公做媳妇,热热闹闹娶进了门。果不其然,没过一载,李奶奶生了一对双胞胎儿子,按辈分是孙媳妇的两个小叔叔。一家人和和美美,其乐融融,过着平淡的日子。天有不测风云,当两个小叔叔长到四五岁的时候,爷公公和李奶奶相继去世了。孙媳妇安葬了爷公公和李奶奶,承担起了照顾两个小叔子的责任。日月如梭,眼看两个小叔叔十八九岁了,孙媳妇张罗着给两个小叔叔说了媳妇。这时孙媳妇也四十多岁了。

有一天,孙媳妇把两个叔叔叫到眼前,说:"你们哥俩长大成人了,说了媳妇成家立业,我的孝道也算尽了,这个家就交给你们哥俩吧。嫁到老李家二十多年了,毕竟是外人,我打算找一户人家就搬走了。"哥俩听了之后,立马跪在孙媳妇面前,说道:"按辈分你是我们的孙媳妇,从小你把我们养大,就像母亲一样照顾我们,给我们娶了媳妇,不然我们还不知道怎样呢。""我岁数大了,不中用了,也该考虑养老送终的事了。"哥俩说:"你就像我们的母亲,我们哥俩发誓照顾您一辈子,给您养老送终。"孙媳妇见此情形,也不好推辞了,不再提改嫁的事了。孙媳妇渐渐老了,哥俩床前床后尽心伺候。等孙媳妇去世了,哥俩披麻戴孝送葬,圆了孙媳妇的梦。孙媳妇知孝道,明事理,守贞洁,被传为美谈。

火烧孙家门楼

太姥爷家是个"闷得儿户"(方言,意为日子过得宽裕),用现在的眼光看算是个中等户吧。太姥爷家积攒了些银两,打算多买些地耕种。太姥爷家是木匠世家,靠着这门儿手艺,日子过得还算宽裕。土改前,精明的"地主富农"事先得到了消息,马上土地改革了,土地达到一定数量标准会被定为地主富农的,纷纷低价抛售土地。太姥爷不知内情,趁土地价格低廉,买了几十亩地,整天偷着乐,以为捡了大便宜。土改时,五十亩以上就定为富农,太姥爷家自然而然被列为富农行列。太姥爷觉得冤枉,及时向土改工作队说明了情况,土改工作队员也识破了"地主富农分子"的伎俩,考虑到太姥爷家刚刚买入土地,也没有雇用长工,属于"上当地",不应定为富农,就改为中农成分了。

临近年关了,太姥爷打算杀年猪,这事儿传到了"大屁股"耳朵里。此人家境贫寒,好吃懒做,偷鸡摸狗,是个十足的嘎杂子琉璃球(不务正业的人)、贼遛儿厮(方言,读zéi liùr xie,贼头贼脑之人)。快到吃饭点儿了,大屁股就去别人家串门,赖着不走,吃了饭才能把他打发走,人送外号"大屁股",靠"吃庄害户"(方言,吃全村的祸害百姓)过日子。没饭吃了,就到各家各户索要粮食,要是不给,他就耍赖闹事,逮机会找你麻烦,村庄人都躲得远远的。大屁股还是个要面子的人,穷还端着架子,好吃懒做。等到没粮食了,一只米斗放到大街上,用脚一踢,小斗子滚到谁家门口,谁就得给他装点米,用他的话说"我得吃饭"。踢到贫困户家门口,他觉得没有粮食,就继续踢,直到有人家给他的米斗装上粮食。

大屁股是太姥爷上一辈人,按家族关系还在五服以内。平时,太姥爷常接济些米面。这一天,大屁股找到太姥爷,说:"听说你家要杀年猪了,给我赊几斤肉呗。"说是赊账,实际上是"肉包子打狗"。太姥爷寻思,这个无赖要是来了还不得要我半头猪去,直接拒绝他还不行,怕他捣乱。太姥爷想出了一个办法,谎称要送到"南澍裕堂"去杀猪。南澍裕堂是村庄有权势的家族,他惧怕澍裕堂的人,就不敢去要猪肉了。就这样搪塞过去了,没有给他猪肉,大屁股对这事怀恨在心。到了年三十晚上,各家各户关门休息了,半夜三更大屁股鬼鬼祟祟地出动了,搬了几捆苞米秸放到太姥爷家门楼下就点燃了。火越烧越大,把半个门楼都烧掉了。太姥爷发现后,赶紧喊人救火,这才没有烧到房子酿成大祸。

大屁股和他的小儿子祸害百姓,村民不得安宁。大屁股在大清河边挖了一个地窨子,河道里挡了一道土埝,拦截河道抓鱼为生,村庄人称为"大屁股埝"。霸占河道,自己抓鱼,别人去了会被他棍棒赶走,大清河的鱼也被他霸占了。恶习不改,被乡绅大先生孙荫秋告到了县里,县衙将他父子缉拿归案,判了刑,关进了监狱,把牢底坐穿了。

打官司

话说村里有个孙二寡妇,家境殷实,丈夫早早就病逝了,留下不少田产。膝下无儿无女,随着年岁增长,打算过继一个儿子,继承家产,给她养老送终。过继儿子,自然要选择家族血缘关系近的男孩作为继承人,比如亲兄弟或者叔伯兄弟家的后代。村里有几户人家与她是一个支脉的,有着或近或远的亲缘关系。为了让孩子继承家产,人们都争着把儿子过继给孙二寡妇。

孙老水仗着有几亩田产,嗜赌成性,不久把田产输光了,还要卖掉祖宅赌博,幸好被族人阻止,才未让家人睡到大街上。孙老水乃能说会道之人,与孙二寡妇是远门本家,两家亲缘关系在五服之内,想说服孙二寡妇过继自己儿子。另一户人家孙老忠,说自己家才跟孙二寡妇亲缘关系近,应该过继自己的儿子。两家据理力争,都想继承孙二寡妇家的田产。同是一个大家族,经过几十代繁衍,分出几个支脉,没有家谱明确记载,亲缘关系远近也是难以搞清楚的。双方公说公有理,婆说婆有理,争得面红耳赤,互不相让。

北澍裕堂堂主大先生说话有分量,两家都找到大先生,请他出面主持公道,评评理。大先生分析了两家的渊源和家族关系,认定孙老忠与孙二寡妇血缘关系近,应该过继他家的孩子。孙老水不服气,大先生多次调解无果。于是孙老水就提出要到官府断案,大先生认为自己说得有理，就同意打官司了。两人到县衙打起了官司。

二人来到县衙过堂，县太爷问道："你们两家为啥事闹到公堂上来了，把详情如实招来。"孙老水能言善辩，口才了得，在大堂之上，口若悬河，旁征博引，胡编乱造，从前几辈儿说起自己家与孙二寡妇家的亲缘关系，云云。结论是自己的亲缘关系近，应该过继自己的儿子。大先生虽是乡绅，却是厚道之人，不会在公堂之上无中生有，只是摆事实讲道理，客观地说明自己的理由。等大先生听完孙老水的辩护，一时觉得孙老水这人太不厚道，自家兄弟竟然在公堂之上胡编乱造，有的没的胡说八道，觉得自己帮他们打官司窝囊，越想越气愤，顿时血往上涌，当堂昏厥过去了。

大先生是村庄的名门望族，县太爷高看一眼，真的把大先生气个好歹孙老水也担当不起。这可把孙老水吓坏了，赶紧应承道："大哥你别生气，我不对了，我是瞎说八道，官司咱不打了，就按大哥的意思办吧。"县官看到眼前的情形，一时也难以断案，来了个和稀泥。说道："过继子嗣之事，本是你们家族内部的事务，应该心平气和协商解决，不应闹到公堂之上。不行就按你大哥的意思办吧，不用打官司了，也免得花冤枉钱。"官司就这样稀里糊涂地了结了。

回到村里，孙老水再怎么道歉，大先生也没有醒过来，算是当庭气绝身亡了。村民纷纷谴责孙老水，孙老水自觉理亏也不好狡辩，披麻戴孝把大先生送走了，过继孩子的事再也不提了。自此以后，村庄人认为孙老水品行不端，做人不厚道，不愿搭理他，他便孤独终老了。

后 记

说实话，做梦都没想到，我会用文字与大家交流。

写作于我来讲是件"赶鸭子上架"的事情，也是耗费体力和精力的差事，其间几次拾起又放下。读书时，就惧怕写作文，考试了才万不得已拼凑一篇。缺乏写作基础的我，属于"没有条件创造条件也要上"的那种劲头儿。感觉"理屈词穷"了，喝杯酒，进入微醺状态，在脑海深处挖出几个片段，或者挤出几句春风荡漾的词句来。即使如此，我还是坚持用笨拙的文字，平铺直叙地编写着，力图多视角展现小时候的村庄生活，记录下我在村庄的那段朦胧岁月。

近几年，我开始边回忆、边走访、边编写，准确地讲还得加上"边学习"。日常，我找到一些类似的书籍或文章，揣摩学习，获得灵感。写出的短文也不知是什么题材，什么写作技法，也就是把自己记忆中的人和事写出来了，摆在那里，想哪写哪，肆意涂鸦，这个过程也经历了五六年的光景。职业生涯结束了，终于集成了这本小册子，可以与大家分享了。如是，能通读就已经不错了，千万请大家谅解。不夸张地讲，看了我的写作经历，估计人人都可以成为"作家"了。

我的这些短文没有虚构的成分。都是我的亲身经历、亲眼所见、亲耳所闻，还原事件和人物的真实性是我编写的基本原则。也没有必要去虚构，我并非纯文学创作，就是想讲述自己小时候的故事，讲述村庄的逸闻趣事，讲述自己的感受和体会，在很大程度上有自娱自乐的成分。当然，这种"真实性"也仅局限于我所看到的、听到的"真实"。

关于村庄的发展脉络，仅见部分史料，也只是只言片语，既没有族谱可考，也没有碑文匾额可以佐证。受史料和当事人湮没的局限，村庄的历史已经模糊不清了，人和事已经变成传说了，只好在老辈人的述说中想象。要把它们辑录在一起，形成一个完整的村庄画像，已是非常困难的事情了。也只好把碎片化的信息摆在那里，哪怕是一个小故事、一段逸闻或者一个传说。

文中涉及的村庄故事、事件、人物有它的地域性和时空局限性，一些人和事由于时间久远了，再加上口口相传，真伪难辨，无从考证，也只好把他们打上"据传说"的标签，封装在了"村庄"里（文章里"村庄"一词特指"套里孙庄"）而不做外延，仅是村庄的故事以及我个人对村庄的浅显认知。

这些故事或者描述也不具有普遍性和普世价值。俗话讲"十里不同音，百里不同俗"，就是临近的村庄风俗习惯也不尽相同。比如传统节日"二月二"龙抬头，我们村儿就不做节日过，临近的郭庄子村则炖肉吃豆饽饽，当作隆重的节日。又比如儿童游戏规则，同是一个游戏，不同地区甚至不同村庄规则也不同。

对一些事物的看法和理解也仅代表我个人的认知，大抵就是"村庄级"的思维。国之大，即便是在同一社会大环境下，南北方、一个地区、一个村庄都会有属于自己的民风民俗，有自己的行事规则、处事方式和生活方式。千万不可以点概面，认为当时村庄里的那些人、那些事就是这个样子。如是，必感内疚。

短文中涉及的人和事，以及父母的过往，有所谓正能量的，也有不那么合时宜的。也不凡我对一些问题的"不那么正统"的理解和看法。这并不是我耿耿于怀，跳不出个人的小圈子，揪住过往的一些陈年旧事不放，皆为保持事件或人物叙事的真实性使然。这个世界，本来就是由形形色色的人、纷乱复杂的事件组成的，如果我仅仅讲正面的人和事，讲好听的话，倒显得不那么真实了，也脱离了我写作的初衷。一些事件不符合现时的主流价值观，也就进行了理性的裁剪和处理。一些人的一些事，也不好公之于众，价值观不同、认知不同，我担心他们不好接受，也就舍弃了。请大家理解我在这方面选择性的"不真诚"。

不少生活用具、器物、植物等用方言俚语称呼，较少见诸官方文字，大多是有音无字。查相关资料，不同作者、不同文献用字不一，查字典亦是茫然，用什么字表达妥帖确有难处。一个字纠结许久，一时并没有找到确切的字，也只好借用谐音字或形声词来表达，力求表达出语义。确切的文字留待语言学家或者民俗学家去考证吧。

儿时的村庄生活变成了回忆，不免有些溢美之词，或者乌托邦式的美好，有美化虚妄的嫌疑。内中原因：一是源于对村庄的情感，二是与现实的巨大反差。村庄的生态、结构、环境变得面目全非了，不可能再现当时的生活场景了，这也就不难理解我的溢美之词了。

当下，大家被时代所裹挟着前行，时间呈现碎片化，心情也不免有些浮躁了。同时，面临新闻媒体立体式的"轰炸"，以及多媒体移动终端的诱惑，难以静下心来读一本书了。因此，我请著名国画教师、连环画家李春明先生（老春）依照我的小短文，每篇文章取其主旨一二绘制成了连环画，形象、直观地表达短文的意境，以画释文，增加趣味性、可读性。同时，也可让感兴趣的朋友们节省点儿时间，在较短的时间内了解短文的梗概。如是，甚感欣慰。

李春明先生专职从事国画、插图、连环画、漫画创作。其作品风格多样、功力娴熟，曾为数十家出版社和文化公司创作大量插图和连环画作品。从事连环画创作和教学三十余年，在业内有个名号叫作"徒手老春"。意思就是他可以不打底稿，用毛笔直接绘制连环画，先后出版了三十多部连环画作品，代表作有大型系列连环画《西游记》《三国演义》等。

近几年，我几次回到村庄，请长辈们讲述村庄的历史和传说故事，讲述大集体时代的行事规则及逸闻趣事。他们都已经步入耄耋之年，可讲起故事来还是逻辑清晰、头头是道。我还请儿时的小伙伴们帮我回忆游戏细节及规则，回忆童年的糗事、趣事，寻找素材、提供线索，丰富和订正了我的短文内容。在此，一并向村庄的长辈们和小伙伴们表示衷心的感谢！

在这里，我还要感谢我的另一半。我人虽然老大不小了，文字功底还显得稚嫩。每次写完初稿都是爱人帮我修改，要知道我的文章都是"惨不忍睹"的。爱人不厌其烦地阅读，并圈圈点点提出修改意见，有些地方就直接帮我修改了，充当了"责任编辑"的角色。当然，对于一些情节描述和观点我们也会有不同见解，各讲各的理儿，争执不下，也没请人做仲裁，只好笔杆子在谁手里谁说了算了。有时，我也以写作的名义逃避家务劳动，在这里也向我的爱人道一声辛苦了。

缘于掌握的村庄的史料有限、了解有限，文章中涉及父老乡亲们的人和事，讲得不准确、不客观的，甚至有悖事实、大不敬的，请父老乡亲们谅解并指正。另外，受本人写作水平和认知能力的局限，文章难免有结构不严谨，语言不精练，读起来不那么舒服的地方，也请读者批评指正。

萧　冰

2023年6月于京华寓所